우리는   얼마나
어둠 속에서   높이 닿을까

HOW
우리는

HIGH
어둠 속에서

WE GO
얼마나

세쿼이아
나가마쓰

IN THE
높이 닿을까

이정아 옮김

DARK

황금가지

크레이그 나가마쓰를 기리며

1958 ~ 2021

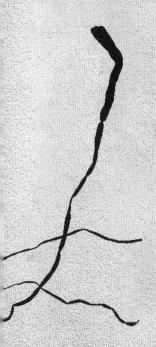

목차

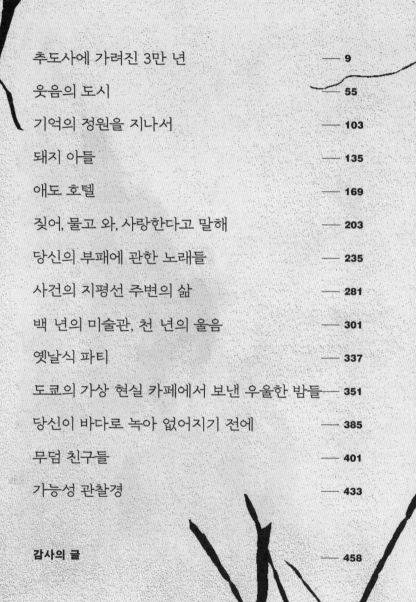

추도사에 가려진 3만 년

HOW

HIGH

WE GO

IN THE

DARK

녹아 버린 얼음에 흠뻑 젖은 데다가 선사시대의 매머드 사체로 물컹해진 시베리아의 땅은 무너지기 직전의 천장이나 다름없었다. 기온이 올라가자 어떤 신이 이 눈 덮인 습지대를 벌려 놓은 듯 수 킬로미터 길이의 바타가이카 분화구가 넓어졌고, 털코뿔소 같은 멸종 동물들이 모습을 드러냈다. 생물학자이자 헬리콥터 조종사인 막심이 분화구에 있는 구리 암석의 깊게 갈라진 틈을 가리켰다. 내 딸이 3만 년 된 소녀의 잔해를 발견하기 직전 추락한 지점이다. 수목 한계선 바로 아래로 그물처럼 퍼진 빨간색 측지선 돔(삼각형을 기본으로 다양한 모양과 크기의 다각형을 격자로 이어 만든 돔 — 옮긴이)들이 살짝 보였다. 헬리콥터는 연구 기지들 위를 맴돌다가 빈터에 착륙했다. 막심은 내가 내리는 것을 도와준 뒤 안쪽에서 내 가방과 우편물 자루를 챙겼다.

"다들 클라라를 좋아했어요. 혹시 사람들이 따님 이야기를 하지 않더라도 이상하게 생각하지 마세요. 우린 대부분 그런 일은 마음속에 묻어 두거든요."

"난 여기에 도우러 온 겁니다."

"그럼요, 당연하죠. 물론 다른 문제가 있지만요……."

그의 말을 건성으로 들으면서 땅을 살피고 숨을 들이마셨다. 공기는 발밑에 있는 화석처럼 시간에 갇힌 듯했다. 막심은 우리가 헬리콥터를 타고 오는 동안 격리 조치가 시행됐다고 설명해 줬다. 또 클라라가 하던 일을 마무리 지으러 사람이 이렇게 빨리 올 줄 몰랐으며, 그 사람이 나일 줄은 아무도 예상하지 못했다고 했다.

기지 중앙의 돔 안은 생김새나 냄새가 여느 기숙사 방 같았다. 대형 텔레비전이 놓여 있고 닳아 빠진 안락의자들과 맥앤치즈 박스가 널려 있었다. 벽에는 각종 지형도와 「스타워즈」부터 「귀여운 여인」과 「롤라 런」까지 온갖 영화 포스터들이 덕지덕지 붙어 있었다. 아코디언처럼 생긴 복도를 따라가다 보니 침상이나 실험실에서 부스스한 몰골로 나오는 사람들과 마주쳤다. 보라색 바람막이와 러닝용 레깅스를 입은 여자가 전력 질주로 방을 나서며 말했다.

"전 율리아라고 해요. 세상의 끝에 오신 걸 환영합니다."

그녀는 여덟 개의 터널 중 하나로 사라졌다. 중앙의 돔에서 시작된 터널은 사방으로 퍼져 바깥으로 이어져 있었고, 중간중간 벌통의 구멍처럼 침상을 끼워 넣은 형태였다. 작업실에서 사람들이 단체로 나오자 열두 명이 넘는 연구원들이 풍기는 퀴퀴한 냄새가 서서히 덮쳐 왔다.

"여러분, 드디어 귀빈께서 도착하셨습니다. UCLA에서 고고학과 진화유전학을 가르치시는 클리프 미야시로 박사님입니다. 박사님께서는 우리를 도와 클라라가 하던 발굴 작업에 참여할 겁니다. 우리 모두 현장을 떠날 수 없는 실험 쥐 신세가 돼서 성격이 훨씬 더 괴팍해질 거라는 거 잘 압니다만 그래도 잘해 드리도록 하세요."

막심은 나를 안심시키려는 듯 자기 팀이 녹고 있는 영구동토층에 있던 바이러스와 박테리아를 성공적으로 되살렸기 때문에 예방 조치 차원에서 격리에 들어갔다는 설명을 덧붙였다. 그러면서 정부 관료들은 영화를 너무 많이 본다고도 말했다. 마치 그게 그들이 지켜야 하는 표준 규약이라도 된다는 듯 말이다. 실제로 마주친 기지 사람들은 누구 하나 아프거나 걱정하는 듯 보이지는 않았다.

곧 클라라가 여기서 어떻게 살았는지에 대해 원치 않은 설명이 이어졌다. 그 애가 커피를 마시며 오로라를 올려다본 장소, 식물학자인 율리아와 조깅을 다녔던 길, 전염병학자인 데이브와 아침에 요가 수련을 할 때 썼던 탁자 위의 아로마 가습 분수대, 나와 거의 같은 치수를 착용했기에 내가 쓰게 될 클라라의 겨울스포츠용품을 보관하던 비좁은 공간. 그 외에도 잠시만이라도 주변 건물이 아주 오래된 진창 속으로 가라앉고 있다는 상황을 잊어 보고자 생일 때면 몇몇 팀원이 노래방을 찾아 가장 가까운 대도시인 야쿠츠크로 가곤 한다는 사실까지도 알게 되었다.

"그 소녀가 있는 곳에 누가 저를 좀 데려다주시겠습니까?"

내 요청에 다들 눈에 띄게 머뭇거렸다. 부엌에 있던 연구원은 내게 대접하려고 꺼냈던 게 분명한 플라스틱 컵과 위스키를 집어넣었다. 대부분 얇은 모직이나 털옷을 걸치고 부스스한 몰골을 한 과학자 무리를 보고 있자니 한 달 전에 치른 클라라의 추도식을 반복하는 느낌이 들었다. 그때 우리 가족이 처음 보는 그 아이의 친구들과 동료들이 교회를 가득 채웠더랬다. 나와 내 아내인 미키는 줄을 서서 조의를 표하는 그들과 악수를 했다. 파란색 머리칼이 삐죽삐죽 솟은 남자가 자신이 클라라의 등에 보라색 행성이 세 개의 적색 왜성을 돌고 있는 항성계 문신을 새겨 주었다며, '그 아이가 끝내주게 재밌는 친구였다'고 말했다. 우리의 오랜 이웃사촌은 클라라가 자기네 쌍둥이 딸들을 봐주고 그 애들이 수학에 자신감을 가지도록 도와줬던 일들을 추억했다. 국제행성생존기금에서 클라라의 연구 감독관으로 일하는 대머리 신사는 내게 명함을 건네며 시베리아에서 딸아이가 수행하던 연구를 이어서 해 달라고 요청했다. 조문객들이 떠난 후 우리 부부는 서로에게 몸을 기댄 채 내가 준비한 슬라이드를 다시 보다가 클라라가 보육원에서 지내던 세 살 때의 사진에 잠시 눈길을 멈췄다. 사진 속 클라라는 우리가 입양할 때부터 지니고 있었던 보라색 수정 목걸이를 걸고 있었다. 그 보석을 들여다볼 때마다 딸애의 두 눈이 잔별들로 빛나던 모습이 눈에 선했다.

장례식장 밖에서는 뙤약볕이 길바닥을 달구는데도 손녀딸 유미가 사촌과 놀고 있었다. 불타는 마린 헤드랜즈에서 나는 연기가 동쪽 초입으로 퍼져 나가며 근방을 서서히 뒤덮고 있었다.

"우리 딸한테는 한 번도 우리가 필요한 적이 없었던 거 같아."

미키가 겨우 들릴 듯 말 듯한 목소리로 이어 말했다.

"하지만 유미한테는 우리가 필요해."

그 말에 나는 주머니에 있는 명함을 움켜쥐었다.

연구동에 들어서자 막심은 어색하게 쳐다보는 팀원들을 피해 클라라가 죽기 전에 발견한 미라가 있는 곳으로 나를 데려갔다.

"애니는 청정 실험실에 있답니다."

"애니요?"

"율리아가 유리드믹스(1980년 영국에서 결성된 2인조 밴드 — 옮긴이) 팬이거든요. 부모님께서 지금까지도 80년대에 살고 계신다나요. 율리아가 이 미라에 애니 레녹스라는 이름을 붙여 줬어요."

청정 실험실은 뼈 실험실을 반으로 나누어 바닥부터 천장까지 비닐을 쳐 강력 테이프로 붙여 놓은 형태였다. 막심이 니트릴 장갑과 호흡기 마스크가 들어 있는 상자를 건네며 말했다.

"지금 사정상 뭘 더 하지는 못하지만 혹시라도 병원균을 묻혀 갈까 봐 다들 조심하려고 합니다. 99퍼센트는 걱정하지 않아도 될 테지만요."

"그렇겠죠."

막심의 무모한 태도에 나는 살짝 당황했다.

"동쪽으로 1000킬로미터 정도 떨어진 홍적세 공원(러시아의 과학자 세르게이 지모프 부자가 신생대 홍적세 때 존재했던 대초원의 생태계를 재현하기 위해 시베리아 북동부에 조성한 공원으로 대형 초식동물들이 서식하고 있다 — 옮긴이)에서 일하는 동료 몇몇이 그곳에 들소와 토종 식물군을 다시 들여오는 중인데 성과를 봤답니다. 초목이 늘어나고 더 많은 대형 동물들이 대초원을 돌아다니며 겉흙을 다져 주면 지표면 아래에 있는 얼음을 녹지 않게 지키는 효과가 있습니다. 그게 과거를 계속 과거로 머무르게 하는 데 도움이 되지요."

나는 장갑을 끼고 마스크를 쓴 뒤 비닐 장막의 틈으로 걸어 들어갔다.

애니는 금속제 수술대에 태아처럼 옆으로 누워 있었다.

예비 검안서

살짝 튀어나온 눈썹 뼈 등 네안데르탈인의 특징을 지닌 전청소년기의 호모 사피엔스 사피엔스. 7~8세 추정. 121센티미터, 6킬로그램(생존 당시에는 22킬로그램 가량으로 추정). 관자놀이에 적갈색 머리카락의 흔적이 남아 있음. 왼쪽 팔뚝에 문신, 세 개의 점을 원으로 감싼 뒤 또 다른 점으로 마무리한 형태. 짐승의 생가죽을 꿰매 만든 것으로 보이는 옷을 걸치고 있음. 이 지역 고유종이 아닌 조가비가 옷에 엮여 있어 추가 연구 필요.

소녀의 눈가 조직은 태양을 바라보고 있었던 것처럼 쪼글쪼글해진 상태였다. 물러지기 시작한 입 주변 피부는 고통스러운 비명을 지르는 모양새였다. 비슷한 또래라서 그런지 클라라의 어릴 때 모습이나 유미가 눈에 아른거렸다. 커다란 사냥감을 찾아서 척박한 평원을 돌아다니는 소녀에게 초원의 거대한 사자와 늑대들이 살금살금 다가가는 장면이 그려졌다. 손으로 소녀의 꽉 쥔 주먹을 쓸어 보았다.

"어마어마한 미스터리죠."

뒤로 다가온 막심이 말했다.

"우리가 여기서 수행하는 연구 대부분은 국제행성생존기금과의 협업 아래 자금을 지원받고 있답니다. 토양과 빙하코어(수만 년 동안 축적된 눈과 공기 등이 보존된 빙하에 길게 구멍을 뚫어 캐낸 얼음 기둥으로 다양한 과학 연구에 쓰인다 ― 옮긴이) 표본에다 가끔씩은 고대의 동물 사체까지 연구하느라 다들 눈코 뜰 새 없는 와중에도 애니를 비롯해 동굴에서 찾아낸 시체들에 정신이 팔리지 않았다면 거짓말일 겁니다. 물론 데이브가 예비 시료에 있던 사체에서 정체불명의 바이러스를 발견하기도 했고요."

"시료 검사나 다른 정밀 조사도 했나요? 우선 그 조가비부터……."

"트리비아 모나카, 지중해에서 사는 작은 바다 고둥의 껍데기예요. 일찍이 6만 년 전 알타이산맥 인근의 시베리아 지역에 네안데르탈인과 초기 인류가 살았다는 증거는 있지만 여기 북쪽 끝에는 아무것도 없었어요. 이렇게 직물에 조가비들을 복잡하게 짜 넣은 건 굉장히 이례적입니다. 솔직히 우리 할머니도 울고 갈 바느질 솜씨죠."

"애니만 그런 옷을 입었다는 게 이상합니다. 동굴에 있던 다른 시체들은 단순한 모피 망토만 입고 있었으니까요. 보내 주신 연구 보고서를 읽고 나니 궁금증이 해소되기는커녕 의문점만 늘더군요."

내 말에 막심이 이어 설명했다.

"우린 누군가 이 일을 이어 받아 애니의 이야기를 자세히 알려주길 기다려 왔어요. 클라라는 동물들 때문에 여기에 왔다고 했어요. 빙하 시대 생물 군계를 파악하고 싶어 했죠. 그러면 그걸 재현할 수 있을 테니까요. 하지만 그녀는 늘 다른 걸 찾고 있는 것 같았어요. 발굴지에 누구보다도 오래 머물곤 했죠. 게다가 땅속에 숨겨져 있는 것들을 조사하는 게 일인 사람이 걸핏하면 하늘을 빤히 쳐다봤고요. 클라라는 분명 애니를 자기가 책임지고 풀어야 할 과제로 봤을 겁니다. 미지의 과거가 우리를 구해 줄 거라는 말을 달고 살았으니까요. 과학자치고는 시인이나 철학자 같은 꿈을 꿨어요."

"그건 예술가인 제 엄마를 닮은 겁니다."

어릴 때 클라라는 나무집에 틀어박혀 오후 내내 뭔가를 만들곤 했다. 교사들은 그 애더러 천재라고 했고, 우리 부부는 최대한 그런 딸아이의 기를 북돋웠다. 클라라는 크레용으로 성운에 관한 보고서를 썼다. 우리는 그 아이가 발견한 별자리들을 일일이 찾아보곤 했다. 그러면서 그 아이가 만들어 낸 별자리의 신화에 빠져들었고 플레이아데스성단의 친척들과 크지도 작지도 않고 딱 적당한 북극칠성도 알게 되었다.

"듣고 보니 그런 거 같네요. 여기서는 보통 사람들과 쉽게 어울리기 마련인데, 클라라는 혼자 지냈거든요. 오죽하면 박사님 연락처를 찾으려고 소지품까지 뒤졌다니까요."

"늘 일밖에 모르던 애였죠."

내 말을 끝으로 우리 둘 다 애니를 쳐다봤다. 애니의 비명이 실험실에 내려앉은 침묵을 채우는 것 같았다.

막심은 고개를 끄덕이더니 장거리를 이동했으니 쉬는 게 좋겠다고 했다. 그러면서 클라라가 쓰던 수면 캡슐에 가면 그 아이의 소지품을 담아 둔 상자가 있다고 일러 주었다.

시베리아로 떠나는 공항에서 기껏해야 열 살인 손녀딸 유미는 말로는 괜찮다고 우기면서도 훌쩍거렸다. 미키는 정말로 이렇게 하는 게 맞는지 재차 물었다. 겨울에 고생하지 말고 몇 달만 기다리라고 했다. 하지만 어물어물하며 지체하면 딸아이의 유령이 이 먼 땅에서 사라질 텐데 그럴 수는 없었다.

클라라가 스스로 선택한 마지막 장소를 머릿속에 그려 보려 해도 잘 되지 않았다. 손녀가 엄마가 어디 있는지 물을 때마다 미키와 나는 지도를 가리키거나 구글 이미지로 바타가이카 분화구와 시베리아 북부 지역을 검색하곤 했다. 아내의 도움을 받아 유미는 그곳을 페이퍼 마쉐(여러 겹의 종이를 물체에 붙여 말린 후 분리하여 종이 모형을 만드는 공예 — 옮긴이)로 만들었다. 작은 장난감 들소와 공룡이 놓여 있는 그 안에서 우리 가족은 3D프린터로 출력한 모형의 모습으로 시간에 구애받지 않고 탐험을 떠났다.

나는 유미를 안심시켜 주곤 했다.

"엄마는 널 사랑한단다. 중요한 일을 하느라 떨어져 있을 뿐이야."

나 역시도 어느 정도는 그럴 것이라고 믿었다. 하지만 마지막으로 한자리에 모였을 때는 클라라에게 최후통첩을 했다. 집에 돌아와야 한다고, 그렇게 사는 것은 유미에게나 우리에게나 못할 짓이라고. 엽서나 가끔 유미와 영상 통화를 할 때를 제외하면 클라라는 1년 넘게 딸아이와 직접 이야기를 나눌 기회도 없었다.

클라라의 연구 기지가 국제 공조로 마련된 곳임을 알기 전까지는 그 애가 초원에 친 천막에서 불편한 생활을 하며 모피를 덮고 은하수의 은빛에 감싸여 잠들겠거니 상상했다. 와서 보니 클라라의 수면 캡슐은 돔의 벽 속에 폭 3미터에 길이가 10미터인 고치가 들어앉아 있는 모양새였다. 양털 같은 보온성 직물이 붙어 있는 캡슐에는 LED 조명과 책장, 접이식 작업대, 그리고 짐 보관용 그물이 설치돼 있었다. 그물망에 쑤셔 박혀 있던 더플백을 뒤졌더니 옷가지와 세면도구, 재난 일지 한 권, 개인 일기장, 구형 아이팟, 여행지에서 구한 유물 몇 점이 나왔다. 하지만 정작 가장 되찾고 싶었던 물품인 클라라의 수정 목걸이는 어디에도 없었다. 등산화를 벗고 침상에 올라가 매트리스 아래와 환풍기 안쪽 등 클라라가 목걸이를 보관했을 법한 곳들을 죄다 들여다보았다. 장거리를 이동하는 동안 익다시피 한 발에서 진동하는 고린내가 침상을 뒤덮다 못해 퀴퀴한 담배 향과 땀 냄새에 섞여 나머지 공간으로 퍼져 나갔다. 미국을 떠난 이후로 처음 긴장을 풀고 클라라의 아이팟을 뒤져 구스타프 홀스트의 관현악 모음곡 「행성」을 찾아냈다. 목성의 움직임을 표현한 의기양양한 호른 소리를 듣고 있자니 클라라가 경이로움으로 별에 흠뻑 빠져 지내던 행복했던 시절로 되돌아간 듯했다. 그 아이가 초등학교 3학년일 때는 태양계 숙제를 정확한 비율로 해 가야 한다고 떼를 썼고 과학 캠프를 보냈을 때에는 고대 아프리카 하늘에서 볼 수 있었던 플레이아데스성단의 '잃어버린 자매 별'에 대한 이야기를 지어내어 문제를 일으킨 적도 있었다. 클라라는 이곳 툰드라의 회색빛 상공에서 춤추듯 움직이는 우주를 보면서 무슨 생각을 했을까? 나는 일기장을 움켜잡고 획획 넘겨보면서 다시 딸아이의 목소리를 들어 보고자 했다.

3일째

놀랍게도 분화구 내부는 이미 군데군데 초록빛을 띠고 있었다. 진흙에서 매머드의 엄니가 튀어나오는 사이 새로운 식물이 뿌리를 내린다. 잦은 산사태와 녹는 얼음 때문에 일시적으로 물길이 생긴 탓에 일대가 세탁기가 된 것처럼 새로운 생물과 고대 생물이 버무려졌다. 여기 있는 모두가 이게 무슨 위험 신호인지 잘 알고 있다. 자는 동안 밑에서 지구가 서서히 동요하면서 우리가 결코 청하거나 바란 적 없는 비밀들을 드러내고 있다는 사실을 모른 체하기는 어렵다. 이곳에 온 첫날 밤 밖에 서서 귀를 기울였다. 내 상상일 수도 있지만 분명 흙이 마구 휘돌고 수백만 마리의 죽은 곤충들과 초기 인류와 늑대들이 춤을 추는 듯한 소리가 들리는 것 같았다.

27일째

야생에서는 대부분의 부모가 자식을 지키기 위해 죽을힘을
다해 싸울 것이다. 부모님도 어느 정도는 이 점을 잘 알고
계신 것으로 안다. 나는 할 말을 다 했기 때문에 부모님의
문자에 따로 답하지 않는다. 유미는 자면서 지구의 노래를
듣겠지. 내가 왜 학예회나 축구 경기 같은 데 참석할 수 없는지
아이도 이해하고 있을 것이라고 믿는 수밖에. 그 애는 괜찮을
것이다. 이곳 동료들도 자식이 있다. 그들은 아이들이 이 일을
이해하지 못한다거나, 바라는 만큼 아이와 가까워질 수 없다고
이야기한다. 하지만 우리는 자기 자신은 물론이고 자식과
손주들이 숨을 쉬고 상상할 수 있게 해 주려고 이곳에 있다.
그러니 그들은 수많은 생물의 멸종을 애도하지 않아도 된다.
유미야, 생일 축하한다. 이 글을 읽게 된다면 엄마가 한순간도
널 잊은 적 없다는 것을 알아줬으면 한다.

일기장을 따로 챙긴 뒤 아이팟을 다시 더플백에 넣다가 귀퉁
이에 양모 양말로 싸매 밀어 넣어 둔 물건을 발견했다. 너덜너덜
한 사진 한 장과 작은 조각상이었다. 3년 전에 알래스카 남부에
서 클라라를 만났을 때 함께 찍은 것이었다. 당시 유미는 막 일곱
살이 되었고 나는 천천히 바다로 사라져 가는 400년 된 에스키
모 마을에서 발굴 작업을 하고 있었다.

배경에 보이는 작달막한 갈색의 유적지 트레일러가 눈에 익었
다. 나는 그 안에 들어앉아 대학원생들의 작업을 지켜보면서 아
침 신문을 읽고 커피를 마시곤 했다. 이 사진을 찍던 날 미키와

나는 클라라가 유미에게 한참이나 큰 장화를 신기는 모습을 지켜봤다. 유미는 보통 서너 달에 한 번씩 대체로 1주에서 많아 봐야 2주 정도 제 엄마를 봤는데 그럴 때마다 클라라는 완벽한 엄마처럼 보였다.

"그래 봐야 일주일이에요."

그날 아침 내가 딸아이에게 잔소리를 할 것 같았는지 미키가 선수를 쳤다.

"문제 일으키지 말아요."

발굴 사무소를 나와 조교들이 '마시핏'(콘서트장 등에서 관객들이 춤을 출 수 있는 무대 바로 앞 구역 — 옮긴이)이라 부르는 발굴지의 끝머리로 걸어가서 딸아이와 손녀가 진흙을 뒤지는 모습을 지켜봤다. 클라라는 유미에게 물개 사냥 이야기를 해 주고 있었다.

어느새 뒤에 다가온 아내가 말했다.

"이렇게 클라라와 유미가 진흙에 무릎까지 빠진 채로 같이 있는 모습을 그려 볼까 싶어요. 다음 전시회용으로요. 클라라가 그걸 보고 두 사람에게 서로가 필요하다는 걸 깨달을지도 모르잖아요."

"그거참 묘안이구려."

"할아버지, 나 좀 봐요. 대왕 똥 같죠!"

내 말이 끝나기 무섭게 유미가 소리쳤다.

이후 미키는 유미를 씻기러 모텔로 돌아갔고 나는 할 말이 있다며 클라라를 붙잡았다.

"네 엄마가 그러는데 여기 일이 마무리되면 집에 잠깐 온다고 했다며."

"그래 봐야 일주일이에요. 전에 시베리아에서 일하게 될 거 같다고 말씀드렸잖아요."

"하지만 유미가 널 얼마나 보고 싶어 하는지 알잖니."

클라라는 마시핏 테두리가 내려다보이는 접이식 작업대 옆으로 다가갔다. 작업대 위에는 유물들이 흐트러져 있었다. 클라라는 우리가 발굴지에서 발견한 음료수 캔만 한 목각 인형에 시선을 고정한 채 말했다.

"그 애를 위해서 이 일을 하는 거예요."

"물론 그렇겠지."

세상에 관심이 아주 많은 딸아이가 늘 자랑스러웠다. 클라라는 학교에 갔다 오면 뉴스를 꼼꼼히 읽고 인터넷을 샅샅이 뒤져 재난과 전쟁 그리고 증오와 불공정을 찾아내서 색깔로 분류한 일기장에 전부 기록했다. 한번은 무엇을 하는 것이냐고 물었더니 그냥 세상에 무슨 일이 일어나는지를 계속 파악하려는 것일 뿐이라고 답했다. 인간들이 반복해서 같은 실수를 저지르고 있고 이웃 간에 증오가 판치고 나라에 불공정이 피에 번지는 독처럼 퍼져 나가고 바다에 떠 있는 얼음이 또 무너져 내리고 또 한 종의 동물이 멸종하는데도 누구 하나 알아채거나 신경 쓰는 것 같지 않아서라고 했다. 클라라는 모든 게 연결돼 있다고 말하곤 했다. 그때마다 나는 이 세상에 너는 딱 한 사람이고 그런 너한테 인생은 한 번뿐이라고 말해 주곤 했다.

"제가 집으로 와서 아버지네 학과에서 학생들을 가르쳤으면

싶으신 거죠? 매일 학교를 마친 유미를 데려오고 다 괜찮아지겠
거니 여기면서요."

클라라는 목각 인형을 허공에서 흔든 뒤 단순하게 조각된 미
소를 자세히 뜯어보았다.

"이걸 갖고 논 사람이 누구건 고달프게 살았겠죠. 정말 짧게 살
다 갔을 테고요."

"난 그저 유미가 어린 시절을 엄마와 보냈으면 싶구나."

"어머니랑 아버지가 자식 곁에 있으라는 말을 하실 입장은 아
니잖아요."

"그 말은 조금 억울한 면이 있는데."

클라라가 이런 비난을 할 때마다 몸이 쥐며느리처럼 둥글게 말
리는 기분이었다. 그 애는 제 손으로 돈을 벌게 되자마자 지체 없
이 지구에서 가장 외진 곳으로 달아나 엽서와 사진으로만 생존
소식을 전했다. 클라라는 그곳에 나를 남겨 둔 채 목각 인형을 그
대로 쥐고 돌아서더니 메신저백을 움켜잡고 바닷가로 걸어갔다.
내가 그 애를 따라잡았을 때에는 이미 다른 일지를 꺼낸 후였다.

"최근에 나온 해수면 상승 예상도 보셨어요?"

클라라는 유미가 살아 있는 동안 물속에 잠길 수도 있는 도시들
을 줄줄이 읊어 주었다. 남부 플로리다의 대부분과 일본의 거의
모든 대도시들이 해당되었으며 뉴욕은 베니스처럼 된다고 했다.

"애팔래치아산맥 지역이 불타고 있다는 뉴스는 보고 계신 거
죠? 뇌를 먹는 아메바가 여름 캠프지 호수에서 폭발적으로 늘어
나고 있다는 소식은요?"

"어느 세대에나 나쁜 일들이 있기 마련이다."

펼쳐 놓은 공책을 보니 장마다 재난 이야기가 빼곡했다.

"하지만 그래도 우리는 주어진 삶을 살아가야 한단다."

"기후 변화가 없었다면 아버지가 여기서 하시는 연구 자체가 불가능했을 거예요."

"나도 안다."

"유미한테 내일 아침 먹으러 가자고 전해 줘요. 원하시면 나중에 다시 얘기해요."

돌아선 클라라는 연구 천막 쪽으로 가 조교 한 명을 불러 시내까지 태워다 달라고 부탁했다. 탈것을 기다리는 동안 발굴지로 되돌아온 클라라는 땅속에 반쯤 빨려 들어간 마시핏에 있던 나를 찾았다.

"그런데 말이에요, 제가 딸과 같이 있고 싶어 하지 않는다고 여기지는 마세요. 그렇게 생각하신다면 완전히 잘못 짚으신 거예요."

하지만 다음 날 미키와 내가 아침을 먹으러 클라라와 유미를 찾아갔을 때 유미는 울고 있었다. 클라라가 계획을 바꿨다고 했다. 시베리아 현장까지 이동하는 데 뭔가 큰 문제가 생겼고 자기가 손쓸 수 없는 상황이라고 말했다. 클라라는 바나나 스플릿 디저트를 앞에 둔 채 훌쩍거리고 있는 유미를 껴안아 준 뒤 몸조심하라고 이르는 제 엄마를 안아 주었다. 하지만 나는 아무 말도 하지 않았다. 그저 커피를 마시고 초콜릿 칩 팬케이크를 주문했다.

"클리프."

미키가 재촉하듯 나를 불렀다.

나는 길가 식당의 햇빛 가리개 틈으로 렌터카에 오르는 클라라를 지켜보았다. 그러나 그 아이는 시동을 걸지 않은 채 한참을 그대로 앉아 있었다. 결국 나는 자리에서 일어나 밖으로 나가 차창을 두드렸다. 그리고 문을 열고 이렇게 말했다.

"사랑한다. 몸조심하렴."

"일이 이렇게 돼 버려서 죄송해요."

나는 클라라의 수면 캡슐로 돌아와 사진을 지갑에 밀어 넣고 양말 속에서 찾아낸 5센티미터 크기의 작은 토우를 집어 들었다. 땅딸막한 사람 형상의 이 돌 조각상은 몸통이 둥글납작하고 공 모양의 두 눈이 머리의 대부분을 차지하고 있었다. 예전에 고대 일본역사 박물관에서 내가 직접 산 모형이었다. 클라라에게 중학교 졸업 선물로 주면서 토우가 조몬 시대의 일본인들에게는 나쁜 기운과 불운과 질병을 빨아들이는 마법 같은 역할을 했다는 설명을 해 주었다. 그러면서 이것을 지니고 있으면 세상 어디에 있든 그 애를 안전하게 지켜 줄 것이라고 말해 주었다. 조각상의 갈라진 틈과 곡선을 손가락으로 쓸면서 클라라의 마지막 자취를 더듬어 보았다. 일진이 안 좋은 날이라고 생각하며 멀리 떨어져 있는 유미를 떠올리면서 숨을 거두었으리라.

돔 건너편에서 누군가 전속력으로 달려오면서 내는 발소리가 알루미늄으로 된 기지 내부에 울려 퍼졌다. 토우를 바지 주머니에 넣자마자 율리아가 안으로 들어서더니 손목에 찬 건강 추적기를 흘깃 쳐다보았다.

"휴. 모스크바 마라톤 대회에 참가하거든요. 그나저나 지금 시장하신지 아니면 그냥 쉬고 싶으신지 모르겠네요."

율리아가 여전히 숨을 헐떡이며 말했다. 체육복을 갈아입었는지 비공식적인 기지 유니폼이나 다름없는 물 빠진 청바지와 후드 티를 입고 있었다.

"생선 타코를 만든 김에 다들「프린세스 브라이드」를 볼 거거든요."

"그쪽이 애니에게 이름을 붙인 분이군요. 유리드믹스 팬이라던."

"막심은 비틀스 노래에서 따온 이름을 붙이고 싶어 했어요. 에티오피아에서 발견한 고인류 화석에「루시 인 더 스카이 위드 다이아몬즈」에서 따온 '루시'라는 이름을 붙인 것처럼요. 우리가 발견한 소녀도 '주드'나 '페니'가 될 뻔한 거죠. 이름 결정권을 걸고 겨룬 체스에서 제가 막심을 이겼답니다."

율리아를 따라 돔 중심부로 들어가 강력 접착테이프로 여기저기 덧대 놓은 안락의자에서 느긋하게 쉬었다. 구운 송어 냄새가 실내에 가득 퍼지고 나서야 거의 10시간 전에 첫 경유지였던 블라디보스토크에서 식사를 한 후 제대로 뭘 먹은 적이 없다는 사실을 깨달았다. 연구원 네 명이 소파에 끼어 앉고 또 다른 연구원은 보급품 궤짝에 걸터앉아 있었다. 모두가 정식으로 자기소개를 했고 궤짝에 앉아 있던 데이브가 신입이면 꼭 거쳐야 하는 절차라며 보드카 한 잔을 건넸다. 말끝을 흐리는 버릇이 있었고 옥시덴탈 대학교 티셔츠를 입고 있는 것으로 보아 그 역시 캘리포니아주 출신인 듯했다.

"산타크루즈에서 왔어요."

데이브가 매머드 엄니처럼 생긴 술병을 기울여 내 잔을 채워 줬다. 다른 연구원 중 한 명이 그 특별한 보드카를 알아보고 가장 오래된 양조장에서 현지의 물과 밀, 삼나무 열매로 만든 진짜 시베리아산 술이라고 말해 줬다.

"곧 취하지 않는 법을 터득하게 될 겁니다."

데이브가 이어 말했다.

"술은 몸도 덥혀 주고 무료함도 달래 주죠. 우리가 감으로만 일하고 있다는 사실도 잊게 해 주고요."

몇 모금 홀짝거렸다고 그새 얼굴이 벌게지기 시작했다.

가고일 석상처럼 인조 가죽 의자에 앉아 작은 유리잔을 감싸 쥐고서 멋쩍어하는 남학생처럼 주변을 관찰하며 어떻게 이들과 어울려야 될지를 고민했다. 몇몇 연구원들은 통로에 모여 춤을 추고 있었다. 하지만 대부분은 찢어진 가구에 구겨 앉아 영화에 야유를 퍼붓거나, 아니면 내게 이입형 롤플레잉 게임에 대해 어떻게 생각하는지와 같은 질문들을 해 댔다. 결국 막심이 내게 「던전 앤드 드래곤」의 캐릭터까지 만들어 주는데도 내버려 뒀다. 엘프 로그 캐릭터였는데, 이름은 무슨 이케아 가구 같은 칼라스크였다. 데이브가 캐릭터 시트를 낚아챘다.

"이 덕후는 게임 하나를 시작하려고 1년 넘게 애쓰는 중이랍니다."

"난 완벽한 캠페인을 만들어 내려는 거야."

막심이 되받아쳤다.

"저런 헛소리는 무시하셔요. 제가 아는 진짜 좋은 입문자 게임이 하나 있어요."

알렉세이라는 이름의 정비사가 말했다. 그는 남극의 벨링스하우젠 기지에 자주 차출되는 직원이었다.

"이분 같은 신입들은 혼자 있지 않는 게 중요하지."

"저 친구 아버지께서 2018년에 남극에서 일어난 최초의 살인 미수 사건 때 벨링스하우젠에 계셨거든요. 그래서 밀실 공포증에 조금 예민해요. 알렉세이는 우리의 비공식적인 상담사랍니다. 누군가 이상하게 행동하고 혼자만 있으려고 하거나 일에 지나치게 몰두하면 저 친구가 약을 주거든요."

율리아가 설명했다.

"약이요?"

"곰 발톱!"

알렉세이가 소리쳐 대답해 줬다.

"안 거들어 줘도 돼."

율리아가 한마디 하고는 내 옆에 자리를 잡고 설명을 이어 갔다. '곰 발톱'의 규칙은 이랬다. 맥주를 가득 채운 잔을 돌린다. 한 사람씩 마실 때마다 보드카를 부어 다시 잔을 가득 채워 나간다.

곧이어 방 안에 있던 모든 이들이 내 이름을 연호하기 시작했다. 클리프, 클리프, 클리프, 클리프. 이 친구들은 내가 잠시만이라도 그곳에 여전히 남아 있는 클라라의 자취를 잊어버려야 한다는 것을 잘 알고 있었다. 술잔이 돌자 기지 전체가 발밑에서 빙글빙글 돌기 시작했다. 텔레비전 주변에서 웃고 떠드는 소리가 아득하게 느껴지는가 싶더니 결국 율리아가 내 어깨를 두드리며 괜찮은지 확인했다. 영화의 엔딩 크레딧이 올라가고 있었고 보드카가 반쯤 차 있는 술잔이 뻗어 버린 알렉세이의 앞에 놓여 있었다. 새로이 내려앉은 침묵 속에서 천막에 퍼붓는 우박과 바람 소리가 들렸다. 막심이 태양열 집열판에 보호 조치를 하러 밖으로 뛰어나갔다. 일부는 각자의 수면 캡슐이나 실험실로 흩어졌다. 율리아는 그대로 남아 있었다. 그녀는 클라라와 비슷하게 30대 초반이거나 조금 더 어릴 것 같았다. 모스크바 국립대를 나온 율리아는 캠브리지에서 장학생으로 대학원을 마친 뒤 같은 대학에서 자생 식물, 그중에서도 특히 이산화탄소 흡수계로서 대단히 중요한 저지대 관목을 연구하고 있다고 했다.

"클라라는 늘 그걸 가지고 다녔어요. 우리가 따님을 찾아냈을 때에도 외투 주머니에 들어 있었고요. 행운의 부적 같았죠."

율리아의 말에 내려다보고 나서야 영화를 보는 내내 내가 그 토우를 만지작거렸다는 것을 깨달았다.

"이게 그 애를 지켜 줄 거라고 말했어요. 여태 가지고 다닐 줄은 몰랐어요. 이 토우가 액운 같은 걸 빨아들인 후에는 부숴 버려야 한다고 말하는 사람들도 있답니다. 그 애가 항상 지니고 다니던 수정 목걸이도 하나 있었죠. 엄지손톱만 한 다이아몬드 원석처럼 생겼고 옅은 보라색이었어요. 은사슬에 끼워 걸고 다녔는데 상자에 없더군요."

"클라라의 시체를 찾았을 때 그건 없었어요. 분명 그전에 잃어

버렸거나 병원으로 후송될 때 도난당한 걸 수도 있어요. 클라라에게 아주 소중한 거였다는 걸 저도 알아요."

율리아의 이야기를 들으며 토우를 꽉 움켜쥔 채 시선을 돌려 저쪽 벽에 붙어 있는 분화구 지도를 바라봤다. 율리아가 일어서서 나를 부축해 줬다. 보드카 때문에 비틀거리는 몸으로 오렌지색 압정을 꽂아 놓은 부분을 가리켰다. 한때 고대의 공기를 꽁꽁 감추고 있던 동굴이 모습을 드러낸 곳이었다.

"클라라는 저기서 얼마 멀지 않은 동굴의 무너진 천장으로 떨어졌어요."

율리아가 고개를 가로저었다.

"처음에는 이해가 안 갔어요. 애니랑 다른 사체들을 봤다는 말만 했거든요. 알다시피 출혈로 착란을 일으킨 걸 수도 있으니까요. 머리가 부딪혔을 수도 있고요. 근데 클라라의 안중에는 그날 발견한 것밖에 없더라고요. 그 애 얼굴이 보여. 계속 그 말을 되풀이했기 때문에 똑똑히 기억나요. 다른 말도 많이 했어요. 주의했어야 할 사항을 적어 놔야 한다거나, 이게 전부 다 자기 잘못이 될 수 있다든가. 선생님은 혹시 그 말이 무슨 뜻인지 아세요?"

"아뇨."

어쩌면 클라라가 세상을 구할 수 없게 되자 마지막에 자책했던 게 아닐지 궁금했다.

"그 아이가 발견된 곳을 보고 싶군요."

"날씨만 괜찮으면 내일 오후에 모시고 갈게요. 표토가 다시 얼기 전에 현장 조사를 최대한 많이 해 놓으려고 하거든요. 다들 필요한 샘플을 채취해서 올겨울에 데이터를 빠르게 분석하고 싶어해요. 막심은 시베리아 폭염이 또 닥쳐올 거라고 생각하는 것 같지만요. 뭐 그렇게 되면 우리야 좋지만 지구에는 나쁜 일이지요."

다음 날, 전날 밤 환영회의 여파로 변기를 붙들고 꽤 많은 시간을 보낸 후 클라라의 가슴장화를 신고 아름다운 시베리아의 10월답게 날씨는 섭씨 5도로 포근할 것이라는 예보에 맞춰 옷을 껴입었다. 기지에서 분화구 가장자리까지는 굽이굽이 낙엽송이 장악한 소나무 숲을 지나 30분을 걸어가야 했다. 수수한 나무들의 가지들이 위로 구부러져 있어서 그런지 계속해서 바들바들 떨고 있는 것처럼 보였다. 나는 율리아와 데이브와 함께 뒤쪽에 처져서 장비 뒤에 길게 줄지어 터덜터덜 느리게 걸어가고 있는 연구원들을 따라갔다.

"선생님도 아시다시피 낙엽송의 뿌리 조직은 땅속의 얼음이 녹지 않도록 도와주죠. 이 나무들은 마지막 빙하기의 자손들이랍니다."

데이브가 나무 몸통을 어루만지며 지나가면서 말했다.

"그래요?"

"이 친구는 상식 대회에 나갔다면 1등 했을 거예요."

율리아가 끼어들었다.

"야, 너도 꼭 건강만을 위해 달리기를 하는 게 아니잖아. 안 그런 척해도 너 역시 다른 사람 못지않게 이곳을 깊이 숭배하잖아."

"맞아. 그냥 떠벌리는 것을 안 좋아할 뿐이지."

"어쨌든, 상식 이야기가 나와서 말인데 바타가이카를 지옥으로 들어가는 문이라고들 하는 거 알지? 아마 현지인들이 이 나무들을 너무 많이 베어 냈을 때 나온 말일 테지. 초목 덕분에 땅이 얼어 있는 거니까. 해가 갈수록 이곳 지하 세계가 점점 더 많이 드러나고 있고."

분화구의 가장자리에 거의 다 왔을 때만 해도 땅이 발밑으로 떨어져 내리고 있겠거니 생각했다. 하지만 실제로 보니 서서히 깎여 나간 육지 표면에 넘치거나 영구 동토층에서 녹아내린 물이 흘러 들어가면서 지반이 내려앉은 모습이었다. 가장자리에 더 가까이 가 보니 1년 내내 회색빛인 시베리아의 하늘 아래로 거무칙칙한 그랜드 캐니언이 펼쳐져 있는 듯했다. 연구원들이 진입로로 뚫어 놓은 지그재그 형태의 경사로에는 짙은 적갈색과 암갈색의 크레용 같은 흙이 세월을 다채롭게 드러내고 있었다. 데이브와 그의 팀원들이 대열에서 벗어나 자기네끼리 '협곡'이라고 부르는 분화구의 내부 구역으로 걸어가 물줄기에서 샘플을 채취했다. 하지만 분화구의 더 깊은 곳에 또 다른 동굴이 있었다. 작년에 얼음이 녹으면서 드러난 아주 오래된 동굴이라고 했다. 율리아가 일행과 떨어진 곳으로 데려가서 미니쿠퍼 차만 한 구멍을 가리켜 보여 줬다.

"클라라가 떨어지기 전까지는 저기 동굴이 있는 줄도 몰랐어요. 아마 얼음과 흙이 얇은 막처럼 덮고 있었나 봐요. 나중에 들어가려고 입구를 넓히고 천장이 무너지는 걸 막기 위해 내부에 비계와 지지대를 설치했어요. 하지만 당연히 여기서는 모든 게 녹고 있어요."

율리아가 진흙탕인 동굴 가장자리에 괴어 놓은 철제 사다리를 타고 천천히 내려가자 그녀의 헤드램프가 어둠 속에서 까딱거렸다. 율리아를 따라 한 발짝씩 허공으로 발을 내려놓는데 녹은 얼음물이 이마로 똑똑 떨어졌다. 나는 썩은 달걀 냄새를 못 이기고 윗도리 소매에 코를 박았다. 새로 방출된 가스와 미생물에 더해 케케묵은 똥까지 가득 들어찬 흙에서 나는 냄새였다.

"이거 하세요."

암반에 내려서자 율리아가 코에 두르라며 커다란 손수건을 건넸다.

"입구를 넓히기 전에는 냄새가 열 배는 더 심했어요. 하지만 냄새는 곧 과학이잖아요. 가스는 대부분 동토층에 적응한 박테리아가 만들어 내죠. 일부 가스에는 고유의 부동 물질 같은 게 들어 있고요."

율리아가 동굴 둘레에 연달아 매달아 놓은 등들을 켰다. 동굴은 은신처이자 집이었고 무덤이었다. 바닥과 천장을 줄줄이 장식한 석순과 종유석을 제외하면 동굴 안은 대체로 평탄한 편이었다. 한때는 위쪽이 트여 있어 하늘이 훤히 보였을 것이다. 불을 피워 놓고 입구에 앉아 가족과 함께 갓 사냥한 짐승의 고기를 맛보는 애니를 상상해 보았다. 말없이 먹기도 하고 오순도순 이야기꽃을 피웠으리라. 애니와 부족 사람들은 노래를 불렀을까? 동굴 안에 장송곡이 울려 퍼졌을까?

"바로 저기서 클라라를 발견했어요."

율리아가 피로 얼룩진 듯 보이는 기반암 부분을 가리켰다.

"도착했을 때에는 이미 의식이 없었어요."

무릎을 꿇은 뒤 손가락으로 거무튀튀한 돌 표면을 쓸어 보았다.

클라라가 가족에 대해 무슨 말이라도 했는지 알고 싶었다. 그럴 정신이 있었다면 피를 철철 흘리면서도 자신의 무덤이 될 곳을 자세히 살피고 의식이 희미해지는 순간에도 홍적세의 공기를 들이마셨을 가능성이 더 컸지만 말이다. 해당 암반 부근은 대부분 환상 열석(스톤헨지처럼 거대한 선돌이 둥그렇게 줄지어 놓여 있는 고대 유적 — 옮긴이)의 잔해가 차지하고 있었다. 중앙에 문짝만한 거석이 기둥처럼 버티고 있었고 거석 곳곳에는 애니의 몸에 있는 문신과 똑같은 문양이 새겨져 있었다. 발굴된 시체의 대부분이 묻혀 있던 기둥 주변의 지면에는 점과 소용돌이무늬 외에도 암호나 현존할 리 없는 언어 같은 문양들이 빼곡했다.

나는 무늬의 정밀한 테두리를 손가락으로 훑었다.

"이 무늬들은…… 마치 레이저로 새긴 것 같네요. 끌을 쓴 흔적은 전혀 안 보이는데 몇몇 선은 정말 믿기지 않을 만큼 정확해요."

"쐐기 문자와 관련 있어 보이지만 꼭 그런 것도 아니에요. 여기 사진을 옥스퍼드의 고대언어학 교수님께 보냈더니 그 양반 말로는 그 시대 무늬일 가능성은 없대요. 그러면서 자기 선에서는 이 주변에 있는 문양 중 상당수가 고난이도의 수학과 비슷한 것 같다는 정도만 유추할 수 있다고 했어요."

"율리아 씨도 아시겠지만 클라라는 언제나 고대 외계인 관련

다큐멘터리를 좋아했답니다. 우리가 어떤 도움을 받아 피라미드를 지었다거나, 아틀란티스 전설의 기원에 외계인이 있다는 그런 거요. 그런 아이에게 나는 언제나 다른 설명이 있을 수 있다고 말해 줬죠."

나는 통신 판매로 박사 학위를 획득한 이들이 퍼뜨리는 음모론을 재밌어하는 딸아이를 꾸짖곤 했다. 하지만 내가 그런 아이의 믿음에 의문을 제기할 때마다 그 아이는 마치 그 안에 자기만 아는 비밀들이 간직된 것처럼 그저 목걸이에 걸려 있는 보석을 문지르곤 했다. 가끔은 그 아이가 보던 공상 과학 잡지나 UFO 사진, 또는 새크라멘토에서 열린 빅풋 집회에 나를 억지로 데려간 열정 같은 것들 덕분에 그 애가 나보다 더 훌륭한 과학자가 된 게 아닐까 싶었다. 그래서 결국 흙 속에서 다른 이들은 못 보는 것들을 보게 된 것인지도 모른다.

지하 동굴에서 분화구 지상부로 다시 올라와 데이브와 그의 연구팀이 있는 곳으로 터벅터벅 걸어가는데 장화가 진창에 푹푹 빠졌다. 데이브는 도랑 위에 쭈그리고 앉아 물과 침전물을 비닐봉지에 채집하고 있었다. 팀원 모두가 늪에서 수영이라도 한 듯 얼굴이 흙으로 얼룩져 있었다.

"스냅 사진 같죠."

데이브가 올려다보며 말을 이었다.

"전부 다 이래요. 이런 데서 살아남는 게 있다니 놀랍죠."

"정확히 뭘 찾고 있는 겁니까?"

"공격이 최상의 방어라잖아요. 이 땅속에 뭐가 들어 있든 결국에는 그것들이 도시와 바다와 우리가 먹는 음식에 침투할 거란 말이죠. 우린 주로 온전한 상태의 박테리아 생명체를 찾아왔어요. 애니와 그 주변의 사체에는 이전까지 전혀 보지 못했던 거대 바이러스들이 믿기지 않을 만큼 잘 보존돼 있더군요. 아쉽게도 아직 그 어떤 것도 되살리지는 못했지만요. 우리가 독자 생존할 수 있게 만든 가장 오래된 표본은 100년 된 천연두 균주였답니다. 우리가 격리에 들어간 이유도 그것 때문이었고요."

"그런 고대 바이러스를 되살리려는 겁니까?"

"얼음이 녹으면서 그 속에서 무엇이 나오는지 파악해야 하니까요. 우리가 찾아낸 것들은 대부분 아메바를 제외한 그 어떤 것에도 전혀 위협이 되지 않아요. 하지만 1퍼센트의 불확실성 때문에 제가 여기에 있는 겁니다. 이런 병원균에 대해 많이 알고 있어야 만에 하나 이런 것들이 문제를 일으켰을 때 잘 막아 낼 수 있을 테니까요. 역사를 무시하는 경우와 비슷하다고 보면 돼요. 무시하자면 할 수야 있겠지만 후환이 생길 수 있으니까요. 질병이 어디서 시작되는지 많이 알고 있어야 잘 대비할 수 있죠."

"그래서 그렇게 되살린 게 그 1퍼센트에 해당된다면요?"

선사 시대 미생물들이 데이브와 그의 팀원들을 타고 올라가 머리카락 사이로 들어가서 온몸의 구멍이란 구멍을 파고드는 상상을 하다가 문득 신고 있는 장화에 새는 곳이 있다는 게 생각났다. 단 1퍼센트라도 위험할 가능성이 있다면 당연히 방호복에 더 많이 돈을 들여야 한다고 생각했을 것이다.

"더 이상 유출되지 못하게 하거나 사람들을 대비시켜야죠. 우리 일이라는 게 세상에 경각심을 일깨우고, 이렇게 얼음이 녹고 그 안에서 수백만 년 묵은 엿 같은 게 나오다가는 결국 뭔 일이 나고 만다는 사실을 알리는 거니까요."

데이브가 허리띠로 손을 뻗더니 사각형 금속 버클을 비틀어 아주 작은 수통을 떼어 내 한 모금을 마셨다.

"하지만 우리가 아직까지 모를 정도로 완전히 이질적이고 다루기 힘든 병원균을 찾아낼 가능성은 지극히 적습니다."

그날 늦게 기지로 돌아와서 다시 애니를 조사하는 일에 매달렸다. 애니를 조심스럽게 뒤집어서 조직과 골수 표본을 만들기 위해 피부 껍질을 칼로 잘라 냈다. 데이브와 발굴지 밖에 있는 그의 동료들이 유전자 및 바이러스 검사를 진행할 계획이었다.

"괜찮아."

애니를 감춰 줬던 석벽처럼 거무튀튀하게 굳어 버린 장기들을 자세히 살펴보기 위해 흉곽을 벌리면서 마치 애니가 내 말을 듣거나 내 손가락을 느낄 수 있기라도 하듯 말을 내뱉다가 멈칫했다. 막 위를 떼어 내려는 찰나 미키의 문자가 도착했다.

그 애와 똑같은 실수를 반복하지 마세요. 유미에게 어린 시절은 한 번뿐이에요. 이미 엄마를 잃은 아이예요.

그러지 않을게요. 안 그래요. 클라라를 이해해 보려고 여기 온 거랍니다. 유미도 언젠가는 그러고 싶어 할 거예요.

답장을 보내자 미키가 유미의 최근 사진을 전송해 주었다. 동물원에 갔을 때, 낮잠 자고 있을 때, 최근 '스모그 없는 샌프란시스코 만들기' 주간에 골든게이트 공원에서 거대한 햇빛 가리개 모자와 미세먼지용 마스크를 쓰고 사촌들과 자전거를 탈 때 찍은 모습들이었다. 그런 사진을 보니 행복했지만 딱히 할 말은 없었다. 휴대전화를 내려놓고 다시 일에 집중했다. 세상의 끝에 와 있어서 그런지 다른 일은 전부 아득한 꿈 같았다.

애니의 입을 비집어 벌렸다가 으깨진 꽃잎과 자갈의 흔적을 발견했다. 우리가 익히 알고 있는 네안데르탈인과 초기 인류의 이주 경로와 맞지 않는 흔적이었다. 더구나 어린 소녀임을 고려하면 터무니없는 여정과 이동 거리였다. 애니의 몸에 감춰진 이야기들을 파 볼수록 수수께끼만 증폭되었다.

내부 검안서

위는 대부분 비어 있지만 마멋(다람쥣과의 설치류 — 옮긴이)과 여러 식물의 흔적이 남아 있다. 특히 잎이 좁은 석죽과 식물인 실레네 스테노필라는 적은 양이라서 양식으로 섭취한 것인지 치료제로 복용한 것인지 불분명하다. 어금니 사이에 나무 흔적이 남아 있고 거의 원래 상태로 발견된 치아와 잇몸으로 미루어 볼 때 치아 관리를 받았을 가능성이 있다. 치태 시료에서 동식물과 곤충이 풍부한 식사를 했음이 엿보인다. 잇몸선 밑에서는 연쇄상구균 변이 외에도 정체불명의 박테리아가 나왔다. 두개외상보다 앞서 뇌부종이 생긴 흔적이 보인다. 두정골과 두개저가 저하되고 얇아져서 두개외상이

악화되었다. 극동연방대학교에서 유전자 결과 및 분석이 곧 나올
예정이다.

애니의 손가락은 사후 경직으로 비틀려 있었다. 도움을 요청하
는 소녀의 모습이 그려졌다. 그녀의 가족에게 초기 인류에 대한
우리의 이해를 재정립할 수 있을 만큼의 약초 지식이 있었을 때
나 가능한 일이지만 말이다. 네안데르탈인의 언어로는 자장가를
어떻게 부를까?

미키와 내가 처음 유미를 돌보기 시작한 때는 다섯 살인 그 애
가 크리스마스를 맞아 제 아비인 타이와 우리 집에서 지내면서
부터였다. 당시 클라라는 연구 때문에 출장 중이었다. 타이를 쉬
게 해 주려고 나는 들불 연기 때문에 천식이 심해진 유미가 호흡
치료를 다 마칠 때까지 같이 만화를 보면서 곁을 지키곤 했다. 가
끔 유미를 안은 채 잠들었다가 타이가 아침밥을 차리는 소리에
눈을 뜨기도 했다. 부녀가 자전거 타기, 공룡 전시회 가기, 발레
수업 등 주말 계획을 짜는 모습을 지켜보다가 클라라가 몹시 보
고 싶어 할 테니 사진을 많이 찍으라고 일러 주기도 했다.

검시관이 영안실의 철제 냉동고에서 사위를 꺼내던 순간은 마
치 이번 생이 아닌 것 같았다. 부둣가 식당에서 식사를 하던 사람
들이 볼티모어항에 떠 있는 시체를 발견한 후 그의 신원을 확인
하는 것은 내 몫이었다. 처음에 사람들은 그것이 바다표범인 줄
알았다. 당시 타이와 유미는 1년 넘게 우리 집 차고를 개조한 방
에서 살고 있었다. 유미는 막 유치원에 다니기 시작했고 타이는

프리랜서 그래픽 디자이너로 친구들의 주선으로 현지 식당과 재정난에 처한 인터넷 회사들에서 일감을 받으면서 안정된 직장을 백방으로 알아보고 있었다.

"장인어른, 저 아래 새로 생긴 태국 음식점 로고로 만든 건데 어때요?"

타이는 마치 내가 예술적 안목을 타고났다는 듯 늘 의견을 묻곤 했다.

그럴 때면 나는 "나도 거기 가서 먹어야겠군."이라거나 "이번 식당에서는 자네한테 전담으로 일을 맡기겠는걸."이라고 말해 주곤 했다. 가끔은 타이가 직접 그런 요청을 하기도 했지만 결과는 늘 거절이었다. 그는 보스턴에서 대학을 다닌 뒤 유미를 더 잘 키워 보고자 클라라와 함께 서부 해안으로 이주해 온 이후 계속 기반을 잡지 못했다.

"걱정 말게. 다음 번이 있잖아. 다음 면접 때든 다음 프리랜서 일이든 하다 보면 안정된 일자리를 얻게 될 걸세."

미키와 나는 타이에게 그렇게 말해 주곤 했다. 그는 언제나 불평하는 법이 없었고 뭔가를 부탁하는 일도 거의 없었다. 그래서 그 주말에 친구 결혼식에 가고 싶어 했을 때 우리 부부는 비행기 표까지 끊어 주며 가서 재밌게 놀다 오라고 말해 줬다. 두 군데에 찔린 상처. 타이가 묵었던 호텔 밖에서 그를 목격한 사람은 없었다. 유미를 막 침대에 눕혔을 때 타이의 친구가 연락을 해 왔다. 전화로 소식을 들은 클라라는 한참 동안 말이 없었다. 그렇다고 울지도 않았다. 유미가 알게 되면 어떤 반응을 보일지 물었을 뿐이다. 나는 어떻게 말해야 할지 모르겠다고 대답해 줬다.

"언제 돌아올 거 같으냐?"

그렇게 물으면서 속으로는 딸아이가 짐을 꾸리고 비행기 표를 예매하겠거니 했다.

"최대한 빨리 갈게요."

하지만 클라라는 타이의 가족이 거의 2주나 장례식을 미뤄 주었음에도 참석하지 못했다. 더 이상 기다려 줄 수 없는 상황이었다. 마침내 클라라가 도착했을 때 나는 공항에서 바로 그 애를 태워 제 남편의 유골함이 안치된 묘지에 데려다준 뒤 거의 1시간을 차에서 기다렸다. 이후 클라라는 유령처럼 집 안으로 쓱 들어가더니 노트북을 켜고 하던 일을 이어 갔다. 요리도 하고 우리와 함께 밥을 먹었지만 말은 거의 하지 않고 머리를 비우겠다고 몇 시간씩 집을 떠났다. 나중에 쓰레기통에서 관람을 마친 수십 장의 영화표 쪼가리와 우리 부부와 유미에게 쓰다가 구겨 버린 편지들을 발견했다. 편지 내용은 모두 "때가 된 거 같아요…… 내가 좀 그랬단 걸 저도 알아요…… 두 분께서 아셨으면 좋겠어요……." 정도로 몇 줄 이상 나아가지 못했다.

그 후 몇 주 동안 클라라는 천천히 짐을 싸고 타이의 유품은 몇 개만 남기고 전부 기부했다. 딸아이가 챙긴 유품 중에는 제 부부와 유미가 디즈니랜드에서 유미의 세 번째 생일을 축하하면서 찍은 사진도 들어 있었다. 나는 클라라가 상실감을 드러내길 바랐다. 미키와 나는 어쩐지 딸을 제대로 키워 주지 못한 것 같아 걱정했다. 하지만 시베리아에 와서 그 아이의 일기를 보니 자기

나름대로 상실의 아픔을 달래고 있었음을 알게 되었다. 클라라에게는 계획이 있었다. 어쩌면 유미가 더 크면 집으로 돌아와서 자신이 세상을 더 좋게 만드는 데 조그마한 힘을 보탠 것 같다고 말할 수 있었을지도 모른다.

68일째

사랑하는 유미에게

오늘 발굴팀을 따라 근처 마을에 갔다가 어떤 소녀를 보고 네 생각이 나더구나. 엄마와 아빠 손을 잡고 있었는데 세 사람 모두 눈알만 보이게 옷을 꽁꽁 껴입고서 얼음 위를 뒤뚱거리며 걸어가고 있더라. 예전에 네 아빠와 나도 너를 스케이트장에 데려간 적이 있었어. 기억 못 할 수도 있지만 그때 너는 죽어라고 철제 보조기만 부여잡고 밀고 다녔단다. 그러자 네 아빠가 네 스케이트화를 벗기고 널 번쩍 안아 들고서 스케이트장을 누비고 다녔어. 네 아빠가 보고 싶구나. 엄마가 더 오래 머물면서 좀 더 잘 설명해 줬어야 했던 게 아닌가 싶어. 하지만 내가 지금 당장 할 수 있는 거라고는 정작 있고 싶은 곳에서 아주 멀리 떨어진 이곳에 남아 있는 것뿐이야. 언젠가는 이 모든 게 그럴 만한 가치가 있을지도 모르지. 어쩌면 아무 소용이 없어서 시간 낭비만 한 게 될지도 모르고(그래서 네 외할아버지의 말이 맞았을 수도 있고). 하지만 내가 여기서 하고 있는 일들은 네게 빛으로 가득한 미래를 선사해 주려는 것이라는 사실만은 변하지 않아.

애니의 조사를 마친 뒤 밖으로 나가서 막심과 데이브와 함께 담배를 피웠다. 초저녁이 되자 기온이 급격하게 떨어졌다. 젊을 적 술집이나 식당 밖에서 담배를 피우며 니코틴 때문에 추방된 이들끼리 동지애를 느꼈던 때처럼 냉기는 삼키지 않고 연기만 들이마시려고 했다. 데이브가 막심과 러시아어를 연습하면서 끝 없이 펼쳐진 눈밭 위로 오렌지색 연무로 바뀐 하늘을 바라보고 있기에 잠시 뒤에서 머뭇거렸다. 그 순간 눈밭 어딘가에 찍힌 발자국은 작은 동물들의 행적과 들소의 느릿한 이동을 기록하고 있을 것이다. 3만 년 전 어딘가에서 저 눈은 애니를 사랑했던 이가 저 멀리 걸어가고 있음을 알려 주었을 것이다.

"아름답죠?"

막심의 말에 내가 답했다.

"그러네요."

"게다가 몹시 우울하고요."

"시베리아잖아."

데이브의 말에 막심이 대답해 줬다.

"우린 클라라에게 딸이 있는 줄 몰랐어요."

데이브의 말에 막심이 재차 끼어들었다.

"선생님은 이런 얘기 안 하고 싶을 수도 있어."

나는 담배 연기를 깊게 들이마시다가 연거푸 콜록거렸다. 막심이 건네주는 물병을 선뜻 받아들어 마셔 목을 가라앉혔다.

"괜찮아요. 손녀는 열 살이 다 됐답니다."

내가 전화기를 꺼내 유미와 클라라 그리고 타이까지 세 명이 전부 같이 찍은 사진들을 보여 주자 데이브가 말했다.

"여기서 그렇게 떨어져 지내는 건 고역이죠. 제 결혼 생활이 엉망진창이 된 지 꽤 됐을 겁니다."

"격리 기간에 관한 소식은 뭐 없나요?"

"애니의 몸에서 발견한 바이러스에 실험 아메바가 약간 반응을 보였어요. 아메바의 세포질이 외막을 통해 새어 나오거나 결정화되는 것 같아요. 그래서 지금 당장은 정부에 보고하지 않으려고요. 우선 우리가 발견한 것의 정체가 뭔지, 혹시 그것이 인류에게 어떤 의미가 있는 것은 아닐지 알아야 하니까요."

데이브가 설명을 이어 갔다.

"괜히 과민 반응하게 할 필요 없잖아요."

막심이 또다시 내게 물병을 건네면서 자기네들이 언젠가는 나를 시베리아 사람으로 만들고 말리라고 말했다. 눈을 감자 클라라가 분화구 가장자리에 서 있다가 뒤돌아서 컴컴해지는 숲 사이로 기지에서 새어 나오는 한 줄기 빛을 찾는 모습이 그려졌다.

일주일 후 애니의 유전자 분석이 끝나자 주류 언론 매체들은 애니를 '또 하나의 잃어버린 고리'라거나 '고대 시베리아의 경이로운 소녀'라고 불렀다. 반쯤은 네안데르탈인이면서 또 반쯤은 겉으로만 인간에 가까웠던 애니는 불가사리나 문어와 비슷한 유전적 특징을 갖고 있었다. 이게 애니에게 정확히 어떤 모습으로 나타났을지는 잘 모르겠지만 내가 앞서 그려 봤던 이 연약한 소녀는 빙하기의 어떤 혹독한 환경에도 잘 적응할 수 있었을 테다. 애니는 전사였다. 발전 가능성이 무한한 소녀였다. 관련 연구원들 대다수가 화상 인터뷰와 축하 세례에 더해 연구 보조금과 새로운 장비를 받을 수 있으리라는 기대로 술렁거렸다. 애니의 몸속에서 발견된 바이러스에 대해서는 공표되지 않았으며 우리는 함구하라는 지시를 받았다. 데이브와 막심은 갈수록 더 바빠졌고 모든 게 순조롭다고 큰소리친 것과 달리 연구실에 박혀 살았다. 클라라가 살아 있었다면 이런 상황에 대해 뭐라고 했을지 자못 궁금했다.

아내와 유미에게 영상 통화를 걸었다. 두 사람 모두 색도화지로 만든 왕관을 쓰고 있었다. 한두 달 후면 집에 돌아갈 것이라고 말할 때는 나부터 꼭 그렇게 되기를 믿고 싶었다. 유미는 학교 연극에서 태양 역할을 맡기로 했으며 바이올린을 배우기 시작했다고 말했다. 뉴욕에서 여는 아내의 정기 전시회 때문에 미키의 여동생과 제부가 도와주러 집에 와 있던 데다 다른 친척들까지 주말마다 들르는 통에 결국 각자 음식을 싸 와서 함께 먹는 게 정기 행사가 되었다고 했다.

"클라라와 유미를 그린 그림을 두 장이나 팔았어요. 브루클린에 사는 커플이 모녀간에 사랑은 물론 갈망 같은 것도 느껴진다고 말하더군요. 그런 걸 의도하고 그린 게 아니지만 클라라의 눈에 슬픔이 서린 게 눈에 띨 수밖에 없었어요."

"여기서 그 애는 행복했던 것 같아요."

뒤이어 유미가 끼어들기에 올림픽 선수같은 폐와 심장을 가지고 있고 불가사리나 문어처럼 작은 상처를 입어도 몇 시간 지나면 나을 수 있는 능력의 소유자일지 모르는 특별한 소녀에 대해 말해 줬다.

"슈퍼히어로처럼요?"

"비슷하지."

"근데 할아버지가 그 언니는 병에 걸렸다고 했잖아요."

"누구나 가끔 병에 걸린단다. 할아비가 여기 좀 더 있어야 하는 것도 그 때문이고. 할아비는 사람들이 괜히 병에 걸리지 않게 해 주고 싶단다."

"근데 할아버지는 괜찮아요?"

"난 괜찮단다."

유미가 전화기 앞을 떠난 후 말한 대로 진짜 괜찮다고 아내를 안심시켰다. 그러면서 다음번 가족 만찬 때에는 소고기 양념구이로 솜씨를 발휘하겠다고 말했다. 유미가 좋아하는 대로 아주 얇게 썬 소고기를 소스에 재워 냉장고에 하룻밤 동안 넣어 두겠다는 말도 빼놓지 않았다. 끝으로 바뀌는 게 있으면 전화로 알려 주겠다고 약속했다.

밤에 되자 「구니스」나 「샤이닝」 같은 영화를 보고 또 보는 대신 클라라가 쓴 일기에 그 애에게 전하고 싶은 말들을 써 내려갔다. 격리 기간이 한없이 늘어지고 겨울 폭풍 때문에 연구 반경이 기지 내로 제한되자 연구원들은 대부분 수면 캡슐로 뿔뿔이 흩어졌다. 기지에 쟁여 둔 술과 담배는 보급품 수송일이 되기도 전에 바닥을 드러냈다. 새로운 취미를 찾아낸 이들은 체스 두는 법을 배우거나 코바늘 뜨개질을 하고 그림을 그리거나 카드 마술을 익혔다. 율리아는 팀원 전체를 담은 단체 초상화의 밑그림을 그리고 있었다. 나는 어느 날 밤에 클라라의 일기를 펼쳐 놓고 속표지에 크고 두꺼운 글씨체로 *네가 옳았다*고 써 넣은 뒤 그 문장에 동그라미를 치고 밑줄을 그었다.

보고 싶은 클라라에게

네가 집을 벗어날 도피처로 여겼겠다 싶었던 곳에서 내가 삶을 꾸려 가기 시작했다고 생각하니 이상하구나. 하지만 네가 다른 걸 보았다는 사실을 알고 나니 이제야 네가 왜 한시도 쉴 수 없었는지 이해가 가는 것 같구나. 네가 눈여겨본 것은 우리 가족이나 네 일 또는 우리가 삶이라 부르는 모든 사소한 것들과 관련된 게 아니었어. 넌 죽은 땅과 죽은 바다의 미래, 우리 모두 죽기 살기로 싸우는 미래를 봤던 거지. 넌 미래 세대의 삶이 어떨지를 꿰뚫어 보고, 지구가 우리의 머리에 총을 겨누고 있는 듯 행동했던 거였어. 정말이지 그렇게 될지도 모르겠구나. 항상 네가 무척 자랑스러웠지만 시베리아까지 와서 격리 생활을 하고 3만 년 된 소녀의 신비를 접하고 나서야 그 사실을 깨달았단다. 어쩌면 오늘 밤 별을 바라보며 우리 둘을 위한 새로운 별자리를 만들어 낼지도 모르겠다. 깊고 거대하게 갈라진 절벽에 여자가 서 있는 별자리를 말이다. 너와 함께하겠다.

사랑하는 아빠가.

때때로 밤늦게 율리아와 나는 휴게실에서 데이브와 막심이 러시아어로 나누는 대화를 엿들으면서 체스를 두었다. 두 사람은 은밀하게 이야기를 나누려고 했지만 목소리가 벽을 스치고 울려 퍼졌다. 율리아는 그렇게 듣게 된 과학 용어를 중심으로 조금이 나마 파악한 내용을 통역해 주곤 했다. 그 덕에 그들이 의료진과 정부 관계자들과 화상 회의를 열었으며 수백 킬로미터 떨어진 토양과 빙하코어에서 바타가이카 바이러스와 비슷한 바이러스가 발견됐다는 보고서를 알게 되었다. 하지만 병에 걸린 사람은 아무도 없었기에 모두 다 괜찮지 않을까 싶었다. 어쩌면 몇몇 조상들이 이 바이러스와 사투를 벌인 덕분에 우리 몸 안에 이 질병에 대한 면역력이 깊게 자리하고 있는지도 모른다. 데이브는 연구실의 시험관에서 바이러스를 꺼내 주사하거나 감염된 아메바를 코로 흡입하지 않는 한 지나치게 피해망상에 사로잡힐 필요가 없다고 누차 말했다.

"하지만 우릴 계속 여기에 가둬 두려고 하잖아요. 우리한테 아무 이상이 없으면 여기 이렇게 둘 리가 없어요."

정비공 알렉세이의 말에 데이브가 나섰다

"사실 그 사람들 입장에서는 그럴 수 있어요. 지금 당장 이 바이러스에 대해 더 많이 알아낼 최고의 방법은 바로 우리를 관찰하는 거니까요."

우리는 매일 아메바 시료를 현미경으로 관찰했다. 막심과 데이브는 변화가 있다며 아메바의 세포질 구조가 어떻게 해체되기 시작했는지 설명해 주었다. 우리는 바이러스를 주입받은 쥐가 알 수 없는 이유로 혼수상태에 빠지는 모습을 지켜봤다.

"문제의 바이러스가 숙주 세포에게 다른 기능을 하도록 지시하고 있는 것 같아. 카멜레온처럼 변신해 간 세포가 뇌 세포 기능을 하고 심장 세포가 폐 세포 기능을 하도록 말이야. 그러면 결국 기관의 정상적인 기능은 멈추는 거지."

데이브가 설명을 이어 갔다.

"하지만 아직까지는 우리 중 누구도 감염되거나 감염될 가능성이 있다고 생각할 만한 이유는 없어."

"그렇지 않다고 생각할 만한 이유 또한 없지. 너도 말했다시피 지금껏 이런 건 본 적이 없다며."

율리아의 말에 막심의 조수가 나서서 데이브를 가리키며 말했다.

"그 바이러스를 그냥 내버려 뒀어야 했어요. 잘못되면 다 당신 탓이에요. 난 가족이 있단 말이에요. 우리 모두 가족이 있다고요."

그날 밤늦게 막심은 조를 짜서 조별로 식사 공간과 공용 공간을 이용할 수 있게 조치했다.

"서로 예의를 지킬 수 없다면 이렇게 하는 수밖에 없습니다. 더 이상의 언쟁은 용납하지 않을 겁니다. 우린 지금 당장 처리할 일만으로도 벅차니까요."

최근 들어서 늘 분화구에서 나온 진흙과 물을 뒤집어쓰고 있던 팀원들의 모습이나 급한 대로 만든 청정 실험실, 공기 필터를 교체해야 했던 게 아닌가 싶은 방독면들이 생각난다. 당시 데이브가 역사상 가장 악명 높은 질병 매개체로 꼽히는 쥐에 문제의 바이러스를 주입하는 결정이 과연 적절했을까 싶다. 우리는 격리가 연장되고 2주마다 보급품이 수송될 것이라고 통보받았다. 필요하면 생물재해 의료진을 보내 줄 것이라고 한다. 나는 매일 밤 가족들과 영상 통화를 하며 유미에게 "모두 오래오래 행복하게 살았대요."로 끝나는 옛날이야기를 해 주다가 잠이 든다. 그리고 잠에서 깰 때는 열이 난다거나 목이 뻣뻣하다거나 발진이 났다든지 하는 뭔가 이상이 생긴 게 아닐까 지레짐작한다. 거울 앞에서 몸 구석구석을 살펴본다. 우리 모두 모 아니면 도를 기다리고 있었다. 집으로 돌아가 가족을 껴안고 유미에게 엄마가 너를 구한 것이라고 말해 주는 나를 상상한다. 클라라와 마지막으로 갔던 여행을 떠올리면서 북극권 국립 야생 동물 보호 구역 상공을 날면서 마지막으로 남아 있는 야생 북아메리카순록이 이동하는 모습을 다시 한번 지켜보길 꿈꾼다. 데이브가 머리가 쪼개질 듯 아프다고 말하기에 혼자서 생각을 정리해 보되 성급한 결론을 내리지는 말라고 말해 준다. 율리아가 배가 아프다고 하면 차를 마시라고 일러 준다. 우리는 괜찮을 것이라고 말해 줘도 그녀의 두 눈에 서린 두려움은 사라지지 않는다. 데이브의 침과 혈액 샘플에서 신종 바이러스에 대한 양성 반응이 나온다. 내가 율리아에게 도움을 줄 만한 게 있을지 잘 모르겠다. 바깥세상에서 사람들은 사실을 무시하거나 정치나 신앙의 힘을 빌려 스스로를 다독거리지만 돔 기지 안에서는 오직 구체적인 숫자만 중요하다. 율리아는 달리기를 그만두었고 팀원들의 단체 초상화도 미완성 상태로 남아 있다. 우리는 곧 임무를 마치고 집에 돌아갈 것이라고 스스로에게 되뇐다. 어떤 날은 나도 이 말을 믿는다. 클라라의 방한 장비를 걸치고 토우를 챙겨 툰드라로 걸어 나가서 클라라와 나란히 서서 오로라를 바라보는 모습을 그려 본다. 나는 ATV를 타지 않고 분화구의 가장자리까지 1.6킬로미터를 걸어간다. 얼음 속에 내내 감춰져 있던 바이러스와 그 밖의 것들이 토우로 빨려 들어가 단단한 토우의 배에 우리를 해칠 수도 있는 것들이 전부 들어차 있다고 상상한다. 그것이 부풀어 오른 모습을 그려 본다. 클라라에게 사랑한다고 말해 준 뒤 토우를 분화구에 던져 버리고 발굴되었던 모든 것들이 땅속으로 회수되기를 기다린다. 난 걸어서 기지로 돌아간다. 숨이 잘 안 쉬어진다.

로스앤젤레스에서 스탠드업 코미디언으로 돈을 벌어 보려고 애쓰던 중에 북극 전염병이 미국에 상륙해 어린아이들과 노약자들을 감염시켰다. 거의 2년 동안 나는 생활비를 벌려고 환경미화원으로 일하며 버려진 사무실과 폐교들을 청소했고 밤이 되면 싸구려 술집에서 사람들을 웃기며 술을 얻어먹었다. 나는 '근데 진짜로 여러분 독한 사람들이네.'라고 말하곤 했다. 단골들은 괜찮을 것이라는 착각에 계속 빠져 있기 위해 예의상 박수를 쳐 주곤 했다. 진정한 코미디언으로 먹고살고 싶다는 희망을 거의 포기했을 때 매니저에게서 몇 달 만에 처음으로 전화가 왔다.

"안락사 공원이라고 들어 봤어?"

이른 아침이었다. 나는 미화원 작업복을 입던 중이었다.

매니저의 말에 옷을 입다 말았다. 당연히 들어 봤다. 주지사가 아이들의 고통을 평온하게 끝내 줄 놀이공원을 계획 중이라고 처음 발표했을 때 다들 비웃었다. 아이들을 달래며 의식을 잃게

한 다음 심장을 멈추게 하는 롤러코스터라니. 비평가들은 비뚤어진 발상이라고 지적하면서 국가가 다음 세대를 포기하려 한다고 비난했다.

"들어 봤지. 그 주제로 뉴스에서 토론하는 것도 봤어."

"그럼 전염병 예상도도 봤겠네? 부모들은 자포자기 상태야. 조카들이 있어서 알거든. 병원들도 치료를 감당 못 할 지경이고. 장례식장에 대기자 명단까지 생겼대. 네 주변에 감염된 사람이 있는지 모르겠지만 말이지."

"육촌이 병원에 있는 것 같은데 잘은 모르겠어."

"어쨌거나, 아들을 잃은 어떤 억만장자 IT기업 대표가 재정을 지원해 줘서 여기와 샌프란시스코 중간쯤에 있는 옛 교도소 자리에 안락사 공원의 원형쯤 되는 시설을 열었대. 운영한 지 6개월이나 됐다더군."

"좋아, 그래서 그게 나랑 무슨 관계가 있는 건데?"

"그쪽 경기가 나아지고 있는 데다 바이러스가 변이를 일으켜 성인까지 감염된다는 최근 보도들이 사실이라면 거기는 호황을 누리게 될 거라고. 그러면 직원이 필요하잖아."

"하지만 난 코미디언이잖아"

"숙소까지 딸려 나오는 돈벌이야. 예능 일자리라고."

"매니, 내 예능 소재가 뭔지 알잖아. 전형적인 불량한 동아시아인에 대해 씨부렁대는 거라고. SAT 대비 수업 땡땡이치고 대마초를 피우고, 무식한 운동부원에게 거지 같은 수학 숙제를 베끼게 해 주는……. 그런데 분장도 해야 할까?"

"전화 안 해도 되는 거였는데. 그냥 이메일 봐 봐."

전화를 끊고 거울에 비친 유해 물질 방호복을 입은 내 모습을 물끄러미 바라봤다. 그러나 일하러 나가는 대신 부모님께 직장을 옮기게 됐다는 소식을 비트팔프라임이라는 SNS로 전했다. 대박을 칠 일이 얼마 안 남았다는 뻔한 거짓말이 아니라 진짜 전환점이 될 만한 이직이라고.

"자랑스러워할 만한 곳인 거 같아요. 상상했던 것과 아주 똑같지는 않지만 사람들을 웃게 해 주는 일일 거예요."

화상 채팅 창 저 너머로 어머니가 죽은 남동생 방에서 진공청소기를 가지고 나가는 모습이 보였다. 동생은 전염병이 발생하기 1년 전에 자동차 사고로 목숨을 잃었는데 어머니는 아직도 나를 볼 때마다 내 얼굴에서 동생의 얼굴을 보았다.

"네 사촌 동생인 셸비가 죽었다. 그 애 형제들도 전염됐을지 모른단다. 우리야 모르지. 이 전염병이 공기로 전염된다고 하는 이들도 있고 아니라고 하는 이들도 있으니 어느 쪽을 믿어야 할지 모르겠구나."

"어머니랑 아버지 건강은 어떠세요?"

"숨만 붙어 있지 싶다. 네 고모네 집에 가 있을 수도 있단다. 셸비의 추도식 준비를 거들어 줘야 할 것 같아서. 그나저나 일자리가 생겼다며. 그래, 어떤 일인데?"

"아픈 아이들을 위로해 주는 회사에서 일하게 됐어요. 위로 프로그램 운영을 돕는 일이에요."

설명을 시작하자마자 조금이라도 부모님의 인정을 받아 보려고 진실을 왜곡하고 있었다. 남동생이 살아 있을 때 나는 늘 부모님의 관심을 받으려고 고군분투했다.

"좋은 기회 같구나."

아버지는 고개를 끄덕이며 말했다. 하지만 나는 아버지의 어조나 괴롭다는 듯 눈을 가늘게 뜨는 모습에서 아버지가 내 말을 믿지 않거나, 아니면 내가 하는 말을 제대로 귀담아들을 만한 마음의 여유가 없음을 알 수 있었다.

며칠 뒤 아파트 열쇠를 집주인에게 건네고 차를 몰았다. 드문드문 상점만 한두 개씩 스쳐 지나가고 로스앤젤레스 언덕을 뿌옇게 뒤덮은 주황색 산불만 보일 뿐 거리에 생기라곤 없었다. 최근에 노숙자 신세가 된 이들이 자기네 차 안에서 잠을 잤다. 무료 급식소에 늘어선 줄이 똬리를 틀며 주차장까지 이어져 있었다. 시 외곽의 광고판에서는 장례식 종합 상품과 시체 보관용이나 환자 선별용으로 허가가 난 오래된 차고를 광고했다. 고속도로에는 휴게소도 없고 문을 연 식당도 없었다. 간혹 보이는 몇 개안 남은 24시간 주유소마다 천정부지로 치솟은 기름값이 눈에 띄었다. 몇 시간 동안 문명과 떨어진 캄캄한 도로를 달리면서 라디오에서 쉴 새 없이 재림을 떠들어 대는 전도사들에게 지쳐갈 때쯤 저 멀리 공원에서 나오는 구원의 빛이 보였다.

차에서 내리자 그럴듯하게 위장한 교도소에 도착한 기분이 들었다. 담벼락에는 철조망이 그대로 남아 있었고 콘크리트 벽에서 옛 표지판들은 떼어 냈지만 색만 바랬을 뿐 "주립 교도소"라는 글자의 윤곽은 아직도 선명하게 보였다. 공원 안으로 들어서자 관리동 건물의 벽마다 "웃음의 도시에 온 걸 환영해!"라는 문구 아래로 범퍼카를 몰고, 회전목마를 타며, 플룸라이드를 타고 곤두박질치는 아이들을 그린 알록달록한 벽화가 뒤덮고 있었다. 바닥에 그려진 무지개를 따라 관리동 안으로 들어가서 오래된 보안 검문소를 통과하니 기념품 가게와 안내 데스크가 나왔다. 인사과 사무실에는 최소한의 가구만 비치되어 있었는데, 한쪽에 쌓아 둔 소파와 낡은 보드게임 판들로 미루어 보건대 레크리에이션실을 개조한 곳인 듯했다. 남아 있는 공간에는 탁자 한 개와 서류 보관함 몇 개, 그리고 키 큰 조명등 하나와 해체한 파티션 더미만 있을 뿐이었다. 무지개 길을 벗어나 안쪽으로 더 들어가자 머리가 벗어지기 시작한 공원 관리자가 은빛 우주 비행사 복장을 입은 모습으로 의자에 등을 기대고 발을 책상 위에 올린 채 앉아 있었다.

"에이전트 말로는 몇 시간 전에 도착할 거라더니."

나는 책상 위에 '교도소장 스티븐 오맬리'라고 적힌 명패를 빤히 쳐다보고 있었다. 그런 나를 알아챈 그가 명패를 집어 들더니 손에 대고 탁탁 두드리며 이어 말했다.

"그건 그렇고, 실제 내 이름은 제이미 윌리엄슨이오. 여기 있던 쓰레기 같은 헌 물건들을 그대로 쓰고 있는 게 많아서."

"스킵입니다. 기름을 넣느라 돌아오다 보니, 죄송합니다."

내가 손을 내밀며 말했다.

"스키프 씨요."

제이미가 안 해도 되는 P 발음을 강조해 덧붙이면서 대꾸했다. 그리고 잠시 나를 훑어보던 그가 똥 씹은 표정으로 책상 서랍을 뒤지더니 서류 용지를 꺼냈다.

"스키피인데 줄여서 그렇게 부르는 거요?"

"원래 이름이 스킵일 뿐입니다."

제이미가 서류를 책상 위로 밀어 주면서 근무 지침을 설명해 주었다. 평범한 생쥐 분장을 하고 공원을 돌아다니며, 가족들과 사진을 찍고 풍선을 나누어 주고 아이들을 놀이 기구에 태워 주어야 한다고 했다.

"반드시 진심으로 신나서 웃게 해야 해. 대충하는 건 안 돼요. 부모들이 알거든. 애들도 알고."

제이미가 강조했다.

"대충하지 않겠습니다."

말은 그렇게 했지만 속으로는 여전히 분장을 해야 한다는 사실을 곱씹고 있었다. 제안은 고맙지만 사양하겠다고 말하고 사무실을 나갈까도 생각해 봤다. 하지만 이후 어디서 뭘 해서 먹고 살지 뾰족한 수가 없는 듯했다.

"에, 그리고 부모들이 다시 생각해 보겠다고 할 때도 있을 거요. 애들을 다시 집으로 데려가 좀 더 같이 시간을 보내고 싶어 하는 부모가 나올 수도 있고."

"무슨 말인가요?"

"정부와 질병통제예방센터랑은 얘기가 다 된 건데. 우리가 계속 여길 운영하려면 바이러스에 감염된 사람이 못 나가게 해야 하거든."

"그럼 제가 어떻게 그 사람들을 막죠? 몸무게 59킬로그램인 코미디언일 뿐인데요."

"흔들림 없는 태도로 웃음의 도시답게 활짝 웃으면서. 아, 물론 싱글벙글 작전이 안 통하면 보안 요원에게 무전하시고."

분홍색 줄무늬의 멜빵바지를 입은 몰리라는 10대 소녀가 직원 기숙사까지 데려다주었다. 옛 교도소 건물들 너머로 들어서자 금이 간 보도, 각종 싸구려 사탕 과자가 즐비한 매점, 지점토(파피에 마세)로 만든 종이 용, 그리고 햇볕에 녹거나 폭우에 쓸려 나갈 것 같은 요정 숲 등 놀이동산과 비슷한 풍경이 펼쳐졌다. 공원 중앙에 위치한 교도소 동은 해적을 주제로 꾸민 쇼핑 구역과 식당가로 개조되었다. 노점상과 자판기 그리고 음식을 나르는 밀차와 전자동 동물 인형들이 칸마다 들어서 있는 식당가에는 부적절하게도 '망자의 만(灣)'이라는 이름이 붙어 있었다. 머리 위쪽으로는 감시탑에서 나오는 무지갯빛의 조명이 지면을 훑고 지나갔다. 그렇게 스쳐 가는 다채로운 빛 속에 총을 든 감시원들의 검은 윤곽이 비쳤다.

"정말 저렇게까지 해야 하나요?"

내 말에 몰리가 대답했다.

"총 맞아 죽을 거라고 생각하면 애들을 데리고 쉽게 도망치지 않을 테니까요. 대부분 보여 주기 위한 거지만 또 모르죠. 감시원 중에 진짜 코만도가 되고 싶은 사람도 있을지도요."

몰리는 씩씩하게 걸어가 범퍼카 구역에서 왼쪽으로 돌더니 급류타기 구역에서 오른쪽으로 돌아서 웃음 식당을 지나갔다. 관리자가 말하기를 카페테리아인 이 식당에서는 인형 탈을 쓰는 직원들이 가족 관람객에 적합한 즉흥 연기를 펼치는 것이 좋다고 했다.

"여기서 일한 지는 얼마나 됐나요?"

대학 캠퍼스를 안내해 주는 사람처럼 걸음을 멈추지 않고 뒤돌아본 몰리가 분홍색 새우로 변장한 사람에게 손을 흔들며 말했다.

"몇 달 됐어요. 부모님이 식당가에서 요리사로 일하세요."

"여기서 일하는 게 좋아요?"

멍청한 질문이라는 건 알았지만 정말로 사람들을 도와주는 게 내 일이라면 그게 과연 어떤 삶일지 알고 싶었다.

몰리가 어깨를 으쓱하더니 목소리를 죽여 '별꼴이야' 비슷한 말을 중얼거린 뒤 나를 이끌어 "입장 금지. 놀이 기구와 장비 수리 중."이라고 적힌 표지판을 세워 두고 밧줄을 쳐 놓은 차도를 건너갔다.

우리는 녹슨 장대에 해마와 인어가 군데군데 매달린 고풍스러운 회전목마 뒤로 걸어갔다. 더럽고 먼지가 풀풀 날리는 아스팔트를 지나자 이동 주택과 캠핑카가 둥글게 자리 잡은 곳이 나왔다. 다 타 버려 재만 남은 불구덩이 옆에는 접이식 의자와 맥주

캔들이 놓여 있었다. 멀리 떨어진 인조 잔디 구역에는 조그만 오두막들이 옹기종기 모여 있었다. 서 있는 곳에서 보니 공원 불빛은 마치 사막의 오아시스 같았다. 몰리가 녹슬어 다 쓰러져 가는 캠핑카를 가리키면서 입사 환영 꾸러미를 건네주었다.

"일단 이것부터 읽어 봐요. 내일 다른 사람이 업무를 알려 주러 올 거예요. 실전 교육 같은 건 없어요. 애들 울리지만 마요."

"저건 뭔가요?"

내가 오두막을 가리키며 물었다.

"가족들, 그러니까 특별한 도움이 필요한 사람들을 위한 거요. 여기서 시약을 복용시키면서 제약 회사의 연구도 도울 거거든요."

나는 고개를 가로저었다. 몰리가 날 귀찮아하는 게 뻔히 보였다. 아니, 어쩌면 그냥 10대여서 그럴 수도 있었다.

"그럼 잘 자요."

"거기 아마 빈대 있을걸요. 기부받은 캠핑카는 아무도 청소를 안 해서요."

몰리는 이미 몸을 돌리고 있었다.

내가 묵게 될 캠핑카의 불을 켜니 빛바랜 민트색의 독거남 거처의 실체가 드러났다. 사물함 안쪽에는 오래된 「플레이보이」 잡지들이 쑤셔 박혀 있고 깨진 조리대 위에 음식 얼룩이 묻어 있는 걸 보니 예전 차주가 장거리 여행을 수백 번은 했겠다 싶었다. 수납장을 샅샅이 뒤져 유통 기한이 몇 달밖에 안 남은 통조림을 몇 개 찾아냈다. 창 너머로 공원 불빛을 멀거니 쳐다보며 차가운 라비올리를 먹고 나서 잠이 들었다.

내가 처음으로 맡은 아이는 대니라는 어린 소년이었다. (5A 집단: 비전염성, 중증도 4단계) 불타는 듯한 주황색 머리칼이 인상적인 대니는 공룡 잠옷을 입고 있었다. 내가 레이싱 카 모양의 유모차에 대니를 태우고 이리저리 밀고 다니는 내내 아이의 부모는 뒤에서 가까이 따라왔다. 이후 몇 시간 동안 대니의 가족은 속마음을 드러내지 않은 채 오직 재밌게 노는 데만 집중했다. 하지만 대니가 회전목마에서 까닥거리는 거위를 타고 손을 흔드는 것을 보며 부부가 서로를 껴안을 때처럼 고요한 순간이 찾아들곤 했다. 너무 어리거나 공원 측의 허술한 상술을 곧이곧대로 믿는 통에 돌아가는 상황을 전혀 눈치채지 못하는 아이들이 더러 있었다. 하지만 대니는 어린데도 상황이 어떻게 돌아가는지 알고 있었다. 이따금 나는 그 애가 비상용 흡입기를 빨아들이거나 유모차에서 내릴 수 없을 만큼 너무 기운 없어 보일 때마다 기분이 어떤지 묻곤 했다.

그러면 대니는 연거푸 기침을 하면서도 애써 명랑한 얼굴로 "아주 좋아요. 다음은 뭐 타요?"라고 말하곤 했다.

대니의 부모는 길 한가운데에 멈춰 서서 서로를 꽉 껴안은 채 마지막 놀이 기구를 올려다보았다. '오시리스(죽은 자들을 다스린다는 이집트의 신 — 옮긴이)의 전차'라는 이름의 그 놀이 기구는 가장 높은 곳이 거의 600미터에 달하고 시속 321킬로미터로 달리면서 여러 차례 뒤집히기까지 했다. 제이미는 내 일 중 가장 힘든 부분이 바로 여기라고 했다. 부모들이 작별 인사를 할 때까지 기다려 주고 모든 직원들이 환호하며 떠들썩하게 맞이해 줄 것이라는 아이들의 환상이 깨지지 않게 해 줘야 했기 때문이다. 대니의 어머니는 '간지럼의 미로' 구역을 나가며 눈물을 철철 흘렸다.

"웃으며 보내 줄 수 있게 해 줘서 고맙습니다. 도떼기시장 같은 병원에서 아이를 죽게 하고 싶지 않았거든요."

대니의 아버지가 나를 가까이 끌어당기더니 거대한 생쥐 귀에 대고 작은 목소리로 말했다.

"그쪽은 그저 자기 일을 하는 걸 테지만 우리한테는 아들과 하루 더 함께 할 수 있는 선물 같은 시간이었습니다."

그는 털북숭이 생쥐 옷을 입은 내 양쪽 어깨를 꽉 쥐었다 놓고서 아들 옆에 쭈그리고 앉았다.

"대니, 엄마 아빠는 우리 아들을 정말 사랑한단다."

이어서 대니의 어머니가 말했다.

"엄마 아빠는 바로 여기서 너 타는 거 보고 있을게. 우리 아들은 잘할 거야."

내가 그들의 입장이었다면 어땠을지 도저히 상상이 안 됐다. 북극 전염병이 퍼지고 얼마 안 됐을 때 길거리에 즐비했던 아주 작은 시체 운반용 부대와 밤새 끊이지 않던 부모들의 통곡 소리, 그리고 매장지나 화장터 또는 연구소로 망자들을 실어 나르던 하얀색 버스가 떠올랐다. 처음에는 다들 무슨 일이 벌어지는지 전혀 알지 못했다. 러시아와 아시아에서 질병이 퍼지고 있다는 소문이 돌았다. 바이러스성 질병이 발생했다고 하니 그냥 약을 사다 먹거나 동네 의원에 가면 해결되겠거니 예상했다. 하지만 미국에서 처음 발병된 환자들에게서 훨씬 더 심각한 문제가 드러났다. 하와이 해변에서 아이들이 쓰러졌다는 뉴스 속보가 떴다. 공중에서 촬영한 장면이 반복해서 화면을 채웠다. 부모들과 인명 구조원과 구경꾼들이 모래사장에 눕혀 놓은 시체들을 에워싸고 있었다.

"너도 이거 봤니?"

아버지가 물었다. 오아후 해변을 놀이터 삼아 자랐던 부모님은 그 사건을 특히 더 남다르게 받아들였다. 갈수록 더 많은 사례가 보도되면서 우리는 같이 뉴스를 시청했다.

"기분이 되게 이상해요."

화면 속에서 머리를 양 갈래로 땋고 형광 분홍색의 수영복을 입은 어린 소녀가 기자에게 이렇게 말한 뒤 들것에 실려 갔다. 레이라니 투피니오라는 이름의 이 소녀는 한 달 후에 장기 부전으로 숨졌다. 폐 세포와 조직이 변형되어 간과 비슷한 상태가 되어 있었다. 심장은 아주 작은 뇌의 구조를 닮아 가던 중이었다.

"이건 도저히 있을 수 없는 일입니다."

어느 의사가 인터뷰에서 한 말이었다. 하와이 병원의 의사와 간호사들은 감염된 환자들을 '외형 변형 증후군'으로 분류했고 질병통제예방센터에서는 이 증후군이 시베리아의 발병 사례와 연관이 있음을 공표했다. 그로부터 불과 몇 달 후인 2031년 7월 4일에는 본토에서도 아이들이 병에 걸리기 시작했다. 샌프란시스코에서 발생한 사례는 감염된 굴과 관련이 있었고 포틀랜드에서는 마우이섬으로 가족 여행을 다녀온 초등학생이 병에 걸렸다.

이제부터는 나 혼자서 대니를 오시리스의 전차로 데려가야 했다. 대니의 어머니는 마지막으로 한 번 더 아들을 껴안아 주고 주스를 한 모금 입에 흘려 준 뒤 주사기를 꺼냈다.

"이건 그냥 용기 주스를 살짝 넣어 주는 거야."

아이 어머니는 곧 공원에서 파는 진정제를 아들에게 주사했다. 이러한 조치는 강제 사항이 아니었지만 공원 측에서는 아이들이 마지막 순간을 최대한 차분하고 평안하게 보낼 수 있도록 권장하고 있었다.

"무섭니?"

이렇게 묻고 나서야 계속 웃기는 얘기로 밀고 나가든지 풍선으로 바보 같은 동물이라도 만들어 주었어야 하는 게 아닐까 싶었다.

"네."

유모차를 출발시키자 대니는 들릴 듯 말 듯한 목소리로 말했다. 곧 아이가 홀쩍거리며 콧물을 들이켜자 입술 위쪽에 달팽이가 지나간 듯한 자국이 남았다.

"그래도 재밌어 보이는데. 씩씩한 어린이들이 타는 거네."

"네."

이번에 대니는 조금 더 쾌활하게 말했다. 약물이 아이의 핏줄을 타고 빠르게 퍼져 나가면서 마지막 남은 기운 한 자락을 쥐어짜낸 게 분명했다. 눈물이 뺨을 타고 흘러내리는 와중에도 대니는 미소를 지었다. 탑승구에 가까이 가자 아이는 롤러코스터의 높이에 놀란 듯 목을 길게 빼고 위를 쳐다보았다.

나는 무릎을 구부리고 앉아 대니의 얼굴을 닦아 준 뒤 나와 같이 변장한 채 놀이 기구 탑승을 준비하고 있는 다른 직원들 무리에 끼었다. 모든 아이가 무사히 롤러코스터에 타고 직원들이 뒤로 물러서자 몇 미터 떨어진 출입 통제선 너머에 몰려 있던 부모들과 선로 사이에 벽이 생겼다. 비상사태에 대비해 보안 요원들이 대기했다. 마침내 오시리스의 전차가 하늘로 올라가자 쇠사슬과 유압식 발사체의 쉭쉭 거리는 소리가 울려 퍼지기 시작했다. 직원들은 그 소리에 장단을 맞춰 손뼉을 쳤다. 롤러코스터가 중간 표시 지점에 이르렀다가 곧 제일 높은 곳에 다다를 때까지 전차를 뚫어져라 바라보고 있던 나는 선로의 굉음과 아이들의 흥겨운 괴성이 귀가 먹먹할 정도로 커지자 눈을 질끈 감았다. 롤러코스터가 첫 번째 뒤집기를 하고 10 중력가속도의 관성력을 유지하면서 다시 땅으로 곤두박질치고 나자 비명도 뚝 끊겼다. 두 번째 뒤집기 구간에서 뇌 기능이 멈췄다. 세 번째 뒤집기 구간에서는 아이들의 작은 심장이 더 이상 팔딱이지 않았다. 다시 눈을 떴을 때 아이들은 마치 빠져나올 수 없는 깊은 잠에 빠져 버린 듯 머리만 까닥거리고 있었다.

안락사 공원에 들어온 지 두 달째였다. 공원 직원에게 이 말은 웃음 식당 메뉴 중 새우구이 빼고 모든 음식을 먹어 봤다는 뜻이었다. (또 직원들에게 새우구이를 제공하려면 공원에 화장실 휴지를 더 많이 비치해야 한다는 뜻이었다.) 신뢰 게임을 하고 둥글게 모여 앉아 "안녕하세요, 스킵입니다. 지금은 많이 괜찮아진 것 같아요. 죄책감에도 점차 잘 대처하고 있고요. 근데 가끔 그냥 힘들 때가 있잖아요, *왜.*"처럼 감정을 털어 놓는 직원 사기 교육을 두 번 받았다는 의미이기도 했다. 사기 교육에 참여한 이들은 위와 같은 발언이 나올 때마다 단체로 고개를 끄덕이고 연대의 의미로 양 손가락을 허공에 대고 경쾌하게 흔들곤 했다. 이 과정이 끝나면 1시간짜리 명상 교육이 이어졌다. 명상 내내 그리그의 「아침의 기분」이 반복적으로 흘러나왔고 벽에는 야생 동물과 웃고 있는 어린 아이들의 영상이 비춰졌으며 확성기에서는 은은한 여자 목소리가 나와 우리가 소명을 다하고 있다고 말해 주었다.

"그리고 기억하세요, 웃는 순간 고통과 기억이 씻겨 내려간다는 것을요. 소리 내 웃을 때 우리는 더 강해집니다. 소리 내 웃으면 세상이 치유됩니다."

하지만 이렇게 관리 차원에서 조직된 행사 외에는 사실상 서로 어울릴 일이 없었다. 한 번은 요정으로 분장하고 추로스 매장에서 일하는 빅토리아가 한밤중에 트레일러로 들어와 내 얼굴에 콘돔을 던지더니 헛꿈 꾸지 말라고 말했다. 밤을 같이 보내고 다음 날 아침 내가 그녀의 몸 위에 양쪽 팔을 척 걸쳤을 때, 벌떡 일어나 옷을 입는 빅토리아를 보며 다시 한번 이곳이 실제 세상이 아님을 깨달았다.

가끔 그저 판에 박힌 일상을 흔들어 놔야겠다 싶을 때면 차를 몰고 옆 동네의 '올리브 가든'까지 가곤 했다. 공원은 관람객들을 받기 위해 늘 열려 있었다. 올리브 가든의 바텐더는 공원 직원들을 술손님으로 맞을 때면 유령을 접대하는 기분이 든다고 말했다. 혼자 와서 조용히 마시다가 돌아가니까.

"다 이해해요. 댁들이 하는 그 일, 누가 오래 하고 싶겠어요. 그런 상황에서 멀쩡하기가 더 어렵죠."

"난 모르겠던데."

망고 마르가리타를 홀짝이면서 말은 그렇게 했지만 나도 다른 직원들처럼 되는 것은 시간문제일 듯했다. 궁금해졌다. 언제쯤이면 웃음과 망각과 옆 트레일러 거주자와 나누는 슬픈 섹스 외에는 중요한 게 하나도 없는 평행 우주에 한 발을 걸치게 될까. 공원에서 일한 지 두 달 되었다는 얘기는 내가 오시리스의 전차에 태워 보낸 아이들이 거의 150명에 이른다는 뜻이었다.

직원용 트레일러 옆에 자리한 오두막으로 약물 임상 환자들이 들어온 날도 평상시와 다름없는 토요일이었다. 대다수 직원들이 밖에 나와 접이식 의자에 앉아 있을 때 환자 가족들이 도착했다. 아이들은 휠체어를 타거나 부모의 손을 잡고 달팽이처럼 아주 느리게 걸었다. 아이들이 손을 흔들면 우리도 같이 손을 흔들어 주었다. 하지만 그 외에는 그저 지켜보기만 했다. 예닐곱 살쯤 먹은 아이가 무슨 뷔페 요리처럼 플라스틱으로 된 비눗방울에 갇힌 모양새로 들것에 실려 도착했다. 아이는 양손으로 둥근 플라스틱을 꽉 누른 채 근처에 출몰하는 코요테 한 마리가 누군가 반쯤 먹은 감자튀김 봉지에서 간식거리를 훔쳐 먹는 모습을 지켜봤다. 들것을 나르는 경비원들 뒤로 어머니로 추정되는 여인이 커다란 여행 가방을 두 개나 낑낑거리며 끌고 왔다. 그녀가 입은 실크 판초가 너무 큰 탓에 옷자락이 자꾸만 가방 바퀴에 걸렸다. 동료들을 둘러봤더니 지켜보거나 술을 마시거나 파이프에 그저 그런 대마초를 채워 넣고 있기에 결국 내가 도와주러 나섰다.

다가가서 가방을 들어 주자 아이의 어머니가 자신들을 소개했다.

"내 이름은 도리예요. 비눗방울에 갇힌 저 말썽꾸러기는 내 아들 피치고요."

그들을 따라 중앙 놀이터 구역을 지나서 기울어진 지붕에 천장 군데군데에 여러 개의 채광창이 달린 작달막한 방 두 개짜리 오두막 안으로 들어섰다. 제약회사에서 집 안을 자로 잰 듯 반듯한 현대풍 스웨덴 가구로 채워 놓았다. 파란색 플라스틱 커피 탁자만 캘리포니아풍으로 생긴 것 같았다. 탁자 위에는 고리버들로 만든 선물 바구니가 놓여 있었다. 가방을 들고 거실에서 기다리며 경비원들이 피치를 방으로 데려가는 모습을 지켜봤다. 아이 방은 침대, 변기, 세면대, 아동 도서로 꽉 찬 책장, 게임용 콘솔이 딸린 텔레비전, 링거대, 여러 가지 의료 기계 장치 등 피치에게 필요할 법한 것들이 전부 갖춰져 있었고 유리 벽과 미닫이문으로 나머지 공간과 철저히 분리돼 있었다. 경비원들이 벽에 내장된 공기정화기처럼 보이는 장치를 켜자 방 안에 윙 하는 소리가 퍼져나갔다. 피치가 재빠르게 들것에서 기어 나와 안으로 들어가더니 유리문을 닫았다.

경비원들이 나간 후 피치의 어머니가 저녁을 먹고 가라고 청했다. 그러면서 필수적인 식료품과 반조리된 냉동 음식으로 꽉 찬 냉장고를 자세히 살펴봤다.

"피치한테는 이걸 줄 거예요."

여전히 냉장고를 살피며 도리가 이어 말했다.

"전남편은 우리가 굶어 죽는 일은 절대 없을 거랬어요."

"굳이 말 안 해도 됩니다. 연구 참가자들한테는 뭐가 맞는지 모르겠어요."

"피치를 어떻게 보살펴야 하는지를 두고 전남편과 나는 생각이 달라요. 그 사람은 연구 의사인데 머지않아 꼭 자기가 우리 아들을 살릴 방법을 찾을 거라고 믿고 있어요. 그 말만 믿고 기다리다가 지친 데다 지금 이런 연구가 이뤄지고 있다니까 오게 된 거죠. 좋아지고 있는 애들도 있는 것 같아요."

피치가 짐을 풀고 비디오 게임을 하는 소리가 들렸다. 나는 등을 기대고 앉아 아이가 조종 장치를 들고 침대 위에 자리 잡은 모습을 바라보았다. 피치는 이미 모니터링 장치의 전극 끝에서 종이테이프를 떼어 내 전극을 가슴에 붙인 뒤 침대 옆의 링거대에 수액 백까지 걸어 두고 어머니가 남은 조치를 마무리해 주기를 기다리고 있었다. 도리가 아이를 도와주는 동안 나는 유리 벽 건너편에 있던 접이식 탁자를 치워 주었다.

"선물 바구니에 와인이 있어요."

도리가 피치의 방에서 큰 소리로 말했다.

"그리고 냉장고에서 셰이크 통 하나만 꺼내서 흔들어 줄래요? 최근에는 우리 애가 그거밖에 삼키질 못해요."

저녁 식사를 하려고 식탁에 앉을 무렵에 피치는 이미 자기 몫의 베리맛 단백질 셰이크를 마셔 버린 뒤 괴발개발 그린 그림을 들고 우리와 픽셔너리(그림을 그리면 그에 해당하는 단어를 맞히는 방식으로 진행되는 보드게임 — 옮긴이) 게임을 하고 있었다.

"음, 풍차."

내 추측에 피치가 퇴짜를 놓았다.

"땡."

"헬리콥터."

이번에는 도리가 말했다.

"또 땡! 근데 거의 비슷해요."

"가만, 이제 알겠다. 호버크라프트!"

"딩, 동, 댕!"

세 판을 더 하고 나서 피치는 아까 먹은 셰이크를 토했다. 여기 도착했을 때 의사들이 준 알약 때문에 며칠 동안은 이런 증상이 나타날 수 있다고 도리가 설명했다. 도리는 양손을 살균한 뒤 아이가 있는 무균실로 들어갔다. 이미 약해진 피치의 면역 체계가 혹시 모를 뭔가 때문에 손상되는 일을 막아야 했기 때문이다. 그녀는 피치의 티셔츠를 벗기고 『시간의 주름』 오디오북을 틀어 놓고 아이를 품에 안아 얼러 주었다. 피치가 서서히 잠에 들자 가슴팍에 별자리처럼 박힌 상처와 부푼 자국들이 오르락내리락했다.

"그만 가셔도 돼요."

아이 어머니가 아이의 옆에 누운 채로 작게 말했다.

먹은 그릇들을 부엌에 가져다 놓았을 때 도리가 무균실에서 나와 따뜻하게 맞아 줘서 고맙다고 말했다.

"이제는 사실상 친구가 없는 터라 여기서 다른 사람을 만난 게 피치에게는 의미가 남다를 거예요."

딱히 무슨 말을 해 줘야 할지 몰라서 서로의 잔에 남은 와인을 다 따른 다음 천천히 한 모금 마셨다. 이윽고 도리가 물었다.

"왜 이 공원에 오게 됐는지 물어봐도 될까요?"

"난 고등학교 때 반에서 가장 웃기는 애였어요. 그런데 알다시피 전형적인 실리콘 밸리의 아시아계 가정 출신에게 열린 길이란 의사나 변호사나 은행원이나 첨단 기술 사업가가 되는 거였죠. 난 그냥 사람들을 웃기고 싶었는데 말이죠. 사람들이 아무 거리낌 없이 넓은 세상을 보게 도와주고 싶었죠."

"그러니까 가진 재능을 낭비하고 싶지 않았던 거잖아요. 그게 뭐가 나빠요."

"보잘것없는 부모님을 우스갯거리로 삼거나 여자를 낚으러 코믹콘에 가는 이야기를 늘어놓는 게 재능이 많은 건지 잘 모르겠어요. 뭐 코믹콘이 미국에서 아시아인이 목에 힘줄 수 있는 몇 안 되는 공적 공간이긴 하지만요. 특히 여자애들 눈에 일본 만화 캐릭터처럼 보인다면 더할 나위 없고요."

"웃기려고 하는 말이죠?"

"그래서 여러 세일러문들과 데이트를 했죠."

와인을 한 모금 홀짝이던 도리가 웃음을 참으려다가 옷에 뿜을 뻔했다.

"적어도 여기서는 사람들을 돕고 있다는 기분이 들어요. 비록 계획했던 방식은 아니지만요."

나는 매번 다른 핑계를 대고 다음 날과 그다음 날에도 도리 모자의 오두막에 찾아갔다. 피치에게 내가 어릴 때 모아 둔 만화책 몇 권을 가져다주었다. 또한 도리가 엄마가 되기 전에 미대에 다녔다는 이야기를 들은 터라 기념품 가게에서 물감을 사다 주었다. 도리는 선물을 받자마자 피치의 방에 태양계를 그리기 시작해 우주선으로 한 편의 그림을 완성했다. 거실 벽에는 이글거리는 천체에 빛과 꽃 그리고 피치가 가끔 꿈에서 본다고 말했다는 고대사의 장면들이 가득 들어찬 그림을 그렸다. 일주일이 지난 무렵부터는 더 이상 핑계를 만들지 않았고 도리도 거의 매일 저녁 자신의 집이나 직장 밖에 내가 올 줄 알고 있었다. 그녀는 부모들이 자녀의 유골을 가지러 가는 곳인 '체크아웃' 시설에서 시간제 사무보조원으로 일했다. 우리 둘 다 관계를 결코 규정짓지 않았고 나는 홀로 피치를 책임질 위치가 아니며 이 모든 상황은 내 평생의 바람을 넘어서는 것이라고 되뇌었다. 마음 한구석에서는 내가 괜찮은 사람이 되고 싶어 도리를 이용하고 있는 게 아닐까 걱정이 되긴 했다.

부모님과 통화할 때마다 도리에 대해 말씀드리고 싶었지만 우리가 무슨 관계이건 둘 사이에 징크스가 생기는 게 싫었다. 그러다가 몇 달 후에 결국 만나는 사람이 있다고 말씀드렸다.

"예쁜 데다 환상적이고 꿈속 같은 그림을 그리는 사람이에요. 게다가 보석 같은 아들도 있고요."

"아들이 있다고?"

부모님이 동시에 똑같이 물었다.

"그럼 그 애도……."

어머니의 말이 끝나기도 전에 내가 대답했다.

"네, 아파요."

어머니가 화면 너머에서 뚫고 나올 듯 나를 빤히 바라보았다. 아버지는 그저 고개를 가로저었다.

"아들아, 네가 지금 어떤 길을 가려는 건지 알았으면 좋겠구나."

아버지의 말에 어머니도 거들었다.

"아이고, 얘야."

그러면서 실망감을 억누르는 듯 한 손을 입에 가져다 댔다.

"정말이지 잘된 일이에요. 나한테나 그 사람들한테나."

나는 창 너머로 오두막이 있는 쪽을 바라보면서 내가 준 만화책을 읽고 있을 피치를 떠올렸다.

"우리도 그러길 바란다."

어머니의 말을 끝으로 통화를 마친 뒤 도리의 오두막으로 걸어 갔다. 그녀는 밖에 나와 작은 망원경으로 하늘을 올려다보며 캔버스에 그림을 그리고 있었다. 가까이에 가서 보니 달 바로 뒤에 보라색과 노란색의 커다란 소용돌이 모습으로 상상 속 웜홀이 그려져 있었다. 몇백만 광년쯤 떨어져 있을 웜홀 중심에는 지구와 비슷한 아주 작고 파란 행성이 붉은 별의 궤도를 돌고 있었다.

"무슨 생각 해요?"

눈물 때문에 번진 마스카라를 보며 내가 물었다. 나와 달리 직장에서는 다른 아이들을 볼 일이 없는 그녀였기에 피치 때문에 속상해서 울었나 보다 싶었다. 파일 속 이름과 사진, 그리고 신장과 나이만으로 부모를 확인하여 작은 나무 유골함을 넘겨주는 게 도리의 업무였다.

"피치도 언젠가 마당에 있는 저 정글짐에서 놀 수 있을 만큼 회복될는지, 회복되는 애가 있긴 할는지. 그런 생각이요."

마당에 있는 그네와 무지갯빛 회전목마를 물끄러미 바라보면서 아이들이 신나게 노는 모습을 그려 봤다. 여태 아이를 원한 적은 한 번도 없었지만 길거리나 붐비는 농구장에서 뛰어놀거나 버스를 타고 학교에 가는 아이를 봤던 기억조차 희미해졌다는 사실에 불안해졌다.

"공원 관리인이 그러는데 저 정글짐은 사기를 북돋기 위한 거래요. 임상 시험 환자에게 희망을 주기 위한 거라고요. 그 양반도 한편으로는 언젠가 정말로 아이들이 저기서 노는 모습을 보고 싶은 것 같더라고요."

우리는 함께 놀이터로 걸어갔다. 도리의 뒤를 따라가다가 맨발로 시원한 모래를 느껴 보고 싶어서 신발을 벗고 그네에 앉았다. 안개 낀 공기 탓인지 앉는 부분이 축축했다. 바지로 스며드는 느낌이 생생한 게 분명 얼룩이 짙게 남을 터였다. 다른 오두막과 트레일러의 불 켜진 창문들은 마치 아주 작은 텔레비전을 여러 대 틀어 놓은 것처럼 사람들이 설거지하거나 밥을 먹거나 싸우는 모습들을 언뜻언뜻 보여 주었다. 어떤 경비원은 묵직한 샌드백을 치고 있었다. 몰리는 부모님과 보드게임 같은 것을 하고 있었고 빅토리아는 요가를 하는 중이었다.

"사람들이 종종 밖으로 나오면 좋겠어요. 좀비처럼 멍하니 모닥불만 쳐다보거나 고주망태가 되는 거 말고도 말이죠."

"언제부턴가 혼자 지내면서 살아남는 게 아주 익숙한 일이 됐어요. 저 사람들을 탓할 순 없어요. 피치가 이 공원 보고 무슨 약속의 땅 같다고 했잖아요. 여기 와서 놀이 기구 꽁무니도 보지 못했는데 그거 탈 날만 손꼽아요. 그래서 내가 자기를 데려가 태워 주긴 할지, 왜 컨디션이 좋을 때 타러 가지 않는지 자꾸만 물어봐요."

"그럴 때는 뭐라고 말해 줘요?"

도리가 각자 앉아 있던 그네의 줄을 합쳐 잡아서 서로 바짝 붙어 있게 된 우리는 발로 모래에 나란히 물결무늬를 그렸다.

"뭐라고 대답해야 할지 모르겠어서 화제를 바꿔요."

"시내에서는 저런 게 하나도 안 보인다는 게 신기하죠."

나는 한참 후에 하늘을 가리키면서 말했다. 나도 그녀의 말에 뭐라고 대꾸해야 할지 몰랐다. 그냥 손을 꼭 잡아 주고 오래전에 죽은 별들의 광활한 무덤을 올려다볼 뿐이었다.

함께 오두막으로 돌아온 뒤 도리는 한동안 피치가 뒤척이는 모습을 지켜봤다. 그녀의 설명에 따르면 피치가 아프다는 것을 처음 알아채게 된 증상이 바로 비정상적인 수면 형태였다. 얼마나 깊이 잠들건 눈꺼풀을 실룩거리곤 했고, 늘 안개가 머리를 휘감고 있는 것 같다고 말했다. 피치는 아프기 전에 행복했던 추억이 몇 없다고 했다. 그중에는 수영 강습도 있었다. 가족이 하나우마만에서 휴가를 즐길 때 도리는 어린 아들을 안고 얕은 물에 들어갔고 피치는 산호초에 사는 물고기 떼에 둘러싸여 물장구를 쳤다. 그러다가 감염된 물이 피치의 코로 들어가며 모든 것을 앗기고 말았다. 하와이에서 감염된 첫 번째 희생자들은 대부분 6개월 내에 사망하거나 혼수상태에 빠졌다. 의사들이 세포 변이를 늦추기 위해 유전자 치료와 칵테일 요법을 도입하기 전이었다. 피치는 세 번의 장기 이식으로 위기를 극복하고 거의 2년 동안 예전의 삶으로 돌아가리라는 실낱같은 희망을 부여잡고 있었다.

"이봐요, 괜찮으면 잠시 기분 전환 좀 해요. 혹시 영화 보고 싶어요?"

나는 도리의 허락이 떨어지길 기다리며 재밌는 영화를 찾기 시작했다.

"우울한 거 하나도 없는 걸로요."

"우리 있는 데가 웃음의 도시인데요."

화면을 움직여 영화 목록을 보여 주었지만 그녀는 말이 없었다.

"아무거나 봐요?"

"지금까지 피치는 운이 좋았어요. 전남편 덕분에 다른 아이들에게는 없었던 기회를 여러 번 잡았으니까요. 간, 신장, 폐 이식. 하지만 뇌에는 제2안이라는 게 없죠. 치료는 병이 퍼지는 걸 늦춰 줄 뿐 어차피 시간문제죠."

"영화 보기 싫으면 안 봐도 돼요."

나는 그렇게 말하고 텔레비전을 껐다.

도리가 리모컨을 집어 들어 다시 켰다.

"아뇨, 웃긴 거 봐요."

그녀가 웅크리듯 내 품으로 파고들었다. 생각해 보니 지난 9개월 동안 함께한 밤마다 매번 이런 식으로 마무리됐다. 필사적으로 과거를 잊고 싶어 하면서도 다가올 미래는 결코 인정하지 않은 채, 우리 둘 다 이 평정 상태가 영원히 지속될 수 없음을 잘 알면서도 그 안에서 작은 위안을 얻곤 했다.

다음 날 멀리서 오시리스의 전차가 우렁차게 시험 운행을 하는 소리를 듣고 잠에서 깼다. 도리는 옆에서 몸을 잔뜩 웅크린 채 아직 자고 있었다. 보통 때면 내가 그녀가 일어나기 전에 공원에 출근해 의상을 갈아입을 시간이었다. 창밖을 엿보니 다른 직원들도 똑같이 창밖을 내다보며 최대한 다른 사람과 마주치지 않고 출근할 기회를 노리고 있었다. 이곳에서는 이웃 간에도 정다운 잡담이나 험담을 나누지 않았다. 저마다 마음과 생각 속에서 끊임없이 장례식을 치르며 오시리스의 전차 꼭대기만 노려보고 있었다. 매일 아침 8시 정각에는 그리그의 「아침의 기분」이 스피커를 통해 요란하게 울려 퍼졌고, 때때로 가짜 영국 억양을 구사하는 나긋한 여자 목소리가 미소 띤 얼굴로 활짝 웃으라고, 우리가 아이들을 위해서, 나라를 위해서 하는 선행에 집중하라고 말했다.

"그리고 항상 기억하세요, 찡그리지 말고 웃어야 한다는 걸!"

옆방에서 피치가 옛날 프로그램인 「바니와 친구들」을 보고 있는 소리가 들렸다. 침대에서 빠져나와 피치를 나머지 세상과 분리해 놓은 유리 벽으로 걸어갔다. 아이가 날 보고 손을 흔들더니 곧바로 다시 크레용으로 미로를 그려 나갔다. 상태가 좋아 보였다. 그런 날은 공원에서 나오는 간호사가 아이의 활력 징후를 확인하는 사이사이 비디오 게임을 하고 만화책도 볼 수 있었다. 하지만 그런 기운 넘치는 순간은 결코 오래 지속된 적이 없어서 치료 효과를 확신하기에는 너무 이른 감이 있었다. 혈색은 돌아왔지만 눈은 여전히 한 번도 쉬어 보지 못한 사람처럼 퀭하다 못해 멍들어 움푹 팬 것 같았다.

"아저씨도 이건 못 풀걸요."

피치가 팔짱을 끼며 말했다. 곧이어 자기가 그린 미로를 유리벽에 대 보이며 말을 이었다.

"왕자와 공주를 밖으로 꺼내야 해요. 왕자가 공주를 구하러 왔다가 자기도 갇히고 말았어요."

"여기 이 뾰족한 것들은 뭐니? 그리고 길 중앙에 있는 저 직사각형들은 또 뭐고?"

"못이랑 함정 문이요. 왕자랑 공주가 빨리 탈출하지 않으면 반은 페가수스이고 반은 상어인 괴물이 잡아먹을 거예요. 1초, 2초, 3초⋯⋯."

나는 왕자와 공주를 구한 후 피치에게 그날 읽을 만화책을 주었다. 언제부터인가 우리 사이에 이러는 게 일상이 되었다. 이건 남동생과 함께 즐긴 유일한 취미였는데, 결국에는 거의 3000권이나 되는 만화를 모았다. 만화는 우리에게 더 밝은 세상을 보게 해 주고 고통을 잊게 해 주며 꿈을 꿀 수 있게 해 준다. 그래서 피치도 이런 세계를 경험해 보게 해 주고 싶었다. 그 아이는 다른 세상을 누릴 자격이 있었다.

피치는 남동생이 가장 좋아했던 「판타스틱 포」시리즈 중 한 권을 획획 넘겨보다가 등장인물에 대해 이것저것 묻기 시작했다.

"이건 누구예요? 그리고 이건요?"

나는 각각의 팀원을 짚어 가며 설명해 주고 그들이 우주선을 타고 우주 폭풍을 헤쳐 나가다가 초능력을 얻었다고 이야기해 주었다.

"우리도 우주 폭풍을 맞을 수 있으면 좋겠어요."

"오호? 투명 인간이 될래? 몸이 불로 변할래? 늘어나는 능력을 가질래? 아니면 몸이 바위로 변했으면 좋겠니?"

"네 개 다 되고 싶고 다른 것도 되어 보고 싶으니까 변신 능력을 가지고 싶어요."

피치는 잠깐 대화를 주고받은 것만으로도 평소보다 기운이 많이 빠진 듯했다. 침대로 들어가 만화책을 무릎에 올려놓는 중에도 눈이 파르르 떨렸다. 나는 유리 벽에 손을 대고 작별 인사를 하고 퇴근 후에 보러 오겠다고 말했다.

거실로 가자 도리는 벌써 나와서 임상 과정에 참여한 의사 중 하나가 보낸 이메일을 집중해서 읽고 있었다. 그녀는 매일 몇 시간씩 미국뿐만 아니라 해외에서 개발 중인 치료법을 조사하고 다양한 프로그램에 피치의 사례에 관해 이메일을 보냈다. 소파 옆자리에 앉자 그녀가 마시던 커피를 내려놓았다.

"임상하는 의사들 말로는 1차 약물 치료로는 바이러스가 퍼지는 걸 거의 늦추지 못하고 있대요. 게다가 피치가 약물을 장기간 복용하게 되면 더 많은 문제가 생길 수 있고요. 지금 복용량을 줄이고 있지만 다른 실험을 찾아보고 있어요."

"그럼 또 이사 가나요?"

그렇게 물으면서 나는 과연 어떻게 될지 생각해 보았다. 이대로 앞만 보고 나아가면 어떤 대가를 치를지, 지켜볼 수 없을 만큼 힘겨웠던 날들과 비교했을 때 피치는 나와 얼마나 많은 날들을 즐겁게 보내게 될지. 도리는 여전히 어떻게든 다 잘될 것이라고 믿는 듯했다. 아니, 어쩌면 그렇게 믿어야만 하는 것 같았다. 그런 그녀를 위해 나는 맡은 역할대로 든든한 친구이자 그저 그런 시간제 애인이며 또한 동료이자 피치에게 아빠 같은 사람으로 최선을 다하고자 했다.

"피치에게 기회가 있는 곳이라면 어디든 가야죠."

도리가 힘주어 말했다.

1시간 늦게 출근하자 관리자가 시계를 쳐다보았다.

"늦은 거 압니다. 죄송합니다. 개인 사정이 좀 있었어요."

일장 훈계를 들을 줄 알았더니 오늘 아침에 도주할 우려가 높아 보였던 가족에 대한 경고만 전달받았다. 여섯 살짜리 여자아이인 카일라 맥나마라는 온몸이 아물지 않은 농포로 뒤덮인 생물학적 위험도 5등급 환자로 질병통제예방센터가 승인한 곰돌이 무늬의 분홍색 방호복을 입고 있었다. 성인에게 유증상 전파가 일어나는 경우는 드물지만 공원 측은 조금의 위험도 감수하고 싶지 않았다. 특히나 공원 직원이 자기 가족의 아이들에게 바이러스를 옮길 수 있는 상황이라면 말이다. 소녀의 어머니는 엄청나게 독실한 신자로 오로지 기도의 힘만을 믿은 탓에 소녀는 감염된 아이들 대다수에게 국가에서 시행한 칵테일 요법 치료도 전혀 받지 못한 상태였다. 아이의 어머니는 딸과 떨어져 있을 수 없다며 다른 부모들과 학습관에 있으라는 지시도 거부했다. 관리자는 그 여자를 계속 주시하되 어떤 식으로도 간섭하지 말라고 일렀다.

"안 되겠다 싶으면 나한테 즉시 전화해. 구경거리 만드는 일은 피하고 싶거든. 아이들이 계속 환상을 갖게 해야 돼. 걔 아빠는 오늘 오후에 합류할 거래."

나는 오자미를 저글링하면서 멀리서 고위험 가족을 미행했다. 보통은 인형 탈 속에 작은 선풍기가 장착돼 있어서 안이 너무 더워지는 걸 막아 줬지만 그날은 배터리가 나가 버렸다. 얼굴로 땀방울이 뚝뚝 떨어져 눈이 아플 지경이었고 속옷이 몸에 들러붙었다. 인형 탈의 머리 부분을 살짝 들어 올려 바깥 공기를 쐬었다. 유심히 집중해 보고 있자니 카일라가 풍선 매장과 아이스크림 가게, 그리고 범퍼카를 차례로 가리켰다. 아이 어머니는 못 본 척했다. 카일라는 운이 좋아야 쓰러지지 않고 그날을 버틸 터였다. 팔다리를 옥죄는 더위에 현기증이 일 지경이었다. 카일라의 어머니가 딸의 마지막 시간을 더 이상 망치지 않았으면 싶었다. 순종적으로 어머니의 지시를 따르는 어린 소녀를 보고 있자니 피치가 생각났다. 폐가 타들어 가고 위통이 너무 심해서 액체만 삼킬 수 있는 상태임에도 언제나 어머니를 위해 더없이 씩씩하게 굴었다. 스피커에서「어린 백조들의 춤」이 흘러나올 즈음 카일라의 엄마는 회전보트 놀이 기구를 타기 위해 줄을 선 딸을 꼭 붙잡고 커다란 선글라스 너머로 차례를 기다리는 사람들을 슬그머니 훑어봤다. 그 여자가 내 쪽으로 고개를 돌리기에 격하게 춤을 추면서 생쥐 역할에 깊이 몰두했다.

"그냥 좀 타게 해 주지. 가여워 죽겠네."

인형 탈 안에서 중얼거리다가 문득 카일라는 무슨 꿈을 꿨을지 궁금해졌다. 어쩌면 그 아이도 피치처럼 우주에 가고 싶었을지 모르겠다 싶어서 나도 모르게 또 웅얼거렸다.

"저 놀이 기구만이라도 마음대로 타 보게 해 주지."

하지만 기다리던 사람들이 보트에 막 오르려는 순간에 카일라의 엄마가 줄에서 빠져나와 카일라를 끌어내 뒤로 숨기더니 서둘러 사람들을 헤치고 가 버렸다.

"도망자 발생."

나는 무전기로 상사와 보안요원에게 상황을 알렸다.

"반복한다, 도망자 발생. 서쪽 웃음 식당 쪽으로 갔음. 즉시 지원 바람."

보안 요원이 언제 도착할지도 모르고 그들이 혹시나 탑의 경비대에 발각돼 총이라도 맞을까 걱정스러워서 나는 직접 카일라 모녀를 따라잡으려고 했다. 울타리 쪽을 바라봤더니 검은 옷을 입은 이들이 라이플총의 망원경으로 공원을 살피고 있었다.

나는 다시 상사에게 무전으로 말했다.

"감시탑 경비대에 물러나라고 말해 주세요. 아직까지는 그 가족이 제 시야에 있어요."

"롤러 데이즈 경비대가 지금 가는 중이다."

모녀는 느려져 이제 걷는 정도의 속도였다. 나는 표지판과 덤불 뒤로 몸을 숨기며 안 보이게 천천히 따라붙었다. 그들은 외벽 쪽으로 가고 있었다. 표지판에는 고압 전류 때문에 상해나 사망의 위험이 있다고 적혀 있었지만 외벽에는 전류가 흐르지 않았다.

"실례지만 아주머니, 그쪽은 출입 금지 구역입니다."

나는 천천히 다가가면서 이어 말했다.

"카일라, 괜찮니? 놀이 기구 타러 가고 싶어?"

소녀가 제 엄마를 올려다보고 나서 나를 쳐다보았다. 숨을 고르느라 아이의 작은 가슴이 오르락내리락했다.

"당신은 이해 못 해요. 그 사람들이 우리 애를 죽이려 한다고요. 나도 할 수 있을 줄 알았어요. 근데 도저히 못 보내겠어요."

맥나마라 씨가 울먹이며 말했다. 어린아이는 더 이상 서 있기 힘든지 엄마에게 기댔다.

"진정하세요."

나는 무슨 구세주라도 되는 양팔을 뻗으며 말했다. 아이 엄마가 안타까웠다. 이 공원이 환자로 들끓는 병원이나 전염병 병동으로 둔갑한 창고보다는 낫다지만 어떤 부모가 자식에게 작별 인사를 하길 바랄까 싶었다.

"전 도와주러 온 겁니다. 카일라, 아저씨 손을 잡으렴."

몇 발짝 더 다가갔다. 모녀와의 거리가 거의 팔 길이만큼 남았을 때였다. 갑자기 무언가 나를 강타하더니 숨이 턱 막혔다. 나는 바닥에 쓰러져 있었고 머리가 욱신거렸다. 어떤 남자가 내 배를 발로 찼다. 이어 내 생쥐 머리 탈을 벗겨 내더니 자기 가족에게 손대지 말라고 말했다. 장딴지 같은 곳을 확 잡아채 그 사람을 쓰러트릴 수도 있었지만 오락 담당 직원이 고객에게 손을 댔다가는 해고당할 수 있었다. 남자가 얼굴에 침을 뱉어서 눈을 질끈 감고 죄송하다고 말했다. 이어서 그가 오른쪽 훅을 날리려고 주먹을 뒤로 빼는 바람에 눈을 찡그렸다. 그 순간 파란색 반짝이들이 휙 스쳐 가는가 싶더니 롤러블레이드를 탄 경비대가 카일라 가족을 데려가 버렸다.

 "왜 막지도 않았는지 이해가 안돼요."

 얻어맞은 자국과 멍을 살펴보던 도리가 말했다. 그녀가 카일라의 유골이 든 항아리를 건네주자 아이 어머니는 그대로 도리의 품에 쓰러졌고 아버지는 공원을 떠나기 전에 생쥐 탈을 때린 일을 사과했다고 전해 주었다.

 "싸워 본 적이 없어서요."

 피치의 방에서 호흡 보조기가 낮게 웅웅거리는 소리가 들렸다. 약물이 들어 있는 분무제가 폐로 흡입되기에 아이는 젖은 숨을 쉬었다.

 "그나저나 피치가 오늘 내내 당신을 찾았어요. 아침부터 상태가 안 좋았거든요. 두통도 심하고 숨도 겨우 쉬고 있어요. 의사 말로는 약물 치료를 그만두니까 다른 문제들이 생기기 시작할 거래요. 다음 달에 존스홉킨스 병원에서 새 임상 시험이 있어요. 피치 아빠가 줄을 대 줄 수 있겠다 싶었죠. 근데 그 사람이 애써도 아무런 소득이 없어요."

탁자에 놓여 있던 스케치를 집어 들었다. 도리와 피치 그리고 피치의 아빠로 추정되는 인물이 호수 앞에 있는 모습을 담고 있었다. 도리가 탐색하듯 나를 살피고 있는 게 느껴졌다. 마치 한 번도 끌어들일 생각을 하지 않았던 그녀의 세상 한편에 내가 발을 들여놓기라도 한 듯이.

"우리한테는 시간이 별로 없어요. 남편은, 올바른 호칭은 전남편이겠죠. 아무튼 그 사람은 피치에게 곧 또 다른 폐와 심장을 갖게 해 줄 거라고 했는데 그렇게 말한 것도 벌써 몇 달째예요. 나도 이제는 모르겠어요. 이런 상황이 그냥 너무 지쳐요, 스킵."

도리는 우리와 피치의 방을 나눠 놓은 유리 벽으로 걸어가 입구에 섰다. 부엌으로 가서 그녀에게 가져다줄 와인을 한 잔 따르다가 잘 정돈된 냉장고 안을 보고 감탄했다. 플라스틱 용기에 일주일치 끼니가 나눠 담겨져 있었고 피치가 먹을 약물에 라벨을 붙여 분리해 두었다. 뒤로 다가가 와인 잔을 건네자 도리는 한 번에 절반을 들이켰다. 나는 그 자리에 서서 그 순간에 그녀에게 내가 어떤 존재가 돼 줘야 할지 곰곰이 생각했다. 우리는 피치를 에워싸고 있는 각종 기계에서 나오는 불빛을 가만히 바라보았다. 피치가 힘겹게 숨을 쉬는 사이 장난감 천체 투영기에서 쏜 별들이 천장을 가득 채웠다. 도리는 물론 나 역시도 의학적 치료를 멈추면 피치가 우리 곁에 머물 시간이 한 달, 길어야 두 달이 되리라는 것을 잘 알고 있었다.

다음 날 우리는 피치가 우는 소리에 새벽 4시에 깼다. 아이는 머리가 꽝꽝 울리고 배 속이 타는 것 같다고 호소했다. 도리가 서둘러 손을 씻고 마스크와 장갑을 꼈을 때쯤 피치는 침대에 토하고 말았다. 아이는 머리를 때리는 두통이 더 심해졌다고 말했다.

"내가 뭐 해 줬으면 하는 건 없어요?"

"없어요. 피치는 내가 돌볼게요. 이미 의무실에 알렸어요. 밖에서 당직 의사가 오는지만 좀 봐 줘요."

현관에 나와 앉아 오시리스의 전차의 길이만큼 이어져 반짝거리는 불빛을 멍하니 바라봤다. 번개 모양의 불빛이 마치 하늘이 내린 심판 같았다. 곧 의사가 도착해 집 안으로 들어갔다. 나는 해가 뜰 때까지 밖에 그대로 있었다. 도리가 나와서 마침내 피치가 진정됐다고 말해 주었다.

"그럼 이제 괜찮은 건가요?"

도리가 집 쪽을 돌아다보았다. 내 질문에 뭐라고 답해야 할지 고민하는 듯했다. 앞 베란다에 서서히 햇살이 가득 들어차면서 웃음의 도시에서 또 하루가 시작되고 있음을 예고했다. 그 순간 우리는 정적에 휩싸였다. 안락사 공원이 기를 쓰고 감추려 했던 엄숙함 같은 게 느껴졌다.

"괜찮아질 상태가 아니었던 거 같아요."

다음 날 나는 아이들 몇 명을 단체로 맡게 되었다. 벌거벗은 바비 인형을 필사적으로 움켜쥔 꼬마 소녀 제이니, 앞니가 벌어진 제너비브, 낡아빠진 보스턴 브루인스 모자를 쓴 퐁, 집에 가고 싶은 마음뿐인 매디슨까지 모두 네 명이었다. 그날은 웃음의 도시에서 보내는 여느 날과 다르지 않았다. 근무 시간 내내 웃고 농담 따먹기를 하다가 화장터 팀을 도와 롤러코스터 차량을 청소한 뒤 나 자신이 껍데기만 남은 기분에 젖어 집으로 걸어갔다는 뜻이었다. 도중에 도리가 먹을 저녁거리와 혹시 피치의 상태가 좋아져서 먹을 수 있을까 싶어 아이스크림을 사러 올리브 가든에 들렀다. 주문한 먹거리를 기다리면서 맥주를 마시는데 바텐더가 내 꼴이 말이 아니라면서 혀를 찼다.

"어째 평소보다 더 팍 곯았대."

"잠을 잘 못 자서 그래."

그렇게 중얼거린 뒤 더 말을 섞지 않았다. 대신 휴대전화를 꺼내 남동생과 찍은 배경 화면 사진을 보면서 몇 주 만에 처음으로 부모님께 문자나 전화를 드릴까 생각했다. 그런데 뭐라고 말하지? 잘 지내시냐고? 당신들의 아들이 감당도 못 할 상황에 발을 들였다고? 바 위쪽에 틀어 놓은 텔레비전에서는 샌프란시스코 지역 일대의 사람들과 야생 동물들이 삶의 터전에서 도망쳐 나오는 장면이 나왔다. 전례 없는 여름 더위로 아주 오래된 숲인 뮤

어우즈에 불이 났기 때문이다. 곧이어 오랜 시간에 걸쳐 작별할 수 있는 새로운 장례 호텔의 상업 광고가 나왔다. 식당 구역에서 한 커플이 말없이 밥을 먹고 있었다. 마주 앉은 두 사람 사이에 있는 식탁에는 유골함이 놓여 있었다. 한 무리의 종업원들이 구석에서 혼자 식사 중인 노인에게 생일 축하 노래를 불러 주었다.

오두막에 도착했을 때 도리는 침대에 누워 있는 피치 옆에 앉아서 내가 준 만화책을 큰 소리로 읽어 주고 있었다. 그녀의 눈이 충혈된 것을 보니 피치의 작은 몸속에 또 다른 문제가 생겼음을 알 수 있었다. 도리는 벽 한쪽에 화성 풍경을 그려 넣었다. 메마른 붉은색 평원 저 멀리에 화산과 태양열로 움직이는 나사의 탐사 로봇이 보였다.

"잠깐 얘기 좀 할까요? 아이스크림은 거기 두고요."

도리는 그렇게 말하고 피치의 이마에 입을 맞춘 뒤 나를 따라 밖으로 나왔다. 우리는 놀이터 그네에 앉아 모래 위를 둥실댔다.

"피치에게 예전 임상약을 두 배로 넣어 줬어요. 몇 회분밖에 안 남았었거든요. 곧 괜찮아질 거예요."

"무슨 일 있는 거예요?"

도리는 모래에 난 발자국을 내려다보더니 손을 뻗어 내 손을 잡았다.

"생각해 봤는데요. 피치가 즐길 수 있는 상태일 때 공원에 데려가는 게 맞는 거 같아요."

오시리스의 전차에서 흘러나오는 불빛을 빤히 쳐다보며 1년 동안 내 손으로 놀이 기구에 태운 수백 명의 아이들을 생각했다.

웬만한 학교의 전교생을 떠나보낸 셈이다. 어떤 아이들은 심지어 급경사를 제일 잘 볼 수 있게 맨 앞자리에 앉게 해 달라고 부탁하기도 했다. 얼마 후부터는 이름도 알지 못하게 되었지만 아직도 눈을 감으면 그 애들의 얼굴이 떠올랐다. 평행 세계 같은 데라면 다른 롤러코스터에 피치와 함께 타고서 급경사를 내려다보며 서로의 손을 꼭 잡을 것이다. 고리 구간과 뒤집기 구간을 지날 때는 비명을 질러 가면서 얼굴을 때리고 옷소매를 파고드는 바람을 즐기며 세상이 하나로 뭉뚱그려져 무지갯빛으로 흐릿하게 변하는 과정을 만끽할 테다. 다 타고 내려와서는 목말을 태워 선물 가게에 데려가서 피치가 원하는 것은 뭐든 안겨 줄 테다. 그곳이 이런 데는 아닐 것이다. 당연히 그곳은 디즈니랜드나 유니버설스튜디오나 식스 플래그(여기만 빼고 어디든)일 것이다. 도리가 (아마 우리 세 사람의 초상화가 아닐까 싶은) 그림을 그리고 있는 집으로 돌아가면 피치는 제 엄마에게 우리가 탔던 모든 놀이 기구에 대해 떠들어 대며 자기가 뒤집기 구간에서도 얼마나 용감했는지 자랑할 테다.

"그게 정말이에요?"

"피치에게 선택지가 될 수도 있는 다음 약물 시험 날짜를 받았어요. 참여할 수 있을지 없을지 확실치도 않지만요. 그놈의 대기 명단에 올렸다나 봐요."

그네에서 일어나 도리의 이마에 입을 맞춘 뒤 머리를 붙이고 지그시 눌렀다. 서로에게 터놓지 않고 속에 담아 두어야 하는 말들과 그녀가 내게 하고자 하는 부탁을 하나도 남김없이 간직하려고 애쓰며 내가 말했다.

"알겠어요."

잠들기 전에 어머니의 휴대전화에 메시지를 남겼다. 두 분을 사랑해요. 그 애도 보고 싶고요. 매일요. 하지만 전 아직 이 땅에 있어요. 두 분도 아직 여기에 계시고요. 두 분은 항상 저희 형제를 위해 그 자리에 계셔 주셨어요.

다음 날 아침 피치의 침대 주변에 있는 기계 장치들이 밤사이 피치의 상태가 안정됐음을 알려 주었다. 하지만 일단 아이가 잠에서 깨면 다르게 느낄 수도 있는 데다 안녕한 날도 손으로 꼽을 수 있었다. 우리는 피치가 자는 동안 몰래 들어가서 아이의 침대 위에 색 테이프와 풍선을 달았다. 피치의 무릎에는 오시리스의 전차와 여러 개의 고리로 이루어진 로고가 박힌 웃음의 도시 티셔츠를 올려 두었다.

"어어, 뭐야?"

아직 잠이 덜 깬 피치가 방 안을 둘러보며 어리둥절한 채로 말했다. 그러다가 잠시 티셔츠를 살펴보고 나서야 상황을 파악했다.

"세상에! 정말이에요? 진짜 나 데려갈 거예요?"

도리가 고개를 끄덕이기 무섭게 피치는 모든 기계 장치를 떼어 낸 뒤 침대에서 뛰어 내려와 가방을 싸기 시작했다. 가방 안에 제일 좋아하는 장난감, 내가 마지막으로 준 만화책, 종이팩 주스, 재킷을 넣으면서 피치는 다른 게 또 뭐가 필요할지 내게 물었다.

"멋진 너님만 챙기셔요. 저녁 먹고 바로 갈 거야."

피치에게 공원 지도를 한 장 주자 아이가 바닥에 지도를 펼쳤다. 나는 모서리 쪽에 색으로 구분해 놓은 범례를 가리키고는 방문객들의 이름을 빼곡하게 새겨 넣은 벽돌 길을 따라 사탕처럼 흰색과 분홍색 줄무늬가 있는 정문을 지나 웃음 식당과 다른 탐험 지대가 있는 뜰까지 손가락으로 더듬어 나갔다.

"가끔 사육사들이 어린이들에게 물개한테 물고기를 먹여 주게 해 준단다."

아쿠아존을 가리키며 내가 말했다.

"그건 나도 알아요."

피치의 말에 도리가 맞장구쳤다.

"걔도 알아요."

피치는 장난감 보관함에서 자기가 직접 만들고 크레용으로 주석까지 달아 놓은 웃음의 도시 지도를 꺼냈다. 피치가 그린 지도에서는 모든 놀이 기구에 본인이 타고 있었고 옆에는 나와 도리까지 앉아 있었다. 명소를 이어 주는 벽돌 길을 따라 함께 손을 잡고 걷는 모습도 있었다. 한쪽 구석에 만들어 놓은 일정표에는 가장 먼저 타고 싶은 놀이 기구들을 강조해서 표시해 두었고 보고 싶은 쇼에 동그라미를 쳐 놓았다. 피치가 웃음 식당을 가리키며 시선을 들더니 내게 물었다.

"아저씨는 인형 탈을 쓸 거예요? 생쥐 할 거예요?"

"내가 생쥐 했으면 좋겠니?"

이 질문에 한참을 고민하던 피치는 내 마음대로 하도록 해 줘야겠다고 마음먹은 것 같았다.

"아니요, 아저씨가 생쥐면 나는 놀이 기구를 누구랑 타요?"

근무 시간 내내 도리는 피치가 가방을 풀었다가 다시 쌌다가 하며 공원 지도를 종일 살펴보고 있다는 문자를 보내왔다. 점심 시간에 기념품 가게에 들러 피치에게 줄 우주복과 '어린이 우주 사령관'이라고 적힌 모자, 야광 운동화 한 켤레를 샀다. 퇴근 후 도리의 오두막으로 돌아와 피치 방의 유리문 틈새로 선물 상자를 슬며시 밀어 넣었다. 피치가 상자를 집어 들고는 흔들어 보더니 앙증맞은 롤러코스터가 인쇄된 포장지를 자세히 살폈다.

"이건 왜 줘요?"

"생일 선물이야. 네가 말을 아주 잘 들어서 미리 주는 거야."

도리가 대신 대답해 줬다.

포장지를 북북 뜯을 줄 알았는데 피치는 포장지가 찢어질세라 조심하며 하나씩 차근차근 테이프를 떼어 냈다. 그리고 첫 번째 선물 상자를 열어서 우주복을 몸에 대보았다. 이어 모자를 쓰고 거울에 비친 제 모습을 씩 웃으며 꼼꼼하게 살펴봤다.

"되게 멋져요. 감사합니다."

"사령관, 오늘 우리 임무는 재밌게 노는 것이다. 잘할 수 있겠나?"

내 말에 피치가 자세를 똑바로 하며 경례로 답했다.

"넵!"

"그럼 장비를 잘 챙기도록. 우린 17시에 탑승 예정이다."

손에 손을 잡고 피치는 도리를 이끌고 공원으로 향했다. 두 사람 뒤를 따라가면서 오시리스의 전차를 올려다보지 않으려고 피치의 모자 밖으로 언뜻 보이는 머리카락 뭉치와 아이가 모자챙에 붙여 놓은 행성 핀과 공룡 스티커를 관찰했고 한 번도 입을 기회가 없었다던 보라색 여름 원피스를 입은 도라의 모습을 자세히 보았다. 그녀는 아들에게서 눈을 떼지 못했다. 콘크리트에 금이 간 틈새로 들꽃들이 자라고 있었고 대기 오염으로 태양이 거의 빨갛게 변해 있었다.

"야, 피치, 발이 겁나 빠르다. 너만 따로 동물들과 만나 볼 수 있게 손을 써 놨어. 미니 골프 코스는 우리 셋이서만 쓸 거야."

"깨질 준비나 하셔요."라고 피치가 말했다.

"호랑이 보고 싶은데. 아니다, 우리 놀이 기구 타요."

공원에 들어서자마자 피치가 큰 소리로 외쳤다.

아이가 가리킨 것은 찻잔을 타고 도는 놀이 기구인 딥시 두들이었다. 연달아 세 번을 빙글빙글 돌고 나자 내려오고 나서도 세상이 계속해서 빙빙 돌았다. 피치는 육각형 철망으로 된 내부를 훤히 드러낸 공룡의 맨 꼭대기에도 올라갔고 보수 공사가 절실히 필요한 요정 나무 사이를 기어다녔다. 하지만 피치의 눈에는 모든 게 마법처럼 보였다. 아이가 공원을 이리저리 지그재그로 돌아다니는 모습을 지켜보고, 그 아이를 알게 된 이후 처음으로 웃는 얼굴을, 진짜로 웃는 얼굴을 보면서 아주 잠깐이지만 우리가 어디에 있는지 잊어버릴 뻔했다.

도리는 피치가 사진을 찍자고 부르거나 같이 놀이 기구를 타자고 조를 때 말고는 대부분 잠자코 있었다. 우리가 놀이 기구 사이를 누비고 다닐 때도 뒤에 머물러 있었고 간단하게 배를 채우기 위해 웃음 식당에 들렀을 때도 거의 먹지 않았다.

"스킵, 그게 어떤 식으로 진행되는지 말해 줄래요?"

웃음 식당을 나온 뒤 오락실 쪽으로 달려가는 피치를 지켜보며 도리가 말했다.

"정말 알고 싶어요?"

"당신이 피치를 놀이 기구에 태우는 거죠, 맞죠? 엄마로서 당신한테 뭘 부탁해야 하는 건지 알고 있어야 하잖아요."

"피치는 고통을 전혀 못 느낄 거예요. 행복감에 빠져 있을 테니까요. 그 단계가 지난 후에는 대부분 의식이 없어요. 피치는 세 번째 뒤집기 구간쯤에서 떠날 겁니다."

"아뇨, 그런 거 말고 당신이 어떻게 하는지가 알고 싶은 거 같아요. 피치가 모르는 아이였으면 걔는 그냥 당신이 놀이 기구에 태워 보내는 아무개 아이일 뿐일까요? 아이들을 다 기억하나요?"

오락실을 자세히 살펴보는 피치에게서 눈을 떼지 않는 도리에게 내가 하는 일과, 내가 어떻게 아이들의 이름과 특징을 공책에 적는지 알려 주었다. 디즈니 노래를 부르는 엠마, 자판기에서 파는 타투 스티커로 온몸을 도배한 콜턴, '기후 변화로 맥주가 위태롭다.'라고 적힌 큼직한 티셔츠를 입고 있고 해양생물학자가 되고 싶다던 스테이시처럼 말이다.

설명을 마치고 우리는 피치가 포동포동한 호랑이 인형을 살 수 있게 20달러 어치의 상품권을 구입한 뒤 피치가 있는 스키볼 게임기 앞으로 갔다. 오늘과 그동안 피치와 함께한 모든 밤과는 별도로 늘 도리에게 해 주고 싶은 말이 있었다.

"내게도 피치는 소중해요."

"나도 알아요."

시간이 흐르고 있었다. 피치는 호스피스 지원 대상 어린이들을 뜻하는 4B 그룹과 탑승할 예정이라서 이제 1시간밖에 없었다. 이웃사촌이기도 한 동물 사육사들이 우리를 위해 대형 고양잇과 동물들을 데리고 특별 쇼를 펼쳐 주었고 피치가 직접 바다사자에게 먹이를 주게 해 주었다. 이후 나는 아무 말 없이 오시리스의 전차 방향으로 일행을 이끌었다. 피치가 롤러코스터를 올려다보다가 다시 지도를 보았다. 지금 이 순간 피치는 이 상황을 얼마나 파악하고 있을까. 앞으로 나는 늘 이때 생각을 하겠다 싶다.

"우리 지금 이거 타는 거예요?"

"음, 엄마는 롤러코스터를 좋아하지 않으시고 아저씨는 오늘 조정실 담당이라서 어쩌지."

그냥 하는 말이 아니라 다 사실이었다. 관리자에게 오늘은 내가 버튼을 누르는 일을 맡고 싶다고 말한 터였다.

"근데 이건 다 큰 형아들이 타는 놀이 기구인걸. 너 다 큰 거 맞잖아? 우주 사령관인데, 안 그래?"

"그럼요. 정말 그래요. 나 다 큰 거 맞아요. 그래도……."

"으응?"

"호랑이랑 타도 돼요?"

도리가 피치 옆에 무릎을 꿇고서 호랑이 인형을 건네주었다.

"정말 많이 사랑해. 엄만 오늘 너랑 있어서 정말 즐거웠어."

도리의 부탁에 한 번 더 꼭 껴안은 뒤 피치는 오시리스의 전차로 후다닥 뛰어갔다. 피치가 아이들의 뒤로 가서 줄을 서자 도리는 흐느끼며 내 옷가지를 움켜쥐며 매달렸다. 다리에 힘이 풀렸는지 그녀가 자꾸 미끄러지는 게 느껴졌다.

"아저씨도 금방 갈게."

아이의 어머니가 쓰러지지 않게 지탱하면서 피치에게 외쳤다.

"난 저기 벤치에 앉아 있을게요. 이따가 와요."

도리가 들릴 듯 말 듯한 소리로 말했다.

발길을 옮기는데 자갈길이 아니라 모래 늪을 걷는 것 같았다. 한 발을 뗄 때마다 어떻게든 피치를 우리 곁에 붙들어 두어 셋이 함께 있고 싶다는 사심이 솟구쳐 더 나아가기 어려웠다. 눈을 감고 심호흡을 한 뒤 우주 사령관 피치의 도움으로 은하간 전쟁에서 승리하는 행복한 상상을 해 보라고 스스로를 다그쳤다. 몸속 모든 세포가 불에 타기라도 하는 것처럼 종잇장같이 얇은 아이의 피부가 괴상망측한 색깔로 변했던 최악의 상황을 그려 보았다. 아이의 뇌를 먹어 들어가는 바이러스가 신경 접합부를 휘감고서 1분마다 아이를 야금야금 앗아 가던 상황을 떠올렸다. 그러고 나서 눈을 뜨고 그 어느 때보다 생기 있는 아이를 바라보았다.

피치의 마음은 벌써 저 높은 하늘 위 오리온자리에 올라가 목성과 금성에 화살을 겨누고 있었다. 자리에 앉은 아이는 기대감에 떨면서 팔을 문질렀다. 나는 아이가 한 번도 입어 보지 못한 청재킷을 어깨에 걸쳐 준 뒤 폭신한 안전벨트를 끌어당겨 단단히 채워 주었다. 아이는 다 타고 나서 함께 아이스크림을 먹을 수 있을지 물었다. 마음 같아서는 네가 먹고 싶은 아이스크림을 전부 먹어도 된다고 말해 주고 싶었다. 아이의 얼굴을 유심히 쳐다보고 있자니 그 말은 그저 귀환할 수 없을지도 모른다는 사실을 알고 있는 우주 비행사의 소망 같은 게 아닐까 싶었다. 나는 피치에게 하이파이브를 해 주고 꽉 잡으라고 일렀다. 그리고 세상을 구하러 출동하는 것이라고 말하며 내가 들을 수 있게 별을 향해 크게 소리쳐 주고 하늘 밑에 닿을 수 있게 팔을 최대한 높이 들어 올리면 좋겠다고 했다.

조정실에서 피치에게 마지막 경례를 올렸다. 선로에 점점이 박힌 전등의 오렌지색 불빛이 아지랑이처럼 아이를 감싼 덕분에 다른 아이들이 신이 나서 법석을 떠는 와중에도 피치의 모습이 잘 보였다. 이윽고 빨간색 버튼을 누르자 놀이 기구에 연결된 쇠사슬들이 딸깍딸깍 소리를 내면서 전차를 위로 끌어올렸다. 그 소리가 몸을 훑고 퍼져 나갈 때마다 전부 다 멈추고 싶은 유혹이 엄습했다. 도리는 다른 부모들과 함께 경비들이 지키고 있는 안전 울타리 근처에 서 있었다. 나는 캄캄한 조정실에 가만히 앉아 기다렸다. 그러다가 잠깐이지만 어쩌면 가장 행복한 소리로 기억될, 피치가 외치는 승리의 환호성을 들은 것 같았다. 하지만 곧 오시리스의 전차가 내는 굉음만 울려 퍼졌고 그다음에는 어떤 소리도 들리지 않았다.

기억의 정원을 지나서

HOW

HIGH

WE GO

IN THE

DARK

사촌이었던 카일라가 안락사로 우리 곁을 떠난 지 석 달이 지나서야 뒤늦게 미니애폴리스에서 열린 추도식에 부모님과 함께 참석했다가 팰로앨토로 돌아가는 중이었다. 장거리 이동의 마지막 날에 자동차 뒷자리에 앉아 자고 있는데 금이 간 차창으로 연기 냄새가 스며들어 집 생각이 났다. 덥고 약간 어지러운 느낌이 들었다. 올려다보았더니 우주에 붓이 스치고 지나가기라도 한 듯 별들이 하늘에 줄무늬를 그리고 있었다. 아버지는 좀처럼 차를 세우지 않았다. 그러면서 우리가 빨리 가고 있다고 말했다. 일주일 후에 병원 전염병 병동에서 깨어나서 보니 부모님은 격리 관찰실에서 나를 지켜보고 있었다.

"추도식을 치르는 동안 네가 돌봐 줬던 아이들이 양성으로 판정 났다는구나."

내 침대 옆에 있는 구내전화로 어머니가 말했다.

"걔네들 부모가 맹세코 검사받았다고 했거든. 그래서 위험하지 않을 줄 알았어. 준, 정말 미안하구나."

"빌어먹을 세균 공장들."

나는 남들 들으라는 듯 대놓고 말했다. 한 마디씩 내뱉을 때마다 자갈이라도 토해 내는 것처럼 목에서 딱딱 소리가 났다. 그제야 트위스터 게임 때 진짜 똥 냄새가 났던 유아용 장갑이 내 얼굴을 스쳐 갔던 일이며 고모네 집의 퀴퀴한 지하실 공기가 찝찝하게 퍼져 나가던 게 생각났다. 옆을 보니 다른 침대에도 성인 환자들이 가득했다. 깨어나 천장을 빤히 바라보는 이들이 있는가 하면 의식을 잃은 채 목구멍으로 공기를 주입하는 기계 장치를 차고 있는 이들도 있었다.

"애들은 어때요?"

"켄타는 중환자실에 있고 다른 애들은 안정적이라서 유전자 치료를 받고 있어."

어머니의 말에 고개를 끄덕이는데 등줄기를 타고 찌르는 듯한 통증이 퍼져 내려갔다. 영영 못 일어날 것 같았다.

"아이들에게 쓰는 치료법이 어른에게는 효과가 없나 보다. 새로운 변종인 모양이야. 공기 전염은 더 이상 없는 것 같다더니. 하기야, 확실하게 아는 사람이 어디 있겠니. 어떤 대학생들은 해변에서 감염됐는데 하수 오염 때문일 거라네."

아버지의 말을 듣고 있는데 딴 사람의 몸을 쳐다보고 있는 기분이었다. 다리에 시트가 덮여 있는데도 아무런 느낌이 없었다. 양팔의 살갗은 비정상적으로 창백해 보이다 못해 마치 심해 생물체로 변신 중인 것처럼 거의 반투명해 보였다.

"저 왜 이러는 거래요?"

부모님이 고개를 가로젓더니 서로 껴안았다. 이전에는 보기 드물었던 두 분의 공공연한 애정 표현이었다.

"우리도 모른단다."

어머니의 대답 너머로 복도 너머에서 의사와 간호사들이 급하게 병실로 뛰어 들어오는 소리나 죽어 가는 환자 근처에서 나는 일정한 기계음과 제세동기의 아주 작은 폭발음이 들렸다. 부모님께 사랑한다고 말하고 싶었지만 시멘트로 붙여 놓은 것처럼 입술이 떨어지지 않았다. 내 숨죽인 비명이 병실 전체에 울려 퍼졌다. 어머니가 양손으로 입을 막고 울고 있었다. 온몸의 피부가 순식간에 정상에서 속이 비치는 상태로 변하기를 반복했다. 속이 비칠 때면 별들이 내 혈관에 떠다니는 것 같았다. 어머니는 당황할 때만 나오는 버릇대로 일본어로 말하기 시작했다. 아버지가 큰 소리로 도움을 청하는 소리가 들렸다. 순간 나는 눈을 감았다.

깨어나니 암흑천지다. 눈꺼풀이 열려 있는지조차 잘 모르겠다. 소리쳐 도움을 청한다. 간호사가 와서 불을 켜 주거나 옆 병상에서 다른 환자들이 소리를 내 나 혼자 있는 것이 아님을 알게 해 달라는 듯. 더 이상 환자복이 아니라 티셔츠와 청바지 같은 옷을 입고 있는 것 같다. 코에 호흡관도 없고 혈관에 연결돼 있던 진통제 링거도 없다. 맨발에 담뿍 와 닿는 공기는 아이들이 상상하는 구름의 느낌과 비슷하다. 푹신하지만 밟고 넘어가도 될 만큼 실체감이 있었고 무한정 넓게 퍼져 있는 동시에 포근하게 감싸 준다. 손가락 끝에 스치는 위쪽의 공기는 마치 중력이 없어진 듯 가볍지만 그와 같은 물리적 현상이야말로 땅으로 떨어지는 힘이 존재한다는 뜻일 테다. 발밑으로 손을 흔들어 보아도 어둠 속에서 내 몸을 떠받치고 있는 데가 어디인지 가늠이 안 된다.

이리저리 헤매기 시작하자 곧 다른 목소리들이 들린다.

어디 있는 거예요? 안 보이는데요. 휴대전화도 안 켜져요. 내 거도 그래요. 자자, 여러분, 계속 말해요.

다들 팔을 쭉 뻗은 채 소리가 들리는 쪽으로 걸어간 끝에 한데 모인다. 가슴과 가슴이 닿고 서로 머리가 당구공처럼 부딪혔다가 떨어진다. 제일 먼저 우리가 몇 명인지 세어 보니 전부 10명이다. 대부분 나처럼 전염병 병동에 있던 사람들이었다. 몇 명은 여전히 일상을 누리고 있었다. 워싱턴 출신의 어느 변호사는 출근할 준비를 하면서 딸과 시리얼을 먹고 있었다. 어떤 남자는 형을 강도질해서 중범죄자가 되었다가 최근에 출소했다고 했다. VR 게임 블로거인 고등학생은 진단받은 지 며칠밖에 안 됐다고 말했다. 그 애는 할 수 있을 때 엔딩을 보기를 바라면서 침대에서 게임을 하고 있었다. 한 나이 든 여성은 막 자식들을 땅에 묻은 딸과 전화 통화를 하고 있었다.

"내 딸도 최근에 기침을 많이 했어요. 내 입장에서는 감기라고 믿어야 했어요."

그녀는 거의 소리치듯 설명한다. 나와 몇 발자국 떨어지지 않은 곳에 있는 것 같은데도 말이다.

"우리 부모님은 절 문병하러 오셨어요."

나는 일본어 억양이 전혀 가미되지 않은 완벽한 영어로 말한다. 입에서 나오는 소리를 가만히 들어 보니 영락없는 캘리포니아 토박이 말투로 마지막 음절마다 꿀이라도 발라져 있는 것처럼 말끝에 소리가 오래 남는다.

대화 사이사이 침묵이 깃들 때면 내 고막이 울리는 소리가 귀를 채운다. 정신을 차리려고 꼬집어 본다. 나를 지켜보는 부모님의 모습을 보고 싶다. 눈을 감았다가 다시 뜬다. 지면이 아닌 곳에서 발을 굴러 본다. 나를 지탱하고 있는 게 어떤 힘이든 공기 장막이든 뚫고 나가고 싶다.

"여기서 나갈 방법이 있을 겁니다."

"하지만 그대로 있어야 하는 거면 어쩌죠?"

내 말에 누군가 묻는다.

"여기서 가만히 기다리고만 있지는 않을 겁니다."

변호사가 끼어든다.

"뿔뿔이 흩어지면 어쩐대요?"

"우린 서로 꼭 붙어 있어요."

나이 든 여성의 말에 내가 대답한다.

"누구 허락받고 나대?"

중범죄자가 묻는다.

"쓸 만한 의견을 낸 건 저 사람뿐입니다."

변호사가 받아친다.

기차놀이를 할 때처럼 어둠을 뚫고 나아가자 주변에 있는 사람들의 형체가 어렴풋이 감지됐다. 변호사가 사람들에게 각자의 의견을 말해 달라고 하고 얼마 지나지 않아 우리는 이곳이 전염병과 연관돼 있음을 알게 된다. 자신이 얼마나 오랫동안 의식이 없었는지 알고 있는 이가 없다. 다들 피곤하지도 배고프지도 않다. 이 장소에도 끝이 있기 마련일 것이다. 다시 말해 다른 곳으로 이어지는 문이나 계단이 있어야 한다. 우리가 아주 크게 소리치면 누군가 들을 것이다. 노부인이 침묵을 메우기 위해 노래를 부르기 시작하자 모두 곧바로 합창한다. 저마다 애창곡을 선창하면 따라 부르는 방식으로 카펜터스의 노래에 뒤이어 비틀즈와 토킹 헤즈의 노래가 차례로 이어진다.

한창 「코코모」를 부르는 중간에 변호사가 무덤덤하게 끼어들더니 바람을 피우고 있다는 고백을 한다.

"웬 TMI. 아무 말이나 막 하는 거예요?"

고등학생 게이머가 말한다.

"아내가 떠나면 어쩌죠. 가정을 지키고 싶은데."

변호사의 말이다.

"지킬 수 있어요. 하나 부인에게 솔직히 말하지 않으면 가망이 없어요."

노부인의 말에 게이머 친구가 끼어든다.

"우리 이제 막 다 까는 거예요? 좋아요, 우리 형은 뺑소니 사고로 죽었어요. 그렇고 그런 질 나쁜 패거리랑 여행하다가요. 그렇다고 뭐 내가 성인군자였다는 건 아니고요."

중범죄자가 이어 말한다.

"우리 어머니는 내가 애새끼일 때 약물 과다 복용으로 죽었소. 당신네들이 생각하는 그런 거 아니고. 그 양반은 그냥 내가 쉴 새 없이 빽빽 울어 대니까 잠들지 않으려고 약을 먹었던 거라고. 아버지라는 작자는 어머니가 죽은 걸 내 탓으로 돌렸지. 평생 나한테 개망나니로 굴었으니까."

나는 뭐라도 고백할 게 없나 한참을 고민했다. 밤에 몰래 나가 담배를 피운 적도 없었다. 바람은 고사하고 여자 친구도 한 명 사귀어 본 적도 없는 모태 솔로였다. 부모님과 나는 후쿠시마 발전소가 폐쇄되면서 아버지가 더 이상 일을 못 하게 되자 미국으로 이주했다. 우리 식구는 버클리에서 빵집을 하는 삼촌의 일을 거들었다. 이후 나는 장학금을 받고 대학에 들어갔다. 하지만 아직도 칙칙한 정부 청사에서 길게 줄을 서 있던 일이나 밤에 어머니가 통곡하셨던 때가 생생하다. 수업 시간에는 내 영어 발음이 부끄러워 거의 입을 열지 않았다. 대화도 거의 나누지 않았으나 쓰는 것은 멈추지 않았다. 부모님이 자랑스러워하는 자식이 못 될까 봐 두려웠다. 물론 내가 지은 이야기나 시를 보여 드릴 때마다 두 분은 내가 자랑스럽다고 말씀하셨지만 말이다. 대학 시절 여름 방학만 되면 고향 집에 내려와 내 방에 몇 시간이고 처박혀 있었다. 아버지는 돋보기를 꺼내 쓰고 전자 번역기를 동원해 내가 쓴 글을 훑어보시곤 했다.

"그래, 좋구나. 아주 좋아."

아버지는 어머니에게 내가 쓴 글을 넘겨주며 그렇게 말하곤 했다. 아버지는 셔츠 주머니에 늘 메모장을 넣어 다니며 잘 모르는 단어나 숙어를 적어 두었다가 대화할 때 새로 익힌 어휘를 써 보곤 했다. "'만찬'이 무도회 아니니? 너 이 사진은 '명암'을 잘 살려서 찍었구나. 데리야끼가 '죽여주게' 맛있군. 네가 졸업한 다니 기분이 '쩨지는'구나."

"아주 재능 있구나. 근데 언제 수입이 생기는 거라니?"

어머니의 말에 나는 "곧이요."라고 말하곤 했다.

"예술은 시간이 걸려요. 작품의 진가를 알아보는 사람들을 찾는 거라서요. 굉장히 어려워요."

여름마다 아르바이트하는 빵집에서 나를 기다리고 있을 부모님과 삼촌을 떠올린다. 어쩌면 그분들은 내가 어딘가 틀어박혀 글을 쓰고 있다고 생각할지도 모른다. 가족들이 집에서 나를 기다리다가 경찰에 전화할 수도 있겠다 싶다. 셔츠 주머니에서 메모장을 꺼낸 아버지가 수사관들에게 얘기하며 '행운을 빈다'는 표현을 쓰는 모습이 눈에 선하다.

계속 나아가자 허공에서 새로운 목소리들이 들린다. 도움을 청하는 외침에 길게 늘어뜨려 부르는 "저기요" 소리. 우리는 새로 온 이들에게 "여기예요, 여기요."라고 소리치며 몸이 부딪칠 때까지 우리 목소리를 따라오라고 알려 준다.

"나는 24번 버스를 운전하고 있었어요. 필모어를 막 출발했는데 갑자기 눈앞이 캄캄해졌어요. 추락하고 있는 것 같았어요."

"떨어지고 있었다고?"

새로 온 사람의 말에 여러 사람이 수군댄다.

"낙하산을 타고 있는 것처럼요."

"떨어지는 느낌 들었던 사람 또 없나요?"

내 말에도 다들 잠잠하다.

"세상에, 승객들. 내 버스."

새로 합류한 이들의 사연을 곰곰이 생각해 본다. 만약 우리가 위에서 떨어진 거면? 게다가 발밑이 허공임을 느낄 수 있는 곳에서 *위*라면 어디를 말하는 걸까? 어쩌면 우리가 제자리를 빙빙 돌고 있는 것인지도 모른다.

"그래서 결론이 뭔데?"

중범죄자의 말에 내가 답한다.

"어쩌면 위쪽이 유일한 출구일지도 몰라요."

"아니면 출구가 아예 없을 수도 있죠. 동물 잡는 덫처럼."

게이머 친구가 끼어든다.

"그래, 위쪽에 출구가 있다 칩시다. 그러면 거기는 어떻게 갈 거요? 우리한테는 사다리 같은 것도 없잖소."

변호사의 말이 끝났을 때 멀리서 더 많은 목소리가 울려 퍼진다. 목소리가 너무 많아 방향이 가늠이 안 된다. 사람들로 꽉 찬 구내식당처럼 정적이 서서히 일정한 크기의 웅성거림으로 바뀐다. 영어, 스페인어, 독일어, 중국어, 그리고 내가 알아들을 수 없는 언어들이 토막토막 들린다. 나는 사람들에게 돌아가면서 번호를 외쳐 보라고 한다. 1, 2, 3, 4, 5, 6, 7, 8, 9, 10…… 26, 27, 28, 29, 30…… 63, 64, 65…… 혹시, 그러면…….

"씨발, 다들 돌았어? 지금 서커스 하자는 거야?"

중범죄자가 불퉁댄다.

"아휴, 난 못 하겠구먼."

나도 노부인처럼 의구심이 든다. 하지만 뭐라도 해 봐야 한다.

"자자, 여러분, 생각해 보세요. 우리가 여기에 뭐로 있든 그건 우리의 진짜 몸이 아닙니다. 피곤하지도 배고프지도 않아요. 더위나 추위도 못 느끼고요. 할 수 있다고 봐요. 다칠 일도 없을 것 같고요."

우리는 인간 피라미드를 쌓기 위해 몸집 크기별로 정렬해 보려 한다. 그런데 막상 시작해 보니 몇 시간도 모자라 며칠이 걸리는 일 같다. 사람들은 자신의 키와 몸무게를 말한다. 하지만 내가 의사도 경찰도 아닌지라 그런 숫자는 거의 소용이 없다. 그래서 우리는 좀 더 일반적인 표현을 쓰기로 한다. 누군가 꽤 덩치가 크고 운동하는 사람이라고 하자 민소매 티셔츠와 체육관 반바지가 눈에 보이는 듯하다.

"좋아요, 덩치가 큰 분들이 아래쪽이에요. 양 무릎과 양팔로 짚고 엎드려요."

사람들이 끊임없이 나타나 합류하는 통에 수를 헤아리는 일이 점점 소용없어 보이긴 하지만 처음 계산한 대로라면 최소 50층짜리 피라미드를 쌓을 수 있는 수가 모인 듯했다. 놀랍게도 다들 쉽게 소통하면서 서로 각자의 위치를 찾게 도와준다. 우리가 서로를 볼 수 있는 상황이었대도 일이 이렇게 순조롭게 진행됐을지 궁금해진다.

피라미드의 맨 아랫단이 견고하고 흔들리지 않는지 확인하기 위해 지금껏 살면서도 몇 번 만져 본 적 없는 남의 몸을 수없이 더듬는다. 부끄러워하거나 얌전 떨 시간이 없다.

"여기 힘센 사람들이 더 있어야겠어요. 내 목소리를 따라서 이쪽으로 오세요."

이음매에 틈이 있어 내가 외친다.

"어떤 인간이 내 엉덩이만 꽉 쥐고 있어요."

한 여성이 소리친다.

"진짜 이럴 겁니까? 제발 그만해요. 기어이 내가 당신을 찾으러 나서야겠어요?"

"이러고 날 샐 거요?"

아랫단 중앙쯤에 엎드려 있는 중범죄자가 쏘아붙인다.

이어서 다음 단을 쌓을 사람들이 천천히 아랫단 위로 올라가며 사람들의 머리를 밟을 때마다 꼬박꼬박 사과를 한다. 나는 또다시 틈이 있나 더듬으며 단이 잘 쌓였는지 점검하면서 모두 꽉 잡고 발을 단단히 디디고 있으라고 이른다.

"난 안 될 거 같아. 쌍, 누가 나 좀 꺼내 줘."

목소리에 뒤이어 피라미드 아래로 몸이 떨어지며 낮게 쿵 하는 소리가 나더니 살이 부딪치며 찰싹하는 소리 사이로 간간이 쌍욕이 들린다.

"누군지 모르겠지만 다시 올라가야 합니다. 할 수 있어요. 가족과 친구들을 생각해요. 내 몸의 능력치 같은 건 생각하지 말고요. 지금은 그런 거 상관없어요."

이렇게 말하는 중에도 몇 사람이 더 떨어진다. 또다시 사람들을 독려해 자기 자리를 찾아가게 한다.

가장 가벼운 사람들만 제외하고 다들 제 위치를 잡은 듯하자 나는 남은 이들에게 맨 꼭대기로 올라가라고 말한다. 내가 다시 한번 피라미드를 점검할 정도로 한참이 지나고 나서야 작은 사람들이 도착했다는 신호를 보낸다. 나는 아주 가볍고 마른 뼈대에 힘입어 마지막 조를 따라서 사람들의 머리와 손과 등을 디디며 보이지 않는 하늘을 향해 올라간다. 오르는 내내 인간 피라미드 내부에서 수런거리는 소리가 토막토막 들린다. 이런 기발한 생각은 누가 한 거지? 이러고 있는데도 숨 막혀 죽지 않는 것도 신기하네. 더 이상 못 버틸 것 같아. 꺼내 줘. 꺼내 달라고!

정상에 가까이 갈수록 에베레스트산을 오르며 지상과 하늘의 경계를 뚫고 나가는 것처럼 공기의 무게감이 없어진다. 양손을 높이 뻗어 올려 뭐라도 잡히는 게 있는지 찾아보면서 큰 소리로 도움을 청한다. 거기 누구 없어요? 고래고래 소리치자 온몸이 찌릿찌릿 저리고 마치 물 위에 떠 있었던 것처럼 머리칼이 쭈뼛 솟아오른다. 셔츠를 더듬어 단추 하나를 잡아 뜯어낸다. 손을 들어 올리자 단추가 떨리다가 천천히 떠올라 암흑 속으로 사라진다. 아래가 점점 흔들거리더니 피라미드가 찌그러지기 시작하면서 내 밑에 있던 단이 흐트러지고 만다. 손 여러 개가 내 양 발목을 꽉 잡는다 싶다가 곧 손가락들이 미끄러지고 우리 단에 있던 이들이 일제히 서로의 몸에서 떨어져 허우적거리면서 무너져 내린다. 콧수염이 나고 머리가 벗어진 남자 위로 불시착하고 보니 그 남자가 사지를 그물처럼 만들어 나를 떠받친 채 놓치지 않으려고 몸부림치고 있다.

"다들 괜찮아요?"

내 목소리는 밑에서 켜켜이 들려오는 신음과 투덜거림에 묻히고 만다. 다시 힘을 내 빈 공간을 찾아 올라가며 또 묻는다.

"다들 괜찮아요?"

"어, 우린 괜찮소. 여기 있는 우리는 천하무적 아니오? 그나저나 거기서 하느님인지 외계인인지는 찾은 거요?"

중범죄자가 묻는다.

"꼭 그런 건 아닌데 그래도 뭔가 끌어당기는 힘 같은 게 있어요. 손에 놔둔 단추가 떠올라 사라졌으니까요."

"좋다 이거야, 꽤 괜찮긴 한데 우리한테 그게 무슨 도움이 되는데? 댁의 그 볼품없는 엉덩짝은 아직 여기 있잖아?"

"더 높이 올라가려면 힘을 더 모아야 할 것 같아요."

"그러려면 몇 명이나 더 필요할까요?"

누군가 묻는다.

맨 처음 의견을 밝혔다는 단순한 덕목으로 내게 떨어졌던 보잘것없는 권한이 흐트러지기 시작한다. 하지만 사람들은 여전히 여기서 나가야 한다고 말하고 있다. 자식들을 데리러 가고 반려견에게 먹이를 주며 배우자에게 *사랑한다*고 말해야 한다고. 지금만큼은 누구도 현실 세계에서 우리의 몸에 괴상망측한 바이러스가 침투했다는 사실을 입에 올리지 않았다. 아마 우리 모두 한 번 더 기회가 있다고 믿어야 할 것 같다.

"저기 좀 봐요!"

노부인이 소리친다. 미지의 존재가 조광기를 조절해 밝기를 올리기라도 한 듯 그녀가 어딘가를 가리키고 있는 실루엣이 보인다. 하지만 어둠은 딱 그만큼만 수그러질 뿐이다. 천체투영관에 들어온 것처럼 천장에 별들이 반짝이고 활동요지경(조이트로프) 같은 야간등이 캄캄한 벽을 밝힌다. 하지만 야간등이라고 하기에는 지구에서 본 적 없는 완전히 낯선 것이다.

사방에서 무지갯빛으로 빛나는 열기구 크기만 한 구체들이 해파리 떼처럼 내려온다. 우리는 아름다운 광경에 완전히 넋을 잃어 고개를 돌리기는커녕 겁먹을 생각조차 못 한다. 마치 별의 탄생이나 행성의 소멸처럼 우주에서 일어나는 일을 목격하거나 천 개의 스노볼이 자아내는 오로라를 보는 행운을 누리는 것 같다. 그제야 우리는 처음으로 서로를 볼 수 있다. 일전에 옷가게 창문 너머로 보긴 했지만 차마 입을 엄두가 안 났던 고질라 티셔츠를 입고 있는 나, 팔뚝에 조잡한 호랑이 문신이 있는 중범죄자, 색바랜 스탠퍼드 맨투맨 티셔츠를 걸치고 있는 고등학생 게이머, 짙은 분홍색 바지와 감청색 폴로셔츠 차림의 변호사, 색 바랜 브루스 스프링스틴 티셔츠를 입고 있는 노부인. 가만 보니 우리가 생각했던 것보다 사람 수가 훨씬 많아졌다. 구체들은 수천 개의 얼굴을 환히 비추면서 아주 멀리서부터 내려온다. 착륙한 구체 안에서는 영화처럼 장면이 펼쳐진다. 아이들이 들판에서 뛰어놀고, 연인이 칸막이 화장실에서 섹스를 하고, 한 남자가 병원에서 통곡하며, 아이들이 이민자 수용소의 콘크리트 바닥에 옹송그리며 모여 있다. 그런 영상들은 물로 만들어진 것처럼 일렁거린다. 변호사가 가장 가까이에 있는 구체로 걸어간다. 그리고 어느 조리식품점에서 계산대 여직원에게 추파를 던지며 카드를 건네는 자신의 모습을 본다.

저 앞에서는 노부인이 사별한 남편을 알아보고 어찌할 바를 몰라 하며 일행을 돌아다본다.

"우리 남편 프랜시스예요."

노부인이 구체를 스치듯 살짝 만지자 장면 전체에 잔물결이 인다.

"기름 느낌이 나네."

노부인의 손을 잡고 그 구체 안으로 들어가자 다른 이들도 따라 들어온다. 폭포를 걸어서 빠져 나오듯 구체를 통과하는 동안 그 막이 우리 몸을 흠뻑 덮친다. 놀랍게도 전혀 젖지 않고 다 빠져나오자 우리는 병실 한구석에 서 있다. 공기를 가르며 소독약 냄새가 풍겨 온다. 젊은 시절의 노부인이 침대에 누워 있는 남편에게 밥을 먹여 주면서 함께 텔레비전에서 방영하는 퀴즈쇼 「제퍼디!」를 보고 있다. "답은 토머스 모어."라고 답하는 남편의 목소리는 거의 들리지 않는다. 과거의 노부인이 "답은 미토콘드리아."라고 대답한다. 그 장면을 함께 보면서 노부인의 양어깨를 꽉 쥐자 그녀가 울음을 터뜨린다. 노부인을 기억 밖으로 인도해 우리가 들어오기도 했던 병실 벽을 뚫고 나아간다. 눈앞에 인생의 다양한 순간들을 낱낱이 풀어헤쳐 펼쳐 놓고 우리더러 자세히 들여다보라는 뜻이 아닐까 싶다.

나 자신의 구체도 찾아볼 겸 자그마한 기억의 행성들 주변에 모여 있는 사람들을 이리저리 헤치고 계속 나아간다. 미안합니다, 지나갈게요. 혹시 제 어린 시절 못 봤나요? 어떤 이들은 단편적인 사실들에서 깨달음을 얻으려는 듯 타인의 삶 속으로 들어가기도 한다.

"정말 놀라운 삶이었어요. 진짜 세상의 소금 같은 분들이었어요. 우리 증조부모님도 대공황을 겪으셨거든요."

누군가 말한다.

여기 구체 구역에서 주로 혼자 있는 나는 성좌의 별들 사이에 있는 광활한 빈 공간을 걸어서 건너고 있는 기분이 든다. 바닥에 홀로 앉아 자신의 구체를 빤히 쳐다보고 있는 남자에게 다가간다. 어떤 추억이 펼쳐지는지 들여다보니 그 남자가 놀이동산에서 우주복을 입고 있는 어린 소년을 롤러코스터에 태우고 있다. 그는 천천히 조정실로 걸어가 전차가 하늘 높이 올라가는 모습을 지켜본다. 구체 속에서 그 남자는 울고 있다. 구체 밖에서도 울고 있다. 나는 잠시 그 옆에 웅크리고 앉아 등을 토닥여 준다.

"걔가 여기에 있을 줄 알았어요."

남자의 구체에서 롤러코스터가 곤두박질치자 아이들이 신나서 팔을 흔드는 장면이 나온다.

"걔 엄마는 아직 저기에 있어요. 현실 세계에. 혼자서요."

"사람들이 모여 있는 데로 돌아가 다른 사람들이랑 같이 있는 게 좋겠어요."

"저 사람들은 금방 여기서 나갈 텐데요."

"그럼 저랑 같이 잠깐 걸어요."

손을 뻗어 남자를 일으킨다.

우리는 함께 구체들을 헤치고 나아간다. 그런데 어떤 장면들은 뭔가 조금 다른 것 같다. 추억이 아니라 거울을 보는 느낌이다. 그런 구체들은 막혀 있어서 지나갈 수 없다. 일례로 의료진이 오가고 병상에 누워 있는 사람들로 꽉 찬 대규모 수용 시설 장면이 그렇다. 잠을 자고 있지 않은 사람들은 긴장병 환자들 같다. 의사들을 쳐다보는 그들의 눈빛은 세상을 관찰하는 듯한 마네킹이나 인형과 비슷하다. 어떤 이들의 피부는 여기 오기 전에 내 팔이 그랬던 것처럼 빛이 가득 들어찬 듯 반투명하다. 전염병에 걸리면 자연스럽게 나타나는 증상인지 그동안 시도했던 치료의 부작용인지 불분명하다. 몇몇 구체에서는 하얀색 질병통제예방센터 차량이 집에서 쫓겨나거나 거리에서 쓰러진 병자들을 데려간다.

"우리한테 이런 일이 일어났던 건가요?"

"어쩌면요."

거기서는 시간이 얼마나 흘렀을까 싶고 부모님은 안전할지 걱정된다. 여기서 그분들을 만나고 싶지는 않다.

물론 설명이 전혀 안 되는 구체들도 있다. 예를 들면, 관 크기만 한 은색 캡슐이 우리 태양계를 쏜살같이 가로질러 와서 바다로 떨어지는 장면이나 전복 껍데기의 안쪽처럼 무지갯빛의 커다란 행성이 세 개의 별 궤도를 도는 장면, 또는 짐승 가죽을 걸친 어떤 여성이 동굴에서 어린 소녀의 시체를 내려다보며 울고 있는 장면 등이 그렇다. 우리는 이 동굴 속 여인이 미지의 언어로 노래를 부르며 소녀의 눈에 꽃잎을 올려놓는 장면을 지켜본다. 그녀는 광활한 평원을 가로질러 걸어가면서 옷을 벗고 빛으로 변한다.

구체들이 흔들리기 시작하면서 추억의 장면들에 잔물결이 번진다. 사람들이 천천히 우리를 따라온다. 노부인과 변호사가 보인다. 그들을 기다리면서 손을 흔들어 보인다. 내가 서 있는 데에서 멀지 않은 곳에 있던 구체에서 소녀가 부모님이 싸우는 소리를 엿듣고 있는 장면이 분해되기 시작하더니 안개가 되어 흩어진다. 그 바로 뒤에 있는 구체에서 마침내 내 인생을 본다. 부모님이 샌프란시스코 재팬타운을 거닐고 있다. 10대 초반의 나는 헤드폰을 낀 채 뒤처져서 어린 시절의 추억이 떠오르는 가게들을 자세히 들여다보고, 장어구이 냄새를 맡고 기노쿠니야 서점에서 만화책을 휙휙 넘겨본다.

다른 구체에서는 골든게이트 공원에 소풍 갔을 때 마나부 삼촌에게 생애 첫 자전거를 받는 장면이 보인다. 어머니가 학교 상담 선생님과 대학 진학을 두고 상담을 하는 장면과 함께 내가 전혀 몰랐던 긴긴밤들도 스쳐 간다. 부모님이 어떻게든 내게 더 나은 미래를 열어 주려고 절반밖에 이해할 수 없었던 법률 및 금융 서류들을 자세히 들여다본 밤들을 말이다.

"준이 잘 살아가게 해 줘야 해요. 우리가 이 세상에 없을 날을 대비해서요."

"운동을 더 많이 하고 차를 마셔요. 난 일찍 죽을 생각 없어요."

아버지의 말에 어머니가 대꾸한다.

그렇게 부모님의 생애를 엿보며 서 있자니 두 분을 꼭 안아 드리고 싶은 마음이 간절하다. 시간을 뛰어넘어 큰 소리로 두 분은 완벽했다고 말씀드리고 싶다. 함께 자전거를 타러 가고, 놀러온 친구들을 재워 주고, 형편에 안 맞는 장난감도 선뜻 사 주었다고. 비록 그렇게 되리라고 완전히 믿은 적은 한 번도 없지만 내가 이 나라 사람이 될 수 있도록 기도하고, 교습을 시키고, 방과 후 수업을 보내 주었다고.

다른 친구들은 이렇게까지 열심히 하지 않는데 왜 나만 모든 일이 다 잘 될 것이라고 굳게 믿어야 하는지 물을 때마다 아버지는 "그래야 그렇게 되니까."라고 대답하곤 했다. 남자와 변호사와 노부인이 내 구체로 들어가더니 어릴 적 침실에 모인다.

"기회는 바람에 실려 다니는 작은 씨앗과 같단다. 네 인생도 그와 다르지 않아. 물론 어떤 사람들에게는 그 씨앗들을 모두 잡을 수 있는 커다란 그물이 있지. 하지만 자기에게 맞는 최상의 씨앗이 나타나게 해 달라고, 나쁜 씨앗은 좋은 씨앗의 진가를 알아볼 수 있을 정도로만 보내 달라고 기도해야 하는 사람들도 있단다."

"젊은이 가족은 정말 자식을 반듯하게 키웠군요."

노부인은 건담 로봇들에 둘러싸인 내 싱글 침대에 앉아 있다. 그녀는 아버지의 눈을 정면으로 마주하며 찬찬히 살핀다.

"그런데 제대로 감사 인사를 못 드렸어요."

구체를 나갈 때 나는 어둠에 대고 큰 소리로 기도하면서 부모님에 대한 기억을 하나도 빠짐없이 떠올린다. 내가 여태 몰랐던 순간들을 보고 싶고 당연하게 여겼던 순간들을 다시 체험해 보고 싶다. 변호사는 자기 가족을 찾으러 떠난다. 놀이공원에서 온 남자는 내가 그를 찾았던 구체로 향한다. 그게 아직 그대로 있는

지 모르겠지만. 하지만 노부인은 내가 앞으로 밀려 나가는데도
계속 곁에 남아 있다. 그러면서 30년 동안 간호사로 일했던 이야
기와 메이저리그 야구 선수와의 연애사를 풀어놓기 시작한다.

"한 번은 더그아웃에서 그랬다니까."

노부인이 깔깔대면서 이어 말한다.

"날 그냥 재미 삼아 만난대도 상관없었다우. 살면서 그렇게 짜
릿한 적이 없었거든. 나도 그 사람을 이용해 먹었지. 5년 동안이
나 시즌권을 받았어."

그렇게 걸어가다가 새로운 구체로 들어서자 붐비는 병원 대기
실에서 의사가 부모님께 이야기를 하는 장면이 보인다. 천장 부
근에 달려 있는 텔레비전에서 토크쇼 진행자가 전염병의 책임
을 세계 정부들에 지우며 인구를 줄이려는 조직적 시도라고 말
한다. 인구가 줄어야 물과 음식이 많아지고 탄소 배출도 줄어들
죠. 생각해 보세요! 저들이 이 엉망인 세상에서 우릴 구할 방법
이 이것밖에 없다고 생각해서 벌어진 일이라고요.

"아드님은 이제 안정된 상태입니다. 하지만 이 단계의 환자들
대부분이 결국 뇌 기능을 전부 잃어버리게 된다는 걸 알고 계셔
야 합니다."

"우리 아이 피부는 왜 저러는 겁니까?"

아버지의 물음에 의사가 답한다.

"저희도 모릅니다."

어머니는 저마다 투명한 칸막이로 분리된 공간에서 무리 지어
기다리거나 울고 있는 다른 가족들을 유심히 살펴본다. 어린 소

넌이 바퀴 달린 생물재해용 들것에 누워 밀폐된 채로 실려 가면서 멀거니 천장만 쳐다보고 있다. 텔레비전에서 토크쇼 진행자는 시청자들에게 공공 설비가 위태로운 상태라고 말한다. 수돗물 마시지 마세요. 대중교통도 이용하지 말고요. 정부에서는 전염병이 더 이상 공기로 전염되지 않는다고 합니다. 물론 그럴지도 모르죠. 하지만 저들도 바이러스가 어떻게든 사람들에게 침투하고 있다는 것만은 확실히 알겠죠. 그리고 제 입으로 꼭 이걸 말해야 하는지 모르겠지만, 그놈의 회 좀 그만 먹어요. 저쪽, 러시아와 아시아 같은 발병지에서 나오는 음식은 전부 그만 먹어요. 직접 키우거나 잡은 게 아니면 먹지 말아요. 토크쇼 진행자의 말에 어머니는 시선을 내린다. 대기실에는 다른 아시아 가족들이 빼곡하게 들어차 있다.

"의외지만 수치상으로는 아드님의 뇌가 대단히 활동적입니다. 우리가 봐 온 바로는 활동이 멈추기 전 뇌파가 급증하는데 말이죠."

"아들이 우리가 하는 말을 들을 수 있나요?"

"확실히는 모르겠지만 꿈을 꾸면서 어딘가를 헤매고 있어요."

갑자기 구체가 흔들리면서 장면이 내가 다른 10여 명의 환자들과 함께 쓰고 있는 병실로 바뀐다. 침대가 비닐 칸막이에 둘러싸여 있어서 부모님이 나를 껴안지 못한다. 아버지의 말이 들린다.

"우리에게 돌아올 방법을 찾으렴. 찾을 수 있다고 믿어야 해. 금방 찾을 거야. 준, 눈을 뜨렴. 당장 깨어나."

짤막짤막하게 남아 있는 세상에 관한 기억들이 하나로 뭉쳐져 희미해지더니 하늘로 사라지고 빛의 마지막 파편들이 불꽃놀이의 잔광처럼 사그라진다. 모여 있던 이들은 잠자코 어둠 속에서 또다시 이리저리 움직인다.

"저건 대체 왜 내려왔던 거지? 빌어먹을 아무것도 바꿀 수 없는데."

마침내 누군가 입을 연다.

"어린 시절을 까맣게 잊고 살았더군. 조부모님을 뵈었어. 수년 간 생각도 안 해 봤던 친구들도 보고."

변호사가 말한다.

"잠시나마 서로의 삶을 들여다봤으니 서로를 좀 더 이해하게 되지 않았을까요. 어쩌면 서로에게 좀 더 친절해질 수 있겠죠."

노부인이 시위대 연단에 선 사람처럼 말한다.

"그런데, 여사님, 우리는 여기 갇혀 있는데 그런다고 세상에 뭔 득이 될까요?"

"혹시 우리가 돌아가게 될 거라는 신호 아닐까요?"

내 말에 딴 사람이 대답한다.

"어쩌면 여기가 우리가 있어야 할 곳인지도 모르죠. 난 남편이랑 다시 살 수 있어요."

"난 입에 단내 나게 살았다고요, 예? 개 같은 인생이었다고요."

뒤에서 중범죄자의 숨이 느껴진다. 내 눈은 아직도 어둠에 적응 중이다.

"저 사람 입장도 이해돼요. 그러니까 내 말은 우리 중 가족이 있는 사람이 몇 명이나 되냐는 겁니다."

버스 운전사의 말에 딴 사람이 덧붙인다.

"난 아들이 하나 있어요. 국경 없는 의사회에서 전염병 구호 활동을 돕고 있어요. 프랑스에는 내장 기관의 변형을 늦춰 줄 수 있는 약이 있대요. 치료제는 아니지만 현재 전염병으로 쑥대밭이 된 남태평양의 마을들에서 그 약물들을 실험 중이래요."

"그쯤 하시죠. 지금 이 바이러스가 어떻게 작동하는지 아무도 모르잖아요."

호주 억양의 어떤 남자가 쏘아붙이자 잠시 정적이 흐른다.

"전 사촌 동생을 봐주고 있었어요. 같이 트위스터 게임을 하고 있었죠. 걔가 넘어졌을 때 반창고를 붙여 주긴 했는데. 잘 모르겠어요. 어쩌면 그때 접촉한 것 때문일 수도 있죠. 아니면 잘못해서 감염된 잔에 주스를 따라 마셨거나요."

내 말에 누군가 이어 말한다.

"난 감염 판정을 받은 사람과 잤어요."

"이게 무슨 벌 같은 거면 어쩐담?"

중범죄자의 말에 또 누군가 덧붙인다.

"전 임산부예요. 다음 달이 예정일이고요. 그쪽 말대로라면 우리 아기가 대체 뭘 잘못한 게 있어서 이런 일을 겪어야 할까요?"

나는 한참 만에 처음으로 바닥(혹은 공간 혹은 뭐가 됐든)에 앉는다. 정전기 같은 게 몸에 가득한 기분이 든다. 끊임없는 말다툼이나 수렁에서 뒹구는 일이 시작된 게 아닌가 싶다. (시간이 어떻게 흐르는지는 모르겠지만) 언젠가 우리가 이 어둠을 차지할 다른 방법을 찾고 우리가 있었던 모든 곳들과 우리가 알고 있는 모든 것들로 어둠을 채울 방법을 알아낼지도 모르겠다. 삶의 지루하고 힘겨운 일과 외떨어져 있으니 말이다. 하지만 당장은 나 자신을 위해, 제대로 감사 인사를 드린 적 없는 부모님을 위해, 그리고 두 분이 내 몸 옆에서 내가 깨어나기를 기다리면서 보낼 그 긴긴 나날들을 위해 통곡하고 싶을 뿐이다. 어머니가 내 방에 꽃을 가져다 두고 아버지가 내 글을 읽어 보고 영어를 연습하는 모습이 보인다. 어쩌면 기차에서 잠들었다가 자신이 누구인지 잊어버린 세상에서 깨어나는 오사카의 회사원 이야기를 아버지가 읽어 볼 수도 있겠다 싶다. 노부인이 내가 어디 있나 찾는지 손으로 내 머리를 어루만진다. 그녀의 여린 손가락들에 어깨를 내준다.

"아래쪽에 있어도 괜찮우?"

"두 분의 자식 사랑은 참 대단하셨어요. 어머니는 아주 오랫동안 아이를 갖게 해 달라고 기도하셨죠. 의사들은 임신이 불가능하다고 했대요. 전 두 분이 다섯 번째 시도 끝에 마지막으로 체외수정으로 얻은 아이였어요. 그런 분들이 이제는 뭘 하실까요?"

노부인은 대답하지 않는다. 가만히 내 옆에 쪼그리고 앉아 안아 준다.

중범죄자는 한두 사람 정도 떨어진 곳에 서서 다른 이들에게 시비를 걸고 있는지 내가 생각을 할 수 없을 정도로 고래고래 소리를 지르고 있다.

"그래, 일로 와서 그렇게 말해 보시지, 멍청아!"

이윽고 시끌벅적한 소리가 들리는가 싶더니 주변에 있던 몸들이 벌통 속의 불안한 벌들처럼 몸부림친다. 누군가 뒤에서 나를 밀치고 지나간다. 싸움이 벌어진 듯한 소리가 들린다. 옷이 찢어지고, 잇따라 치고 박는 소리. 실제로는 아무것도 보이지 않는데도 멍청한 구경꾼들이 어둠 속에서 응원한다. 그러나 곧 다른 소리도 들린다. 우는 소리다. 다른 이들도 그 소리를 듣는다. 우는 소리는 점점 자지러진다. 어찌나 크게 우는지 팔뚝 털이 쭈뼛 솟을 지경이다. 싸움과 웅성거리는 목소리들이 뚝 멈춘다. 일어서자 무리 전체가 우는 소리가 들리는 쪽으로 움직이는 것 같다. 소리가 가까워지자 노부인과 나는 엎드려 기면서 앞쪽을 더듬거리며 미로 같은 다리들 사이를 헤쳐 나간다. 그런데 아무것도 없다. 바로 앞에서 울고 있는 게 확실하다. 몇 시간이 흘렀을 수도 있다. 아무것도 없다. 그때 아주 작은 발가락들이 만져진다. 발이다. 토실토실하고 작은 머리도 만져진다.

"찾았어요."

내가 말한다.

가엾은 것. 저 애한테는 기회조차 없었어. 거 우는 것 좀 어떻게 해 봐요.

"이 애는 기회조차 없었어요."

나는 속삭이듯 되뇌면서 우리가 처한 이 거지 같은 상황이 부당하다고 생각한다.

"이 아이한테는 기회조차 없었지만 어쩌면 우리가 기회를 줄 수도 있을 것 같아요."

"그 피라미드 만든 사람이세요?"

내 말에 누군가 묻는다.

"네, 저예요. 게다가 지금은 우리 인원도 더 많아졌고요."

"내가 생각하는 그 얘기 하려는 거 맞지요?"

"어쩌면 그 아기한테는 여기가 더 좋을 수도 있어요."

다른 사람이 큰 소리로 말한다.

"정말 진심으로 그렇게 생각해요?"

"되레 우리가 그 아기를 우주 환기구 같은 데로 빨려 들어가게 하는 거면 어떡하죠?"

"그거야 우리도 모르죠."

여자의 말에 이렇게 대답하고 보니 좌절감만 커진다.

다시 너도나도 떠들어 대자 아기도 다시 울기 시작한다.

여기에 아기가 있다니 뭔 일이래.

저 아기가 사람들에게 이곳에 대해 말할 수 있을 것 같아요?

당신 바보예요?

그 구체들이 언제 돌아올지 궁금해요. 적어도 그때는 할 게 있었는데 말이죠.

사람들 사이를 천천히 걸어 다니면서 빈 공간 동기들에게 내가 안고 있는 아기의 소리를 들려준다. 손을 뻗어 오는 몇몇을 아이의 자그마한 몸과 머리통, 내 옷을 꼭 쥐고 있는 말랑말랑한 손 쪽으로 인도한다. 아마도 저쪽 세상에서는 부모님이 내 옆에 앉아 계실 테다. 병실 텔레비전에서는 지역 뉴스가 흘러나오고 있을 테다. 학교 총기 난사 사건이나 어떤 동물이 또 멸종됐다거나 전염병 관련 새로운 통계 수치나 사람들이 더위를 피해 이주한다는 소식을 전해 줄 테다. 하지만 부모님은 내가 결코 알지 못했던 더 소박한 삶에 대해 이야기를 들려주고 있을 테다. 그 이야기 속에서는 해변에도 갈 수 있고 모래나 그 너머에 있는 도시를 바다가 삼키면 어쩌나 걱정하지 않아도 됐고, 지진이 일어났어도 아버지의 일터는 사라진 적 없으며 우리는 여전히 모두가 함께 늘어 갔던 북적거리는 대도시의 조용하고 자그마한 동네에서 아침을 맞이했다. 밤이면 어머니는 견우와 직녀 같은 전통 설화를 읽어 주시곤 했다. 두 연인이 의무를 저버린 죄로 각각 하늘나라의 반대편 끝에 떨어져 있다가 1년에 딱 하루, 칠월칠석에만 만날 수 있다는 이야기다. 어릴 때 이 축제 날이 되면 알록달록한 종이 장식에 '유명한 축구 선수나 작가가 되게 해 주세요. 세상을 바꾸고 싶어요. 가족과 함께 건강하게 오래오래 살고 싶어요.' 같은 소원을 적어 가족들과 함께 대나무에 걸어 두곤 했다.

"좋아. 우리가 뭘 해야 하는지 말해 봐."

내 바로 앞에 서 있던 중범죄자가 말한다. 이어 솥뚜껑만 한 손으로 아이의 머리를 쓰다듬으며 다정한 목소리로 씩씩하게 자라라고 말해 준다.

사람들이 모여들자 피라미드를 새로 몇 층까지 쌓을 수 있는지 갈피를 잡을 수 없다. 한바탕 부스럭거림과 웅성거림이 휩쓸고 지나가자 꽤 많은 인원이 자리 배치를 기다리고 있는 것 같다.

"이 정도 높이면 되지 않을까요?"

위쪽에서 누군가 큰 소리로 말한다.

"전에 그쪽이 말했던 게 느껴지는 것 같아요. 머리카락이 떠다니고 있어요. 여기는 공기가 다르네요."

"그건 나도 몰라요."

말은 그렇게 하지만 이제 더는 늦추기 어려울 듯싶다. 때가 온 것 같다.

"누가 셔츠나 재킷 좀 줄래요? 아기 띠를 만들 수 있게요."

누군가 나일론 바람막이같이 가볍고 매끄러운 재질의 옷을 건네준다. 내 몸통이 완전히 뒤덮이는 것으로 미루어 볼 때 적어도 XXL 사이즈인 듯하다.

"내가 어릴 때 입던 샬럿 호네츠 농구팀 재킷입니다. 밝은 청록색에 자주색과 흰색이 들어간 거요. 무척 좋아했던 옷인데 여기서 깨어 보니 그걸 입고 있더라고요. 지금 키가 2미터나 되는데 꼭 맞더군요. 다 끝나고 돌려줬으면 좋겠어요."

옷 주인의 말이 끝나자 아기를 노부인에게 건네주고 아기 띠를 만들기 시작한다. 바람막이의 양 소매를 내 등에 휘감아 가슴팍에 단단히 맨 뒤 밑단을 바지 속에 밀어 넣어 아이를 넣을 수 있는 주머니처럼 만든다.

"자신 있수?"

그렇게 묻는 노부인의 품에서 까르륵거리는 아기를 받기 위해 손을 뻗는다.

"여기까지 오는 동안 자신 있었던 건 하나도 없었어요. 우리가 얼마나 높이 올라왔는지 볼 수 있으면 좋겠어요. 분명 닥터 수스의 그림책에서 튀어나온 것처럼 보일 거예요."

"우리 손주들도 이 아기처럼 쪼그만데, 걔들이 현실을 살아 내길 바란다우. 하나 마음 한편에서는 보내 주고 싶지가 않네. 괜히 돌려보냈다가 아기가 병이라도 걸리면 어떡해? 우리한테 이번이 마지막 기회면 어쩌고? 걱정돼 죽겠어."

　노부인이 아기의 이마에 입을 맞춘 뒤 내게 건네준다. 가슴팍에 만든 아기 띠에 조심스럽게 아기를 넣은 뒤 재킷 팔 부분으로 단단하게 동여맨다. 아기의 숨과 침으로 셔츠가 축축해진다. 아기의 손가락들이 셔츠 깃을 꼭 잡는다. 그래, 바로 그거야. 꽉 잡아. 앞서 했던 방식대로 피라미드를 올라간다. 다만 이번에는 너무 많은 다리와 손을 밟지 않도록 살살 딛는다. 중간중간 멈춰 재킷으로 만든 아기 띠를 추스르며 소매 부분이 헐거워지고 매끈한 직물이 바지에서 빠져나오겠다 싶을 때마다 매듭을 단단히 조인다. 한 단 위로 올라설 때마다 아기가 떨어질까 봐 띠의 받침 부분을 잘 여민다. 피라미드 안쪽 깊이 자리한 이들은 각자 살아온 이야기를 자세히 주고받으며, 사기가 떨어지지 않도록 노래를 부르고, 어차피 서로의 얼굴을 볼 수 없으니 다 괜찮다고 생각하는 듯 고해 성사를 하거나 밤하늘에 대고 기도하는 것처럼 그동안 아무에게도 하지 않았던 이야기들을 털어놓는다. 인간의 영혼과 미래에 대한 대화와 함께 스무고개 게임과 진실 게임이 펼쳐진다. 몇 년째 올라가고 있는 기분이 든다. 아마 현실 세계에서는 몇 년이 흘렀는지도 모른다. 이 아이는 10대나 어른의 몸으로 들어가서 아기의 눈으로 세상을 바라볼까? 이 사람들은 여기서 있었던 일을 조금이라도 기억하거나 설명할 수 있을까? 정상이 가까워질수록 위쪽을 관장하는 정체불명의 존재가 끌어당기는 힘이 세지듯 내 궁금증도 늘어난다. 칠월칠석 때 소원을 빌었던 일과 부모님이 내가 쓴 글을 아주 열심히 읽고 이해해 보려고 노력했던 모습이 생각난다. 인생의 기회란 씨앗처럼 바람에 떠다닌다고 했던 아버지의 말씀도 떠오른다. 나는 속삭인다. 모든 축복받은 씨앗들이 이 아기에게 도달하게 해 주소서.

꼭대기에 이르자 꼭두각시 조종사가 줄을 잡아당기는 것처럼 몸이 위로 치솟아 검은 하늘 속으로 들어가고픈 기분이 든다. 균형을 잃을 뻔하자 두 손이 내 발목을 잡아 준다. 하지만 이렇게 높이 쌓았는데도 내 몸을 완전히 들어 올리기에는 역부족이다. 아기 띠를 풀고 아기를 가슴팍에 꼭 안는다. 순하고 여린 냄새를 들이마신다.

"너도 여기서 깨어나게 될 줄은 꿈에도 몰랐겠지. 내일은 또 어디서 깨어나게 되려나. 어디서든 괜찮길 바란다."

무슨 일이 벌어지고 있는지 아는 듯이 아기가 울기 시작한다.

"빨리 그 애새끼 좀 위로 던져 버려요."

밑에서 누군가 소리친다.

"부디 내가 옳은 일을 하는 것이기를. 우리를 기억해 주렴."

나는 더 망설이기 전에 아기를 머리 위로 들어 올린다. 꼼지락대는 자그마한 몸이 손에서 살며시 떠나가는 느낌이 든다. 그와 거의 동시에 아이를 보내 준 게 후회된다. 아기가 악쓰며 울자 내게서도 흐느낌이 터져 나온다. 이제 이 아기의 운명은 하늘의 손에 달려 있다. 우리 사이에 놓여 있는 보이지 않는 모든 경계와 선택들의 집합체인 드높은 하늘에 말이다. 나는 피라미드 꼭대기에 그대로 남아 아기의 울음소리가 사라질 때까지 기다렸다가 다시 아래로 내려온다.

돼지 아들

HOW

HIGH

WE GO

IN THE

DARK

전 부인에게서 우편으로 아들의 재가 절반 들어 있는 유골함을 받은 후 아들을 살렸을 수도 있는 심장과 다른 장기들을 돼지의 몸 안에서 키우는 일에 매달렸다. 오늘은 피치의 생일날이다. 도리가 평소보다 문자를 더 많이 보낸다는 뜻이다. 평소에도 그렇게 많이 보내는 일은 없지만 말이다. 피치가 새로 나온 만화집을 안고 잠드는 걸 좋아한다고 말했던 거 기억해요? 걔한테서 무슨 냄새가 났었는지 잊어버렸어요. 이런 문자에는 절대 답장을 보내지 않는다. 도리는 실제로 대화가 필요한 게 아니다. 아직도 내가 피치의 마지막을 함께하지 않았음을 탓하는 것이다. 그녀는 내가 그 애를 살리려고 얼마나 필사적으로 싸웠는지 영영 모른다. 대화를 나눠 봐야 너무 고통스러울 테다. 동료 심사 논문에 실패한 피치의 이식 사례를 결코 넣지 않은 것도 같은 이유에서였다. 피치의 파일은 분실한 통계 자료인 양 연구실의 컴퓨터가 아닌 내 책상 서랍 속에 있다.

대학원생 조교인 패트리스가 구내전화에 대고 큰 소리로 빨리 실험실로 오라고 말한다. 내가 모르는 또 다른 목소리가 들리는데 막힌 듯한 콧소리로 약간 제정신이 나가 '박사님'이라는 말만 되풀이하는 게, 그 단어 하나로 모든 생각을 전달하려는 듯하다. 얼굴에 마스크를 쓰고 실험실 가운을 걸친 뒤 내 사무실 덧문을 열어젖힌다. 실험실 식구들이 장기 이식용 돼지가 있는 유리 우리의 주위에 모여 있다. 이 돼지들은 전부 내 아들처럼 장기에 전염병이 침투한 감염자들을 돕기 위해 존재한다. 하지만 적기에 쓰는 게 중요하다. 감염자들이 병세가 상당히 진행돼 혼수상태에 빠지기 전에 손을 써야 한다. 28번 공여체인 이 돼지는 인턴 연구원이 핼러윈 때 금목걸이를 걸어 주고 선글라스를 씌워 준 다음부터 스노토리어스 P.I.G.(유명 힙합 가수 노토리어스 B.I.G.에서 따온 이름 — 옮긴이)라는 별명으로 불렸다. 내가 다가가자 스노토리어스 P.I.G.가 관찰하듯 쳐다보며 엉덩이를 씰룩대더니 가까스로 입을 연다. '바악사앗니임'이라는 소리가 들린다. 복화술사가 소리를 내는 것처럼 알 수 없는 곳에서 들리는 것 같다.

"좋아, 좀 웃겼어. 누가 말한 거야?"

연구원들을 돌아보며 묻자 서로를 쳐다보다가 패트리스가 다시 돼지우리를 가리킨다.

"저희가 생각하기에는 스노토리어스가 그러는 것 같은데요."

그래, 물론이다. 이 돼지들에게 인간처럼 말하는 데 필요한 성대가 없다는 점은 접어 두자. 물론 우리가 애들의 유전자를 조작해 성장을 촉진시키고 장기 공여에 최적화시켰지만 말이다.

바악사앗니임. 이번에는 스노토리어스의 입이 전혀 움직이지 않는다. 짜증이 밀려오지만 그 목소리에는 뭔가 특별한 데가 있다.

"다시 해 봐."

우리로 훌쩍 뛰어들다가 똥을 밟고 미끄러질 뻔했지만 무릎을 구부려 스노토리어스의 파란 눈을 들여다보며 다그친다.

"아까 그거 말해 봐."

바악사앗니임. 세상에 이럴 수가. 솜뭉치가 가득 들어 있는 입으로 말하는 듯한, 처음 듣는 목소리가 마음에 파문을 일으킨다. 몇 번 더 시험해 봐도 잘못 들은 게 아니다. 완전한 인간의 뇌도 아니고 그렇다고 완전한 돼지의 뇌도 아닌 스노토리어스의 뇌는 말할 때마다 MRI 상에서 폭죽처럼 환하게 빛난다.

"이 사실이 밖으로 새어 나가면 안 돼. 아직은 안 된다고. 우린 얘가 어떤 상태인지 알아야 돼. 그러니 딴 사람이 데려가는 일은 없었으면 좋겠어."

연구원들이 고개만 끄덕이는데 성에 안 찬다.

"다 같이 이렇게 말해 줘. 예, 저희는 한마디도 안 하겠습니다."

예, 저희는 한마디도 안 하겠습니다. 연구원들은 초등학생처럼 따라 했다. 하지만 이곳은 1급 기밀 시설 같은 데가 아니다. 여기는 기밀 정보 취급 인가나 파문 같은 것도 전혀 없다. 이곳에서 일하는 대학원생들은 전염병이 터지기 이전에도 알 수 없는 목적으로 의약품을 훔쳐 갔다는 의심을 샀다. 비밀이 새어 나가는 것은 시간문제일까 봐 걱정이다.

우리는 날짜를 나눠서 스노토리어스에 관한 연구와 병원에서 주문한 장기의 물량을 채우는 일을 병행했다. 연구를 도울 언어 치료사로 패트리스의 언니인 에이미를 채용했다. 실험실 하나를 비워 스노토리어스의 연구 및 놀이 구역으로 만들었다. 텔레비전과 돼지 발에 맞게 특수 수정되어 프로그램화된 패들 버튼을 장착한 컴퓨터를 설치했다. 다락방을 뒤져 아들이 읽던 책과 손때 묻은 장난감을 찾아냈다. 바악사앗니임. 스노토리어스가 실험실 주변에서 가장 많이 들었던 단어일 테니 당연히 제일 처음 그 말을 했을 터였다. 에이미와 나는 스노토리어스를 연구할 땐 실험실 규칙을 어기고 장갑과 마스크를 벗었다. 스노토리어스는 우리가 가르쳐 주는 것들을 전부 빨아들이는 것 같다. 단어 암기용 카드와 만화 그리고 『돼지 삼형제』와 『샬롯의 거미줄』 같은 아동 도서들을 교재로 쓴다. 우리는 스노토리어스를 아이처럼 대한다. 비록 그 상황에 스노토리어스의 정신이 어떤 상태인지 알기는 힘들지만 말이다. 에이미는 스노토리어스가 잘 해낼 때면 상으로 금색 별을 준다. 긍정적 강화물이 중요하단다. 스노토리어스는 아주 빨리 배운다. 처음에는 가장 좋아하는 단어가 매일 바뀌었다. 양이었다가 말이었다가 농부였다가 노란색이었다가 진흙이었다가 에이미로 바뀌었다. 아침과 저녁이면 '배고프다'는 단어를 소리 높여 내뱉거나 빠르게 늘어나는 어휘력을 발휘해 특별한 요구를 한다.

사과, 주세요. 어느 날 아침에는 이렇게 말했다.

며칠 전에는 음식을 다 먹고 난 뒤 패트리스에게 "고마워요."라고 말했다. 착한 돼지다. 스노토리어스는 애니멀 플래닛에서 재방송해 주는 옛날 프로그램인 「악어 사냥꾼」을 즐겨 보면서 하마가 나올 때마다 흥분해 코를 킁킁거린다. 또한 앞으로 10년은 더 있어야 실현될 것 같은 화성 유인 탐사의 시험 비행을 위해 로켓을 발사하는 장면에 마음을 빼앗겼다. 우주비행 관제센터를 따라서 카운트다운하고, 로켓이 이륙하면 흥분해 제 방을 방방 뛰어다녔다. 우리는 그 애가 불안해할 만한 것이 나올 때마다 채널을 바꿔 주려고 한다. 키우던 사람이 죽어서 방치되거나 굶어 죽는 가축들이나 썩어 가는 곡식, 또는 산불로 집을 잃고 구호선에 올라타는 난민들이 나오는 장면같은 것 말이다. 하지만 스노토리어스는 병원의 전염병 병동이 환자들로 넘쳐나서 주차장에 이동식 주택을 세우고 비행기 격납고까지 개방해 환자를 수용하고 있다는 뉴스를 봤던 터라 이렇게 말한다. *아파요, 사람들. 아파요, 사람들. 바악사앗니임 도와줘요.* 또한 장례 산업이 은행 제도를 꿰차 사람들이 식료품점에서 음식을 살 돈을 광고투성이 휴대전화 앱과 연계된 영안실 가상화폐로 치르는 장면을 봤다. 그 탓에 스노토리어스는 '*웃음의 도오시이로 와서 우리와 웃어요.*'라는 광고 문구를 주문처럼 되뇌었다. 그러다가 '*웃음의 도오시이로 와서 우리와 웃어요. 1000개의 사별 암호 화폐만 내면 1시간 동안 샌프란시스코만을 돌며 사랑하는 이의 뼛가루를 뿌릴 수 있습니다.*'와 같이 광고 전체를 따라 할 수 있게 되었다.

그리고 나서 오늘 밤, 막 실험실을 나가려는 찰나 스노토리어스가 '*외로운*'이라는 새 단어를 말하는 게 들렸다. 나는 놀이실로 다가가 곁에 앉아서 놈의 양쪽 귀를 긁어 준다. '외로운 돼지'라고 스노토리어스가 말한다. 휴대전화가 웅웅거려 들여다보니 또 전부인이다. 이번에는 피치가 생을 마감하던 날 커다란 호랑이 인형을 껴안고 있는 사진을 보냈다. 스노토리어스가 같은 말을 반복하자 놈에게 이런 삶을 준 데 대해 양심의 가책을 느낀다. 놈이 그대로 조용히 있었다면 심장은 인디애나로, 간은 미시간으로, 그리고 폐는 워싱턴으로 가서 몇 주 전에 끝났을 삶이었다. 물론 우리가 손을 써서 다른 돼지들을 보냈지만 말이다. 스노토리어스가 말을 할 때마다 뭔가 나를 잡아당기는 듯하다. 머릿속으로는 퇴근해서 전자레인지에 저녁을 데워 먹고 침대로 웅크리고 누워 몇 개 없는 피치의 영상 중 그 애가 모래성을 만드는 2분짜리 토막 영상을 잠들 때까지 반복하며 들여다봐야겠다고 생각한다. 그 대신 밤을 새울 때를 대비해 연구실에 놓아둔 침낭을 꺼내고 스노토리어스의 곁에 있어 주기로 작정한다.

책을 읽어 주자 스노토리어스가 내 어깨에 턱을 기댄다. 놈이 쿵쿵 콧김을 내뿜는 통에 구깃구깃한 실험실 가운에 끈적끈적한 액체가 동전만 하게 괸다. 우리는 『괴물들이 사는 나라』를 읽는다. 놈은 그림을 좀 더 길게 보고 싶은 장이 나오면 발로 가리키다 못해 때때로 해당 장에 있는 글자들을 들이마시기라도 하는 듯 코를 들이밀기도 한다.

맥스, 괴물 소동.

"그래, 맞아."

스노토리어스의 말에 맞장구를 쳐 준다. 놈은 아직 잘 읽지 못

하지만 패트리스와 에이미가 교육 중이다. 기초는 익힌 상태라서 나는 놈이 단어를 짐작해 낼 수 있도록 글자 하나하나 아주 천천히 읽어 준다. 우리는『괴물들이 사는 나라』를 다 읽고『벨벳 토끼 인형』으로 넘어간다. 내가 속표지를 휙 넘기려고 하자 스노토리어스가 발을 내 손에 딱 붙이더니 속표지 안쪽에 풀로 붙여 놓은 오렌지색 스테고사우루스 모양의 이름표를 가리킨다. 거기에는 검은색 크레용으로 휘갈겨 써 넣은 아들의 이름이 있다.

"피치."

나는 그렇게 말한 뒤 휴대전화를 꺼내 사진 몇 장을 보여 준다. 이어 우리 관계를 이해시키기 위해 나 자신을 가리켰다가 다시 사진을 가리킨다.

"내 아들이야."

하지만 스노토리어스가 내 말을 알아들었는지는 알 길이 없다. 놈은 새끼 돼지 때부터 이 건물에서 사육됐다.

피치, 아들 피치.

피치가 이를 닦은 후 복도 너머로 이제 이야기 시간이라고 소리치며 말하곤 했던 게 생각난다. 피치는 늘 한 편 더, 몇 장 더 읽어 달라고 졸랐는데 원하는 대로 해 주면 금세 곯아떨어졌다. 스노토리어스 또한 졸음이 쏟아지는지 눈꺼풀이 실룩거린다. 집에 가면 침대 옆 탁자 위에 이야기 시간의 흔적이 몇 년째 고스란히 남아 있다.『왕의 귀환』이 끝나기 몇 장 앞, 등장인물들이 '운명의 산'에 다다른 부분에는 책갈피가 꽂혀 있다. 그 아이에게는 너무 어려운 책이었지만 그래도 피치는 이 책을 자기 힘으로 읽어 보려고 했다. 하지만 전염병 병동에 입원할 때, 피치는 나랑 같이 이 책을 다 읽을 수 있을지 물었다. 우리의 말소리는 병원에서 나오는 소음에 잠길 뿐이었다. 책들을 치우고 스노토리어스에게 담요를 덮어 준 뒤 옆에 눕는다. 노지에서 방목하는 돼지나 집돼지와는 전혀 다른 스노토리어스의 몸집 때문에 내가 작아 보인다. 이 아이도 그런 삶을 꿈꾸지 않을까 궁금하다. 전염병이 닥치기 전까지 우리가 한때 당연하게 여겼던 삶을 꿈꾸지 않을까.

잠에서 깨니 실험실은 아직 텅 비어 있다. 재순환되고 살균 처리된 실험실 공기를 오랜 시간 들이마셨더니 입이 바짝 마르고 머리가 띵하다. 내 호흡기 마스크의 플라스틱 부분에 '굉장한 돼지'라고 적힌 접착식 메모지가 붙어 있다. 전 세계에 전염병이 퍼진 상황에도 유치한 장난은 여전하다. 스노토리어스는 다른 동물 우리와 나란히 있는 작업대 근처의 제 우리에서 잠을 자고 있었다. 살금살금 연구실로 돌아와 받은메일함을 확인하니 학과 안팎의 친구들이 돼지 이야기를, 그러니까 스노토리어스에 대해 들었다며 이것저것 묻는 이메일을 잔뜩 보내 두었다. 누군가 소셜 미디어에 영상을 유출했다. 학교 외부 동료들은 장난처럼 받아들이는 게 분명하지만 부학장은 즉시 방문 약속을 잡는다. 안팎의 관심이 달갑지 않은 것 같다. 연구실 밖에서 패트리스가 작업 공간을 정리하고 있다.

"이 영상에 대해 뭐 아는 거 있나?"

휴대전화를 들어 보이며 묻자 패트리스가 쳐다본다.

그녀는 착한 사람이다. 가끔 너무 과묵하고 심각해지는 단점이 있지만 말이다. 그에 반해서 언니 에이미는 밤샘 파티에 가서 불로 만든 포이(마오리족의 전통 공연 도구로 일종의 공과 같은 모양이다—옮긴이)를 돌려 가며 공연을 한다. 내가 아는 건 소셜미디어를 통해서 본 것뿐이지만 말이다.

"그게 자넬 추궁하는 게 아니야. 그래도 이런 짓을 했을 법한 사람이 누군지 조금이라도 짐작가는 게 있다면……."

"모르는데요."

"인턴 연구원 중에서 그랬을까?"

"전 정말 아무것도 몰라요."

다른 사람이 출근할 때마다 일일이 캐묻는다. 그러다가 정작 신경 써야 할 대상은 스노토리어스임을 깨닫는다. 피해 대책도 세워야 한다. 녀석을 숨겨야 할까? 하지만 어디 갔냐고 하면 어떻게 설명하지? 동료들이 도착했을 때 어떻게든 녀석의 입을 막을 수 있을까? 연구실 밖에서 스노토리어스가 '배고파, 배고파, 배고파.'라고 소리 지르고 있다. 안 그래도 그쪽으로 가고 있던 에이미가 사랑스럽다는 듯이 녀석의 주둥이에 코를 비벼 댄다.

"패트리스, 이리 들어와 봐. 곤란한 일 좀 맡아 줘야겠어. 누가 오면 즉시 내게 알려 줘."

"박사님은 뭐 하시려고요?"

"신경안정제 좀 가져오려고."

헤이스 부학장이 도착할 즈음에 스노토리어스는 정신을 잃고 우리에 뻗어 있었다. 부학장은 양복을 버릴까 봐 그런지 정작 28번 돼지는 보는 둥 마는 둥 했다. 그는 연구실로 나를 끌고 가더니 직원 단속을 더 철저히 하라고 일장 연설을 늘어놓는다.

"교수는 우리 대학의 자산이오. 지금 같은 세상에는 이런 실험실이 필요하지."

나는 그의 옷깃에 꽂힌 카네이션에 시선을 모은다. 이 인간은 대체 뭐지?

"교수가 여기서 해 온 일 덕분에 내 손녀딸에게도 실낱같은 희망이라도 생겼소. 그런 업적을 구경거리로 전락시키지 마시오."

"절대 안 그럴 겁니다."

동료인 브렛 개프니 박사가 조교들을 거느리고 참관실로 들어서자 패트리스가 허공에 양팔을 흔들어 신호를 보낸다. 그들은 스노토리어스의 스냅 사진을 찍으면서 낄낄거리고 다 함께 한 손가락으로 코를 밀어 올려 돼지 코를 만든 뒤 브렛의 구령에 맞춰 단체 사진까지 찍는다.

"하나, 둘, 셋, 꿀꿀!"

개프니 박사에게 잔소리를 하러 급히 참관실로 향하는 헤이스 부학장을 따라간다. 실험실 자료를 들이밀면 영상에 대해 잊을까 싶어 대학원생 조교의 책상에서 급히 보고서를 집어 든다.

"부학장님, 이 수치들을 보시면 우리 동물 장기 공여 시설이 여타 실험적인 연구소들보다 더 많은 전염병 환자들을 안정시키는 데 기여해 왔음을 알게 되실 겁니다. 줄기세포 프린터 사용과 관련해 연방 정부의 승인을 받을 수 있다면 생산량이 네 배나 늘어날 것으로 예상합니다."

나는 부학장의 눈앞에 서류철을 흔들어 보이며 말한다. 도표를 가리키며 혼자 떠들어 대면서도 한쪽 눈으로는 계속 스노토리어스를 주시한다.

"몇몇 주에서는 성인들에게 나타나는 감염 유형을 억제하는 데 아주 큰 효과를 봤습니다. 저희는 더 이상 이 바이러스가 공기로 전염되지 않는다고 확신합니다. 치료법은 아닙니다만 장기이식을 통해 시간을 벌 수 있습니다. 또 저희가 키운 장기들이 미래 백신의 제1임상 후보군이라고도 덧붙여야 할 것 같군요. 실험실 환경에서 세포 변형이 멈출지 알아볼 수 있으니까요."

이어 부학장을 다른 이식용 돼지인 피긴스워스 경에게 데려가려는 찰나에 그가 참관실로 밀고 들어가더니 개프니 박사의 휴대전화를 낚아챈다.

"당신네 학과장에게 정식으로 항의할 걸세. 다들 여기서 나가, 당장!"

부학장이 실험실을 찍은 사진이나 영상은 뭐든 삭제하려고 하면서 호통을 친다.

자기 조교들을 문 쪽으로 몰고 가며 개프니 박사가 나를 향해 팔랑팔랑 손을 흔들어 보인다. '거참 안 됐네.'라고 말하는 듯하다.

"이게 뭔 난리랍니까? 이럴까 봐 내가 누누이 말했던 겁니다."

에이미와 패트리스가 스노토리어스의 우리에 들어가 녀석의 등을 쓰다듬어 주는 모습이 보인다. 스노토리어스는 아직 정신을 못 차리고 있지만 곧 무슨 야단이 일어나는지 깨닫게 될 것 같다.

"부르지도 않았는데 온 겁니다. 저희는 이제 정말 다시 일해야 합니다. 보스턴 어린이 병원이 기다리고 있거든요."

헤이스 부학장이 툴툴거리며 막 떠나려는데 스노토리어스가 입을 열기로 한다.

시끄러워.

에이미와 패트리스가 스노토리어스의 귀에 대고 조용히 하라고 속삭이고 있다. 패트리스가 다시 눕히려고 녀석의 엉덩이를 주저앉힌 덕에 부학장의 눈에 띄지 않은 것 같다.

시끄러워, 시끄러워. 자, 자. 스노토리어스가 이번에는 더 크게 말한다.

"뭐였나? 방금 그 목소리."

"무슨 목소리요?"

부학장이 묻는 말에 천연덕스럽게 되묻는다. 에이미는 이제 스노토리어스를 타고 앉아 아예 가리려고 한다.

"누가 말하는 소리를 들은 거 같아서. 아주 이상한 목소리였는데."

여러 바악사잇니임들이 말하는 중. 스노토리어스가 소리친다.

"저 봐."

헤이스 부학장이 잠시 나를 유심히 보더니 실험실을 찬찬히 살펴본다. 마침내 우리에 눈이 멈추는 순간 스노토리어스가 몸을 일으켜 세우면서 시선을 맞받아 빤히 쳐다본다.

"여기서 심상치 않은 일이 벌어지고 있었군."

에이미, 에이미. 귀 좀 긁어.

"세상에."

실험실로 돌아오던 개프니 박사가 말한다.

"저게 그 돼지예요?"

"여기서 나가라고 했잖나."

"제 휴대전화를 안 주셨잖아요."

개프니 박사가 탁자를 가리킨다.

"가지고 당장 나가게. 그리고 누구에게든 이 일에 대해 입도 뻥긋 말고."

"자네."

부학장이 나를 가리킨다.

"그리고 자네하고 자네."

이어서 에이미와 패트리스를 차례로 가리키며 말한다.

"이게 대체 무슨 상황인지 설명하는 게 좋을 걸세."

이후 몇 날 몇 주에 걸쳐 회의가 여럿 열린다. 대학 내 학과들의 절반쯤은 스노토리어스를 이용해 한몫을 챙기고 싶어 한다. 처음에는 헤이스 부학장이 스노토리어스를 다른 데로 옮기고 싶어 했지만(그리고 아직 그러고 싶어 하지만) 스노토리어스는 우리만 믿고 따른다고 내내 설득한 끝에 일단락됐다. 나나 에이미가 없을 때 말을 하도록 시도했지만 번번이 실패한 터였다. 물론 우리도 보안 조치를 보강했다. 출입문에 경비원을 배치하고 사전

승인을 받은 직원들만 실험실에 출입할 수 있다. 오늘은 신경과학 팀이 스노토리어스를 연구하는 날이다. 나는 구석에 앉아 그들의 연구 활동을 감독한다. 스노토리어스는 수시로 나를 쳐다보고 의사들이 온몸에 센서를 붙일 때는 낮게 가라앉은 목소리로 구슬프게 꽥꽥거린다. *바악사앗니임, 바악사앗니임.* 마음 같아서는 다들 내쫓고 녀석을 안아 주고 싶다.

"다 괜찮을 거야. 괜찮아, 괜찮아. 나 여기 있잖아."

하지만 솔직히 정말로 괜찮은지는 나도 잘 모른다. 다른 이들이 녀석을 대상으로 무슨 계획을 세워 놨는지도 모른다. 우리가 녀석을 연구하지 않고 있다거나 녀석이 말하는 소리를 처음 들었을 때 명성이나 부를 예상하지 않았다는 말은 아니다. 하지만 매일 밤 책을 읽어 주고 날마다 녀석에 대해 조금씩 더 알게 되면서 모든 게 바뀌었다. 스노토리어스는 배를 문질러 주고 귀 뒤쪽을 긁어 주는 것을 좋아한다. 또한 「스타워즈」보다 「스타트렉」을 더 좋아하고, 밖으로 나가서 우리 연구동 뒤편에 있는 작은 일본식 차 정원에 데려갔을 때에는 내게 하늘에 대해 물었다. 녀석이 경탄 어린 눈으로 위쪽을 가만히 바라볼 때 기쁨이 샘솟는 기분을 참을 수 없었다. 녀석은 신선한 공기나 맨발에 닿는 풀의 느낌처럼 우리가 대수롭지 않게 생각하는 아주 사소한 것들을 전부 빼앗긴 채 살아왔다. 스노토리어스는 '*새, 자전거, 자전거를 타는 소녀.*'라고 말했다. 이어 자신의 발을 내려다 보았고, 연못에 비친 자신의 모습을 내려다 보았으며 자신이 우리와 얼마나 다른지 깨닫게 되었다. *나무. 많은 나무. 뜨거운 공기.*

연구자들은 각종 장비를 가져온다. 하지만 스노토리어스의 살갗을 찢으려면 내가 허락해야 한다. 나는 항상 안 된다고 말한다. 아직은 안 된다. 틀림없이 다른 방법이 있을 테다. 나는 헤이스 부학장이나 학과장이 전화를 걸어서 다른 연구원들이 원하는 대로 하게 두라고 말할 때까지 기다리고만 있는 신세다. 그런데 어디까지 하고 싶어 할까? 머리에 구멍을 뚫겠다고 하면? 다른 돼지와 똑같은 맛이 나는지 알아보기 위해 갈비구이로 만들겠다고 하면? 이 모든 일이 끔찍한 만큼, 우리는 스노토리어스가 말하게 된 이유에 대해 더 많이 알아냈다. 첫째, 인간의 장기를 단기간에 키우기 위해 사용한 줄기세포와 유전 명령이 변덕을 일으켜 스노토리어스의 뇌를 겨냥하게 되었다. 이론적으로는 항상 이럴 일이 일어날 수는 있었다. 실험실 밖의 시위자들이 이 점을 늘 상기시켜 주었다. 하지만 몇 년에 걸쳐 수백 번 이 실험을 시행한 후, 대다수 연구자는 텔레파시로 의사소통한다는 생각은 말할 것도 없고 돼지 인간이라는 발상 자체도 쓸데없는 소리 취급했다. 둘째, 스노토리어스의 뇌는 계속해서 커지며 놀라운 속도로 복잡해지고 있다. 연구자들은 대부분 녀석의 인지 능력과 텔레파시에 집중한다. 패트리스는 개프니 박사의 예측 작업을 도왔다. 스노토리어스의 뇌가 더 이상 자라지 않으면 합병증이 생기게 된다. 두통, 발작. 그리고 결국에는 죽음에 이를 것이다.

어린 것에게 자기가 죽게 될 것이라는 말을 어떻게 할까? 패트리스에게 그 소식을 들었을 때 아들을 떠올릴 수밖에 없었다. 밤에 흡입기로 약물을 들이마시는 피치의 곁에 내가 어떻게 앉아 있었던가. 약물 가득한 숨을 내뿜고 있는 아이에게 셀 수 없이 많은 거짓말을 했다. 단둘이만 캠핑을 가자거나 피치가 조금 더 크고 몸이 좀 더 회복되면 우주 캠프를 신청하자고 했다. 때때로 피치가 잠들고 나서도 한참 동안 그 애 방에 머물며 장난감 천체 투영기로 천장 가득 쏘아 올린 별들을 바라보면서 다 큰 남자가 60와트짜리 빛에 대고 소원을 빌곤 했다. 이제 스노토리어스에게는 어떤 거짓말을 늘어놓게 될까? 실험실로 걸어가 돼지들이 얌전하게 꿀꿀거리는 소리를 듣다가 문득 정신을 차리고 보니 나도 모르게 전 부인에게 전화를 걸고 있다. 그녀는 스노토리어스에 대해서 아무것도 모르고, 나 역시 그에 관해서는 이야기를 하고 싶지 않다. 얘기해 봤자 헛소리로 생각할 테니까. 그냥 피치를 사랑했고 의사가 우리 아들에게 가망이 없을 것 같다고 말했던 순간을 기억하고 있는 누군가와 말하고 싶을 뿐이다.

"피치에게 자기가 얼마나 나쁜지 말해 주지 않았던 걸 후회해?"

그녀가 전화를 받자마자 이 말부터 묻는다.

"걔도 알고 있었어. 하지만 잘 모르게 해 줬던 걸 고마워했던 거 같아. 우리가 아이답게 지낼 수 있게 했잖아."

잠시 아무 말도 못 한다. 전화기 너머에서 들리는 도리의 숨소리에 귀를 기울인다. 내가 괜찮은지 물어오는데, 그녀가 터널 반대쪽 끝에 서 있는 것처럼 까마득하게 먼 곳에서 나는 소리 같다.

"데이비드?"

"어?"

"대체 무슨 일인 거야?"

"별거 아니야."

휴대전화에 있는 피치의 영상을 열어서 본다. 아이가 크레용으로 즐겨 그리던 위험한 함정들로 가득 찬 미로를 그리고 있는 영상이다. 도리가 데리고 떠나기 전 아들을 마지막으로 봤던 날에 찍었던 것이다.

"당신 있는 데는 괜찮아? 그 공원 말이야."

"뭐라 설명하기 어려워. 여기 사람들은 날 아들 잃은 사람으로 바라보지 않아. 여기 고객들은 전부 같은 일을 겪으니까. 나는 그런 사람들에게 아들이나 딸이 담긴 유골함을 건네줘. 최근에는 그보다 나이가 많은 사람들도 여기 롤러코스터를 타러 와. 다들 누구의 아내나 삼촌이나 할아버지겠지. 내가 공원을 나서는 사람들의 손을 꼭 잡아 주거든. 그러면서 서로 말없이 눈을 맞춰. 그럼 내가 그래, 떠나기 전에 딱 한 번만 미소를 지어 보라고, 한 번만 웃어 보라고, 한 가지 기억을 떠올려 보라고. 여기서는 작별 인사를 하는 게 삶의 일부야. 그런 게 위로가 된다고는 말하고 싶진 않아. 하지만 뭔가 의미가 있긴 해."

"난 정말 걜 살릴 수 있을 줄 알았어."

"알아."

"그리고 당신이 피치를 데려가길 잘했어."

내가 고집을 부리지 않았다면 아들이 떠나는 날까지 몇 달 동안은 그곳에 함께 있었을 텐데 싶다. 스노토리어스가 그런 공원에 가 롤러코스터를 태워 달라고, 삶을 끝내 달라고 부탁하는 광경을 상상한다.

"그만 끊어야 해."

"만약 그때 당신과 함께 갔다면……."

"저기, 당신이 괜찮아졌으면 좋겠어."

"당신 친구 일은 유감이야. 피치 곁에 그 사람이 있어 줘서 다행이고. 그 친구가 피치의 그림을 몇 장 보내 줬거든. 냉장고에 붙여 놨어."

언젠가 만나러 가도 되는지, 혹시라도 돌아올 생각이 없는지 물어볼 참이다. 그녀가 가장 좋아하는 피치 이야기를 듣고 싶다. 우리가 다시 이야기를 나누는 걸 상상하며, 이 대화의 침묵 속에 영원히 남아 있고도 싶다.

"잘 지내, 데이비드."

도리는 빠르게 전화를 끊는다.

당신은 박사님이에요. 저 사람도 박사님이에요. 모두 다 박사예요. 지난 몇 주 동안 스노토리어스의 언어 능력은 일취월장했다. 에이미의 표현대로 돼지 아들과 진지한 대화를 나눌 때가 드디어 온 것 같았다. 패트리스와 에이미 그리고 나는 우리 가까이 갈 때면 최대한 마음을 비운다. 돼지 아들의 텔레파시가 어떻게 작동할지, 녀석이 우리 생각을 들을 수 있을지 없을지는 아직 확실히 모르기 때문이다. *나는 돼지예요. 돼지는 어떤 일을 해요?* 스노토리어스는 사람들을 목적에 따라 분류하였으며 우리가 왜 다 여기 있는지와 같은 심오한 질문을 묻기 시작했다. 왜 다른 돼지들과

는 이야기를 하지 못하는 걸까? 연속극을 보면서는 사랑과 우정에 대해 묻고 뉴스를 볼 때는 전쟁과 북극 전염병에 대해 묻는다. 또한 가솔린 자동차 생산업이 모라토리엄을 선언하는 문제와 산불로 파괴된 캘리포니아 지역을 원조하는 문제를 놓고 싸우는 워싱턴 정계 인사들에 대해 물어본다. *모라토리엄이 뭐예요? 키스하면 사랑한다는 뜻이에요. 아픈 사람들이 많아요. 아무도 그 무엇에 동의하지 않아요.*

"이런 질문을 할 때마다 언제까지 이렇게 나중에 말해 주겠다고만 할 수는 없어요."

실험실 주차장에서 작정하고 기다리고 있던 에이미가 내 차에 올라탄다. 실험실 밖에서 누군가와 시간을 보내는 게 어떤 기분인지 까맣게 잊고 있었다. 그녀가 내 손을 꼭 쥔다. 나는 그 느낌을 음미한다.

"나도 알아요."

"박사님이 걔를 보호하려고 이런다는 걸 모르는 게 아니에요. 하지만 스노토리어스가 사람 아이는 아니잖아요. 우리가 아무리 원한다고 한들 스노토리어스가 실험실에서 우리와 같은 권리를 누릴 수는 없어요. 그나마의 자유마저 정부가 개입하는 순간 훨씬 줄어들 거예요. 그치들이 우리한테서 개를 떼어 놓을 거라는 걸 박사님도 알잖아요. 그것도 곧이요."

"그래도 그냥 뭐랄까…… 말해 준들 걔가 뭘 어떻게 하겠나 싶어서 그래요."

에이미는 아무 말 없이 창밖만 내다본다. 그녀의 귀에서 달랑

거리는 수정 귀걸이가 계기판에 조그마한 무지개를 드리운다.
마침내 에이미가 입을 뗀다.

"우리가 도와줍시다. 개한테 선택권을 주자고요."

밤에 실험실 직원들이 다 퇴근한 뒤 경비원에게는 늦게까지
남아 일할 것이라고 알린다. 이어 스노토리어스가 있는 실험실
의 보안 카메라를 끈다.

이야기 시간이야? 스노토리어스가 묻는다.

"응, 곧 있으면. 근데 먼저 말해 줄 게 있어. 어제 돼지가 어떤
일을 하냐고 물어봤잖아."

스노토리어스는 바짝 다가와 내 앞에 앉는다. 녀석은 에이미가
떠 준 선홍색 카디건을 입고 있다. 이제 다 자란 터라 내가 바닥
에 앉으면 녀석이 내 머리 위로 우뚝 솟아 있다. 녀석에게 진실을
말해 주려다 보면 목이 멜 것 같아서 내 말의 요점을 쉽게 설명할
수 있도록 슬라이드 쇼와 영상을 준비해 태블릿에 띄웠다.

"넌 지금과 아주 다른 삶을 살 수도 있었어."

운을 뗀 뒤 비건 활동가의 영상을 하나 보여 준다. 그리고 녀석
이 에이미에게 배운 「맥도널드 아저씨의 농장」 노래에 또 다른
면이 있다는 것과 이 노래가 단순히 인간과 같이 살고 있는 동물
들을 묘사한 것이 아니라는 점을 설명해 준다. 잠시 후 머릿속에
서 정리를 끝낸 녀석이 묻는다.

돼지는 음식이야?

"그래, 때에 따라서는. 하지만 돼지를 반려동물로 키우는 사람도 있고 자연 다큐 프로그램에서 본 것처럼 야생 돼지도 있단다."

사람들은 돼지를 먹는다.

스노토리어스가 호흡 곤란을 겪는 것처럼 미친 듯이 콧김을 내뿜는다. 녀석의 울음소리는 날카로우면서도 침울한 통곡이 되어 몸을 뚫고 지나가는 것 같다. 일어나서 실험실을 몇 번이나 둘러보고 나서야 경비원이 아무 소리도 못 들었구나 싶어 안심한다.

"쉬이, 쉬이."

스노토리어스를 껴안아 등을 쓰다듬고 귀를 비벼 준다. 처음으로 장갑이 없는 맨손으로 나의 돼지 아들을 오롯이 느껴 본다.

"하지만 넌 그런 용도가 아니었어, 알겠니?"

그렇게 다독인 뒤 슬라이드 쇼를 이어 간다. 인간과 돼지의 구조와 장기들을 그림으로 풀이해 놓은 도해를 보여 준다.

"이 속에 있어."

내 심장과 녀석의 심장을 차례로 가리키며 말한다. 이어 초음파 기계를 끌어와 탐촉기를 내 가슴에 댄다.

"알겠어?"

쿵, 쿵, 쿵, 쿵, 쿵, 쿵. 손으로 박자를 맞추다가 탐촉기를 스노토리어스에게 대자 녀석의 귀가 자동적으로 쫑긋 선다.

심장이 우리를 살아 있게 해 줘. 녀석이 다음 슬라이드를 유심히 살펴보면서 말한다.

"그래, 맞아. 심장은 아주 중요한 거야."

나는 휴대전화를 꺼내 피치의 사진을 보여 준다.

아들 피치. 아들 피치. 피치도 아파?

"피치는 심장이 좋지 않았어. 텔레비전에서 봤던 그 병에 걸려서."

스노토리어스의 정상적인 심장 박동 소리에 맞춰 녀석의 옆구리를 두드려 준다. 바붐붐, 바붐붐. 이어 부정맥 소리도 흉내 낸다. 바바붐붐붐붐붐 바바붐 바바붐 바바붐.

"네 심장은 인간의 심장이야."

슬라이드를 도해가 나오는 곳으로 띄워 놓고 돼지의 심장에서 인간의 몸으로 연결된 커다란 노란색 화살표를 손가락으로 더듬으며 말한다.

"네가 하는 일은 사람들을 구하는 거야."

스노토리어스가 방금 들은 정보를 처리하느라 시간이 걸린다. 녀석이 옆으로 뒹굴거리며 귀를 씰룩댄다. *돼지들은 피치를 구하지 못해.*

"그래. 하지만 돼지들은 다른 사람들을 많이 구했어."

돼지는 심장이 없으면 죽어.

"맞아, 돼지는 심장이 없으면 죽지."

스노토리어스가 생각에 잠겨 느릿느릿 방을 가로질러 가더니 텔레비전에 연결된 패들 버튼을 누른다. 이어 여러 채널을 획획 넘긴 끝에 여행 채널로 고정해 마추픽추를 조명하는 프로그램을 본다. 녀석은 또다시 콧김을 내뿜기 시작한다.

나는 저기 절대 못 가. 스노토리어스가 다시 채널을 넘기자 두 사람이 키스하는 장면이 나온다. 「도슨의 청춘일기」의 오래된 에

피소드가 방영 중이다. *난 저런 거 절대 못 해.* 녀석이 또 채널을 바꾸려 한다. 녀석의 발에 내 손을 얹고 말해 준다.

"넌 특별해."

하마터면 모든 사실을 다 말해 줄 뻔한다. 하지만 널 특별하게 만들어 주는 그것이 널 죽게도 만들 거야. 녀석이 들을 수 있기를 바라면서 머릿속으로 그렇게 말하고 묻는다.

"어떻게 하고 싶니?"

집에 가고 싶어. 여기 말고.

패트리스에게 전화를 걸어서 최대한 빨리 에이미를 데리고 실험실 차량을 직원 전용 입구로 끌고 오라고 말한다. 대개 청원 경찰은 휴대전화로 게임을 하거나 다른 직장을 알아보느라 바쁘다. 우리가 아침까지 돌아오기만 한다면 들킬 가능성이 거의 없다.

"돼지 급행 차량 대령이요."

에이미가 승합차의 미닫이문을 잡고서 이어 말한다.

"어디로 갈 거예요?"

"우리 집으로요."

에이미와 스노토리어스를 데리고 뒷좌석에 오르기 전에 빙 돌아 운전석으로 간다.

"이 일을 해 줘서 고마워."

패트리스는 눈에 띄게 떨면서 양손으로 운전대를 꽉 쥐고 있다.

"만약 들키면 내가 시켜서 어쩔 수 없이 했다고 대학 측에 말해 줄 테니까 걱정 마."

"전 상관없어요."

말은 그렇게 하지만 대단히 상관있는 게 뻔히 보인다.

뒷좌석으로 돌아온 나는 물론 에이미도 가급적 스노토리어스에게 가까이 가지 않으려고 한다. 녀석은 뒷좌석 창문에 딱 붙어서 처음 보는 교정 밖 세상을 힐끔대면서 보이는 모든 걸 우리에게 얘기해 준다. *파란 차. 트럭. 동상. 고층 건물. 뛰어가는 여자.*

"그래서 어쩔 계획인데요?"

에이미가 스노토리어스의 거대한 엉덩이를 밀어내면서 묻는다.

"이건 탈옥이 아니에요. 적어도 아직은 아니죠. 이 점을 잘 생각해 봐야 해요. 이 애를 어디로 데려가야 할까요? 이 애는 아직 어느 곳에도 소속되었다고 할 순 없으니까요."

"그럼 애초에 왜 데리고 나온 건데요?"

스노토리어스의 옆구리를 쓰다듬어 준다. 녀석이 입을 반쯤 벌리고 혓바닥을 내민 채 얼빠진 미소를 짓는다.

"녀석이 집에 가고 싶댔어요. 그 말을 들어주고 싶었어요. 하룻밤만이라도."

우리는 내가 혼자 사는 복충 아파트로 스노토리어스를 몬다. 이웃에 사는 남학생들의 주의를 끌지 않으려고 조심한다. 하지만 당연하게도 주차된 픽업트럭 뒤편에서 무리 지어 대마초를 피우고 있던 학생들이 우리를 보고 만다.

"이봐요, 박사님! 멋진 돼지네요. 박사님네 돼지도 대마초 피울 줄 아나요?"

무리 중 한 명이 소리쳐 묻고 난 뒤 또 다른 학생이 말한다.

"진짜 쩔어요. 꼬마 돼지 베이브 짱 좋아."

그 애들에게 양 엄지를 척 내밀어 준다. 석 달 전에 집 밖에 구급차가 온 것을 봤는데, 그 후로 원래도 몇 명에 불과하던 개네들 무리가 한 명씩 줄고 있었다. 클럽 후드 티와 티셔츠를 입은 학생들이 빗속에서 서로를 끌어안고 루카, 루카, 루카 하고 친구의 이름을 연호하더니 전쟁터의 전사들처럼 달에 대고 울부짖었다. 그렇게 그들의 형제 같던 친구가 죽고 난 후 나는 행동 수칙을 작성해 가져다 줬다. 바다에서 수영하지 말 것. 수입산 육류나 해산물을 먹지 말 것. 손을 자주 씻을 것. 안전한 성관계를 할 것. 열이 나거나 특이한 통증이 조금이라도 느껴지면 즉시 의료기관을 찾아갈 것. 그리고 뒷면에 내 개인 연락처가 적힌 명함도 줬다.

"그만하면 충분해."

"헐! 영화광이시네.(앞에서 말한 '그만하면 충분해.'의 원문인 'That'll do.'는 영화 「꼬마 돼지 베이브」를 대표하는 대사다 — 옮긴이)"

또 다른 학생이 말한다.

"그러니까 여기가 마법이 일어날 곳이군요."

서둘러 모두를 집 안으로 들여 거실로 안내하자 에이미가 말한다.

"여기도 간신히 왔는데요, 뭘."

말이 끝나기 무섭게 소파에 널브러져 있는 쓰레기와 더러운 옷가지를 치우고 스노토리어스를 위해 벽난로 근처에 담요를 깐다. *난로, 난로, 난로. 크리스마스 난로.*

"크리스마스는 한 달 더 있어야 돼. 그래도 선물은 줄 수 있을 거야."

집 안을 뒤져 본인은 정작 가지고 놀아 보지도 못한 피치의 오래된 축구공을 찾아내 스노토리어스에게 차 준다. 벌써 자정을 넘겼다. 실험실로 돌아갈 때까지 기껏해야 6시간밖에 안 남았다.

"이제 뭐 할 거예요?"

패트리스가 불안해 죽겠다는 표정으로 소파 구석에 웅크려 앉은 채 묻는다.

"우선 한 잔씩 하지."

슬그머니 부엌으로 가서 버번위스키 한 병과 잔 세 개를 들고 나온다. 우리는 몇 가지 방안을 놓고 궁리하다가 명절용 고전 영화를 보기로 한다. 에이미와 패트리스는 「멋진 인생」을 고르고 스노토리어스는 「찰리 브라운의 크리스마스」를 선택한다. 이게 지금의 우리다. 가족이다.

"먹을 게 있어야겠는데요."

에이미의 제안에 부엌을 뒤져 소고기 스트로가노프 세 개와 야채 라자냐 두 개 등 남아 있는 냉동식품을 전부 데워서 내놓고 케이크와 양초를 사러 24시간 편의점으로 달려간다. 돌아와 보니 이상하고 단출한 우리 가족이 조지 베일리가 메리에게 지키지 못할 약속을 하는 장면을 보고 있다. 스노토리어스가 새로운 환경에 넋을 빼앗긴 채 벽에 걸려 있는 사진들을 둘러보고 카펫에 묻어 있는 온갖 얼룩과 흔적에 대고 코를 킁킁거린다. 녀석에게 계속 마음을 활짝 열려고 노력하며 옆에 웅크리고 앉아 가족 앨범을 꺼낸다. 스노토리어스는 추억이 서린 모든 사진에 대해 질문을 퍼붓는다. *누구야? 여긴 어디야? 몇 살 때야?* 지금까지 이 애처럼 내 삶에 진심으로 관심을 가져 주었던 사람은 절대 없었다. *바다다.* 녀석이 말한다.

"피치 엄마와 하와이로 신혼여행 갔을 때야."

엄청 크다, 엄청 파랗고. 마우이 앞바다에서 도리와 스쿠버다이빙을 하며 오래전에 죽은 산호초를 목격했던 순간을 떠올려 보다가 녀석도 물에 둘러싸이는 느낌을 경험해 볼 수 있다면 얼마나 좋을까 싶다.

두 번째 영화로 넘어가기 전에 케이크를 먹기 위해 잠시 쉰다. 패트리스가 이미 초에 불까지 붙인 케이크를 들고 와서 우리 모두 생일 축하 노래를 부른다. 비록 스노토리어스가 잉태 캡슐에서 나온 날은 작년 3월이지만 말이다.

"소원을 빌어 봐."

과연 속으로 어떤 소원을 빌지 궁금하다. 뭘 빌건 실현될 리 없을 텐데 말이다. 어쩌면 녀석도 그 사실을 알고 있지 않을까.

찰리 브라운이 자신의 앙상한 나무를 장식하는 장면이 나올 때 헤이스 부학장에게서 이메일이 왔다. 이번 주 후반이 되면 스노토리어스는 연방 정부의 감시 아래 학교 밖 시설로 옮겨져 영영 우리 손에서 벗어나게 될 것이라는 내용이다. 내 옆에 앉아 있던 에이미와 패트리스도 메일을 본다. 우리는 같은 표정을 지은 채 스노토리어스 뒤에 있는 소파에 말없이 앉아 녀석이 영화를 끝까지 즐길 수 있게 해준다. 두려운 마음을 떨쳐 보려는데 소리와 생각이 뒤죽박죽 엉킨다. 피치가 학예회 때 「루돌프 사슴 코」를 부르던 모습이 떠오르고 「눈사람 프로스티」의 노랫말이 마음에 박히는가 하면 장례업체의 텔레비전 광고가 귀를 때린다. 에이미가 휴대전화에 메시지를 작성해 내 눈앞에 들이민다. **우리 이제 어떻게 할 거예요?**

녀석에게 선택권을 줘야지. 나는 답장을 쳐서 보여 준다.

영화가 끝나서 텔레비전을 끈다. 패트리스의 눈에 눈물이 맺혀 있다. 에이미는 바닥에 앉아 스노토리어스의 배에 머리를 기댄다.

슬퍼하는 친구들. 아픈 돼지. 슬퍼하는 친구들. 돼지는 떠나.

"그래. 돼지도 알까?"

녀석이 콧김을 내뿜으며 고개를 젓는다. 녀석이 다른 곳으로 가게 된다는 것과 뇌가 커지고 있다는 사실까지 알고 있다면 또 뭘 알고 있는 걸까?

"우리는 너한테 가장 좋은 걸 골랐으면 해."

"우린 네가 딴 데로 안 갔으면 좋겠어."

에이미의 말에 패트리스도 거들지만 흐느껴 우느라 알아듣기 힘들다.

"널 지킬 방법을 찾을 거야."

내가 이어 말한다.

"네 남은 생을 최대한 행복하게 살 수 있는 방법을 찾아 줄게."

어색한 침묵에 더해 패트리스가 계속 훌쩍거리자 견디기 힘들다. 다른 소리가 들렸으면 해서 레코드플레이어를 작게 틀다가 지금보다 더 행복할 때 음악을 들어야 하는 게 아닌가 하는 생각이 들었다. 스노토리어스가 후티 앤드 더 블로피시의 「온리 워너 비 위드 유」에 맞춰 머리를 까딱인다.

돼지는 아파. 친구들은 곤란해.

"우리 일은 우리가 알아서 할 수 있어. 그런 건 걱정하지 마."

노래를 두 곡 더 듣고 나자 스노토리어스가 다시 말하기 시작한다. 녀석을 실험실로 다시 데려가든지 탈주시키든지 결정을 내린 찰나였다.

돼지는 돌아가. 돼지는 아파. 돼지는 사람들을 도와.

"이해가 안 돼."

에이미가 말한다. 패트리스는 다시 시끄럽게 울기 시작한다. 스노토리우스가 우리에게 우리 힘으로 해 줄 수 있는 유일한 방법으로 자신을 자유롭게 해 달라고 부탁하는 중임을 알고 있기 때문이리라.

돼지 심장은 도움이 돼.

"아니, 아냐, 아냐, 안 돼."

에이미는 갈라진 목소리로 이어 말한다.

"우리랑 같이 있어도 돼. 세상을 더 봐도 된다고. 네게 남은 시간이 얼마나 됐든."

돼지 돌아가. 돼지 사람들 도와.

"정말이니? 네가 지금 뭘 부탁하고 있는지 제대로 알고 있는
거야?"

내 말이 끝나자 스노토리어스가 몸을 일으키더니 에이미의 이
마에 코를 갖다 댄 뒤 패트리스에게 걸어가서 똑같이 해 준다.

돼지 물론 알아.

교정 안뜰에서 스노토리어스와 나란히 앉아 희붐하게 먼동이
트며 주황빛, 자줏빛, 노란빛, 분홍빛이 하늘을 물들이는 광경을
바라본다. 이 일출이 처음 뿜는 빛들을 누리게. 에이미는 멀리서
우리를 지켜본다. 패트리스는 벌써 실험실로 돌아가 근처 3개 주
에 위치한 병원들 중 장기가 필요한 곳에 단비 같은 전화를 돌리
고 있다. 나는 서리가 내린 잔디밭에 돼지 아들과 앉아 있다.

아름답다. 녀석이 몸을 떤다. 나는 내 재킷을 벗어 둘러 준다.

"그러네."

이야기 시간이야?

"그래, 어떤 이야기 해 줄까?"

피치 피치 이야기. 스노토리어스가 고개를 돌려 나를 똑바로 쳐
다본다. 그 눈빛이 마치 '나도 그 마음 알아요. 말로 표현할 수 없
어서 그렇지 아주 잘 알고 있어요.'라고 말하는 것 같다. 거의 반
사적으로 돼지 아들을 바짝 끌어당겨 이마에 입을 맞춘다. 내 어
깨에 머리를 기대 오는 아이를 위해 최선을 다해 이야기를 기억

해 낸다. 이윽고 아이에게 곤도르의 왕에 대해 말해 준다. 실험실로 돌아오는 짧은 산책길에 샤이어로 돌아오는 호빗들의 이야기를 들려준다. 그리고 말해 준다. 집에 온 거지, 너처럼 가족들한테로. 이후 수술실에서 마취가 되어 서서히 의식을 잃어 가는 돼지 아들에게 요정들과 함께 가운데땅을 떠나는 프로도의 마지막 여정을 들려준다. 그러고 나서 이제 322킬로미터 떨어진 곳에 있는 어느 소년을 위해 안정되게 뛰고 있는 녀석의 심장에 손을 얹는다. 그리고 말한다, 고맙다고.

애도 호텔

HOW
HIGH
WE GO
IN THE
DARK

그들은 나 같은 사별 조정관에게 애도 호텔의 꼭대기 층에 있는 원룸을 제공했다. 동료 중에는 세상을 구하고 있다는 순진한 생각을 하는 이들도 있지만 그건 그저 산처럼 쌓인 채 화장을 기다리고 있는 북극 전염병 희생자들과 스위트룸에서 사랑하는 이들의 시체 옆에 웅크리고 앉아 사별의 상처를 달래고 싶어 하는 가족들을 상대하는 벨보이를 좀 좋게 부르는 것에 불과했다. 어느 날이든 지역 병원에서 사망한 이들이 생물재해 자루에 담긴 채 지하실 복도에 줄지어 늘어서서 방부 처리의 세 가지 과정을 기다리고 있었다. 멸균, 방부, 항균 가소화 처리. 가족들은 작별 인사를 나눌 시간을 벌었겠지만 우리 화장터는 수요를 따라잡느라 고군분투했다. 내가 하는 일은 무슨 로켓 과학도 아니었고 일을 견딜 수만 있다면 보수도 짜지 않았다. 애도 호텔이 문을 열고 장례 시장을 장악한 후 거의 3년 동안 나는 있는 듯 없는 듯 지내며 내 이야기도 거의 입에 올리지 않은 채 캘리포니아 킹사이즈 침대에서 소각로까지 시체를 날랐다. 하지만 석 달 전, 과학 박람회에 나갈 정도로 전도유망한 동생이 호텔 로비에 나타나 어머니 문제로 상의할 게 있다며 함께 저녁을 먹자고 했다. 그때까지만 해도 브라이언이 내 죄책감을 자극해 집으로 돌아오게 하려는 줄 알았다.

샌프란시스코에서 아직까지 영업 중인 마지막 해산물 식당 중 한 곳인 피셔맨스워프의 럭키 핀에 도착하니 어머니와 동생이 벌써 와서 기다리고 있었다. 각 테이블은 우아한 전등들이 격자 모양으로 붙어 있는 커다란 플라스틱 구체 안에 들어가 있었다. 전염병 초기, 공기 전염을 막기 위해 식당들이 해 둔 조치였다. 이제 많은 공공장소들은 분위기를 내려고 이 장치를 유지한다.

"우리 다른 아들 왔네."

구체 안으로 들어서자 어머니가 말했다. 콧속으로 길게 호흡관을 꽂고 있었고 말을 하고 나면 숨을 쌕쌕거렸다. 어머니의 무른 살갗은 숄처럼 뼈대에 걸려 있는 듯했다.

"오랜만에 봬요, 어머니."

어머니의 파리한 표정은 내가 너무나 잘 기억하고 있는 것이었다. 10대 시절 어머니는 저녁 식탁에서 아버지가 내게 소리를 질렀을 때 입술을 깨물며 똑같은 표정을 짓곤 했다. 그저 실망스러울 따름이야. 우리는 널 도와주려고 애쓰고 있는데. 어머니는 성적이나 싸운 것 때문에 잔소리하고 나면 그렇게 말하곤 했다. 또한 아버지에게는 참으라며 쟤도 자기가 무슨 짓을 했는지 알고 있다고 말하곤 했다. 하지만 그러고 나서 몇 주 동안이나 집

안을 소리 없이 오가며 나를 피하고 말없이 밥만 차려 주실 때도 있었다.

"위대하신 브라이언 야마토 박사님께서는 오늘 저녁 무얼 드시겠습니까?"

자리에 앉으며 내가 이렇게 묻자 동생이 잠시 노려보다가 메뉴판을 건네주었다.

"여기 전복 요리가 일품이야. 이 식당은 그걸로 유명해."

나는 호박을 곁들인 넙치 요리에 맨해튼 칵테일을 시켰다. 그리고 브라이언이 어머니가 몇 년째 살고 있는 라스베이거스의 자기 집을 개조하는 일이나 세상이 뭣같이 망해 가는 마당에 전혀 쓸데없어 보이는 자신의 블랙홀 프로젝트에 대해 세세하게 말해 주면서 시간을 끄는 동안 식탁 위에 마지막 남은 굴을 먹어 치웠다. 아, 내가 브라이언의 딸인 페탈이 중학교에 입학해서 승마를 배우고 있다는 걸 알았나? 아들인 피터가 일렉 기타 치는 법을 배우고 있다는 건? 당연히 나는 몰랐다.

"근데 형, 지금 그 죽음의 호텔에서 일하는 거 맞지?"

"몇 년 됐지. 이 바닥은 이달의 직원 같은 것도 없고 보너스나 스톡옵션도 없지만 잘 다니고 있어. 두 개 층의 매니저야."

물론 내가 맡은 층은 알뜰형 객실들로, 한 번도 개조된 적 없어 아직도 짝통 빅토리아풍으로 꾸며져 있었다. 호텔은 망자들을 위한 것이었지만 손이 많이 갔다. 꽃무늬 벽지는 모퉁이마다 벗겨졌고, 고장 난 제빙기의 카펫을 빙 둘러 커다란 물 얼룩이 졌으며, 복도 여기저기에 껌 종이들이 쌓여 있었다.

"매니저라고?"

어머니가 믿을 수 없다는 듯 물었다.

"예."

"그럼 정확히 무슨 일을 하는 거야?"

이번에는 브라이언이 물었다.

"정말이지 모든 걸 조금씩 다 해. 식도 진행해야 하고, 장의사라고도 할 수도 있고, 또 호텔 콘시어지 노릇도 겸하고. 고객들의 요구를 처리하는 거지. 죽은 사람들까지 포함해서 말이지."

호텔 로비에 있는 잡지 가판대에는 우리 호텔과 제휴사들이 제공하는 애도 서비스에 대한 안내 책자와 서적들이 비치돼 있었다. 그 표지들은 사진 판매 사이트에서 잘못 고른 듯한, 찍은 지 수십 년은 되었을 것 같은 사진들로 만든 것 같았다. 골든게이트 공원을 산책하던 사람들이 뭔지 모를 것을 보고 웃음을 터트리는 사진이 있는가 하면 형광색 트랙수트를 입은 남자가 뭔가에 승리한 것처럼 워크맨을 머리 위로 들고 있는 사진도 있다. 삶은 계속될 것이다. 자정까지 룸서비스 이용이 가능하다. 배달을 시키거나 출장 요리를 원하면 골든드래곤이나 부카 디 베포에 미리 주문해 둬야 한다. 객실 청소는 9번으로, 장의사 요청은 8번으로 걸면 된다. 나는 늘 짐빔 위스키 한 병과 비상용 마리화나 한 대를 현재는 사용하지 않는 세탁실의 건조기에 숨겨 둔다. 사별한 사람들이 너무 많은 걸 물어볼 때면 슬그머니 도망칠 수 있도록 말이다. 죄송하지만 우리 남편이 오줌을 누고 있는 것 같아요. 호텔에서 야한 영화도 대여해 주나요? 내 여동생이 더 이상 누군가를 감염시키지 않는다고 어떻게 확신할 수 있죠? 물론 부르주아 고객들을 상대하는 다른 층 매니저들에 비하면 저렴한 층의 매니저인 내 고충은 아무것도 아니었다. 주 정부에서 염가로 알뜰 패키지를 제공하기 전에는 샌프란시스코만이나 골든게이트 공원에서 시체를 발견하는 일이 흔했다. 어쨌든 대부분의 사람들은 사랑하는 이들을 책임감 있게 처리할 수 있게 되자 기뻐했다.

"어머나, 그거참 신기하구나."

어머니의 말을 들으며 식당에 들어와 처음으로 휴대전화를 흘깃 들여다보는데 나를 지켜보는 동생의 시선이 느껴졌다. 암호 화폐 보유 자산을 확인해 보니 장례회사 상품권 50장과 0.000068비트코인이었다.

"오늘은 내가 살게."

브라이언은 짜증 난 티를 감추지 않고 말했다.

나는 맨해튼 한 잔을 더 주문하고 먹는 데 집중했다.

후식 커피가 나왔을 때 어머니가 브라이언에게 날카로운 눈짓을 했다. 이제 시작해야지.

"그게, 지금 상황이 이래. 엄마가 많이 편찮으셔. 몇 년 전에 암세포를 전부 없앴다고 생각했는데 폐 곳곳에 반점이 생겼어. 데니스 형, 우리가 도와 드려야 돼. 집에서."

"그래, 하지만 활동 보조사나 간호사를 쓰는 게 어때?"

"물론 써 봤지. 돈이 엄청 들었어. 형이 도와줬으면 좋겠다는 생각이야. 아버지가 돌아가실 때도 안 왔잖아."

"모르는 사람들이 집에 드나들면서 내 물건 뒤져 대는 거 난
싫다."

어머니가 말했다.

"그래서 나보고 네 집에서 살라고?"

"그래, 그거야."

"네 개인 공간은 갖게 해 주마."

어머니가 식탁 위로 상체를 구부리며 양손을 내밀었다. 마치
내가 잡아 주기를 바라는 것처럼 손바닥을 위로 향한 채였다.

"이 일이 썩 좋지는 않다는 건 나도 안다, 누구한테든 말이다."

커피를 마시고 밖으로 시선을 돌려 헤엄치는 바다사자와 멀리
떠 있는 앨커트래즈섬을 바라보았다. 중학교 때 그 섬으로 소풍
을 갔다가 무리에서 이탈하는 바람에 혼난 적이 있었다. 여자애
랑 단둘이 담배를 피우고 혀를 서로의 목구멍까지 밀어 넣는 연
습을 하려고 앨커트래즈 교도소의 제한 구역에 몰래 들어갔다.
그전까지 우리 가족은 내가 모범생인 줄 알았다. 물론 어디까지
나 내 생각이긴 하지만 말이다. 냅킨으로 엉터리 백조를 접은 뒤
웨이트리스를 불러 마실 것을 더 시키려고 구체 밖으로 팔을 내
밀었다. 나는 바로 앞에 쭈그러든 채 앉아 있는, 이 절박한 늙은
여인을 똑바로 바라보는 일만 빼고 거의 모든 일을 하고 있었다.

"잠깐 생각 좀 해 봐도 될까?"

브라이언이 고개를 가로젓더니 나를 잡아채려는 것처럼 식탁
위로 숙였다. 어머니는 당장이라도 종잇장처럼 구겨질 것 같은
표정이었다.

"생각할 게 뭐가 있는데?"

브라이언이 다른 자리에 있던 사람들이 돌아볼 정도로 큰 소리로 말했다.

"아빠 돌아가셨을 때 어디 처박혀 있었는지 아무도 몰랐잖아. 이번에는 좀 다를 줄 알았더니."

"소란 피우고 있는 건 너야. 어머니 앞에서 이러지 마."

"뭐, 소란을 피워?"

브라이언이 벌떡 일어나 구체 밖으로 나가더니 따라 나오라는 듯 문을 잡고 기다렸다. 우리 자리를 담당하는 웨이트리스가 매니저에게 알리는 모습이 보였다.

"형이 엄마를 돕겠다고 나서리라고는 별 기대도 안 했지만, 그래도 못 하겠다면 가."

나는 어머니를 돌아보고, 그제야 손을 잡아 드렸다. 어머니의 손은 아기의 피부처럼 믿기지 않을 정도로 군데군데 핏줄이 훤히 보였다.

"네 동생 말을 흘려듣지 말았으면 좋겠구나."

어머니의 목소리는 연기처럼 가냘프게 들렸다.

"연락드릴게요."

반쯤은 어머니가 고개를 밀어낼 거라고 생각하면서 선 채로 어머니의 뺨에 입을 맞추었다. 어머니에게서는 내가 사고 칠 때마다 피우곤 하시던 멘솔 담배 냄새가 아닌 약상자와 물티슈 냄새가 났다. 몸을 슬쩍 빼자 어머니가 내 손을 꽉 잡았다.

"연락하마."

나는 마치 경비라도 서고 있는 것처럼 아직도 구체 밖에 있던 브라이언을 밀어내며 말했다.

"저녁 잘 먹었어."

브라이언이 뭐라고 말하기도 전에 빠르게 문으로 뛰어갔다. 뒤돌아보니 냅킨에 파묻혀 울고 계시는 어머니를 동생이 달래고 있었다.

주간 근무 때는 수건을 교체하고 시체를 화장터에 실어다 주는 틈틈이 딱 한 명뿐인 같은 층 동료와 비상계단에서 느긋하게 휴식을 취하곤 했다. 젊은 나이에 미망인이 된 발은 1960년대 비행기 승무원처럼 길고 폭이 좁은 치마에 스카프 차림으로 다니며 담배 연기 냄새를 풍겼다. 상사인 팽 씨는 우리가 비상계단에 나가는 걸 못마땅해하며 회의 때마다 늘 이렇게 말하곤 했다.

"자네들은 최소한 이 사람들을 걱정하는 척이라도 해야 돼. 난 자네들이 밑바닥 인생처럼 술병 들고 건물 한쪽에서 빈둥거리게 놔둘 수 없어."

거들먹거리며 신경질을 부리는 그와 가까이 지낼 일은 별로 없었다. 그는 자신보다 낮은 것 같은 사람들과 될 수 있으면 어울리지 않았기 때문이다. 그가 보기에 나는 보잘것없는 존재였을 테다. 발과 내가 비상계단에 있을 때면 대부분의 시간은 서로를 공짜로 상담해 주는 데 썼다. 다시 말해 발이 내가 왜 계속해서 동생의 전화를 무시하는지, 더 나아가 내가 왜 이렇게 바보 등신인지 장황하게 설명해 주면 나는 귀 기울여 듣곤 했다. 그러나 가끔, 대개 수요일에 적지만 모은 돈 전부를 들고 특별 할인 시간대에 술집에 가서 왕족 놀음을 하기도 했다.

가족 식사가 있던 다음 주에 발과 나는 럼버야드 클럽에 갔다. 옛날에는 당구장이었는데 거대한 성인 유흥업소로 탈바꿈한 곳이었다. 요즘에 이 도시에서 그나마 번창하는 업종은 성과 죽음을 취급하거나 이런 것들을 인터넷상에서 유통시키는 수단과 관련된 곳뿐이었다. 나는 「제다이의 귀환」에 나왔던 레아 공주처럼 보라색과 황금색의 비키니를 입은 앰브로시아라는 종업원에게 닭 날개와 IPA 맥주를 주문했다.

"덴."

발은 데니스를 짧게 줄여 이렇게 부르거나 '죄악의 덴' 혹은 '절망의 덴'으로 불렀다. 언젠가 줄여 부른 내 이름과 동음이의어인 '덴(굴)'을 생물체가 제 오물 속에서 살아가는 곳이라고 말해 준 이도 그녀였다.

"어머니 문제를 어떻게 할지 아직 못 정한 거야?"

"발, 걔는 요즘 어때?"

나는 화제를 바꿔 엉덩이를 빙빙 돌리며 방을 휘젓고 다니던 형 솔로(「스타워즈」에 등장하는 한 솔로에서 따온 별명 — 옮긴이)를 들먹였다. 「스타워즈」를 보던 밤에 그랬던 것 같다. 발이 눈을 부라렸다.

"이봐, 난 아직도 만반의 준비를 갖추고 있다고. 이제는 여행 가방도 없어. 그냥 일어나서 떠나지도 못해. 호텔에 없어서는 안 되는 몸이라고."

"뻥 치시네. 너희 동생 부자라며. 네가 없어져도 팽 씨가 금세 빈자리를 바보로 채울 텐데, 뭘. 여기 있는 찐따들과 다르게 넌 진짜 갈 데가 있잖아."

"너도 필라델피아에 언니 있잖아?"

평소 발은 하찮은 인문대학 학벌을 내세우며 우쭐대고는 했지만 정작 내가 먼저 그 이야기를 하면 언제나 쥐 죽은 듯 말이 없었다. 1년 전쯤 그녀가 이사한 지 얼마 안 됐을 때 내게 죽은 남편이 사 줬다는 그림을 걸어 달라고 부탁했다. 진흙을 파고 있는 모녀를 그린 「무언가를 찾는 클라라」라는 인상주의 초상화로 미키라는 일본 화가의 그림이었다. 그때까지 우리는 서로에게 처음을 공유했다. 첫 앨범, 첫 키스, 그리고 크리스마스 때 받았던 기억이 생생한 첫 장난감까지. 나는 우리가 그녀의 남편 얘기를 나눌 수 있는 사이가 된 줄 알았다. 발은 홈 텔레비전 근처에 남편을 위한 작은 추모 공간을 꾸며 놓았다. 봉헌된 양초들이 사진 한 묶음, 손목시계, 안경 하나를 에워싸고 있다.

"이건 무슨 기념일 선물이었어?"

"'나는 진지하게 당신과 데이트하고 싶은데 일전에 당신이 미술을 좋아한다고 말했죠.' 선물이라고 해야 더 맞는 표현이지."

"좋은 사람이었나 보네."

마침내 그 그림을 기울어지지 않게 잘 건 후 내가 이어 물었다.

"얼마나 오래 함께했어?"

발은 입을 꾹 다문 채 고객 파일을 꺼내 그 가족들의 요청 사항을 훑어보기 시작했다. 게으른 나는 보통 잘 하지 않는 일이었다. 하지만 그녀의 눈 움직임에서 정말로 그걸 읽고 있는 게 아니라는 사실을 알아챘다.

"미안해, 나는……."

잠시 후 말하려는데 발이 방을 치우기 시작해 윙윙거리는 진공청소기 소리가 났다. 문간에 서 있다 돌아서는 찰나, 그녀의 눈물이 카펫 위로 떨어지는 것을 봤다. 이후 발은 몇 주 동안이나 나를 못 본 척했고 나는 정말이지 그녀에게 뭐라고 말해야 할지 알 수 없었다. 복도에서 서로 지나칠 때면 나는 수압이 약하다며 넋두리를 하곤 했다. 호텔에서 직원들에게 일주일에 한 번 제공하는 유럽식 아침 식사 때 그녀를 보면 미니 머핀 한 접시를 건네주곤 했다. 발이 좋아해서 다 떨어지기 전에 챙겨 둔 것이었다.

"고마워."

그녀는 나를 거의 보지도 않고 말했다.

"천만에. 같이 먹을까?"

"그냥 내 방에 가서 먹으려고."

나는 조용히 로비를 가로질러 엘리베이터를 타러 가는 그녀의 모습을 지켜봐야 했다. 그러다가 회사에서 고객 카드 프로그램과 관련해 연수 세미나를 열었을 때야 비로소 발은 우리가 다시 친구로 지낼 수 있다고 마음먹은 모양이었다.

"뭐랄까…… 현세로 돌아온 걸 환영해."

점심시간에 옆자리에 앉는 발을 보고 내가 말했다. 우리는 각자 터키 샌드위치를 먹고 감자튀김도 나눠 먹었다. 크라이티리언 컬렉션(유명한 고전·예술 영화를 DVD나 블루레이 등으로 제작해 판매하는 회사 — 옮긴이)에서 영화 몇 편을 고르는 인내의 여정에 동참하고 싶은지 물었을 때도 내빼지 않았다.

발과 나의 허약한 우정이 위기에 처할 때면 내가 얼마나 철저히 혼자가 되기 쉬운 신세인지가 끊임없이 생각났다. 그리고 그럴 때마다 발이 어울리고 싶을 법한 사람이 되기 위해 평소보다 50퍼센트나 더 사려 깊은 사람이 되었던 것 같다. 발 외에 내가 말을 섞는 유일한 동료는 수위장 링 씨였다. 길고 성긴 턱수염과 무성한 눈썹의 그를 보면 70년대 쿵푸 영화에 나오는 나이 지긋한 사부가 떠올랐다. 그가 일하는 모습을 지켜보는 것은 명상 체험에 가까웠다. 한번은 그런 마음을 아낌없이 고백했다가 곧바로 아시아인으로 사는 게 어떤 것인지 전혀 모르는 얼간이 아시아인으로 보이면 어쩌나 덜컥 겁이 났더랬다. 물론 대체로 내가 그런 얼간이가 맞긴 하지만 말이다. 그러나 그는 미소로 화답했고 며칠 후에는 차이나타운 인근의 빈곤 가정들을 은밀히 돕는 일에 동참하지 않겠냐고 물어 왔다.

"우리한테 생물재해 시체가 있어. 소각해야 해. 돈이 없어."

그날 밤 링 씨의 부탁을 곰곰이 생각해 보다가 그의 청을 들어준다면 누군가를 도와주는 동시에 불우하거나 절망적인 이들을 돕는다는 생각 자체를 질색하는 팽 씨를 엿 먹이게 되리라는 것을 깨달았다. 발은 규칙에 목매는 내부고발자처럼 보였기에 이 일에 대해서는 거의 한마디도 하지 않았다. 하지만 링 씨에게 쪽지를 전달하는 모습을 들키는 바람에 그녀도 그 일에 참여하게 둘 수밖에 없었다. 우리는 금요일 저녁까지 기다렸다가 팽 씨가 아내와 몇 번째인지도 모를 정도로 많이 본 「라 트라비아타」를 보러 갔을 때 행동을 개시했다. 렁 씨와 그의 친구들이 동네 식당의 냉장고에 보관해 왔던 시체들을 실어 올 동안 나는 직원 출입구에서 기다렸다.

"덴에게도 결국 심장이 있긴 한 거네."

우리가 처음으로 비밀 임무를 수행하던 밤에 살균 기술자들이 미가공 시체들을 다룰 때 입는 생물재해 방호복을 힘겹게 입고 있던 발이 말했다. 그런데 그런 상황에서 누군들 도와주고 싶지 않겠는가?

"저희는 이것밖에 못 드려요."

판지로 만든 유골함을 건네자 할아버지와 함께 온 10대 소년이 휴대전화를 꺼내 장례 토큰 50개를 내 계좌로 이체한 뒤 먹을거리가 가득한 손가방을 내밀었다. 첫 가족들이 다녀간 후 렁 씨와 발과 나는 시체 방부대에서 소년이 주고 간 만두를 먹었다.

이후 며칠 밤 동안 렁 씨가 데려온 이들은 하나같이 침통해하면서도 고마워했다.

"그걸로 되겠어요? 많이 못 드려서 죄송해요."

이런 말을 들을 때마다 나는 괜찮다고 말해 주곤 했다. 돈 때문에 하는 일이 아니었기에 그들이 돈을 내겠다고 고집부리지 않았다면 무료로도 해 줬을 터였다. 그 일을 하면 기분이 좋았다. 유족들은 향을 피우고 친인척의 사진을 보면서 서로 껴안고 울었다. 나는 고개를 숙여 조의를 표했다. 옛날에는 이런 식으로 죽음을 대했다. 하지만 망자들을 더 이상 수용할 수 없고 사람들이 제대로 작별 인사를 하지 못하게 되면서 우리는 무언가에 잠식당했다. 극저온으로 가사(假死) 상태를 만들어 주는 회사들이 급증했고, 죽음 호텔이나 사랑하는 이들의 시체를 재밌는 자세로 보존시켜 주는 서비스 업체에 더해 최근에 세상을 떠난 이들과 떠나는 '자연스러운' 휴가 상품을 파는 여행사들까지 우후죽순 생겨났다. 고용되자마자 팽 씨가 언제나 고객 서비스 정신으로 무장하고 절대 고객들을 언짢게 하지 말며, 이곳에서 가장 우선시되는 용도는 호텔이고 그다음이 장례식장임을 명심하라고 신신당부했던 게 기억난다.

렁 씨를 혼자서 도와준 어느 날 밤에 건조기에서 버번위스키를 꺼내 비상계단으로 갔다. 이미 그곳에 와 있던 발은 세일스포스 타워 꼭대기에서 상영되는 발레 무용수 영상의 윤곽 주변으로 고리 모양의 담배 연기를 불어 보내고 있었다. 이 영상은 시장이 도시의 사기를 끌어올릴 목적으로 계획한 회복탄력성 축제를 광고하고 있었다. 물론 대부분의 사람들에게는 무료 급식소나 상담소 또는 정부 후원의 장례 종합 대책처럼 더 나은 지원 서비스가 필요할 뿐이었다.

발이 얼굴에서 눈물 자국을 닦아 낸 후 마리화나를 건넸다.

"새로운 치료법이 나오는데 이런 데가 계속 운영이 될까 싶어. 사람들이 혼수상태로 버티고 있잖아. 희망을 갖고 말이야. 어쩌면 우리 모두 덤으로 살고 있는 게 아닌가도 싶어."

발의 말에 어깨를 으쓱해 보이고 담배를 깊게 빨아들였다.

"오늘 어땠어?"

"평소랑 같지."

이렇게 말할 때마다 기분이 안 좋았지만 링 씨가 시체 처리하는 걸 돕는 게 이제는 일상이 되었다.

"그러니까 내 말은⋯⋯."

"그래, 무슨 뜻인지 알아. 그 일에 대해 너무 많이 생각하지 마."

"스타십 좋아해?"

"지금 어떤 거 말하는 거야?"

"밴드 스타십 좋아하냐고."

"어느 쪽으로든 아무 감정 없는 거 같은데."

"괜찮지?"

나는 그렇게 말하고 휴대전화를 꺼내 「니 딥 인 더 후플라」 앨범을 찾아 틀어 주었다. 어릴 때부터 아버지가 준 카세트테이프를 들으면서 잠들어서 그런지 아무리 애써도 이 앨범의 노래들을 떨쳐 버릴 수 없었다.

"정말 고약하네. 근데 좋은 쪽으로 그런 거 같아."

우리는 어깨에 담요를 걸치고 허공에 발을 달랑달랑 흔들었다. 주머니를 울리는 브라이언의 문자를 계속해서 무시하다가 결국 전원을 꺼 버렸다. 발은 무언가 말하고 싶어 하는 표정이었지만 이번 한 번만은 내버려 두기로 한 모양이었다. 그녀가 내 어깨에 머리를 기댔다. 다른 때라면 어두웠을 금융가 맞은편에 있는 거대한 튤립처럼 보이는 풍력 발전용 터빈에 용접공들이 달라붙어 있었다. 우리는 그들이 만드는 자그마한 폭발을 세어 보았다.

아버지가 전염병 합병증으로 돌아가셨을 때 브라이언은 나한테 계속 전화를 걸었다. 대부분은 내가 그 경험으로 뭔가를 좀 배우고 철이 들어야 한다고 말하겠지만 나는 그때의 일을 회피하는 데만 급급했다. 장례식이 끝난 뒤 어머니가 8분 32초짜리 음성 메시지를 남겼지만 나는 듣지도 않고 지워 버렸다. 가끔 그 메시지 내용을 상상할 때면 "데니스, 우리는 널 사랑한단다. 제발 돌아와라."와 "아버지는 너한테 실망하시며 돌아가셨어." 사이에서 갈피를 못 잡았다.

아버지를 마지막으로 보았던 때가 돌아가시기 10년 전이었다. 20대 때 취업에 실패한 후 스리슬쩍 집으로 들어갔을 때 내 신용카드 사용액은 성공한 친구들에게 뒤처지지 않으려 발버둥치고 내게 취업 문을 열어 줄 수 있을 것 같은 낯선 이들에게 술을 사느라 최대치를 찍고 있었다. 급기야 나는 일터였던 파타고니아에서 도둑질을 하기 시작했다. 여기저기서 몇 달러씩 훔치다 못해 모직 재킷이나 모자까지 손을 댔다. 결국 부모님이 네바다로 돌아오는 비행기 표를 끊어 주어 그곳을 벗어났다. 어머니는 공항으로 마중을 나와 우리 집의 20년 된 스테이션왜건 차 밖에서 팔짱을 끼고 나를 기다리고 있었다.

"네가 우리 집 실세인 줄 아는 모양이구나? 네 빚 갚느라 우리 퇴직 연금을 끌어다 썼어. 청구서는 네 방에 있다. 눈치챘는지 모르겠지만 네가 갚아야 해."

아버지는 착한 역할을 하는 듯이 나를 껴안아 주었다. 나는 오들오들 떨고 있었다. 아버지는 아마 체벌이 끝나기를 기다리는 서른 살짜리 아이로 변해 있던 나를 알아챘던 모양이다.

"엉망이 됐구나. 알코올 중독 치료 모임을 찾아보마. 같이 헤쳐 나갈 수 있을 게다."

그러고 나서 아버지는 어머니에게 물러나 있으라고 말했다. 하지만 내 진짜 속마음은 죽을 맛이었다. 부모님이 나를 위해 어떤 재정적 위험을 무릅쓰고 있는지 제대로 알아채지 못했다.

집에 온 지 단 며칠 만에 모든 게 폭발하고 말았다. 지하실의 배변 패드에 있는 우리 집 비글의 똥을 치우라는 아버지의 말에 건방지게 대꾸한 게 결정적이었다.

"내킬 때 할게요."

아마 이렇게 말했던 것 같다.

"지금 하라고! 지금 당장, 네가 할 일은 달타냥의 똥을 치우는 거란 말이다. 그 대가로 네가 여기서 사는 거고. 알겠냐?"

물론 나는 그런 말을 귓등으로도 안 들었다. 부질없이 온라인으로 직장을 찾다가 그대로 내 방에서 뛰쳐나가는데 부엌에 아버지가 떡 버티고 있었다. 아버지는 화가 나면 몸을 크게 부풀렸다. 뉴햄프셔의 시골 학교에서 유일한 아시아인 아이였던 시절 자신을 놀리고 못살게 구는 백인 불량배들에게 점심값을 빼앗기지 않기 위해서도 분명 그런 자세를 취했을 것이다.

"그따위로 덤벼 보고 싶은 게냐? 후레자식처럼 굴었다가는 그 빌어먹을 이빨을 털어 줄 테다."

10대 때라면 그 말을 곧이곧대로 믿었을 테지만 아무리 내가 아버지보다 깡말랐다고 해도 나는 키도 더 크고 관절염도 없었다. 마음 같아서는 맞받아칠 수 있게 아버지가 날 먼저 때려 줬으면 싶었다. 그 당시 나는 아버지를 죽도록 싫어했다. 나는 깊게 고민하지 않고 어머니가 주방용품 영업 사원에게 넘어가서 산 칼 세트에서 육류용 칼을 뽑아 들었다. 칼을 쥔 손에 땀이 흥건히 고였다. 칼을 쑤셔 박고 밖으로 뛰어나가서 도망자가 되는 상상을 했다. 내 변호사들은 일시적인 정신 이상이라고 주장할 것이다. 고속도로 육교 아래서 자다가 결국 차를 얻어 타고 주 경계를 벗어나 계속 도망다니는 내 모습이 그려졌다.

어머니가 소란을 듣고 아래층 공예실에서 뛰어 올라왔다. 어머니가 모퉁이를 도는 순간 칼을 떨어트렸지만 이미 어머니가 내 모습을 보고 말았다. 칼이 떨어지던 그 짧은 순간에 아버지가 어느 정도 힘을 실어 오른쪽을 가격했다. 반격하며 아버지에게 달려들어 쓰러트렸다. 그리고 한 대, 두 대. 아버지의 코가 깨졌다. 세 대째 치고 났을 때 어머니가 아버지에게서 나를 떼어 놓았다. 어머니는 피범벅이 된 아버지의 얼굴을 고이 안아 들고 내가 건들지 못하게 보호했다. 그리고 잠시 나를 뚫어져라 쳐다보면서 흐느꼈다. 내가 차라리 무장 강도인 편이 나았을 터였다. 이윽고 어머니가 소리쳤다.

"내 집에서 나가라! 당장 나가서 돌아오지 말거라."

사정이 이러니 내 동생처럼 로켓 과학자가 아니더라도 내가 왜 가족들하고 가깝지 않은지 이해하기가 어렵지 않을 것이다. 아버지가 돌아가시기 전에 집에 가서 화해했어야 마땅했을 테다. 그러나 나는 어머니가 말한 대로 해 버리고 말았다. 집을 떠나서 절대 돌아가지 않았다. 혼자인 척하는 게 더 쉬웠으니까.

 최근에 새로운 치료법이 나오고 장기 기증 프로그램이 등장하면서 애도 호텔 산업이 침체에 빠졌다. 팽 씨는 이런 상황을 되레 브랜드를 다시 세울 기회로 삼자고 했다. 그러면서 사별 조정관을 도시로 파견해 주민들에게 호텔의 장례 및 화장 서비스를 홍보하게 했다. 우리 호텔의 호화로운 스위트룸에서 사랑하는 이들을 떠나보내세요! 영안실과 냉동고의 시대는 가고 3과 2분의 1 스타리조트 처리소 시대가 왔습니다! 저리 할부도 가능! 오클랜드에 있는 경쟁 호텔 중 한 곳인 엘리시움 스위트는 앞서 실험 중인 전염병 치료법이 기억 상실을 유발한다는 보도들을 참고해 요양 시설 상품을 팔고 있었다. 나는 경영진이 '등신 같은 태도'라고 부르곤 했던 것들 덕분에 과거 시도했던 몇몇 지역 봉사 활동에서 배제됐다. 하지만 근처의 다른 체인점들은 물론이고 우리 호텔의 자매 업체까지 마케팅을 강화하고 나서자 어느 날 팽 씨가 발과 나를 한 조로 묶어 영업을 내보냈다. 아마도 내가 발의 응대 기술을 보고 배우지 않을까 기대했던 모양이다.
 발은 정말이지 그 분야에서 발군의 실력을 발휘했다. 누가 보면 우리가 나눠 주는 안내 책자의 권수에 따라 수수료를 받는 줄 알 정도였다. 발이 일하는 모습을 즐겁게 지켜보다가 사람들이 직접 비극을 경험한 사람이라면 자기 집으로 선선히 들여 준다는 것을 알게 되었다. 상심한 미망인의 미소를 띤 채 안내 책자를 나눠 주던 발은 어느새 남의 집 안에 들어가 있었다. 그리고 늘 탄산수를 청했다. 고객 서비스와 방문 판매 그리고 장례업체의 엄숙함 사이를 절묘하게 넘나드는 그녀의 기술은 내가 도저히 익힐 수 없는 경지였다.

"사람들 집에 갈 때 연쇄살인범처럼 웃지 좀 말아 봐."

우리가 처음 주민 홍보 업무를 맡았을 때 발이 말했다.

"'지금 가입하시면 하나 가격으로 유골함 두 개를 받을 수 있어요. 심지어 덤으로 초콜릿 한 상자와 세계적으로 유명한 피셔맨스와프의 밀랍인형 박물관 상품권도 드려요!'라니. 너는 무슨 이런 거지 같은 일이 다 있나 싶지 않냐?"

내 말에 방문 명단에 있는 다음 집으로 가던 발이 돌아섰다. 그녀의 표정은 단순히 짜증 난 것 이상이었다. 동료와 말 같지 않은 소리를 지껄이며 그저 싸우고 있다고만 생각했는데 그게 아닌 모양이었다. 내 말이 뭔가 깊은 상처를 헤집은 것처럼 그녀의 기분을 상하게 한 것 같았다.

"그래, 거지 같아. 어쩌면 우리는 회사가 하라면 하는 머슴 같은 존재일 테지만 잠재적 고객들에게는 우리 도움을 받아 슬픈 일을 처리할 기본적인 권리가 있는 거잖아. 이 일에 진지하게 임하지 않으려면 입 닥치고 뒤로 빠져 있어."

"사람들에게 사랑하는 이들과 작별 인사할 방법을 선택할 수 있는 권리가 없다는 게 아니잖아. 난 그냥 분위기를 띄우려고 그런 것뿐이야."

그렇게 설명하면서 서둘러 발을 뒤따라갔지만 그녀는 이미 문을 두드리고 있었다.

"데니스, 모든 게 다 마음에 들 수는 없어."

발을 돌려세워 무슨 말로든 변명을 쏟아 내려고 그녀의 어깨에 손을 살짝 대는 순간 누군가 대답하는 바람에 뒤로 물러섰다. 그리고 발이 안내를 마칠 때까지 현관 입구 계단에서 기다리며 휴대전화를 만지작거렸다. 이어 애도 호텔 광고와 부유한 친구들이 조용한 격리처에서 호화로운 캠핑을 하는 영상들, 프로필이 추모 페이지로 바뀌었다는 알림 등으로 뒤덮인 비트팔프라임 소셜 피드에 파묻혀 헤맸다. 그러다가 매년 추수감사절이면 집으로 초대해 주셨던 대학 친구의 아버지를 추모하는 화면 위에서 내 엄지손가락이 맴돌았다.

발이 한참 걸릴 것 같아 호텔로 돌아가기로 마음먹고 먼 길을 돌아 페리 빌딩을 지나서 마켓가(街) 쪽으로 걸어 내려갔다. 유니언 스퀘어에 도착해서 자리를 잡고 앉아 예전 모습을 흉내 내고 있는 도시를 바라보았다. 문득 벤치에서 자거나 식당 밖에서 구걸하는 노숙자를 본 지 몇 년이나 됐다는 사실을 깨달았다. 분명 그들도 죽었을 터였다. 쉼터에서 죽었을까? 아니면 거리에서? 집단으로 화장되거나 매장됐을까? 휴대전화로 그 주제와 관련된 뉴스 기사를 찾아보았지만 개인 블로그나 소셜 미디어에 올라온 "노숙자들은 어디로 갔을까? 그들의 죽음에 대해 누가 책임을 질 건가?" 같은 게시글 말고는 아무것도 없었다. 길 건너 쇼핑센터의 밖에 설치된 LED 광고판에서는 다들 제 몫을 다해 줘서 고맙다면서 "삶은 반드시 돌아올 것입니다. 산 자들에게 장례 쿠폰을 쓰세요."라고 말하고 있었다. 광고판 옆 건물인 옛 웰스 파고 은행 빌딩의 로비에서는 애도 호텔 협력단 소유의 신생 은행이 만들어지고 있었다. 일어나서 잠시 걸으며 일정한 리듬에 따라 건물을 드나드는 쇼핑객과 노동자들에 섞여 들었다. 경쟁 호텔의 방문 판매원이 "사랑하는 이들이 영원한 잠에 빠져들 때 옆에서 함께 잠에 들어요!"라고 홍보하는 소리가 들렸다. 애도할 누군가가 있거나 자신이 죽으면 슬퍼할 이들이 있는 사람들에게는 그 소리가 그렇게 끔찍하게 들릴 것 같지 않았다. 가끔 내가 죽으면 누가 오기나 할지 궁금할 때가 있다. 아버지의 장례식은 어땠을지, 내가 교회에 들어가서 어머니 옆에 앉아 브라이언이 나를 때리고 싶은 욕구를 꾹 누르는 사이 어머니의 손을 잡았다면 거기 모인 사람들이 얼마나 기함을 했을지 상상해 보았다. 다른 이들이 전부 조문을 할 때까지 기다렸다가 아버지의 관에 다가가 약간 고결한 모습의 아버지를 빤히 내려다볼 수도 있었을 것이다.

"죄송해요."라고 말했을 것이다. 그리고 어쩌면 통곡하거나 완전히 허물어져 어머니와 동생이 바닥에서 일으켜 세웠을지도 모른다. 상상 속에서는 모든 게 늘 끝내주게 극적이고 완벽하다.

호텔로 돌아와 옆문으로 살며시 들어가서 팽 씨에게 잡혀 잔소리를 들을세라 꽁지가 빠지게 엘리베이터로 내뺐다. 비상계단에 도착해 담배를 입에 무는 순간이었다. 그곳에서 발이 세상에서 가장 바보 같은 놈 보듯 나를 빤히 쳐다보고 있었다.

"덴, 이건 일반통행로가 아니야."

거의 다짜고짜 그런 말을 들으니 발이 그 잔소리를 하려고 기다리고 있었나 싶었다. 처음에는 형편없는 업무 태도에 대해 말하는 줄 알았지만 나보다 나은 사람인 그녀는 언제나 더 넓게 생각했다.

"일이 생기기를 기다리기만 하면 안 돼. 어쨌든 가족이 연락해 오니 다행인 거잖아."

"내가 그 길을 불도저로 밀어 버리면? 가족들이 그저 절박해서 연락하는 거면?"

나는 입체경을 눈에 대고 가족들을 실망시켰던 시간들을 전부 쭉 훑어보는 상상을 했다. 초등학교 3학년 때 곱셈을 못해서 유급했고, 고등학교 3학년 때는 가방에 코카인이 들어 있었으며, 졸업 직후에 캠핑 전문점의 금전 등록기에서 돈을 훔치다가 사장에게 걸려 경찰이 출동했고 카운티 교도소에 있던 나를 아버지가 빼냈던 일 같은 것 말이다. 니키 이시오를 집에 데려갔을 때 가족들은 그 애를 무척 마음에 들어 했다. 치어리더였던 그 애는 우등생이기도 했다. 그런 애를 무도회에 데려갈 때 부모님은 망치지 말라고 말했다. 그리고 나는 망쳐 버렸다. 당연히 아버지의 피범벅이 된 얼굴도 떠올랐다. 내가 결코 참석하지 않았던 장례식과 브라이언에게 진심으로 싫어한다고 말했던 모든 순간도 스쳐 지나갔다.

"보이는 것처럼 그렇게 나쁜 상황은 아니야."

발의 말은 나만큼이나 그녀 자신을 설득하려는 것처럼 들렸다.

"너한테 화해할 기회가 생긴 거잖아. 난 그런 기회를 갖고 싶어도 절대 가질 수 없어."

그러나 난 그런 기회를 잡고 싶지 않다는 게 문제였다. 물론 가족들을 보고 싶긴 했다. 하지만 그들은 정녕 어떤 존재였을까? 나는 그들에게 어떤 존재였고? 사과와 극적인 화해 같은 건 견디기 힘들 것 같았다. 여기서의 나는 평정을 잃지 않았다. 과거가 없는 사람으로 지냈다.

"그런 일은 안 일어날 것 같아."

말은 그렇게 했지만 더 나은 사람이나 더 나은 아들이 돼야겠다고 한 번도 생각해 본 적 없다고 한다면 거짓말일 테다. 발이 목걸이에 달린 작은 갑에 넣어 두었던 남편 사진을 꺼내서 건네주었다.

"궁금하잖아."

"내 알 바 아냐."

"처음 증상이 시작됐을 때 난 멕시코에 있었어. 친구들과 가기로 해서 돈도 다 낸 상태였는데 남편이 나도 꼭 같이 가서 재밌게 놀다 오라고 했어. 아즈텍 유적을 관광하고 해변에 모닥불을 피워 놓고 빙 둘러 앉아 있는 동안 남편은 집 화장실에서 토하고 있었어. 그 사람은 내가 돌아갈 때까지 아무 말도 안 했어. 우습지 않니? 누구든 어떤 일로도 절대 신경 쓰게 하고 싶지 않았대. 이웃이 팔에 고름물집이 생긴 채로 복도에서 의식을 잃은 남편을 보지 못했다면 아마 병원에도 안 갔을 거야. 시댁 식구들은 출국한 상태라 내 동생이 그 사람을 도와주고 있었어. 집에 가면 내가 돌봐 줄 수 있을 줄 알았어. 사람들도 내가 그럴 거라고 생각했고. 하지만 막상 그 사람을 보니까 뭘 어떻게 해야 할지 모르겠더라. 얼굴 피부는 밀랍처럼 벗겨졌고 머리칼도 하나도 남아 있지 않았어. 말도 거의 못 했고. 가까이에 가기가 두렵더라. 사람들 말로는 출장 갔을 때 전염병에 걸린 거라고 했어. 바이러스가 들어 있는 물에서 공격적인 육식성 박테리아에 감염된 거라고. 나는 동생에게 그 힘든 일을 맡기고 학교에 갔고 도서관에서 시간을 보냈어. 그 사람 병실을 안 갈 수만 있으면 뭐든 했던 셈이야."

발의 뺨을 타고 눈물이 흘러내리면서 눈 주위로 아이라이너가 푸르게 번져 갔다. 그녀의 머리를 내 어깨에 기대게 한 뒤 젊었을 때 발 같은 사람이 친구가 돼 줬더라면 내 인생이 얼마나 달라질 수 있었을까 생각해 보았다. 비상계단을 빠져나와 근처 객실에서 휴지 한 통을 가지고 돌아왔다.

"그 사람이 떠났다는 소식을 알리는 전화가 왔을 때 바로 받지를 않았어. 입에 팝콘을 욱여넣으면서 영화를 보고 있었어. 영영 작별 인사를 못 하게 된 거지. 시도조차 안 했던 거고."

"무슨 영화를 봤는데?"

멍청한 질문인 줄 알았지만 난 항상 그런 식이었다. 날 아프게 하는 일에 사소한 것들을 덧붙이곤 했다. 고등학교 교장실을 생각하면 감초 항아리가 떠오르고 올드스파이스 면도 후 로션의 냄새를 맡으면 아버지의 허리띠가 떠오르는 것처럼 말이다.

"「살아 있는 시체들의 밤」. 무슨 공포 영화제 같은 데서 본 거였어."

"아마 나였어도 영화를 보러 갔을 거야. 혹시 네가 아직 모를까 봐 말해 주는 건데 난 진짜 가족과 사이가 나빠."

마음 같아서는 발의 손이라도 잡아 주고 싶었지만 마리화나 담배만 건네주었다.

"음, 네가 대체 뭘 기다리고 있는지 스스로에게 물어봐. 뎬, 난 네가 좋지만 이렇게 비상계단에 죽치고 앉아 맨날 그 지지리 똑같은 대화만 하는 거 지겨워. 작별 인사할 기회는 한 번밖에 없어."

내 방으로 돌아와 부재중 전화를 확인하고 동생이 수없이 보낸 음성 메시지를 들었다. 브라이언의 목소리는 화난 게 아니라 그저 지친 것 같았다. 내일 전화해야지 했다가, 이번 주 언젠가 꼭 하리라 다짐했다. 나 자신을 위해서가 아니라면 발을 위해서라도 말이다. 방 밖의 비상계단에 앉아 다시 살아나고자 하는 도시를 빤히 바라보았다. 샌프란시스코만 위에 떠 있는 소형 비행선의 측면에는 신설된 장례 지도 학교의 광고가 띄워져 있었고, 이 도시를 찾은 몇 안 되는 용감한 관광객들을 태운 케이블카가 종소리를 울리며 파월가(街)를 오르락내리락했으며, 저 아래쪽에서는 누군가 색소폰을 연주하고 있었다. 방으로 돌아와 설거지를 한 뒤 소지품을 모두 챙겨 쓰레기봉투에 담았다. 다시 정리할 생각을 하니 마음이 편안해지면서 뭐든 할 수 있겠다는 긍정적인 기분까지 들었다. 음악을 틀어 놓고 청소를 시작했다. 가족들과 화해하고 어머니를 뿌듯하게 해 드리는 생각을 해 봤다. 아버지의 (그 유명한 닭고기 카레 요리라도) 레시피를 익히고, 어머니의 방을 어머니 취향대로 다시 꾸미고, 몸 상태가 좋은 날이면 어머니를 모시고 몇 안 남은 라스베이거스 쇼 중에서 살아남은 단원들로 재공연에 들어간 태양의 서커스를 보러 가는 상상을 했다. 「V: 바이러스의 기나긴 여정」이라는 제목으로 우리의 생존 의지를 곡예로 표현했다고 한다. 마음속에서 어머니가 내게 사랑하다고 말하는 소리가 들렸다. 하지만 내 휴대전화는 몇 시간째 건드리지 않은 채 그대로 부엌 싱크대 위에 있었다. 마침내 겨우 전화기를 집어 들었을 때 부재중 전화가 여러 통 찍혀 있었고 브라이언이 남긴 음성메시지들은 하나같이 지난번보다 화가 난 목소리로 녹음돼 있었다. 이번에는 전화를 해 볼까 했지만 나한테 드라마 같은 건 필요 없었다. 나보다 자기가 고결하다고 말하는 듯한 브라이언의 잔소리를 모두 지워 버리고 발에게는 다음 날 집에 돌아갈 것이라는 말을 되풀이했다. 그러자 발은 끝내 나와 절교하겠다고 말했다.

"안 되겠다, 데니스. 널 어떻게 해야 할지 모르겠어. 이제 철 좀 들고 작작 좀 그따위로 이기적으로 굴어."

"그래. 오늘 진짜 꼭 전화할게. 미안해."

하지만 시간만 계속 흐르자 발은 내 연락을 씹기 시작했고, 공용 복도에서 마주쳐도 남남처럼 굴었다. 그녀는 고개를 까닥여 인사하고 가볍게 일 이야기만 하고 지나갔다. 더 이상 내 가족 이야기를 묻지 않았다. 비상계단에 나와 술을 마시는데 문득 몹시 처량한 기분이 들었다. 좁아터진 내 삶을 벗어나 밖으로 나오니 세상이 조금이라도 환해지려고 애쓰는 것 같았다. 예기치 않은 폭풍우가 한바탕 휩쓸고 지나간 뒤 대기를 장막처럼 뒤덮고 있던 산불 연기가 씻겨 내려가면서 아주 조금이나마 숨쉬기가 편해졌다. 사람들이 밖으로 나오기 시작해 식당과 술집을 가득 채웠다. 마지막으로 동생에게 전화를 걸어 어머니를 바꿔 달라고 해 볼까 생각했다. 아마 내가 어머니의 목소리를 들으며 약속해 버린다면 나중에 가서 취소할 수는 없을 테다. 이번에는 정말로 도움을 드리고 싶다고 말한다면 말이다. 아주 한참 동안 통화하는 상상을 했더니 진짜 전화해서 이야기를 나눈 기분이 들었다.

객실에서 시체를 치우고 있을 때 브라이언에게서 전화가 왔다. 연달아 여러 번 전화기가 울렸다. 동생은 내게는 너무나 과분한 형제였다. 내가 죽었다 깨나도 발뒤꿈치조차 따라갈 수 없는 사람이었다. 브라이언은 어떻게 그렇게도 나와 다른 인간이 된 걸까? 뭔가 다른 가정 교육을 받았던 걸까? 축구를 해서 그런가? 정작 부모님은 나를 중퇴시키지 않으려고 엄청난 시간과 공을 들였는데? 부모님이 모든 관심을 내게 허비하느라 그 애를 거의 홀로 내버려 두다시피 해서 브라이언이 수차례 울었던 일이 기억난다. 왜 항상 모두 형 차지냐며 그러는 것은 공평하지 않다고 말하곤 했다. 엄지손가락이 거절 버튼 위를 맴돌았지만 이번에는 전화를 받았다. 어머니의 손을 잡아 드리고 나서 벌써 여름한 계절이 지나 버렸다.

"형이 이 전화를 받을 자격이 있는지 모르겠네."

이후의 말들은 하나같이 우물 밑바닥에서 나는 소리처럼 들렸다. 브라이언이 말을 멈췄을 때 끊어 버릴까 생각하며 어느 스트

립클럽인지 술집인지 모를 곳에서 흘러나오는 연옥의 붉은 빛에 젖어 들었다. 앞에 있던 바퀴 달린 들것에 실린 시체를 빤히 쳐다봤다. 며칠 전에 손녀가 셋이나 찾아왔던 바비라는 남자였다. 남자의 방에 치킨 텐더를 배달해 주러 갔다가 그들이 노래하고 웃고 삶을 찬양하는 소리를 들었더랬다. 손녀딸들은 할아버지 옆에 편하게 누워 잠잘 때 보는 동화를 읽고 있었다. 브라이언이 어머니가 어떻게 돌아가셨는지 설명했다가 내게 소리치기를 반복하는 사이 나는 전화기를 귀에서 몇 센티미터 뗀 채로 어중간하게 귀를 기울였다. 브라이언은 결국 진정이 됐는지 잠잠했다. 잠시 후 브라이언이 내게 변명이든 뭐든 할 말이 없는지 물었다.

"네가 모든 걸 책임진다는 식으로 말할 필요 없어. 그래, 나 등신이야. 그래도 어머니 일은 내가 처리하게 해 줘라, 부탁이다. 그것만 내게 맡겨 줘."

내가 10대 때 쓰던 방 앞에 서서 미안하다고 말하는 어머니를 그려 보았다. 전화기를 귀에서 뗀 채로 전화가 끊어지기를 기다렸다. 분명 곧 전화가 끊길 것 같았다. 하지만 브라이언은 나보다 나은 사람이었다. 그는 전화를 끊지도, 내게 소리를 지르지도 않았다.

다음 날 오후 무렵에 병원 영안실에 계시던 어머니를 우리 호텔의 스위트룸으로 모셔 왔다. 그 비용은 직원 할인을 고려해도 향후 2년 치 월급으로 때워야 할 터였다. 스위트룸으로 들어가자 동생이 벌써 와 있었다. 벽마다 가족사진으로 장식하고 침대보를 할머니가 만드신 퀼트로 교체하느라 바빠 보였다. 브라이언은 가능한 모든 평평한 곳에 꽃병을 올려 두었다. 나는 동생 옆으로 가서 침대 끝 근처에 있는 2인용 안락의자에 앉았다. 브라이언은 로마 여행 프로그램을 보며 피노누아 와인을 마시다가 잔에 얼굴을 묻고 울었다.

"형, 나도 엄마한테 제대로 해 드린 게 없어. 엄마는 어딜 가신 적이 없어. 나한테 그럴 돈이 없어서 그런 게 아니야. 아마 여기가 이제껏 묵은 곳 중에 가장 좋은 데일걸."

"우리 가족 여행 때 코아 캠프장 갔던 거 기억나? 아버지가 텐트 치는 거 거들면서 식료품점 가신 어머니를 기다렸잖냐. 우리가 맨날 뭘 놓고 와서 그런 거였지."

"엄마는 그런 여행을 싫어하셨어. 아빠가 취침용 패드 필요 없다고 해서 엄마는 차에서 주무셨잖아."

"그래도 다 나쁜 건 아니었어."

동생과 함께 손전등을 들고 숲을 헤집고 다니면서 위장복을 입은 아버지가 튀어나오길 기다렸던 일이 생각났다.

브라이언이 고개를 가로젓더니 내 잔에 와인을 따라 주었다.

어머니는 낮잠을 자는 것처럼 보였다. 장의사가 일을 잘 해 놓았다. 어머니가 일어나 앉아 오늘 여행 일정은 어떻게 되냐고 묻는 모습이 눈에 선했다. "우리 앨커트래즈 갈까? 엄마 한 번도 안 가 봤거든. 핫초코도 먹고 파웰가에서 전차도 탈까?"

혹은 이렇게 말씀하실 수도 있다. "데니스, 넌 아직 내 요주의 인물이야. 하지만 빌어먹을 내 인생에서 한 번쯤은 재밌게 지내고 싶어."

그러면 나는 "어머니 하고 싶으신 대로 하세요."라고 말할 테다. 그리고 죄송하다고 말할 테다. 이런 환상 속에서 나는 어머니의 손을 잡고 오션 비치를 산책하면서 조가비도 줍고 모닥불에 마시멜로도 굽는다. 그리고 어머니에게 그리스에서 배낭여행 중이던 아버지를 우연히 만나는 바람에 갑자기 끝나 버렸던 세계 일주에 대해 물어본다. 대부분 먼저 죽은 친구들과 어린 내가 발견했던 오래된 비디오카메라 테이프들 속에서 엄마가 데이비드 핫셀호프와 많이 닮은 어떤 남자와 키스하던 장면에 대해서도 물어본다. 그러고 보니 나는 어머니를 제대로 알아보려 했던 적이 없었다. 이틀 후면 어머니를 지하실로 모시고 내려가 그분이 재로 줄어드는 광경을 지켜볼 것이다. 그리고 동생에게 우리 호텔에서 최고급품인 유골함을 건넬 테다. 다음 날 저녁이면 동생과 나는 친인척들과 한자리에 모일 테다. 어색하게 악수와 덕담을 나눈 뒤 그 자리에 있을 자격이 없는 놈이라는 기분이 들어 병풍처럼 뒤로 물러나 있을 테다. 그러나 지금 이 순간은 양초와 꽃, 그리고 내가 제대로 안 적 없었던 소박하지만 눈부신 삶이 담긴 사진들로 둘러싸인 침대로 걸어간다. 가라데 교습과 생일 케이크와 수많은 두 번째 기회들처럼 어머니와 아버지가 내게 베풀어 주셨지만 한 번도 고맙게 여기지 않았던 모든 것들에 대해 감사한 마음을 전한다. 어머니의 시신 위에 풀썩 기대어 심장이 고동쳐야 하는 곳에 귀를 댄다. 이어 죄송하다고 말씀드린다. 사랑한다고도 말한다. 어머니가 껴안아 주기를 기다린다.

짖어, 물고 와, 사랑한다고 말해

HOW

HIGH

WE GO

IN THE

DARK

이웃집의 로봇 개를 수리하려고 거의 비어 있는 예비 부품 통을 뒤지면서 아들에게 2세대 다리 서보 기구를 못 봤냐며 큰 소리로 물어볼 때였다. 손님이 오는 것 같아 문 쪽을 보니 어린 소녀가 펍펠 3.0 포메라니안 모델이 담긴 연분홍색 손가방을 들고 걸어온다.

"아키."

소리쳐 부르다가 휴대전화로 "아키, 나 좀 도와줘야겠다."라고 문자를 보낸다. 그러고도 안 되겠다 싶어 아키를 찾아 나서려던 찰나 마침내 그 애가 헤드폰을 낀 채 자기 방에서 나온다. 전염병이 엄마가 아니라 아빠를 데려갔으면 좋겠다고 말했을 때와 똑같은 표정으로 나를 보고 있다. 나를 감정적으로 조종하는 데 도가 튼 아키는 늦게까지 집에 안 들어오고 침실에 술과 담배를 감춰 뒀다가 들키는 등 불량하게 굴고도 벌을 받지 않으려고 내게 상처 주는 말은 뭐든 서슴없이 내뱉는다. 난 당연히 걱정하지 않는다. 뛰쳐나가서 야쿠자가 되려는 게 아니기 때문이다. 그저 방에 몇 시간이고 틀어박혀 자기 엄마가 연주하던 샤미센으로 팝송을 리메이크하는 게 대부분이다. 그러는 동안 아내의 오래된 로봇 개는 아키의 발치에서 엉덩이를 흔들며 춤을 추고, 입원했을 때 아내가 부른 노래의 녹음본을 들려준다. 우리에게 딱 하나 남아 있는 아내의 목소리의 원본이다.

"무슨 일인데요?"

"손님이 와서. 생각해 봤는데 이러면 어떻겠니? 날 도와주고 용돈을 받는 게."

물론 과거에는 아키가 무료로 나를 돕곤 했다. 하지만 요즘 같을 때는 그렇게 뇌물을 주고서라도 얼굴을 봐야겠다 싶다.

"싫은데요, 아버지 손님이잖아요."

아끼는 쌩 하니 부엌으로 들어가 오렌지 주스를 한 잔 따르더니 비닐 랩에 싸 둔 주먹밥을 집어 든다.

"아주 어른스럽구나."

내 말에 어린 소녀를 홀낏 보더니 아키의 태도가 누그러진다. 접수대에 앉은 아들은 소녀의 얼굴에 있는 아주 조그만 분홍색 초신성을 유심히 쳐다본다. 전염병 확산을 막기 위해 사용된 최신 실험 약물들 가운데 한 가지에서 나타나는 부작용이기 때문이다. 아내가 죽은 지(그 뒤로 이모 두 명과 삼촌 한 명, 사촌 한 명이 사망한 지) 1년이 넘어간다. 아키는 착한 아이였지만 항상 자기 방에 콕 박혀 있거나 내가 존재하는 않는 것처럼 집 안을 들쑤시고 다닌다. 머리를 땋아 내린 소녀가 자신의 장치를 꺼내 접수대에서 작동시키자 강아지 로봇이 불안정하게 두 걸음 걸어 나가더니 앞다리가 꺾이며 주저앉고 만다. 또한 머리를 걷잡을 수 없이 까딱거리고 눈의 초점은 나와 제 주인을 번갈아 오간다. 소녀가 호주머니 깊숙이 손을 넣었다 빼더니 접수대에 동전을 하나씩 쌓아 놓고 이어서 구겨진 엔화 지폐 두 장을 올려놓는다.

"모치가 왜 이러는 거예요?"

그렇게 묻는 소녀에게 내 컴퓨터에 있는 불만족 고객 스프레드시트를 보여 줄 수도 있었다. 기적을 행한다는 내 명성이 걷잡을 수 없이 치솟는 바람에 사람들은 맹목적인 희망을 품고 로봇 개들을 가지고 왔다. 하지만 도착했을 때부터 로봇 개들은 완전히 망가진 상태였고 그런 것들이 한두 개가 아니었다. 똑같이 해 줄 수 있었지만 이 이 소녀는 너무 어리다. 나는 어른 아이 할 것 없이 고객들에게 플라스틱 절친을 살릴 수 있다는 거짓말을 거듭한다. 사랑하는 사람들을 잃은 이들이 고인을 추억할 수 있는 가장 물질적인 기억이 대부분 이런 로봇 반려동물이기 때문에 진실을 말해 주기가 어렵다.

모치는 생일 축하 노래를 연주하기 시작하다가 느닷없이 사전에 프로그램된 테크노 클럽 음악으로 넘어갔다. LED로 된 양쪽 눈에 무지개색 꽃무늬들이 번쩍거렸다. 곧이어 로봇 강아지는 「토요일 밤의 열기」에 나오는 장면처럼 양 옆으로 흔들거리면서 발을 허공에 찔러 댄다. 왼발. 오른발. 오른발. 그러다가 정적인 음악으로 바뀌자 강아지는 풀썩 쓰러져 하마터면 접수대에서 떨어질 뻔한다. 어린 소녀는 금방이라도 울 것 같다.

"아키, 손님께 할리우드를 소개해 주렴. 간식도 가져다주고. 난 여기서 작업할 게 있어. 시간이 좀 걸릴 거란다."

"저 오빠가 앨 고칠 수 있나요?"

어린 소녀가 돈을 접수대 너머로 밀어 준다. 손을 저어 그 코 묻은 돈을 거절하고 다시 소녀 쪽으로 밀어 준다.

"갔다 오면 강아지가 여기 있을 거란다. 새것처럼 멀쩡해져서."

아키가 나를 힐끗 쳐다본다. "나한테 엄마가 낫고 있다고 했던 것처럼 사람들에게 계속 그렇게 거짓말할 거예요?"라고 말하는 것 같다.

전에도 이런 사례를 본 적 있다. 오류가 생긴 펌웨어와 5년 된 운영 체제로는 돌리기 힘든 서드파티 프로그램들이 문제였다. 할 수 있는 게 별로 없었지만 아이들이 관련돼 있는 문제일 경우에는 항상 단기적인 해결책이라도 찾아보는 편이다. 한 6년 쯤 전에, 그러니까 전염병이 돌기 전에 나를 찾아왔다면 쉽게 도와줄 수 있었을 테다. 하지만 내가 근무했던 투리얼로보틱스 (2RealRobotics)사 로봇 개 공장은 이후 나를 해고하고서 로봇 친구와 로봇 애인을 독점적으로 생산하게 됐다. 요즘에는 예비 부품을 구하기 어렵다. 모치는 어디서 떨어졌던 모양인지 온몸에 흠집이 나 있다. 테이프로 도배된 종이에는 이 반려 로봇을 습득하게 되면 메구로 병동으로 돌려보내 달라는 글이 적혀 있다. 모치의 머리 판을 열어 일련번호를 확인하니 2025년 모델이다. 어린 소녀는 모치가 출시되기 이전 시대를 전혀 기억 못 할 공산이 크다.

부엌에서 아키가 소녀에게 죽은 아내의 로봇 개를 소개해 준다. 이 허스키 로봇 개에게 아내는 할리우드라는 이름을 붙여 주었다. 소녀가 할리우드에게 말한다.

"앉아, 악수해, 짖어, 같이 춤추자!"

소녀는 아키에게 자신이 강아지를 가방에 넣어 온갖 곳을 데리고 다니고, 모치가 학교 가는 길에 기차 창문을 양발로 누르는 것을 좋아한다고 말해 준다. 또한 자기 아빠는 작년에 돌아가셨지만 모치의 기억 장치에 녹음된 목소리로 여전히 매일 밤 이야기를 들려준다는 말도 한다. 만년필형 손전등으로 모치의 머릿속 움푹한 곳을 살펴보고 있을 때였다. 아키가 무언가를 속삭이는 소리가 들린다. 할리우드가 몇 차례 발을 딸깍대는가 싶더니 죽은 아내가 노래를 부르는 소리가 들린다.

분명 모치를 예전 모습으로 되돌려 놓을 수 없을 테지만 그래도 작업장으로 데려가 그동안 모아 둔 수십 마리의 로봇 개들을 샅샅이 살펴보며 예비 부품을 찾아본다. 주인들이 미련을 버리려고 기증했거나 내가 온라인이나 중고품 가게에서 찾아낸 것들이다. 저마다 이름표가 달려 있고 작동시키면 해당 로봇 개의 이전 생에 대한 짤막한 정보를 알 수 있다. 어린 아이가 기도하는 소리가 나오거나 맨 위쪽 화면에서 숫자가 번쩍이며 수학 게임이 생성되거나 가족의 행복했던 시절이 담긴 짧은 동영상이 재생된다. 이 로봇 개들의 예전 주인들에게 이용할 부품을 다 떼어 내고 나면 작별 인사를 할 수 있게 의식을 치러 주겠다고 약속했다. 이들 로봇 개들 중에 교체용 메모리 보드가 있어야 한다. 메모리 보드 자체가 모치는 아니겠지만 적어도 가장 친한 친구를 그리워하고 로봇 개가 언제나 함께 있을 것이라고 믿어야 하는 어린 소녀에게는 뭔가를 의미한다.

메모리 보드를 교체하고 돌아오니 어린 소녀가 내 아들과 거실 바닥에 앉아 할리우드를 쓰다듬고 있다. 모치를 소녀 앞에 내려놓는다. 분홍색 목걸이를 걸어 주고 머리에 꽃무늬 리본까지 붙여 둔 모습을 보고 소녀가 반색한다.

"꼭 새거 같아요."

어린 소녀는 바닥에 있던 손가방을 얼른 연다. 그리고 거의 자기만 한 손가방 안에 모치를 집어넣는다.

"모치가 예전 모습으로 돌아가려면 네가 약간 도와줘야 해. 놀아 주면서 같이 있을 때 재밌었던 일들을 전부 생각나게 해 줘야 한단다. 잊어버렸을 수도 있으니까 규칙도 가르쳐 주고."

어린 소녀가 고개를 끄덕인다. 가장 친한 친구를 되찾게 되어 무척 신이 난 아이를 보자 뿌듯하면서도 죄책감이 든다. 아마 소녀가 좀 더 크면 내가 무슨 짓을 했는지 알아채고 날 용서해 줄지도 모른다. 앞으로 언젠가, 굳이 바라자면 아이가 플라스틱 강아지에게 위안을 받지 않아도 될 만큼 나이가 들었을 때 모치는 비틀거릴 것이다. 헛디뎌 계단에서 고꾸라질 테고, 녹음된 소리들이 무한히 반복될 테며, 충전도 되지 않을 것이다. 할리우드에게도 이와 같은 현실이 닥쳤다는 것을 알고 있지만 간간이 작은 문제가 생기거나 명령을 따르지 못해도 단순히 기술적인 오류인 척해 왔다. 내가 "짖어."라고 말한다. 모치가 신나서 연달아 짖는 소리를 내자 소녀의 가방이 흔들린다.

"도울 수 있어서 기쁘단다."

3년 전쯤에 아내 아야노가 장모님이 사는 어촌에 갔다가 감염 되기 전까지만 해도 로봇 반려동물에 빠져 있는 이들을 이해할 수 없었다. 내가 로봇 공장에 다녔던 이유는 단순히 월급 때문이었다. 그 이후에 할리우드는 나를 아들과 이어 주는 다리가 돼 주었다. 예전에는 퇴근하면 아키에게 학교생활이 어떤지 물어보고 잘하고 있다고 하면 조금만 더 노력하라고 말하곤 했다. 성적이 나쁘면 야단을 치고 게임기를 압수했다. 그게 전부였다. 하지만 아키의 엄마가 병원에 입원하자 나는 아버지답게 나서 보려고 아이의 산수 숙제를 검사하고 함께 영어를 연습했다. 우리는 저녁을 먹으며 같이 뉴스를 보곤 했다. 최악으로 치닫는 전염병이 조만간 어떻게 끝나게 될지에 관한 보도나 해수면이 상승하는 상황에서 오사카와 도쿄를 지켜 내기 위해 정부가 10년에 걸친 장기 방파제 조성 계획에 심혈을 기울이고 있다는 보도가 연일 방송됐다. 우리 부자는 대화를 피하기 위해 이런 뉴스를 집중해서 보는 척했다.

우리가 곁에 있어 줄 수 없을 때 엄마의 친구가 되어 줄 로봇 개를 사자고 생각한 사람은 바로 아키였다. 우리는 폐업 세일로 마지막 남은 로봇 개들을 팔고 있던 상점에서 만났다. 아키에게 알아서 해 보라고 맡겼더니 그 애는 판매상에게 이것저것 묻고 로봇 포메라니안과 로봇 아키타견 그리고 로봇 푸들 등과 놀았으며 내 허락도 구하지 않고 강아지 스카프 같은 장신구를 추가로 구매했다.

"아빠, 이것 좀 봐요. 이게 좋을 것 같아요."

아키가 허스키 강아지를 가리키며 말했다.

아들이 말한 로봇 강아지의 발을 흔들어 봤더니 녀석이 신나게 짖어 댔다.

"제대로 고른 것 같구나."

아키는 거대한 상자를 계산대 위에 올려놓고 이례적으로 내 눈을 똑바로 쳐다보며 선선히 고맙다고 말했다.

우리는 강아지 목에 빨간색 리본으로 나비매듭을 매 주었다. 이어 아야노의 제 기능을 못 하는 면역 체계에 세균이 옮지 않도록 로봇을 살균한 뒤 병원으로 데려가서 아야노의 침대에 있는 접이식 탁자에 올려놓았다. 그리고 정신이 든 아내에게 강아지의 등을 쓰다듬어 보고 악수하라는 명령을 내려 보라고 말했다. 아야노가 활짝 웃으며 로봇의 라텍스 발을 흔들자 강아지가 꼬리를 흔들며 짖었고 디지털화된 영어 억양으로 '안녕'이라고 말했다.

"약간 구모델이야. 하지만 당신은 눈 썰매 끄는 개들을 좋아하잖아. 언젠가 한번 타러 가 보고 싶다며."

"꼬마 발토(뉴욕 센트럴파크의 동상으로 유명한 시베리안 허스키 — 옮긴이)네."

아야노가 로봇 강아지를 가까이 끌어안으며 이어 말했다.

"이름은 할리우드야."

아야노에게 접이식 탁자 위에 있는 로봇 강아지의 사용 설명서를 가리키며 인기 있는 특징들을 말해 줬다. 얼굴 인식, 음성 명령, 소리 녹음과 재생, 업데이트 가능한 노래 리스트, '가져와' 같은 간단한 게임을 할 수 있는 기능, 플라스틱 우유 뼈다귀를 먹는 것 들이었다. 허스키 3.0 모델은 어떤 음악이든 박자를 맞춰 춤을 출 수 있었다. 이 로봇 강아지의 LED 눈은 날씨 예보와 개인 일정표는 물론 일기에 기록한 내용까지 보여 주고 계산을 도와줄 수 있었다. 로봇의 성격은 주인과 교감을 많이 할수록 바뀌며 분실 시에는 GPS 장치를 이용해 온라인으로 추적할 수 있다. 아야노는 설명서를 훑어보고 할리우드의 무수히 많은 센서들을 작동시켜 보았다. 그 후 병원에서 자고 갈 때면 밤새 짖는 소리와 반복되는 전자음에 더해 아내가 할리우드에게 실제 기분이 어떤지 말해 주는 소리를 듣곤 했다. 아내는 내가 잠든 줄 알고 "너무 피곤하다."라고 말하곤 했다. 헐떡거리며 짖는 소리와 듣기 좋은 차임 벨 소리가 났다. 멍멍아, 나도 내가 점점 나빠지고 있다는 걸 알아. 무슨 소린지 알아들을 수나 있으려나.

할리우드를 받고 며칠 지난 뒤 아야노는 같은 병동에 있는 몇몇 아이들을 위해 병실에서 쇼를 진행했다. 내가 도착했을 때 아키는 벌써 와서 음악 행사 준비를 도왔고 제 엄마가 노래하고 박수를 치는 동안 아야노의 샤미센을 연주했다. 아이들은 춤을 추고 신나서 팔짝 팔짝 뛰며 눈으로 불꽃놀이를 보여 주는 할리우드를 구경하기 바빴다. 할리우드는 뒷다리로 선 채 앞발을 허공에 대고 흔들었다. 아야노와 아키는 내가 문간에서 바라보고 있는 것을 알아차렸다. 그들만을 위한 특별한 행사에 불청객이 된 것만 같았다. 할리우드마저 얌전히 앉아 마치 내가 바닥에 오줌이라도 싼 것처럼 쳐다보았다.

"자, 이제 헤어질 시간이야, 할리우드."

아야노의 말에 할리우드가 아이들을 스윽 훑어본다.

"잘 가."

할리우드가 인사하자 아야노가 덧붙여 말한다.

"그리고 사랑해."

"사랑해."

아야노의 말을 따라 하는 할리우드의 목소리가 이전과 달랐다. 사전에 프로그램된 멋 부리는 영국 사람의 목소리가 아니라 아내의 목소리였다. 아이들이 줄지어 병실에서 나가자 아야노가 할리우드에게 다시 말해 보라고 명령했다.

"사랑해."

"당신 목소리네요."

"얘한테 많은 걸 가르쳐 주고 있어요. 우리가 빨리 하나가 됐으면 좋겠어요."

다음 주말에 우리는 로봇 강아지 세 마리에게 단체 송별회를 열어 줄 예정이다. 우리 집의 작은 마당에서 한 달에 한 번 향을 피우고 식료품점에서 사 온 케이크를 올려놓고 경을 읊으며 내가 직접 짠 아주 작은 소나무 관을 가져와 송별회를 연다. 그럴 때마다 도움을 주시는 토루 스님도 만나기로 했다. 창고에는 거의 스무 개에 달하는 로봇 강아지들이 부품으로 사용되었다가 결국 껍데기만 남으면 토루 스님의 축원을 받아 가족들과 재회할 날을 기다리고 있다. 로봇 강아지들은 각자 쿠션에 앉아 있다. 밤이 되면 어느 고객의 기부 덕분에 마련한 아주 작은 LED 등불들이 반딧불처럼 줄줄이 로봇들을 에워싼다. 토루 스님은 우리가 오늘 준비해 둔 세 개의 로봇 강아지들을 위해 기도를 해 준다. 올 때마다 숫자가 늘어나는 빈 쿠션에 스님의 시선이 오래 머문다.

"지금 쟤들을 고치는 건 거의 불가능합니다. 하지만 사람들에게는 희망이 필요해요."

"이 로봇은 나도 기억이 나는군요."

토루 스님이 앞다리가 없어진 시추를 가리키며 이어 말한다.

"길 아래 사시던 돌아가신 이토 여사님네 개죠. 물론 그땐 이미 망가졌지만. 내가 알기로는 괜찮았던 게 얼마 안 됐어요. 하지만 여사님은 그런 줄 모르고 있었어요."

스님이 등에 갈색 반점을 그려 넣은 하얀색 핏불을 집어 들어 얼굴을 자세히 살피고 이어 말한다.

"이 녀석은 코기군요. 주인이 얘와 똑같이 생긴 진짜 강아지를 잃어버렸죠. 전 부인이 그분께 이 아이를 중고로 사다 줬어요. 그 양반은 당시 술을 마시고 직장에 결근하고 그랬죠. 우체국에서 거의 해고당할 뻔했어요. 코기가 그런 양반을 구해 세상과 다시 연결시켜 준 거죠. 이런 개들은 기억될 겁니다. 이 친구들의 영혼은 보상받을 거고요."

토루 스님이야 성직자다운 말을 해야 하겠지만 삶이 두 개로 쪼개진 마당에 영적 보상이 무슨 의미가 있을까 싶다. 나는 죽은 아내가 플라스틱에 갇힌 목소리가 아닌 진짜로 돌아오길 바라고 아들이 다시 나를 사랑해 주기를 바랄 뿐이다.

길 건너에서 스님께 로봇 개 주인들의 연락처를 주고 배웅해 드렸다.

이웃 기가와 씨가 자동판매기를 채워 넣고 있다. 그는 맥주와 사케를 파는 작은 가게를 운영한다. 가가와 씨는 거의 매일 인도에 가져다 놓은 접이식 의자에 앉아 시간이 흘러가는 것을 지켜본다. 그런 그의 주변으로 간간이 자전거가 따르릉거리며 지나가고 아이들이 곁에 다가와 그의 로봇 아키타견을 쓰다듬는다. 아스트로라는 이름의 그 로봇 개는 언제나 기가와 씨 옆쪽 땅바닥에 앉아 있다. 기가와 씨의 죽은 아내와 친구 사이인 동네 할머니들이 운동을 나와 빠른 걸음으로 지나가다가, 멈춰 서서 잡담을 나누기도 하고 기가와 씨에게 아스트로가 어떤지 물어본다.

"말은 잘 들어요? 주인을 도와 가게를 잘 지키나요?"

항상 같은 질문에 기가와 씨도 한결같이 아스트로를 쓰다듬으며 이렇게 대답한다.

"아주 착한 녀석입니다."

물론 아스트로는 반응을 보이지 않는다. 녀석의 눈에는 단 1화소도 없기 때문이다. 몇 달 전 모퉁이 술집에서 기가와 씨와 나란히 앉아 술잔을 기울이며 처음으로 사실을 말해 줬다. 아스트로를 구할 방도가 없어 작동이 완전히 멈추는 것은 시간문제일 뿐이라고 말이다.

"알겠네."

기가와 씨는 그렇게 말한 뒤 사케를 한 잔 따르더니 작은 병을 다 마실 때까지 같이 있어 달라고 부탁했다.

"그럼요. 음, 메모리 보드를 교체해 볼 수는 있겠지만 그러면 아스트로가 기억을 잃을 겁니다. 사모님이 녀석에게 설정한 모든 걸 말입니다."

기가와 씨는 그러지 말라고 손사래를 쳤다. 자신은 아스트로가 죽은 아내에 대한 기억을 모조리 잃어버리는 것보다 조금이나마 간직한 채 죽는 게 낫다고 말했다. 우리는 말없이 번갈아 술잔을 비웠다. 마침내 술병이 다 비자 기가와 씨가 고마워하면서 모두 아야노를 그리워한다고 말해 줬다. 이후 2주 동안 기가와 씨를 보지 못하다가 결국 만났을 때는 아스트로의 눈에서 깜빡거리던 빛마저 이미 사라져 버린 상태였다.

"기린 가을 맥주 들어왔나요?"

내 말에 기가와 씨가 읽고 있던 신문을 내려놓는다. 그가 응원하는 야구팀 야쿠르트 스왈로스가 또 졌다.

"2주는 기다려야 할 걸세. 들어오면 한 상자 빼놔 줘?"

"제가 오다가다 들를게요."

사실 나는 그 맥주를 싫어하는데 아스트로와 관련 없는 대화

소재를 찾아 겨우 물어본 말이었다.

"그래, 그럼."

기가와 씨가 아스트로의 머리를 말없이 가만히 긁어 주다가 다시 신문을 들여다본다. 내가 가 주기를 기다리면서.

2년 동안 장기 이식과 유전자 치료와 여러 임상을 거치면서, 삶에 대한 아야노의 의지는 라이스페이퍼처럼 무르고 반투명한 그녀의 피부같이 얇아져 버렸다. 병원 대기실에서 아키는 열심히 기말 과제를 하고 있었다. 그날은 아키의 중학교 졸업식 전날이었다. 그 애는 화상으로가 아니라 직접 졸업식에 참석하고 싶어 했다.

"의사들에게 나 좀 그만 살려 두라고 말 좀 못 하겠어요?"

아내는 목소리를 내기 위해 부단히 노력하며 말했다.

"쟤를 이렇게 크게 할 수는 없어요. 내가 죽기를 기다려야 하는 꼴이잖아요."

어쩌면 아키는 일정 부분 이것 때문에 나를 미워했는지도 모른다. 제 엄마의 결정이었음을 알았다 하더라도 말이다.

"어떻게 좀 해 봐요. 병원에서는 왜 아무것도 안 하는 거죠?"

이틀 후 아키는 제 엄마의 병실을 뛰어나가서 도와 달라고 외쳤다. 한바탕 소동이 일어나자 할리우드는 삐 소리를 내고 짖어 댔다. 나는 아들을 제 엄마 옆으로 다시 끌어다 놓고서 이제는 작별을 할 때라고 말했다. 간호사가 우리에게 마스크와 장갑을 건네주고 아내의 침대에 둘러쳐 놓은 격리 커튼을 젖혀 주었다. 병실에 가득 찬 소독제 냄새에 아내의 심한 체취가 섞여 코를 찔렀다. 아내는 며칠 동안 제대로 씻지를 못했다.

"당신을 보고 싶어요."

아야노가 우리가 쓴 마스크를 가리키며 힘없이 말했다.

"엄마를 보호하려고 쓴 거예요."

"그러기에는 좀 늦었는데. 네 얼굴 보고 싶어."

아키가 잠시 나를 쳐다보았다. 곧 우리 둘 다 장갑과 마스크를 벗었다. 아야노의 손을 잡아 주러 다가가자 그녀가 힘겹게 숨을 내쉬었다. 할리우드를 무릎 위에 놓아 주는데 그녀의 시선이 탁자 쪽으로 움직였다. 아야노가 할리우드의 발을 잡고 세 번 눌렀다.

"사랑해. 서로 잘 챙겨 줘."

할리우드를 통해 이 말을 전한 아야노가 아키에게 들려주곤 했던 자장가를 불렀다. 그날 밤 이후 우리는 수없이 노력해 보았지만, 결국 그 노래의 녹음본은 우리가 다시 듣지 않은 유일한 녹음본이 되었다. 아내가 할리우드의 귀를 잡아당기자 더 많은 노래가 흘러나왔다. 나와 아키는 앉아서 그녀가 노래하는 소리에 귀를 기울인다. 모르핀을 못 이긴 그녀의 몸이 쓰러진다. 심전도 모니터의 삐 하는 소리가 맥없이 울려 퍼졌다.

아야노의 장례식 경야 때 할리우드는 앞쪽 중앙, 사진과 꽃과 아야노가 조각한 꽃병들이 줄지어 늘어서 있는 그 사이에 앉아 있었다. 할리우드는 제단의 종이 울릴 때마다 불이 켜지며 두리 번거렸다. 장례식이 길어지자 할리우드를 밖으로 내보내 아이들과 놀게 했다. 아키는 한 번도 울지 않았다. 말없이 앉아 있다가 양해를 구하고 할리우드가 있는 밖으로 나갔다. 아키는 장례식에 참석한 이모와 삼촌과 조카들은 그 자리에 있을 자격이 없다고 말했다. 수년 동안 보지도 못했다. 전화도, 편지도 없었다. 그랬던 이들이 갑자기 제 엄마가 얼마나 대단한 사람이었는지 떠들고 있는 것이다.

"저 사람들에게 엄마가 아프다는 걸 알리려 해 보긴 했나요? 상태가 얼마나 안 좋았는지 저 사람들도 알아요?"

장례식이 끝난 뒤 아키가 물었다.

"그래, 알고 있었어."

물론 이 말은 일부만 사실이다. 아야노가 그렇게 위중한 상태라는 말은 누구에게도 하지 않았다. 아내의 친인척들이 우리 집으로 살러 오거나 매일 병문안을 올까 봐, 그래서 내가 아내를 돌볼 기회가 없어질까 봐 두려웠다. 아키와 나는 물이 새는 나무 지붕 아래에 서 있었다. 사람들은 지붕 밑에 있는 시멘트로 된 수조에서 손을 씻고 절 안으로 들어갔다. 바깥의 옅은 안개가 우리를 감쌌다. 아야노의 추도식에서 빠져나와 우리만의 장소로 들어온 듯했다.

"하지만 너도 지금 상황이 어떤지 알잖니. 다들 각자 자기만의 문제를 가지고 있어. 많은 이들이 이 병과 싸우고 있어. 네 사촌 레오는 1차 유행 때 목숨을 잃었어. 요스케 삼촌은 이번 주를 못

넘길 것 같다고 하고."

"그럼 저 사람들에게는 진실을 말한 거네요. 나한테는 엄마가 나아지고 있다고 말해 놓고요."

"네 엄마가 나을 거라고 믿고 싶었단다. 마지막 순간까지 말이다."

추도식 이후 몇 달 동안은 아키가 유령처럼 집 안을 떠다니게 돼 됐다. 하고 싶은 말이 있어도 꾹 참았고 아들이 싸움을 걸고 싶어 해도 평정을 유지하려고 노력했다.

"내 물건 건드리지 말라고요."

한 번은 내가 제 방을 청소하고 있는데 아키가 버럭 소리를 질렀다.

"그 사진 손대지 말아요. 아버지는 여기 있을 자격이 없다고요."

"너랑 네 엄마 사진 내가 찍어 준 거야. 그 액자도 내가 산 거고. 게다가 최근에 확인해 봤더니 이 집에 들어가는 돈도 내가 내고 있는데 너는 네 방 하나도 관리를 못 하고 있구나. 누구 덕에 여기서 호강하고 있는 줄도 모르고."

아키는 제 엄마의 사진을 품에 꼭 껴안았다. 배를 타고 도쿄만을 도는 두 사람을 찍은 사진이었다. 아키의 이부자리에서는 할리우드가 전원이 꺼진 채 자고 있었다. 당시 우리는 할리우드를 신경 쓰지 않을 때가 많았다. 그렇다 보니 할리우드가 텔레비전의 광고 음악이나 유리컵이 깨지거나 우리가 아귀다툼을 벌이는 소리 같은 것에 반응할 때까지 이 로봇 개가 스스로 작동할 수 있다는 사실도 종종 까먹었다. 아키가 제 엄마의 샤미센을 다시 집어 들고 나서야 비로소 할리우드는 충전기를 벗어나 진정한 우리 가족이 되었다. 저녁을 준비하면서 아들이 샤미센을 꺼내 한때 자신의 외할아버지의 소유였던 악기를 자세히 살펴보는 모습을 지켜봤다. 혹시 뭐라도 고장 낼까 겁내는 듯 아들의 손이 현위를 맴돌았다. 한 음. 그리고 또 한 음. 이어서 또 한 음. 여러 차례 첫 음을 잡는 데 실패한 뒤 불안정하게나마 「문 리버」가 귓가에 울려 퍼졌다. 아키는 계속 연주했다. 거실과 아들의 방을 가르고 있는 미닫이문 뒤에서 할리우드가 작동되는 소리가 들렸다. 로봇 개가 뒤뚱뒤뚱 다다미를 건너오자 관절이 움직이면서 웡 하는 기계음이 났다. 그리고 잠시 후 그녀의 목소리가 흘러나왔다. 순간 아키가 동작을 멈추었다. 우리 둘 다 어떤 장막이 걷힌 것처럼 서로를 마주 보았다. 나는 문을 밀어 열었다. 할리우드가 빛이 들어온 눈으로 나를 올려다보면서 꼬리를 흔들었다. 내가 블루투스로 연결된 공을 던지면 녀석이 물어 와서 짖어 댈 테다. 춤을 춰 달라고 하면 반듯하게 앉아서 앞발을 허공에 대고 흔들 것이다. 할리우드는 로봇 개이자 장난감이며 반려동물이었다. 그리고 뭔가 더 많은 것들이었다. 그럼에도 불구하고, 여태까지 내가 모든 물체에 혼이 깃들어 있다는 전통 사상에 동의한 적 없다고 해도 우리 곁을 떠난 여인의 일부가 할리우드의 내부 어딘가에 남아 있음을 부정할 수 없었다.

"연주 계속해 봐."

내 말에 아키가 연주를 이어 가자 아야노의 목소리가 영어와
일본어를 오가며 악기 소리에 맞춰 노래를 흥얼거렸다. 할리우
드가 좌우로 몸을 흔들어 댔다. 최근 들어 처음으로 아키가 웃는
모습을 보았다. 아내가 떠난 뒤 처음으로 우리 부자는 같은 방에
앉아 밥을 먹었다.

그날 이후 아키는 할리우드를 안방으로 옮겨다 두었다. 아키와
나는 할리우드와 한 가족처럼 어우러져 살기로 했다. 아키는 여
전히 될 수 있으면 나랑 말을 섞지 않으려 했다. 대신 할리우드를
우리 부자의 연결 매체로 써 먹었다.

"차 타고 갈까?"

아키는 내 앞에서 할리우드에게 묻곤 했다.

"할리우드, 우리 어쩌면 영화 보러 가서 팝콘도 먹을 수 있는
데. 어떻게 생각해?"

한 번은 이런 식의 신경전에 분통을 터트렸다.

"난 네 아버지야. 아버지한테 누가 그렇게 말하니."

하지만 우리 부자는 아직 갈 길이 멀었다.

아키는 할리우드를 안고 방을 뛰쳐나가 다시 나를 본체만체했
다. 그저 할리우드에게 쇼핑센터에 가고 싶은지, 초콜릿을 입힌
프레첼을 먹고 싶은지, 건담 모델을 갖고 싶은지 물을 뿐이었다.

아들은 퉁명스럽게 굴었지만 제 엄마의 장례식을 치른 지 얼
마 안 됐을 때 그 애가 할리우드에게 말을 거는 소리를 우연히 들
은 적이 있다. 아키의 침실 문이 닫혀 있어 좀 더 가까이 다가가
문에 기대서 귀를 기울였다.

"우린 괜찮아요. 드디어 저 모퉁이 가게에 취직해 아빠를 도울 수 있게 됐어요. 하지만 아직 아빠한테 말하지 않았어요. 아빠 요리는 끔찍해요. 어떨 땐 진짜 짜증 나게 하지만 나도 아빠한테 그럴 때 있을 거 같아요. 보고 싶어요. 사랑해요. 너무너무 보고 싶어요."

삐이이, 삐익, 띠리링.

"따라 해."

아키가 좀 더 크게 말했다.

"사랑해요. '사랑해요'라고 해 봐."

그러자 아야노의 목소리가 말한다.

"사랑해요."

"한 번 더."

"사랑해요."

아키가 학교에 갔을 때 아야노가 휴대전화에 저장해 놓은 비틀즈의 「예스터데이」를 따라 불렀다. 못 들어 줄 정도로 음정이 맞지 않았지만 끝까지 부른 뒤 할리우드의 입에서 아내의 목소리가 나오기만을 기다렸다. 나도 아내가 속삭이는 사랑한다는 말을 듣고 싶었다. 눈을 감으니 아야노와 함께 있다고 상상할 수 있었다. 하지만 녹음된 목소리는 늘 끊겼고 뒤이어 디지털 종소리가 흘러나와서 눈을 뜨면 나는 홀로 무릎을 꿇은 채 리튬 배터리로 작동되는 플라스틱 개와 있을 뿐이었다.

작업실에서 곧 있을 추도식에 필요한 소나무 관들을 완성한 뒤 폴리우레탄을 입힌 뚜껑에 각각의 반려동물 사진을 붙인다. 주인에 따라 로봇 개의 곁에 충전기와 장난감도 같이 묻어 주는 이들이 있는가 하면 관을 똑바로 세워서 양초와 사진을 넣어 놓고 제단처럼 사용하는 이들도 있다. 우편배달부가 소포 두 개를 가져다주었다. 첫 번째 상자에는 내가 이베이에서 찾아낸 예비 부품들이 들어 있었다. 두 번째 상자에는 저 멀리 텍사스 오스틴에서 온 삼손이라는 이름의 1세대 푸들 모델이 들어 있었다. 동봉한 편지에는 푸들의 주인이 해당 로봇 개에 어떤 문제가 있는지 자세히 설명해 놓았다. 앞서 이 주인에게 로봇 개를 보내지 말라고 말했다. 하지만 사람들은 여전히 기적을 기대하는 것 같다.

몇 달 전에 우리 아들의 개 때문에 이메일을 보냈던 사람입니다. 삼손은 더 이상 짖지 않습니다. 그저 부자연스럽고 기계적인 왈왈 소리만 납니다. 눈에 불이 들어오긴 하지만 걸어가다가 벽에 부딪히고 우리가 부르면 반대 방향으로 가는 것으로 미루어 눈의 카메라가 작동하지 않는 것 같습니다. 지난주에는 이 아이가 영원히 떠난 줄 알았답니다. 얘를 다시 충전하는 데 엄청난 시간이 걸렸습니다. 포럼에서 다들 선생님이 최고라고 하더군요. 선생님께서 상황이 바뀌어서 도움을 줄 수 없을 것 같다고 말씀하신 걸 저도 잘 압니다. 하지만 일말의 가능성이라도 있다면…… 비용이 얼마가 들든 부담할 준비가 돼 있습니다. 제발 도와주십시오. 우리 아들에게는 시간이 많지 않습니다. 숨쉬기도 버거운 상태입니다. 의사들 말로는 몇 달밖에 안 남았다더군요. 삼손은 아들의 일부나 마찬가지입니다. 삼손이 작동했을 때 아들아이가 금방이라도 뛰어놀 수 있을 것 같았답니다. 저희는 그저 우리 아들이 여력이 되는 동안 반려견과 함께하기를 바랄 뿐입니다.

편지에는 남자의 아들과 삼손이 같이 찍은 사진이 붙어 있다. 아이의 몸에는 온갖 종류의 선과 관이 연결돼 있었다. 어찌나 창백한지 온몸에 뻗어 있는 혈관이 훤히 보인다. 상자에서 삼손을 꺼내고 옥수수 전분으로 만든 완충제도 털어 낸다. 내부에서 달가닥거리는 소리가 들리는 것을 보니 이 강아지는 이미 죽은 채로 온 게 아닌가 싶다. 가여운 꼬마. 확인차 로봇 개를 열어 본 뒤 주인에게 "알려 드리게 되어 유감스럽지만……"으로 시작되는 이메일을 보낸다. 침대에서 기대에 부풀어 기다리고 있을 남자아이를 생각한다. 어쩌면 이미 혼잡한 전염병 병동에서 깊은 혼수상태에 빠졌는지도 모른다. 어떻게 해도 이 로봇 개를 대신할 수 없는 걸 알지만 뭔가 새로운 걸 사 주기 위해 월급을 조금씩 모았을 아이의 아빠도 생각해 본다. 친절을 베푸는 차원에서 삼손을 위해 쿠션을 넣어 주고 겉모습을 최대한 새로 꾸며 준다. 속달로 돌려보내려고 포장 재료를 챙기고 있는데 아키가 방에서 나와 상자에 쑤셔 박힌 푸들을 본다.

"보내지 말라고 했는데. 해 줄 게 아무것도 없거든."

"웹사이트를 업데이트하고 사람들에게 솔직히 말하세요. 지금 아빠가 하는 거라고는 로봇을 열어 보고 고개를 가로젓고 돌려보내는 게 다잖아요. 그래 봐야 아무 의미 없어요. 이제 아빠의 진짜 직업을 찾을 때인 거 같아요."

얼굴이 화끈거렸다. 아들의 말이 맞는다는 것을 알면서도 마음 한편에서는 녀석의 뒤통수를 후려치며 주제넘게 나서지 말라고 하고 싶다. 나는 아직도 이 로봇 개들과 그 주인들에게 좋은 일을 해 줄 수 있다고 굳게 믿고 있다. 아키는 다른 방으로 들어가 샤미센을 연주하기 시작한다. 곧이어 아내의 목소리가 들린다. 아야노가 가장 좋아했던 엔카 가수 후지 게이코의 노래다. 나는 할리우드가 결국 완전히 망가질 때를 대비해 아내가 저장해 둔 목소리를 디지털로 옮기는 중이었다. 그래 봐야 아내의 목소리와 똑같지 않으리라는 것을 알고 있지만 말이다. 나중에 아야노는 할리우드의 귀에 대고 노래를 불렀다. 샤미센을 연주하는 아키의 옆에 가서 앉아 본다. 녀석이 일어나더니 연주하기에 공간이 모자란다고 말한다. 내가 소파로 자리를 옮긴다. 녀석은 다시 연주를 이어 가기 전 내가 움직이는 걸 지켜본다. 아내의 목소리는 할리우드의 데이터뱅크에서 나오는 잡음이나 다른 멜로디에 자주 가려지곤 한다. 하지만 아키는 아야노의 목소리가 다시 흘러나올 때까지 계속 연주한다. 보통은 이런 식으로 아키와 저녁 시간을 함께 보낸다. 내가 저녁밥을 차리는 동안 아키는 할리우드와 공연을 펼친다. 이후 남은 밤 시간에는 작업실에 홀로 남아서 얼마나 더 많은 시간이 흘러야 다음으로 나아갈 수 있는지 생각해 본다.

"네 엄마가 무척 보고 싶구나."

내가 그런 말을 했다는 사실에 놀라고 만다. 아들과 내가 의식처럼 꿋꿋하게 지켜 왔던 태도를 깨 버린 셈이었다. 활을 잡고 있는 아키의 손이 그대로 굳는다. 시선은 바닥을 향한 채다. 아키의 눈물이 다다미 위로 떨어져 검은 얼룩이 생긴다. 좀 더 가까이 다가가 본다. 아들은 뒤로 물러나서 샤미센을 악기집에 넣는다. 나는 포옹을 즐겨하는 사람이 아니었다. 우리 집안 남자들은 그런걸 하는 사람들이 아니다. 그래도 그 순간만큼은 내 아들을 안아주고 싶다. 가까이에서 아들의 심장박동을 듣고 어깨를 적시는 아들의 눈물을 느껴 보고 싶다. 세상에 유일하게 남아 있는 아내의 진정한 일부와 연결되고 싶다. 이윽고 아키가 입을 뗀다.

"연주 다 했어요. 피곤해요."

단체 추도식 날은 따뜻한 데 비해 심하게 습한 편은 아니다. 예전 고객들은 반려 로봇 이야기를 나누면서 서로 힘이 돼 준다. 참석한 이들을 위해 간단하게 소풍 도시락을 준비한다. 편의점에서 반값에 산 샌드위치에 과일을 곁들여 플라스틱 접시에 내놓는다. 그리고 자리를 비켜 주기 위해 다시 집 안으로 들어가려는데 사람들이 아키와 나도 함께하자며 붙잡는다.

"선생님과 아드님도 우리 일원이잖아요. 어떤 면에서 이 로봇개들은 두 분 것이기도 하니까요."

한 고객이 아키의 무릎에 앉아 있는 할리우드를 가리키며 말하자 아키가 녀석에게 인사하라고 말한다. 그러나 할리우드는 인사 대신 사람들에게 수학 문제를 줄줄이 낸다. 할리우드의 LED 눈이 깜박거린다. 고객들이 연민 어린 표정으로 우리 부자를 쳐다본다. 어쩌면 그들도 내가 우리 집 개를 고치지 못하는 걸 보고 더 이상의 희망은 없음을 깨닫기 시작했는지도 모른다.

"재밌는 녀석이랍니다."

내 말에 아키가 할리우드를 쓰다듬자 느닷없이 아내가 아키에게 전하는 소망과 꿈이 생중계된다. 공부를 열심히 해야 해. 대학에 꼭 가고. 널 행복하게 해 주고 우리 가족을 다정하게 대해 줄 사람을 만나렴. 내가 못 가 본 곳들을 다 다녀 봐. 아키가 녹음된 목소리가 그만 나오게 하려고 할리우드의 센서들을 거칠게 작동시킨다. 결국 조용해진 할리우드가 잠시 후 사람들에게 다시 수학 문제를 낸다.

"죄송합니다."

아키가 그 말을 남긴 채 할리우드를 데리고 자리를 뜬다. 아들을 따라가고 싶지만 유감스럽게도 뭐라고 말해 줘야 할지 모르겠다.

이런 의식이 끝나고 나면 보통 도쿄 바로 너머 지바현에 높게 솟은 공동묘지로 아야노(유골함 #25679B)를 만나러 간다. 고객들이 돌아간 뒤 뒷정리를 마치고 집 안으로 들어가자 아키는 침대에서 할리우드를 어르고 있다. 녀석에게 발작이 또 일어난 모양인지 막춤을 추고 음성이 뒤죽박죽 뒤섞여 나오며 눈에는 날씨

예보가 고정돼 있다.

"얼마나 오래 이런 거니?"

"몇 분 됐어요."

발작이 오래 지속되지는 않지만 갈수록 발생 빈도가 잦아졌다. 아키는 달래 보려는 듯 로봇 개를 앞뒤로 흔든다.

"녀석의 프로그래밍을 혼동시켜 본 적 있니? 가끔 그렇게 하면 발작이 멈추는 것 같던데."

고개를 가로저은 아키가 "춤춰, 짖어, 그대로 있어, 재충전해." 라고 말해도 할리우드는 계속 마구 움직이며 삐 소리를 낸다.

"춤춰, 짖어, 그대로 있어, 재충전해."

아키가 반복하자 마침내 할리우드가 앞다리와 뒷다리를 낮추고 작동 정지 모드로 들어간다.

"오늘 엄마 보러 가고 싶은 마음 아직 변함없니?"

내 말에 고개를 끄덕인 아키가 침대에서 튀어나오더니 옷장을 샅샅이 뒤져 와이셔츠와 바지를 꺼낸다. 할리우드를 단단히 붙잡은 아키를 데리고 일본우정공사 추모관으로 가는 고속 열차를 타기 위해 신주쿠역으로 간다.

기차에 오른 아키와 나는 선 채로 두 명의 승객이 내리기를 기다렸다가 그들이 앉았던 1인석에 각자 가서 앉는다. 서로 반대편에 있는 좌석이다. 하나같이 검은 옷을 입은 승객들 사이로 영어와 일본어로 녹음된 역 안내 방송만 울려 퍼진다. 다음 역은 후지테크 장례 몰입니다. 향과 꽃을 구입하시거나 선물 가게에 가실 분들은 이번 역에서 내리세요. 다음 역은 로손 장례 음식 광장입니다. 현금 자동 입출금기와 호텔을 이용할 분과 시 영안사무소로 가실 분들은 이번 역에서 내리세요. 내 앞에 앉은 노부인은 흰 백합과 노란 국화로 만든 자그마한 꽃다발을 들고 있다. 옆자리의 젊은 여성은 눈물을 닦고 화장을 고친다. 우리의 머리 위쪽에 있는 화면에서는 출장 연회 서비스, 사랑하는 이의 재를 로켓에 가득 채워 우주로 보낼 수 있다는 어느 회사. 스테인리스강 유골함에 고인을 홀로그램으로 띄울 수 있다는 최고급 패키지 등의 광고가 흘러나온다. 일행 두 사람이 화장터 역에서 내리자 아키와 나는 함께 앉아서 갈 수 있게 그 자리로 옮긴다. 우리의 목적지는 현지인들이 죽은 자들의 동네라고 부르는 곳으로 이 노선의 종착역에 있다. 붙어 앉게 되자 아키가 할리우드를 창 쪽으로 들어 올린다. 두 녀석이 창밖에 펼쳐진 지평선을 내다보며 절과 돌 공원 위로 손가락 모양의 그림자를 드리우고 있는 거무스름한 장례 빌딩을 올려다본다.

"먼저 꽃 같은 걸 사러 갈 줄 알았어요."

아키가 고개를 돌리지도 않고 말한다. 3단으로 된 도리이 문이 보이면 거의 다 왔다는 신호다. 문 너머로 버스만 한 무지갯빛의 홀로그램 불상이 잉어 연못 한가운데에 떠 있다.

"야마모토 상점은 항상 비싸서 말이지. 노점상에서 살 거란다. 훨씬 싸거든."

아키가 고개를 끄덕이더니 벌써 사람들로 북적거리는 출입구로 간다. 기차가 천천히 역에 진입하면서 안내 방송이 나온다. 일본우정공사 추모관에 오신 걸 환영합니다. 이 역은 종착역입니다. 소지품을 모두 갖고 내리십시오.

납골당 건물을 에워싸듯 질서정연하게 늘어선 줄이 마치 느리게 움직이는 뱀장어 같다. 접수대에서 수속을 마친 사람들은 표를 받아 각자 배정받은 시간에 유골실에 들어간다. 아키와 할리우드가 줄을 서 우리 차례를 기다리는 사이 나는 청소차에서 물건을 파는 청소미화원에게서 꽃과 향을 산다. 1시간 넘게 기다린 끝에 시간당 2000엔인 특별실 요금을 내고 우리가 들어갈 37층의 암호를 입력한다. 방에 처음 들어가면 온통 하얗기만 하다. 곧이어 바깥에 있는 신사의 이미지들이 벽에 비치고 간간이 상위 등급 서비스를 홍보하는 배너 광고가 뜬다. 아키와 나는 그 방에서 제단을 빼고는 단 하나밖에 없는 가구인 나무 벤치에 앉아서 기다린다. 로봇 팔이 아야노의 유골함을 끌어 당겨와 아주 작은 엘리베이터를 통해 제단에 가져다 놓는다. 제단용 벽감은 단순한 모델이다. 벚꽃을 새겨 넣은 장미 나무 상자 하나, 점토 꽃병 두 개, 유골함 위에 커다란 아야노의 사진 한 장, 그리고 아키가 초등학생 때 만든 향로가 전부다. 우리는 꽃을 바꾸고 차례로 아야노에게 자신의 근황을 들려준다. 아키의 학교생활은 물론 수리하는 일을 접을 것 같다는 말과 입사 지원서를 보낼 계획도 털어놓는다.

"당신이 곁에 있다면 좋을 텐데. 하지만 우리는 최선을 다하고 있어. 아키는 내가 끝까지 잘 보살필게. 우리 둘이 당신 보기 부끄럽지 않게 살아 볼게."

아키가 가져온 샤미센으로 카펜터스의 「레이니 데이즈 앤드 먼데이즈」를 연주하기 시작하자 할리우드가 풀밭 위에서 발을 끌며 춤을 춘다. (신혼여행 때 찍은) 아야노의 사진을 응시하며 아내가 노래하는 소리에 귀를 기울인다. 이후 몇 초간 잡음이 나오다가 영국 남자 목소리가 '굿 모닝'이라고 말하고 나서 테크노 클럽 음악이 흘러나온다. 할리우드가 비틀거리며 뱅뱅 돈다. 벽에 비치는 배너 광고에서 2번 건물 식당가의 뷔페를 통해 인생을 즐김으로써 아야노와의 추억을 소중히 간직하라고 말해 준다.

"연주 계속해."

아키에게 말하고 나서 향에 불을 붙인다. 이어 아키의 양어깨를 꽉 쥐었다가 아이의 뺨에서 눈물을 닦아 준다. 할리우드를 바닥에서 들어 올리자 녀석의 다리가 허공을 딛는다. 할리우드가 우리에게 흐리고 비가 올 가능성이 있다고 말해 준다. 또 전염병 사망자 수가 역대 최저라고 알려 준다. 이 자그마한 플라스틱 몸 안에 떠다니는 아내 영혼의 일부가 우리를 다시 연결해 주고 싶어 하며, 자신의 차례를 인내심 있게 기다리고 있다고 상상한다.

당신의 부패에 관한 노래들

HOW

HIGH

WE GO

IN THE

DARK

전염병 병동에서 일하는 의사들의 대부분은 환자를 온전히 살아 있게 하는 것을 목표로 삼는다. 내가 하는 일은 우리가 어떻게 허물어지는지를 연구하는 것이다. 나는 근무지인 법의학용 시체 농장에서 북극 전염병이 간 조직을 뇌에 심어 놓고 심장 조직을 창자에 심어 놓으며 인간의 몸을 변형시키는 여러 가지 방식들을 연구하고 있다. 그에 따라 시베리아 변이와 유치원 변이는 물론 걸리면 혼수상태에 빠지고 피부 곳곳이 별처럼 빛나는 최신 변이까지 비교하고 분석한다. 내가 연구하는 시체들의 대다수는 애도 호텔에 묵은 가족들이 연구용으로 기증한 것들로 익명 상태로 우리에게 온다. 하지만 레어드는 특수한 사례다. 그는 자기가 직접 자원했고 아직 살아 있다. 나는 레어드에게 가장 최근의 임상 약물을 투여하기 전후의 바이러스 양상을 비교한다. 그와 밤늦게까지 음악을 들으며 많은 시간을 보내는 입장에서는 해당 약물이 효과가 있기를 바란다. 하지만 과학자로서는 살아 있을 때뿐만 아니라 부패하는 동안에 벌어지는 전염병의 양상까지 연구해야 레어드의 몸 생태계에서 바이러스가 어떻게 작용하는지 (그리고 바이러스가 시베리아의 동굴에서 어떻게 수천 년 동안 살아남았는지)를 더 잘 파악하게 되리라는 점을 무시하기 어렵다. 현미경으로 들여다보면 레어드의 세포는 점점 사라지고 있다.

내 옆에 있는 피부와 인간의 털이 담긴 여러 개의 유리병이 나란히 담긴 철 쟁반에서 휴대전화가 진동한다.

저녁으로 피자 어때?

남편 다쓰가 보낸 문자다.

요 전날 밤에도 우리 피자 먹지 않았어?

장갑을 벗고 손을 소독한 뒤 답장을 하자 다시 문자가 온다.

그럼 딴 거 시키면 되지.

남편이 중국 음식이나 피자가 아닌 다른 배달 음식을 검색할 게 뻔하다.

귀찮게 뭐 하러. 난 좀 늦을 거야.

아마 다쓰는 놀라지도 않을 테다. 이번 주는 매일 밤이 야근이었으니까. 물론 업무량이 주원인이긴 하다. 주 정부와 연방 정부 인사들이 뭐라도 감염자들을 도울 만한 걸 찾아내라고 압박하니까 말이다. 하지만 음악과 현미경으로 세상을 구할 수 있다고 생각한 펑크 록 가수였던 내 예전 모습을 다시 찾아가고 있기 때문이기도 하다. 다쓰와 나는 현재 결혼 7년차 부부다. 하지만 결혼하고 겨우 1년 만에 전염병이 전 세계를 휩쓸었다. 이제는 전염병이 없던 그 1년의 시절이 잘 기억나지도 않는다. 응급구조사

시험을 준비할 때 머라이어 캐리의 노래를 들은 것 말고는 딱히 음악을 즐기는 모습을 보여 주지 않았던 남편이 표를 구해서 함께 펑크 록 페스티벌에 갔던 일도 까마득하게 느껴진다. 내 친구들은 남편을 완전히 고지식한 사람이라고 생각했다. 그런 친구들에게 바로 그런 점 때문에 남편을 사랑한다고 말해 줬다. 다쓰는 기존의 남자 친구들 같지 않았다. 가죽 재킷을 입고 록 스타의 꿈에 젖어 예술가가 되기 위한 여정을 한답시고 잠수를 타는 망할 자식들과 달랐다. 하지만 2031년에 전염병이 미국의 해안 지역을 강타한 뒤 바이러스가 진화하면서 우리 사이도 서서히 변했다. 다들 다른 데 가기를 두려워했던 때였고, 직장에 나가 있던 몇 시간을 제외하고 거의 내내 붙어 있다 보니 서로 자기만의 공간이 부족해서 그랬을 것이다.

"하루 종일 여기 앉아 있으면서 스스로를 불쌍해하려고?"

1차 유행 후 1년이 지났을 무렵 남편에게 이렇게 말했던 게 생각난다. 안락의자에 앉아 있던 다쓰는 여전히 구조사복 차림이었고 목에는 청진기가 걸려 있었다. 옆쪽에 송수신 겸용 무전기가 보였고 위스키 잔도 놓여 있었다.

"내가 오늘 검시한 시체가 몇 구였는지 알아?"

"그래도 오브리, 당신은 환자는 안 보잖아. 사람들이 시체가 담긴 가방을 연구실까지 가져다주잖아. 당신도 사람들의 몸속이 빛나면서 살갗이 젤리처럼 변한다는 얘기를 들을 거야. 정맥이 크리스마스 전구처럼 변하는 사람의 팔에 바늘을 꽂아야 한다고 생각해 봐. 이런 하루를 보낸 내가 어떻게 반응했으면 좋겠는데?"

나는 얼굴이 굳어 한참을 그대로 서 있었다. 그 자리를 벗어나고 싶은 마음에 공과금 용지와 전염병으로 죽은 친인척들의 부고장들이 쌓여 있는 탁자 끝의 자동차 열쇠만 빤히 쳐다봤다. 전에도 그런 식의 언쟁을 벌인 적이 있었다. 구급차 뒷자리에서 심폐소생술을 하지 않고 누군가의 마지막 말을 듣지 않는다는 이유로 남편이 내 일을 하찮게 여겼을 때였다. 하지만 죽은 이들도 말을 한다.

"나도, 사람들을, 구하려고, 하고, 있어."

나는 강조하기 위해 또박또박 말했다. 그리고 음악을 끄고 그와 마주 앉았다.

"물론 내 실험대에 있는 사람들을 구할 수는 없지. 하지만 내 연구가 언젠가 누군가를 도울 수 있길 바라고, 그들의 죽음이 무의미하지 않게 해 주고 싶다고."

다음 날 연구 보고서를 마무리하고 있는데 다쓰가 시끄러운 길가에서 식당 이름을 줄줄 읊는다. 분명 구급차 밖에서 전화를 걸었으리라. 초창기에 그렇게 싸운 후 우리는 나은 결혼 생활을 위해 노력하기로 약속했다. 이후 여전히 노력하는 남편을 사랑한다. 상사가 내 작업 공간을 살며시 지나가지만 스피커폰까지 켜 놓고 사적인 통화를 하는데도 나무라지 않는다.

"함께 지내는 시간을 늘려야 한다는 데 우리 둘 다 동의했던 것 같은데. 이번 주에는 거의 매일 늦게 퇴근하네."

자신이 제안하는 것마다 내가 시큰둥하자 다쓰가 이렇게 말한다.

"그랬지. 당신이 구급차에 붙어 있지 않을 때와 내가 연구로 바쁘지 않을 때는 언제나 서로를 위해 시간을 내기로 약속했지. 근데 레어드 상태가 요즘 안 좋다는 거 당신도 알잖아. 그가 내 연구에 얼마나 중요한지도."

"그럼, 그럼, 그야 잘 알지. 그래도 이번 주는 좀."

"약속 지킬게."

"레어드에게 안부 전해 줘."

병원 부속 건물에 자리한 레어드의 방에 갔더니 그와 누나가 텔레비전을 보고 있다. 부속 건물을 기증한 인물이기도 한 레어드의 누나 오를리는 나와 동생의 관계를 도저히 이해하지 못한다. 내가 자기 동생을 이용하고 있을까 봐 늘 걱정한다. 그녀가 그렇게 생각하는 것도 무리가 아니다. 사실 내가 그를 응원하면서 아픈 친구를 미리 애도하는 중인지, 아니면 일부라도 그 덕분에 과학적으로 획기적인 돌파구를 찾지 않을까 기대하고 있는 것은 아닌지 나도 자주 헷갈리기 때문이다. 오를리는 레어드가 최근에 서명한 양도 계약서를 가지고 있다. 계약서에 따르면 레어드가 사망할 시 그의 시체에 관한 권리는 전적으로 내 실험실이 갖게 된다. 레어드가 오래된 아이팟을 쥔 손을 흔든다. 그 안에는 우리가 제일 좋아하는 히트곡들이 가득 들어 있다. 레어드와 내가 10대 때 만났다면 보나 마나 몇 시간씩 붙어 지내며 춤추고 담배 피우고 토킹 헤즈나 너바나 같은 위대한 옛 가수들의 노래를 들으면서 술을 마시고 이베이에서 데드 케네디스 패치를 사서 데님 재킷에 달았을 테다.

"근데 작별 인사를 어떻게 하지?"

오를리가 흐느끼며 동생을 쳐다보면서 말한다. 잠시 후 감정을 추스른 그녀가 레어드를 껴안는다. 원칙적으로는 환자와 접촉할 수 없다. 레어드에게 전염력이 없는 게 거의 확실하지만 말이다. 이제까지 보고된 성인 전염 사례는 거의 모두 물이나 음식의 오염 때문이거나 성 접촉으로 발생됐기 때문이다.

"우리도 엄마한테 제대로 작별 인사를 못 했잖아."

가슴에 부착된 모니터 장치 주위로 생겨나고 있는 발진을 긁으며 레어드는 오를리에게 우리가 준비될 때까지 약물 치료를 중단하지 않을 것이라고 재차 안심시킨다. 레어드는 버틸 수 있을 때까지 통증과 싸울 것이다. 견디기 어려울 만큼 많은 것들을 잃어버린 많은 다른 가족들에게 레어드가 얼마나 도움이 되는지, 치료제를 찾는 데 힘이 될 수 있는 연구에 그가 어떻게 일조하는지 말해 주고 싶다. 하지만 지금 당장 그런 말을 할 정도로 어리석지는 않다.

레어드와 나는 1년 전쯤에 처음 만났다. 우리가 살인 사건 해결에 더해 북극 전염병에 맞서 어떻게 고군분투하는지를 담은 트루 크라임 채널의 다큐멘터리를 본 그가 내 실험실에 찾아왔다. 당시 레어드는 자신의 어머니에게 무슨 일이 생겼는지 필사적으로 알고 싶어 했다. 레어드의 어머니는 국토를 횡단해 딸을 만나러 가다가 행방불명됐다. 아무도 그녀가 아팠다는 것을 몰랐다. 아이오와주 디모인의 도로변에서 발견된 레어드의 어머니를 부검한 결과 장기들 대부분이 어딘지 모르게 다른 신체 장기들과 비슷한 모습으로 변해 있거나 훨씬 더 기이하게도 전구 모양으로 변형돼 있었다. 자문한 전문가들 대부분이 그녀가 죽기 한참 전에 혼수상태에 빠졌을 것이라고 했다. 화학 학사 학위 소지자이자 음악을 부전공한 이력밖에 없었던 레어드는 다른 사람들에게 자신이 누리지 못한 안식을 찾게 도와주고 싶다고 했다.

"선생님과 동생이 원하는 대로 연구 계속하세요."

오를리는 레어드가 구형 아이팟의 재생 목록을 훑어 내리는 모습을 지켜보면서 이어 말한다.

"지금 어떤 글자 목록 보는 건데?"

"P. 패닉! 앳 더 디스코, 폴 사이먼, 패티 스미스, 팻 베나타, 펄 잼, 픽시스. 어때요?"

레어드가 나를 보며 묻는다.

오를리는 은밀한 사교 모임 현장에 들어온 사람처럼 머리를 까닥거리면서 방을 살그머니 나간다. 그리고 문 밖에 있는 의자에 앉는다. 몇 분마다 뒤돌아서 우리를 확인하는 그녀의 모습이 보인다. 이렇게 알파벳순으로 노래를 듣는 의식은 어느 날 레어드가 실험실을 찾았을 때 내가 대학 도서관에서 빌려 온 오래된 MTV 뮤직 비디오를 보고 있다가 걸리는 바람에 시작되었다. 레어드는 음악사를 부전공했다면서 소규모 밴드와 거기서부터 진화된 모든 밴드들의 발견과 발전을 주제로 졸업 논문을 썼다는 말까지 했더랬다. 침대 옆에 앉았는데도 레어드는 계속해서 재생 목록을 훑어본다.

"펄 잼부터 듣고 싶은 거죠? 하지만 레어드 씨가 신사라고 부를 수 있는 사람이라면 내게 패티 스미스를 들려주지 않을까요?"

내 말에 레어드의 엄지손가락이 선택 버튼 위를 맴돌더니 깊이 생각하는 척하다가 「댄싱 베어풋」을 재생시킨다.

"오늘 컨디션은 좀 어때요?"

"어제보다는 나쁘고. 오늘 아침보다는 좋아요. 평소랑 똑같이. 이제 쉿."

그렇게 거의 30분 동안 가만히 노래를 듣는다. 오를리는 점점 조바심이 나는지 문밖에서 왔다 갔다 한다. 포이즌의 발라드곡을 반 정도 들었을 때 레어드의 감은 눈이 파르르 떨린다.

"대장님, 이제 그만 끝내야 돼요."

내가 아이팟을 치우고 블루투스 스피커를 끈다.

"하지만 기타 솔로 부분인데."

"시시 데빌(포이즌의 기타리스트 — 옮긴이)인 거 알잖아요."

담요를 가슴까지 끌어올려 준 뒤 이마에 입을 맞추고 싶은 충동을 꾹 참는다. 지금의 레어드를 보면 몇 달 전 그 사람이 맞나 싶을 정도다. 피부가 어찌나 창백한지 핏줄이 격자무늬를 이루고 있다. 누나의 돈으로 대다수의 사람들보다 시간을 더 벌었을 뿐이다. 레어드는 세 번이나 돼지의 장기를 이식받고 다섯 차례의 약물 임상을 견뎌 냈다.

"이제 누나 들어오라고 할게요. 록 스타 되는 꿈 꿔요."

밖으로 나오자 오를리가 다시 의자에 앉더니 「내셔널 지오그래픽」의 구간을 산만하게 획획 넘겨본다. 이어 나를 올려다보더니 옆에 앉으라고 청한다.

"동생은 정말 그……시신 기증을 하고 싶대요. 내가 이기적으로 보일 수도 있다는 걸 알아요. 그냥 내가 제대로 이해하고 있는 건지 잘 모르겠어요. 하지만 레어드는 선생님이 말하는 건 뭐든 할 거예요. 선생님을 정말 좋아하거든요."

"저한테도 레어드는 좋은 친구예요."

"아실지 모르겠지만 전 쟬 진정으로 이해해 본 적이 없어요. 부모님은 우리 남매에게 매정했어요. 공부해라, 흠잡히지 마라, 가족 이름에 먹칠하지 마라, 늘 그러셨죠. 하지만 레어드는 자기 좋을 대로 하고 살았어요. 평화 봉사단에 참여하고, 위스콘신에서 덕 투어(관광용 수륙 양용차 — 옮긴이)를 끌기도 하고, 가난한 섬나라에 가서 현지인들이 방파제를 세우는 걸 돕기도 했고요."

"최종 결정은 두 분이 같이 해 주셔야 해요. 저희는 가족끼리 싸우게 할 의도는 없어요."

이렇게 말하면서도 오를리에게 내 일을 어떻게 간략히 설명할 수 있을지 고심하지 않을 수 없다. 전염병이 전 세계를 휩쓸기 전에 나는 살인 사건을 해결하는 데 힘을 보탰다. 그때는 일에 순서가 있었다. 증거를 찾든지 못 찾든지 둘 중 하나였다. 그리고 항상 또 다른 사건이 있었다. 하지만 이 바이러스는 앞뒤가 맞는 게 하나도 없다. 거의 6년이 지났는데도 연구는 제자리를 맴돌고 있는 것 같다. 내가 하는 일들이 뭐든 세상을 구하는 데 보탬이 될지 어떨지 모르겠다. 하지만 레어드와 일하다 보면 그럴 수 있다고 믿고 싶어진다.

"괜찮으시면 내일 실험실에 한번 와 보실래요? 우리가 어떤 일을 하는지 보실 수 있을 거예요."

"좋아요."

퇴근하니 다쓰는 이를 닦으면서 잘 준비를 하고 있다. 처음 함께 살기 시작했을 때 우리는 산 자와 죽은 자의 땅을 뚫고 나가 세상을 구한다는 공통된 목표에 근거해 결혼 생활을 해 나가야 한다는 이야기를 끊임없이 했더랬다. 저녁이면 일 얘기를 했고, 서로의 직장 모임에 참석했으며, 점심시간에 서로의 일터를 깜짝 방문했다. 하지만 전염병이 덮치기 이전이었던 것 같은 어느 시점부터 우리의 직업이 우리를 규정하기 시작했다. 그래서 최근에는 결혼 생활을 지키기 위한 노력 차원에서 "일을 집으로 가져오지 않는다."는 새로운 규칙을 정하기도 했다.

"당신과 일하는 그 친구는 어때?"

잠옷으로 갈아입는 내게 다쓰가 묻는다.

"마찬가지야. 더 나빠졌어."

"배고프면 냉장고에 스파게티랑 미트볼 있는데. 난 몇 시간 자고 일어나야 돼서. 안 그러면 안 자고 잠깐이라도 같이 있어 줄텐데. 또 다른 응급구조사 아이가 아파. 이식했는데 거부 반응을 보였대. 그 친구들 교대해 주려고."

"아휴, 안됐네."

아래층으로 내려가 다쓰가 말한 스파게티를 먹는다. 분명 모퉁이 주유소에 있는 편의점에서 사 왔을 테다. 패티 스미스의 노래를 몇 곡 더 듣는다. 이어 「트와일라잇 존」 시리즈의 시즌 하나를 정주행하고 소파에 누워 담요를 덮고 잠이 오기를 기다린다.

다음 날 나와 오를리는 꼭대기에 철조망을 씌워 놓은 울타리 뒤에 서 있다. 거의 10여 구의 시체가 건너편에서 대기한다. 코요테가 뜯어 먹지 못하게 하려고 철창 바로 밑에 엎어트려 놓은 것들도 있고 굶주린 야생 동물에 찢어 발겨진 채 너저분하게 흩어져 있는 것들도 있다. 인공호수 바닥에는 젊은 여성이 고요히 앉아 있다. 그녀는 발목에 추를 매달아 놓아 고정된 상태로 마치 기도에 몰입한 이처럼 양팔을 하늘로 올리고 있다. 호수의 물은 오를리가 그녀의 몸을 알아볼 수 없을 정도로 어둡다. 나는 그녀에게 앨리스라는 별명을 붙여 주었다. 법의학과 학생들이 물에서 시체가 부패하는 속도를 면밀하게 살펴볼 수 있게 앨리스는 거기서 몇 달을 더 그러고 있을 테다. 그렇다고 우리가 가지고 있는 시체들이 모두 다 전염병 사례에 속하는 것은 아니다. 우리는 여전히 법 집행에 힘을 보태고 있기 때문이다. 하지만 앨리스는 2차 유행의 첫 번째 성인 희생자에 속한다. 연못 속에 있는 그녀 주변으로 바이러스가 스노볼 속 눈송이처럼 떠다니는 장면을 상상한다. 오를리는 코를 싸맨다. 여기로 나오는 순간 온몸에 있는 구멍으로 냄새가 파고든다. 두 번, 혹은 세 번 샤워를 한다. 이 냄새는 전혀 익숙해지지 않는다.

"우리는 시체 하나하나 조심해서 다뤄요. 각각의 모든 시체는 우리가 질문에 대한 해답을 찾아가도록 도와주기 위해 여기 있는 거예요."

"레어드는 자신이 죽은 후에 선생님이 자기한테 편지를 써서 그 편지들을 나한테 보내 줄 거라고 생각하더군요. 그러면 자신이 아직 살아 있고 선생님이 그 애와 나한테 개 몸에서 무슨 일이 벌어지고 있는지 알려 주는 것 같을 거래요. 그렇게 되면 내가 작별 인사를 하는 데에도 도움이 될지 모른다고 말했어요."

"누나분께서 앞으로 동생에게 일어난 일들을 자세히 알고 싶은 마음이 있는지 잘 모르겠어요."

"아마 그럴 거예요, 있을 거예요. 선생님이 조금 꾸며서 말해 주면 되잖아요. 내가 모든 걸 다 알 필요는 없어요. 레어드는 선생님을 좋은 친구로 생각해요. 개한테는 좋은 친구가 별로 없었어요."

"우린 친구 맞아요."

말하면서 이게 무슨 뜻일까 생각해 본다. 레어드는 자신이 병에 걸렸다고 생각했을 때 제일 먼저 나를 찾아왔다. 나는 그를 데리고 병원부터 갔다. 진단 결과를 듣는데 레어드는 마치 발목을 뺐다는 말을 들은 것처럼 가만히 서서 차분하게 의사에게 궁금한 것을 물어보았다. 그러는 동안 나는 바이러스에 감염된 기생

충들이 몸속을 돌아다니면서 그를 말려죽여 뼈와 먼지만 남게 하는 상상을 했다. 의사는 이렇게 말했다.

"아마 말씀하신 코 세척 통에 끓이지 않은 물을 넣어 사용해서 그런 게 아닐까 싶습니다. 이 시점에서는 감염을 늦추는 것밖에 할 수 있는 게 없습니다."

진단을 받은 뒤 레어드는 매일 시체 농장을 찾아왔다. 어머니가 돌아가시면서 누나와 함께 받은 유산 덕분에 안정된 직장을 잡아야 한다는 경제적 압박에서 자유로웠기에 가능한 일이었다. 레어드는 자신이 죽을 사람이라면 마지막 날들을 의미 있게 보내고 싶다고 말했다. 실험실에서 유전자 염기 서열 분석이 필요할 때나 뼈를 닦아야 할 때, 심지어 바닥을 대걸레로 닦아야 할 때에도 그는 늘 제일 먼저 자원했다.

"이렇게까지 할 필요는 없어요."

일주일에 적어도 두 번이나 바닥을 걸레질하는 그를 보고 내가 말했다.

"내가 하고 싶어서 그래요. 선생님들이 여기서 하시는 일에 작게나마 동참하는 기분을 느끼고 싶어요."

우리는 휴게실이나 여전히 테이블로 직접 음식을 날라다 주는 근처 식당에서 함께 점심을 즐겨 먹었다. 가끔은 퇴근 후에 같이 공원에 가곤 했다. 잔디밭에서 스크래블이나 트리비얼 퍼수트 같은 보드게임을 하고 우리의 인생사가 담긴 음악을 듣곤 했다. 이 노래는 고등학교 3학년 때의 심정이 고스란히 녹아 있고, 이 곡들은 부모님이 서로를 견딜 수 없어 했던 중학교 때의 그 여름 날들을 떠올리게 해 준다는 등의 설명을 곁들이면서 말이다.

레어드와 함께하면서 그에 대해 알게 된 내용은 다음과 같다.

- 그는 이룬 꿈보다 못 이룬 꿈이 더 많다.
- 그는 초자연적인 현상을 믿지 않는다고 말하지만 한 번 어머니와 접촉하기 위해 점괘판을 쓴 적이 있다고 실토했고 타로 카드를 비롯해 천사와 사후 세계를 다룬 책을 갖고 있다.
- 어릴 때 히맨 캐슬 그레이스컬 놀이세트를 사기 위해 돈을 모았지만 성을 지키는 히맨을 결코 사지 않았다.

레어드가 나에 대해 알아낸 내용은 이렇다.

- 이름은 오브리 린 나카타니.
- 반려묘를 꿀꿀이 혹은 콩 또는 비니쿠스 카이사르라고 부른다.
- 내가 일과 관련해서 다쓰에게 한 모든 거짓말, 그리고 내가 실제로 레어드와 시간을 보내면서 처리한 보고서와 형사 사건과 대학원생의 연구들.
- 내가 키라임 파이와 옷에 생기는 모든 주름에 집착한다는 점.
- 현장에서 시체를 처리할 때 시체에게 노래를 불러 준다. 주로 80년대 뉴웨이브 가수들의 노래를 들려주지만 크리스마스 시즌 중에는 캐럴을 불러 줌.

한 번은 대학원 시험 전날 밤에 내가 불태운 팔들이 한가득 들어 있는 상자를 살펴보면서 콧노래로 톰 페티의 「메리 제인스 라스트 댄스」를 부르다가 레어드에게 걸리고 말았다.

"나 그거 되게 좋아하는데. 선생님도 알다시피 그 노래 뮤직 비디오가 시체 안치소 장면부터 시작하잖아요."

우리는 함께 후렴구를 불렀다.

"왜 저 팔만 빼고 다 구부러져 있어요?"

내가 팔을 하나씩 작업대에 올려놓는데 레어드가 물었다.

"이런 걸 투사형 자세라고 해요. 우리 몸이 불에 타면 관절의 근육들이 오그라들면서 이런 모양이 돼요. 구부러지지 않은 사지는 타기 전에 입은 부상이나 속박의 징후일 수 있어요. 이 팔은 나무토막에 묶어 놨었거든요."

어떤 면에서 레어드와 나는 친한 친구 이상이었다.

오를리는 한 손으로 울타리를 부여잡고 다른 손으로는 콧구멍을 틀어막은 채 시체 마당을 건너다본다. 그런 그녀의 양어깨를 꽉 잡고 다시 안으로 데리고 들어가려 한다. 그러나 오를리는 야트막한 봉분들과 그 위의 카데바들을 대단히 집중해서 쳐다본다.

"걔가 이걸 하면, 그러니까 내가 이걸 하라고 하면 선생님이 레어드에게 편지를 써 줄 건가요?"

"예, 그럴 거예요."

오를리가 고개를 끄덕이고 잠시 코에서 손을 뗐다가 금세 헛구역질을 시작한다. 땅에 웅크려 앉은 그녀의 머리칼을 잡아 주자 샐러드처럼 보이는 토사물을 쏟아 낸다.

"죄송해요."

오를리는 다시 토한다.

"훨씬 더 흉한 꼴을 보이는 사람도 많은걸요."

가끔 이곳이 너무나 아무렇지 않아 보이는 나에게 소스라치게 놀라곤 한다.

"조금만 뒤로 물러납시다."

최악의 상황을 모면하게 해 주려고 오를리를 울타리에서 멀찌감치 떨어지게 한다.

"여긴 냄새가 덜 심하네요."

"안으로 들어가는 게 낫겠어요."

내 말에 오를리가 고개를 가로젓는다. 우리는 한참 동안 그곳에 서서 해가 지면서 시체들의 그림자가 점점 길어지는 모습을 지켜본다. 고요한 대기 사이로 쉬파리들만 꾸준히 윙윙거린다.

2주 후, 레어드는 이른바 '재임 기간 중 사망'을 준비하기 위해 약을 끊는다. 시간이 얼마 안 남게 되자 의사의 지시를 어기고 소풍을 가기로 마음먹는다. 레어드는 형광등 불빛이 바이러스보다 더 빨리 삶의 의지를 소모시키고 있다고 말한다. 며칠 정도 치료를 받지 않자 레어드의 기운이 떨어지고 정신이 더 몽롱해지는 게 느껴진다. 그는 내가 하는 말이나 우리가 함께 듣는 노래들이

저속으로 재생되는 것처럼 들린다고 한다.

"정말요?"

레어드는 오를리와 간호사의 도움을 받아 휠체어에 앉는다. 그는 몇 시간이나 걸리는 유령 마을을 가 보고 싶어 한다. 그래서 내가 이어 묻는다.

"그냥 박물관 같은 데 가도 될 텐데. 아니면 동물원은 어때요?"

"제대로 살아 있을 수 없는데 죽을 때를 질질 끄는 게 무슨 의미가 있어요?"

담당 간호사가 요세미티 외곽에 있는 가장 가까운 병원 연락처를 내게 주고 레어드에게 무리하지 말라고 당부한다. 그러자 레어드가 이죽거린다.

"그럼요, 죽고 싶지 않을 테니까요."

레어드와 나는 빌린 스바루 자동차를 타고 문명을 뒤로 한 채 아이팟의 재생 목록에서 알파벳을 훑어 내리는 일을 이어간다. 레어드와 함께 「보헤미안 랩소디」를 따라 부르면서 후방 거울로 오를리를 보니 차창에 머리를 기대고 있다. 귀가 울릴 텐데도 미소를 짓고 있다. 그녀에게 이렇게 동생과 함께하는 선물 같은 순간을 선사해 줄 수 있어서 기쁘다. 우리가 좋아하던 노래들을 한번에 전부 주르륵 듣는 게 아까워서 라디오를 틀어 보기로 한다. 다만 기후 위기가 거짓말이라거나 우리가 지은 죄에 대한 벌이라며 목청 높여 설교하는 복음주의 전도사들 천지인 방송은 피하기로 한다. 길게 펼쳐진 사막을 지나면서 레어드가 나를 쳐다보는 시선이 느껴진다. 두어 번 고개를 돌려 그 시선을 잡아 보려

할 때마다 그는 지평선의 어딘가를 살피는 척한다.

"나한테 무슨 일이 벌어질지 설명해 줄래요?"

레어드가 예고 없이 묻는다.

"진짜요?"

"아는 게 낫지 싶어요. 게다가 더 들을 라디오 프로도 없고요."

"사망하고 24시간이 흐르면 온도에 따라 시체는 완전한 사후 경직 상태가 될 거예요. 얼굴에서는 식별하게 해 주는 특징들이 많이 사라질 테고요. 온몸이 녹청색으로 변해요."

"'당신의 시체'라고 말해도 괜찮아요."

우리는 아주 오래된 헛간과 버려진 체리 가판대와 '마지막 주유소'라고 적힌 표지판을 지나서 다시 햇볕에 그을린 구릉 지대로 들어선다.

"딴 얘기 하면 안 될까요?"

"제발요, 난 더 알고 싶어요."

레어드는 피곤한 기색이 역력하다. 내 대답을 꼭 듣고 싶은 모양이다.

"당신 시체에서 고기 썩는 냄새가 나기 시작할 거예요."

내 말에 그가 제안한다.

"음악 좀 더 듣죠."

"퀸 노래를 더 들을까요?"

"퀸스 오브 더 스톤 에이지 노래로요. 그다음은 뭐 듣지?"

보디 주립역사공원에 도착하자 거의 한낮이다. 유령 도시가 내려다보이는 흙바닥에 주차된 다른 차라고는 딱 한 대밖에 없었다. 레어드는 차에서 내려 20세기 초반에 타고 다니던 트럭들이 어지럽게 흩어져 있는 평원을 사진으로 남긴다.

"여기서 사람들이 1940년대에 금은 광산이 폐쇄될 때까지 살았잖아요."

레어드가 말하는 사이 휠체어를 꺼내 그에게 내민다.

우리가 첫 번째로 들른 곳은 아주 오래된 술병과 등유 등, 밀이나 곡물 가루를 담을 때 썼던 마대 자루들이 쌓여 있는 잡화점 박물관이다. 금전 등록기 근처에는 총알 상자들이 있고 카우보이 모자를 쓴 마네킹도 하나 있다. 상점 내부에 가득한 유리 진열장에는 이 도시의 황금기가 담긴 사진들이 전시돼 있다.

"워, 워, 잠깐만요."

내가 어수선한 통로를 빠져나가려 휠체어를 밀자 레어드가 멈춰 세운다.

"이거 좀 자세히 보고 가죠."

벽에 붙여 놓은 빛바랜 「르노 가제트」의 기사를 읽는다. 이곳의 마지막 주민들을 다룬 것으로 어떤 남자가 아내를 쏘아 죽이고 나서 다른 세 명의 남자에게 살해됐다는 내용이다. 곧이어 우리는 관광 안내인과 사금을 채취하여 유리병에 반짝이는 아주 작은 입자들을 담아 온다. 옛날 교회의 신도석에 앉아 주유소에서 사 온 샌드위치를 먹고 오래전에 소멸된 차이나타운의 공터를 걷는다. 이제 묘지를 탐방할 차례라서 뒤돌아보니 레어드가 휠체어에서 잠들어 있다.

"그만 돌아갈래요?"

내 말에 그가 진저리를 치며 깨어나 앉은 자세를 가다듬는다.

"끝내주게 재밌어하는 거 안 보여요?"

레어드는 이렇게 대답한 뒤 이번 여행을 위해 구입한 게 분명한 하모니카를 꺼내 존 덴버의 「아이브 빈 워킹 온 더 레일로드」를 고르지 못한 소리로 연주한다.

그날 밤늦게 문명사회로 돌아와 레어드를 병원에 내려 준다. 장거리 운전으로 흘린 땀과 옛 서부의 흔적을 깨끗이 씻어 내야 할 것 같다. 거실에서 신발을 벗는데 다쓰에게서 전화가 온다.

"어이, 난 직장 동료들과 치킨집에 가."

남편은 술을 마시고 있는 모양이다. 다쓰는 술에 취하면 파도타기를 즐기는 사춘기 소년으로 변하는 경향이 있다. 근거 없는 자신감에 휩싸여 완전 제멋대로 '무진장'이라는 말을 남발한다.

"당신도 같이 가."

정말이지 싫다고 말하고 싶지만 다쓰가 사람들과 어울리는 것은 드문 일이다. 휴대전화로 일정표를 보며 내가 연기하거나 취소한 모든 데이트와 저녁 약속과 영화 관람을 따져 본다.

"좋아, 하지만 밤새 있지는 않을 거야. 요기 좀 하고 한잔 마시는 거, 그게 다야."

결국 롱아일랜드 아이스티를 두 잔 마시고 나자 나는 가만히 앉아 듣기만 하고 다쓰는 한참 어린 동료들의 환심을 사려고 애쓰고 있다. 20대인 그 동료들은 남편이 말하는 응급구조사의 전쟁 같았던 전염병 초창기 때의 이야기나 그가 데이트했다는 외국 여성들의 수를 믿지 않는 눈치다. 동료 한 명이 나를 힐끗 쳐다보며 묻는다.

"이런 얘기 들어도 괜찮으세요?"

나는 손사래 친다.

"괜찮아요. 저거 다 뻥이거든요."

다들 웃음을 터트린다.

다쓰가 나를 가까이 끌어당기기에 나도 가식에 동참해 더없이 금슬 좋은 부부처럼 그에게 키스한다.

젊은 친구들이 맥주를 더 시킨다. 나는 이때다 싶어 그 자리를 빠져나온다.

차에 올라 자율주행 모드를 작동시키고 좌석을 뒤로 젖힌다. 다트는 여전히 안에서 동료들과 웃음꽃을 피우는 중이다. 저 모습이 전부 연기인지 아니면 정말 이 순간이 행복해서 저러는 것인지 궁금하다.

"목적지를 지정해 주십시오."

자동차가 영국 여자 목소리로 말한다.

"어디든, 그냥 가."

"정확한 목적지가 아닙니다."

"젠장, 그럼 하프 문 베이로 꺼져 줄래."

너무 가기 힘들지는 않을 거리면서 앨범 하나를 다 들을 수 있을 정도로 먼 곳이 어딜까 생각하다가 나온 말이다.

"시드 매터스의 「고스트 데이즈」틀어 줘."

애도 호텔 바깥에 줄지어 늘어선 병원 승합차들을 지나자 내 차는 고속도로로 방향을 튼다. 판지에 종말이 왔다는 경고문을 적어서 들고 있는 노숙자를 보면서 어쩌면 오래전에 누군가는 저 남자의 경고를 귀담아들었어야 했는지도 모른다고 생각한다. 레어드에게 문자를 보낸다.

일어났어요? 이제 S로 시작하는 밴드 노래를 들어요.

아마 자고 있거나 모르핀 때문에 몽롱한 상태일 테다. 1시간 후 해변에 부딪히는 파도 소리를 듣고 있는데 레어드에게서 답문이 온다.

분명 산타나 노래일 테죠? 또 뭐가 있더라?

"목적지에 도착했습니다."

"좋아, 잘했어. 이제 돌아가자. 산호세 종합 병원."

도착하면 오를리가 있을 줄 알았는데 레어드 혼자 심야 토크쇼를 보고 있다. 그가 침대 옆 탁자에서 하모니카를 집어 들더니 힘없이 불어 본다. 식판은 손도 대지 않은 채 그대로다. 가만 보니 레어드는 산통 중인 산모처럼 시트 속에서 두 다리를 둥글게 구부린 채 실내용 변기를 깔고 누운 모양새다.

"누구 불러 줄까요?"

출입구 근처에 서서 내가 묻는다.

"벨 눌렀어요. 좀 걸릴 때가 있어요."

"내가 도와줬으면 좋겠어요?"

"그렇게 보고 있지 말았으면 좋겠어요."

"레어드 씨가 죽으면 내 손이 말 그대로 그 몸속에 있을 텐데요."

"뭐, 그렇게 말한다면야."

레어드가 말하다가 웃음을 터트린다.

잠시 후 간호사가 빠르게 병실로 들어선다. 간호사가 레어드를 챙기는 동안 나는 뒤돌아 서 있다. 변기를 빼낼 때 그가 신음 소리를 낸다. 간호사가 통증 강도를 묻자 레어드가 3이라고 대답한다. 간호사는 더 이상 별말 없이 병실을 나간다.

"됐어요, 이제 좀 괜찮아요."

침대 끝에 가서 앉아 식판에서 냅킨을 한 장 집어서 레어드의 이마에 송골송골 맺힌 땀을 톡톡 찍어 낸다. 뉴스에서 광채가 도는 담배 모양의 물체가 바다로 처박히는 장면이 나온다. LA의 베니스 비치에서 행인이 휴대전화로 찍었다고 한다.

"허, 요지경 세상이네요."

레어드가 텔레비전 소리를 높이며 말한다.

"이 방에서 나가죠. 오늘은 웬일로 밖이 불가마 같지 않아요. 이런 구정물 같은 거 말고 제대로 된 음식을 보면 식욕이 좀 돌지 않겠어요."

우리는 영업시간이 끝난 구내식당에 들러 셀프 계산대를 이용해 고무 식감이 나는 오징어 튀김과 금붕어 모양의 크래커와 하루 지난 체리 파이 같은 간식을 사서 뒤뜰로 나가 피크닉 탁자를 차지한다. 레어드가 스매싱 펌킨스의 노래를 튼다. 나는 수지 앤드 더 밴시스의 노래를 연속해서 듣자고 청한다. 우리 둘 다 별을 빤히 올려다본다.

"파이를 접시에 그냥 뭉개 놓으셨네."

"잘 안 넘어가요. 그래도 음식 맛이 나서 좋은데요."

"겁나나요?"

"그런 거 같지는 않아요. 많은 이들이 죽는 게 많이 아플까 봐, 자신 때문에 가족과 친구들이 아파할까 봐 겁내지만 난 지금까지 너무 오랫동안 아파 왔잖아요. 누나도 결국에는 괜찮아질 겁니다."

"살면서 하고 싶었던 일들은요?"

"당연히 아쉽죠. 하고 싶었던 일도 아니었는데 선생님이 치료법을 찾는 데 보탬이 되어서 뿌듯하다는 둥 반했다는 둥 어머니가 자랑스러워하실 거라는 둥 거짓말하지 않을래요. 그래도 그거 아세요, 그냥 지금의 내가 나 같지 않은 기분? 나만 그런 게 아닐 테니까 되레 편한 거 같아요. 그리고 난 32년이나 살았잖아요. 그러지 못한 사람들이 얼마나 많아요."

레어드의 손을 잡아 준다. 손가락뼈가 고무로 만들어진 것처럼 기묘할 정도로 부드럽다. 레어드가 잠시 나를 쳐다보더니 다시 하늘로 시선을 돌린다.

"어릴 때 우주에 푹 빠져 살았어요. 별을 연구하고 싶었지만 수학에 젬병이었죠."

레어드는 여전히 하늘을 올려다본 채 내 손을 꽉 잡고 엄지손가락으로 살살 문지른다.

"바다에 떨어졌다던 그 물체가 다른 세상에서 온 거라면 정말 엄청난 일일 텐데. 선생님도 그런 거 믿어요?"

"가능한 일이라고 봐요."

나는 물까마귀를 찾아 하늘을 올려다보며 이어 말한다.

"우리만 있기에는 지나치게 큰 곳이니까요."

"음, 어쩌면 멀리 떨어진 어느 행성이나 달 어딘가에서 두 생명
체가 이와 똑같은 질문을 하면서 이렇게 같이 있을지도 몰라요."

"많이 보고 싶을 거예요."

나는 이렇게 말한 뒤 탁자 위로 몸을 숙여 레어드의 입술에 다
정하게 입을 맞춘다. 친구 사이의 입맞춤이라기에는 그 시간이
너무 길었고 약간 슬픈 입맞춤 이상이 되기에는 너무 부드럽고
조용했다.

"다른 식으로 만났더라면 좋았을 텐데 유감이에요."

내 말에도 한참을 잠자코 있던 레어드가 갑자기 금붕어 크래
커를 입에 쑥 집어넣는다. 그는 나와의 이런 친밀한 순간을 상상
해 본 적 있을까? 레어드가 도킹 스피커에서 아이팟을 빼내 재생
목록을 검색하기 시작한다.

"스트록스 노래 들을까요?"

"물론이죠."

내 대답에 그가 말한다.

"이 노래가 그립겠군."

사흘 후, 오를리가 식물 피규어 포장 상자 하나를 들고 실험실

에 나타나 레어드가 밤에 세상을 떠났다고 알려 준다. 그날 오후에 그를 만나러 갈 계획이라서 내가 제일 좋아하는 이탈리안 식당을 예약했다. 오를리는 갑자기 대사를 바꾸면 결딴나는 사람처럼 오전 내내 내게 할 말을 연습해 온 듯 말한다. 레어드가 전날 밤에 병실 침대에서 눈을 감고 잠이 든 모습을 상상해 본다. 얼마나 아팠을지 아는 척하고 싶지 않다. 다쓰의 필사적인 구애에 굴복하는 대신 레어드 옆을 지키는 내 모습을 그려 본다. 마지막으로 찾아갔을 때 우리는 T자로 시작하는 가수들의 노래를 섭렵했다. 토킹 헤즈의 노래가 대부분이었지만 말이다. 레어드는 거의 말이 없었다. 그만 듣고 싶으냐고 몇 번이나 물었지만 별말이 없어 잠들었는데도 음악을 계속 틀어 놓았더랬다. 레어드는 마지막으로 진짜 맛보고 싶은 음식은 감자튀김이며 건강이 허락해 마지막으로 제대로 외출한다면 만화방에 가고 싶다고 말했다. 그리고 우리는 그의 괴짜 기질을 놀리고 「매직 더 개더링」 게임과 영화 「스타트렉」 그리고 슈퍼맨 설화에 대한 그의 해박한 지식을 꼬집으며 낄낄거렸다.

"추도식을 열 거예요."

오를리가 관련 정보를 적어 주고 상자를 건네며 이어 말한다.

"동생이 이걸 선생님께 전해 달라고 했어요."

"고마워요. 그리고 심심한 위로를 드려요. 제가……."

하지만 그녀를 껴안거나 차를 대접하거나 혹은 내 인생사를 들려주지 못한다. 오를리가 나를 죽어 가는 자기 동생에게 강하게 끌리는지 아닌지 모를 착한 과학자가 아닌 한낱 인간으로 봐 줄 수 있는 기회인데 말이다. 오를리는 내 말이 끝나기도 전에 돌아서 쏜살같이 나가 버린다. 책상 위로 웅크려 휴대전화를 열어 '세상에서 가장 슬픈 노래' 목록을 찾는다. R.E.M.의 「에브리바디 허츠」가 막 흘러나오는 순간 상사가 팔을 두드린다.

"오브리, 레어드 소식 들었어."

그가 내 어깨를 꽉 잡았다 놓는다. 직원들이 전부 안 보는 척하면서 우리를 곁눈질한다.

"오늘은 그냥 퇴근해."

"고맙습니다."

그렇게 말하고 화장실로 가서 손을 씻은 뒤 사람들이 어색한 위로를 건네 오기 전에 곧장 문으로 걸어간다.

집에 와서 다쓰가 퇴근하기 전에 상자를 열어 본다. 남편은 일찍 퇴근하는 날을 '달달한 밤'이라고 즐겨 부르지만 사실은 미덥지 않은 맵기 등급제 탓에 늘 아주 맵거나 엄청 밍밍한 타이 국수를 포장해 와서 먹는 맥 빠지는 저녁일 뿐이다. 나는 혹시 몰라 화장실 문을 잠그고 변기에 걸터앉는다. 비통한 마음에 얼굴에 오만상을 짓고 원초적인 몰골로 꺼이꺼이 우는 모습을 다쓰에게 보여 주고 싶지 않다. 상자 안에 있는 것들을 그가 몰랐으면 좋겠다. 상자에는 열쇠, 레어드의 아프기 전 모습이 담긴 사진, 그가 쓰던 아이팟, 그리고 하루에 한 통씩 뜯어 보라고 적힌 쪽지와 함께 밀봉된 편지 한 뭉치가 들어 있었다. 만약 다쓰가 이 상자가 뭐냐고 물으면 인체 조직이나 피 또는 소변 등 실험실 표본들이 가득 들어 있다고 말할 테다. 전혀 흥미롭지 않고 하나도 중요하지도 않은 것이라고 말할 테다.

오브리에게

당신이 이 편지를 읽고 있다면 나는 이 세상 사람이 아니란
거겠죠. 물론 이러기로 다 계획한 것이지만요. 지금쯤 나는
아래층의 시체안치소 서랍에서 누군가 당신에게 데려다주기를
기다리고 있겠네요. 하지만 나는 우주왕복선 엔터프라이즈호의
광자 어뢰발사관에 들어가 있으며 「스타트렉 Ⅱ: 칸의 분노」
의 끝부분에 나오는 스팍처럼 우주로 발사될 것이라고 상상하고
싶어요. 아니면 「2001 스페이스 오디세이」에서처럼 우주
캡슐을 타고 별의 아이가 되어 가는 중이라고 상상할래요.
혹시 모르는 거잖아요, 안 그래요? 가끔 내 추도식은 어떨까
그려 봤어요. 사람들은 뭐라고 할까? 선생님은 뭐라고 말할까?
어쩌면 우리는 정말 그냥 마음이 잘 맞는 직장 동료 같은
사이였을 수도 있겠다 싶어요. 하지만 늘 궁금했답니다. 가끔
선생님과 외출할 땐 나 좋을 대로 데이트 나간다고 생각했어요.
내가 병원에 입원한 사람이 아니었다면 어땠을까요? 어머니가
돌아가시지 않고 우리가 세상이 엉망이 되기 훨씬 전에 음반
가게 같은 데서 마주쳤다면 어땠을까요? 선생님은 벨벳
언더그라운드의 LP판을 들고 나는 허스커 두의 음반을 들고서
말이죠. 그리고 내게 어떤 미약한 매력이 있든 부족함이 없기를
소망해 본답니다. 우리가 실제로 서로에게 어떤 존재이든 내가
이 상자를 보낼 사람은 선생님밖에 없을 겁니다.

레어드의 추도식에는 열두어 명 정도가 왔다. 누가 장례식장 직원인지는 모르겠다. 추도식이 열리는 장소는 원목과 밝지 않은 초록색 일색이다. 거기에 밝은 것들을 두면 분위기에 결례라도 되는 모양이다. 통로에는 휴지 상자가 늘어서 있다. 연단 근처인 정면 위쪽에는 커다란 레어드의 사진이 걸려 있다. 배경이 대리석이고 치아 교정기를 끼고 있는 모습으로 미루어 볼 때 학창 시절 사진인 듯하다. 앉을 자리를 찾는데 오를리가 손짓해 맨 앞줄로 부르더니 자기 옆에 비어 있는 두 자리를 가리킨다.

"아버지랑 여자 친구분이 올 줄 알았거든요. 근데 아버지랑은 몇 년째 남보다 못하게 지냈어요. 잠시나마 아버지 노릇을 해 보려나 싶었지만요. 오히려 다행이에요. 오셨으면 아버지를 한 대 쳤을지도 몰라요."

"삼가 고인의 명복을 빕니다."

다쓰가 말한다. 맨 앞줄에는 우리 말고 딱 한 명이 더 앉아 있는데 그 남자는 작은 쇠사슬을 엮어 만든 갑옷을 입고 있다. 부고 기사를 보고 왔다는 그는 「평온의 검」이라는 온라인 비디오 게임에서 레어드와 결투를 벌였다고 주장한다. 그러면서 레어드를 온라인 형제이자 동료 기사였다고 말한다. 명예 섬의 고드릭 경이라는 그 남자의 이야기를 들으면서 레어드가 나를 생각했다고 쓴 편지 내용이며 내가 그에게 키스했을 때 금붕어 크래커를 뜯어 먹던 모습을 떠올린다. 성직자가 연단으로 다가갈 때 나는 울지 않으려고 애쓴다.

"우리는 오늘 봉사의 삶을 살다가 너무 일찍 우리 곁을 떠난 이를 기리기 위해 이 자리에 모였습니다. 최근에 우리 모두 이와 같은 너무 이른 이별을 겪어 왔음을 잘 알고 있습니다. 노래가 나오면 일어나 주십시오.”

제프 버클리의 「새티스파이드 마인드」의 첫 부분에 나오는 어쿠스틱 기타 연주가 시작된다. 나는 가사를 보기 위해 추도식 진행표를 펼친다. 레어드의 일가친척에 둘러싸여 노래를 부르고 있자니 정전기가 가득한 보이지 않는 조가비 속에 들어가 떠다니는 기분이 든다. 병원 침대에 있던 레어드와 유령 도시에 갔을 때의 레어드를 떠올려 본다. 어느 날 라몬즈 티셔츠를 입고 이력서와 자원할 의지로 무장한 채 실험실로 찾아왔던 그의 모습이 생각난다. 노래가 끝나자 추도식장에 침묵이 내려앉는다. 성직자가 오를리를 연단으로 부른다. 나는 서서히 현실로 돌아온다. 다쓰가 등을 쓸어 주며 화장지를 건넨다.

“동생과 저는 어머니가 돌아가시기 전까지 많은 시간을 함께 하지 못했습니다. 이번 전염병은 우리에게서 너무 많은 것들을 앗아 갔습니다. 레어드도 앗아 가고 말았죠. 하지만 이상하게도 그런 전염병 때문에 동생을 더 잘 알게 되기도 했습니다. 어릴 때 레어드는 우주비행사가 되고 싶어 했다가 고고학자를 꿈꾸었다가 나중에는 기후 과학자가 되고 싶어 했답니다. 아픈 사람들을 도와주고 싶어 했어요. 매년 다른 꿈을 품었던 레어드는 충분한 시간만 주어졌다면 그런 꿈들을 대부분 이룰 수 있었을 겁니다.”

오를리가 추도사를 끝내자 그녀 뒤편으로 스미소니언 박물관의 아폴로 11호 캡슐 옆에서 찍은 레어드의 어릴 때 사진이 비친다. 다른 가족의 추도사가 몇 차례 이어진 뒤 고드릭 경이 칼집에서 플라스틱 칼을 뽑아 들더니 레어드에게 전사들의 전당으로 대담하게 날아가라고 말한다.

"고인에게 몇 말씀 전하고 싶은 분 더 안 계신가요?"

오를리가 내가 나갔으면 좋겠다는 듯 내 손을 톡톡 두드린다. 하지만 무슨 말을 해야 할지 모르겠다. 서류상으로 나는 그저 레어드를 분해할 계획을 세운 실험실 여자에 불과하다. 다쓰가 안절부절못하는 나를 알아차린다. 나는 오를리의 손을 꽉 잡는다.

"그럼 우리 모두 옆방으로 자리를 옮겨 레어드가 푹 빠져 즐겨 듣던 노래를 들으며 고인을 추억합시다."

성직자의 말이 끝나고 오를리에게 양해를 구한 뒤 곧장 화장실로 가는데 스피커에서 심플 마인즈의 「돈츄(포겟 어바웃 미)」가 흘러나온다. 변기에 걸터앉아서 만약 용기를 내 연단에 올라갔다면 무슨 말을 했을지 생각해 본다. 내가 침묵을 지킨 데에는 맨 앞줄에 다쓰가 앉아 있다는 사실이 크게 작용했다. 안녕하세요, 저는 오브리라고 합니다. 많은 분들이 절 잘 모르시겠지만 저는 올해 레어드와 많은 시간을 보냈답니다. 지갑을 열어 두 번째 편지를 꺼낸다.

오브리에게
어머니가 돌아가시고 한참 동안 상황을 바로잡을 방법을 찾을 수 있는 척했답니다. 어쩌면 다른 아이가 부모를 잃지 않게 해 줄 수 있었을지도 모르죠. 누나는 자선가 행세를 하러 로스앤젤레스로 떠났어요. 병원에 전염병 병동을 새로 열려고요. 아들과 대화하는 법을 제대로 알 리 없는 아버지에게 나를 맡겨 둔 채로 말이죠. 선생님을 발견하기 전까지는 다시 학교로 돌아갈까 생각하고 있었어요. 성적이 그렇게 거지 같지 않다면 전염병학을 공부해 볼까 싶어서요. 그나마 뭐라도 하는 척하는 게 아무것도 안 하는 것보다 나으니까요. 그래서 전염병 관련 기사를 찾아보기 시작했어요. 유출되어 공개된 클리프 미야시로의 일기를 두 번이나 읽으며 그분과 동료 연구원들이 얼마나 세상에 이런 걸 경고해 주고 싶어 했는지 알게 됐답니다. 이런 일이 벌어질 것이라고는 누구도 생각하지 못했죠. 재방영하는 의학 드라마들을 정주행하면서 흰 가운을 입고 사람들을 도울 수 있으면 좋겠다고 생각했어요. 하지만 현실에는 선생님이 있었죠. 선생님은 내 얘기에 귀기울여 주었어요. 그리고 어머니를 기릴 방법을 알려 주셨죠.

화장실 밖으로 나오자 다쓰가 와인 잔을 들고 기다리고 있다.

"고마워."

식초 냄새가 난다 싶더니 아니나 다를까 와인에서 아주 신 맛이 난다. 어쨌든 한두 모금 마신 뒤에 와인 잔을 내려놓는다. 다쓰가 나를 위해 곁에 있어 주려고 한다는 것을 알지만 때마다 임시방편으로 우리 관계가 괜찮은 척하기도 지친다. 플라스틱 접시에 네모로 썰어 놓은 치즈를 올려놓는데 오를리가 친척들의 등쌀을 피해 우리와 함께한다.

"상황이 정리되고 나면 우리가 어릴 때 살았던 집으로 다시 오세요. 거기엔 아무도 없을 거예요. 레어드가 입원하고 나서는 저와 650제곱미터에 달하는 빈방들밖에 없거든요."

다쓰는 양해를 구하고 구석 자리로 가서 건조 훈제 소시지와 포도를 먹으며 댄스 파티가 어색한 중학생처럼 바닥을 빤히 쳐다본다.

"그거 좋겠네요."

내 말이 끝나자마자 오를리는 다른 친척에게 끌려간다. 잔에 샤르도네 포도주를 가득 따라서 그늘에 파묻힌 다쓰에게 간다.

"같이 와 줘서 고마워."

다쓰의 접시에서 소시지를 하나 집어 들며 이어 말한다.

"근데 괜찮다면 잠시 오를리와 단둘이 있는 게 좋을 거 같아. 집에서 이따 봐."

"저녁 먹을 시간에는 올 거지?"

"잘 모르겠어. 전화할게."

오를리의 랜드로버 태양열 자동차를 타고 가면서 지갑 속에 손을 넣어 레어드가 내게 남긴 열쇠를 어루만진다. 우리는 임시로 장례 처리소로 이용되고 있는 기술전문대학 교정과 사람들이 넘쳐나는 전염병 약물 실험 병동을 지나간다. 한 10대 소년이 나이 든 여성이 탄 휠체어를 밀고 병동 주차장을 지나간다. 사람들이 데이팅 어플 회사들이 사용하는 낡은 사무실들을 에워싸듯 줄을 서 있다. 애도 호텔이나 매장지로 갈 예정인 사랑하는 이들을 기다리는 중이거나 생명 보험 회사들이 보험금을 거의 지급하지 못하는 상황에서 장례 은행들이 사별 지원금을 주지 않을까 기대에 부풀어 있는 이들이다. 한때 휴렛팩커드 기업의 상업 구역이던 곳에서는 기중기가 '장례 미래와 재정'이라고 적힌 간판을 내린다. 우리는 산호세를 떠나 사라토가로 가다가 방향을 틀어 참나무에 뒤덮인 구불구불한 길로 들어선다. 이어 메마른 사과밭과 죽은 말 껍데기가 여기저기 흩어져 있는 불타 버린 들판을 지나간다. 주행 중에 간간이 눈에 띄는 위풍당당한 스페인풍 저택들 주위로 초록색 페인트를 칠한 잔디밭이 펼쳐져 있고 스프링클러에서는 물 대신 염료가 분사되고 있다. 레어드가 준 열쇠를 부적처럼 양손에 꼭 쥔 채 이 열쇠로 열리는 곳에서 무엇이 나올까 상상해 본다. 수집한 레코드판이나 일기가 나올 수도 있고 어쩌면 어릴 때 넣어 둔 타임캡슐이 나올지도 모른다.

"동생이 왜 책상 서랍을 잠가 뒀는지 모르겠지만 얼마든지 열어 보셔도 돼요."

오를리가 열쇠를 움켜쥐고 있는 내 손을 빤히 쳐다보면서 이어 말한다.

"여기 이렇게 돈이며 인맥이며 다 있는데. 레어드는 그런 것에 전혀 관심이 없었죠. 그래도 우리가 행복하게 살았던 때도 있었어요. 어머니가 돌아가시고 나서야 레어드가 진짜로 돌아왔지만."

레어드가 어릴 때 썼던 침실에 들어서자 판지로 만든 커크 선장이 구석에서 나를 빤히 쳐다본다. 그는 트윈 베드와 전염병 관련 기사들이 빼곡한 코르크 게시판 옆에서 보초를 서는 중이다. 선반에는 수집한 광선총이 줄지어 늘어서 있고 나란히 놓여 있는 아가리가 넓은 식품 보존용 유리병에는 매미 허물이 가득하다. 방을 살펴보고 서랍을 샅샅이 뒤지는 내내 레어드가 방 안에 있는 듯한 기분이다. 액자를 씌운 크라프트베르크 포스터와 동물 스티커로 꾸며 놓은 오래된 턴테이블, 어쿠스틱 기타를 보니 더욱 그가 생각난다. 레어드의 침대에 앉으니「스타워즈」침구 밑으로 레코드판이 가득 들어 있는 플라스틱 우유 상자가 살짝 보인다. 음반을 꺼내 바닥에 가지런히 늘어놓는다. 비스티보이즈의「폴즈 부티크」, 백의「시 체인지」, 밥 딜런의「블론드 온 블론드」등이 눈에 띈다.

"어릴 때 레어드는 이웃들의 잡일을 하곤 했어요. 더 많은 음반을 구하고 싶어서 아버지에게 벼룩시장에 데려가 달라고 졸랐죠."

오를리가 출입구에 서서 이어 말한다.

"걘 자기가 좋아하는 음악을 하고 싶어 했어요. 그런 일이면 더 의미 있을 거라면서요. 고등학교 때는 아마 우리랑 보낸 것보다 음반 가게에서 아르바이트하면서 보낸 시간이 더 많을걸요."

뉴 오더의 앨범「파워, 커럽션 앤드 라이즈」을 집어 들어 재킷에서 LP판을 꺼낸다.

이어 앨범을 걸어「에이지 오브 컨센트」를 틀어 놓고 레어드의 책상에 앉아서 서랍을 연다. 마분지로 만든 서류철 뭉치가 보인다.「디 애틀랜틱」과「이코노미스트」부터 슈퍼마켓 타블로이드에 이르기까지 가리지 않고 기사들을 모아 놓아 서류철이 터질 것 같다. 레어드 어머니의 부검서 사본과 덩어리가 커지고 있는 흔적들이 보이는 흉부 엑스레이도 들어 있다. 오를리가 서둘러 자리를 비켜 준다.

캔자스에서 개발된 기적의 강장제: 성직자의 기도가 스며든 묘약이 노년층에게 희망을 준다.
몇 달 동안 전염병 신규 환자가 나오지 않았지만 감염된 이들이 죽기 전에 연구원들이 치료책을 찾아낼까?
FDA가 미규제 줄기세포를 사용한 것을 이유로 들어 웃음의 도시 약물 실험을 중단시키다.
유전자를 조작해 빨리 자라고 있는 돼지들이 이식을 기다리고 있는 이들에게 시간을 벌어 주다.
당신이 할 수 있는 모든 것들을 했다면 당신이 사랑하는 이들이 우아하게 작별인사를 할 수 있게 해 주길.

신문에서 오려 낸 기사들을 쭉 읽어 본 뒤 텅 빈 우유 상자에 넣어 둔다. 레어드는 내가 이것들을 보고 어머니의 죽음으로 자신이 어떤 사람이 됐는지, 어떻게 내가 아는 그 레어드가 됐는지 알아봐 주기를 원했다. 내가 그 서류철을 가지고 무엇을 하게 될지는 나도 모른다. 다만 그것들을 그대로 서랍 속에 넣어 두는 것은 옳지 않은 것 같다. 가져가서 자세히 살펴보거나 불태워 버리는 상상을 한다. 일전에 가족의 지인이 자기 할머니의 중국식 장례식에서 고인이 내세에서는 반드시 부자로 살라는 의미로 지전을 태우던 것처럼 말이다. 기사들을 태워서 레어드를 자유롭게 해 주고 그에게 본인이 할 수 있는 모든 것을 했음을 알려 줄 테다. 연기들이 창공을 통해 우주까지 올라가 승인 도장을 찍듯 그에게 알려 줄 것이다.

레어드에게

세 번째 시도 끝에 이 편지를 보내요. 오늘 아침에 인턴 연구원들이 참나무 밑에 당신을 묻을 얕은 무덤을 팠어요. 당신은 티셔츠와 면바지를 입고 있었죠. 신발 없이 양말만 신고 있었고요. 보통 때라면 나도 땅 파는 일을 거들었겠지만 이번에는 그럴 수 없었어요. 머릿속으로는 우리가 하던 알파벳순으로 노래 찾기를 계속했죠. U에서 유투의 「위드 오어 위드아웃」를 골랐죠. 그래요, 조금 오글거리긴 하죠. 하지만 멋진 노래잖아요. 그 우스꽝스러운 색안경을 발견하기 전의 보노가 부른 노래고요. 당신은 범죄학 학생들을 위해 두 가지 임무를 수행하게 될 거고 당신 몸속에 있는 바이러스는 질병통제예방센터가 관장하는 내 연구에 일부 포함될 거예요. 당신은 최소한 2주 동안 땅속에 있다가 다른 무덤으로 옮겨질 거예요. 우리가 당신을 그 무덤에 넣을 때는 내가 당신을 거의 알아볼 수 없을 거예요. 이후 법의학 대학원 학생들과 시체 탐지견들이 당신을 발견할 때쯤에는 당신임을 암시하는 그 어떤 희미한 흔적조차 분명 오래전에 사라졌을 거예요. 대학원생들에게 당신은 목소리 없는 과제인 거죠. 나는 당신을 피험자 27A로 부를 거예요. 대학원생들은 당신이 옮겨졌다는 사실과 당신의 두 번째 무덤에서 어떤 초기 단계의 유충을 찾아내든 그것을 대략적인 사망 시간을 밝혀내는 데 쓸 수는 없다는 것을 알아내야 할 거예요. 그들은 토양 구성물, 참나무 파편, 그리고 당신 몸속과 주변에 있던 박테리아와 미생물을 조사해서 해답을 찾아 나가야 할 겁니다.

추도식에 다녀온 뒤 2주가 지났다. 다쓰는 집 안 곳곳에 나 보라고 쪽지를 남겨 둔다. 색인 카드에 매직펜으로 하트를 그려 넣고 "사랑해. 필요한 거 있으면 알려 줘." 같은 문구를 써서 접어 두는 식이다. 오늘 밤에는 다쓰가 저녁밥을 차려 냈다. 별거 아니었다. 납작한 면으로 만든 스파게티와 전자레인지에 데운 칠면조고기 미트볼이었다. (그는 결혼 선물로 받았지만 한 번도 쓴 적 없는 도자기 그릇까지 꺼냈다.) 연애 시절에는 그가 자주 요리했다. 우리는 저녁 시간을 순조롭게 보내기 위해 스무고개를 하고 기괴한 관계 형성 보드게임을 했다. 그러고 보니 우리는 침묵을 능숙하게 때웠던 적이 한 번도 없었다. 다쓰가 이토록 노력하고 있으니 황홀해해야 마땅하지 싶다. 그런데 놀랍게도 동요하지 않는다. 다쓰가 내 접시에 미트볼을 더 떠 주며 주말에 근처 민박집에서 쉬다 오자고 제안한다. 어느새 나는 개라도 있으면 행복하지 않을까 생각하고 있다.

18일째 편지

오브리에게

좋은 사람들이 아무 이유 없이 거지 같은 일을 당하지요.
가끔 우리 어머니는 이렇게 발사 나무 모형에 고무줄 동력
프로펠러가 달린 비행기들을 들고 나를 공원에 데려가시곤
했어요. 우리는 말을 많이 안 했어요. 어머니는 그저 앉아서
음악을 듣고 부서질 때까지 비행기를 날리는 제 모습을
지켜보기만 했어요. 여름이 되면 우리 둘은 번잡스러운 삶을
벗어나 옐로스톤에서 캠핑을 하거나 그랜드캐니언으로
장거리 자동차 여행을 떠나곤 했어요. 어머니가 돌아가신 해에
우리는 에버글레이즈 습지에 가기로 되어 있었어요. 그런데
갑자기 어머니가 너무 피곤하다고 하시면서 집 근처에 머물고
싶어 하셨어요. 그때 뭔가 이상하다는 걸 알았어야 했어요.
하지만 나는 어머니께 가상 현실 헤드셋을 씌워 드린 뒤 함께
이스터섬의 고대 석상들을 탐험하고 은하수를 올려다봤답니다.

시체 농장에서 우리는 대학원생과 지역 당국자들이 뒤섞인 무
리를 실종자 시험 수색 작업에 참여시킬 준비를 하고 있다. 나는
탐지견에게 쓰려고 레이드의 더러운 옷가지 조각들을 모아 두었
고 감금된 공범의 자백으로 수색을 할 수 있게 됐다는 시나리오
를 바탕으로 세부 사항들도 문서로 만들어 두었다. 현장에서 용
의자가 남겼을 법한 증거뿐만 아니라 탐지견들을 잘못된 방향으
로 유도할 쓰레기나 향기를 심어 놓다가 울타리로 다가오는 오
를리를 본다. 그녀는 양손으로 꽃다발을 들고 있다.

"내일 걜 찾나 보죠?"

"모든 게 계획대로 진행된다면요. 그렇게 되면 그를 들판에 놓아 둘 거예요. 저는 그동안 바이러스가 그 사람 몸속에서 어떻게 살아남는지, 예상치 못한 변화가 조금이라도 있는지 지켜볼 거고요."

"이렇게 되기 전에 걜 볼 수 있을 줄 알았어요."

오를리가 꽃다발을 내려다보며 이어 말한다.

"이거 못 놓고 올 것 같아요. 무슨 생각으로 이걸 가져왔는지 모르겠어요."

오를리를 문으로 안내해 들어오게 해 준다.

"저 주세요."

우리는 레어드의 무덤으로 걸어간다. 나는 나뭇가지와 마른 이파리로 뒤덮인 좁은 지면을 가리킨다. 그리고 오를리를 위해 자리를 비켜 주고 실험실로 돌아온다. 뒤를 흘끗 돌아보니 오를리가 웅크리고 앉아 흙을 만지고 있다. 표정을 보니 레어드에게 말을 건네고 있는 모양이다. 웃고 있는 것 같기도 하다.

오를리는 날 보러 실험실에 들리지 않고 떠난다. 손잡이가 달린 플라스틱 통에 꽃을 꽂아 책상 위에 올려 두고 용기 옆면에 레어드가 오려 놓은 기사 몇 개와 그의 사진을 테이프로 붙여 놓는다.

레어드에게
당신이 남긴 서류철을 가져왔어요. 당신이 바랐던 게 뭔지
잘 모르겠지만 내가 갖고 있기로 했어요. 당신이 나와 같은

직업을 갖게 된다면 복잡한 전후 사정과 담을 쌓기가 더 쉬워질 거예요. 시체는 하나의 연구 대상이에요. 온도나 방해하는 것 여부에 따라 다르긴 하지만 1령 유충은 24시간 내로 사망했을 가능성을 의미해요. 당신의 어머니를 검사한 이들은 그분을 누구의 어머니나 아내로 생각하지 않았을 거예요. 당신 누나에게 우리는 각각의 시체를 소중히 다룬다고 말했어요. 나는 본질적으로 그렇게 말하고 그렇게 생각하도록 설정돼 있어요, 그래야 하루하루를 버텨 내요. 정말 냉정하죠. 내가 딴 사람이라면 당신은 그저 또 다른 사례에 불과할 거예요. 하지만 난 딴 사람이 아니잖아요. 그래서 오늘 밤 퇴근하면 목욕을 할 거예요. 당신이 준 아이팟을 가지고 들어가 욕실 문을 잠글 테고요. 실험실 냄새가 다 씻겨 내려갈 때까지 우리가 함께 들었던 노래들을 틀어 놓을 거예요. 일단은 바이올런트 팜므의 노래를 들을 거예요. 이 편지를 쓰면서 당신이 진정 누구인지 전혀 모르는 사람에게서 당신이 발견됐다는 소식이 오기를 기다리고 있거든요.

개 짖는 소리도 멎고, 내 상사를 비롯해 다들 퇴근한 후에도 나는 실험실에 남아 있다. 다쓰가 세 번이나 전화를 했다. 하지만 아무하고도 말하고 싶지 않다. 그냥 음악을 들으며 더 이상 그의 시체가 보이지도 않는 캄캄한 벌판을 하염없이 내다보고 싶을 뿐이다. 그 사람이 아무 일도 없었던 것처럼 (좀비처럼이 아니라 낭만적으로) 일어나는 모습을 상상하고 싶다.

"벌판에서 깼어요."

라고 그가 말하면,

"알아요. 나랑 같이 안으로 들어가요."

라고 내가 대답해 준 다음 새 노래를 틀고 그의 몸에 묻은 흙을 닦아 줄 테다.

"크랜베리스 노래네요?"

레어드는 춤을 춰 봤을까? 안 춰 봤대도 우리는 중학생들처럼 발을 끌며 춤을 출 테다. 정말 그렇게 된다면 어떨지 생각해 본다.

연이은 부재중 전화로 전화기가 터질 지경이다. 지금 전화를 받으면 너무 짜증 내며 말할 게 뻔하다. 그래서 이런 문자를 보낸다. 저는 오브리의 상사입니다. 오브리는 지금 다른 사람과 한창 얘기 중입니다. 곧 집에 간다고 전해 달라는군요.

집에 도착하자 다쓰는 이미 식사를 마친 상태였다. 저녁 식탁에 중국 음식 포장 용기와 부서진 포춘 쿠키가 놓여 있다. 다쓰는 「샤크 위크」를 시청하면서 대놓고 나를 무시한다. 나는 식탁에 앉아 식어 버린 차오미엔과 오렌지 치킨을 먹는다.

"전화를 안 받던데."

다쓰가 텔레비전을 끈 뒤 맞은편에 앉는다.

"알아. 미안해."

실험실에서 늦게 온 이유를 설명해야 하는데 이미 결혼 생활을 끝낸 것처럼 말하지 않을 방법을 모르겠다. 미안해, 여보. 내게 반했던 죽은 친구를 생각하며 이런저런 공상에 빠져 있다가 우리 결혼 생활이 정말로 엉망이 되고 말았어.

"당신 상사한테 전화했었어. 딴 사람들은 몇 시간 전에 퇴근했다던데."

"처리할 게 있었어."

"레어드 일?"

"그래, 레어드 일."

"이게 무슨 상황인지 이해가 안 돼. 내가 죽은 자식을 질투하고 있잖아. 이 거지 같은 상황 좀 설명해 줄래?"

"나도 몰라. 아직은 모르겠어. 하지만 이런 거지 같은 상황은 레어드와 상관없이 전부터 계속됐던 거야."

잘 준비를 하면서 다쓰도 자리 들어오지 않을까 기다린다. 하지만 그는 끝내 들어오지 않는다.

아침에 출근하려는데 현관문에 쪽지가 붙어 있다. 오늘 저녁에 익스트림 윙즈에서 만나. 제대로 이야기 나눠 보자.

레어드에게

당신의 시체는 몸속에 쌓인 가스 때문에 부풀어 오르고 물집이
생기기 시작하면서 곤충과 미생물에게 풍요로운 생태계가 돼
주었어요. 나는 곧 공기 중에 무방비 상태가 될 당신의 중요
장기에서 시료를 채취하기 시작했어요. 독수리들이 벌써
맴돌기 시작했으니 곧 코요테가 울타리 아래에 난 구멍으로
기어 오겠고, 그러면 당신은 벌판 여기저기에 흩뿌려질 거예요.
지난밤에 남편이 당신에 대해 묻더군요. 내가 왜 그렇게 신경
쓰는지, 왜 혼자 실험실에 남아 당신을 생각했는지 물었어요.
당신이 내게 얼마나 중요한 존재인지 미처 몰랐어요. 함께
노래를 들었던 것 같은 사소한 일들마저 얼마나 의미 있었는지

그땐 몰랐어요. 우리는 서로를 제대로 몰랐지만 당신과 있으면 편안했죠. 나도 당신처럼 궁금해지기 시작했어요. 그리고 그게 아니더라도 다쓰와 지내는 게 편하지 않았던 것 같아요. 행복했던 시절에도 우리는 겉으로는 당연히 어울릴 것 같은데 아무리 세게 부딪치게 해 보려 해도 절대 부딪치지 않는 두 개의 퍼즐 조각 같았어요.

다쓰에게 전화가 오는데도 받지 않는다. 그러자 그가 문자를 보낸다. 이거 보고 있지? 우리 만나기로 한 거 변함없는 거지? 이러지 마, 오브리. 그는 이어 화난 이모티콘을 보낸다. 악마 이모티콘을 말이다. 젠장, 나만 애쓰는군. 나는 익스트림 윙즈의 주차장에 있다. 창문 너머 그가 보인다. 다쓰는 양 주먹으로 탁자를 탕 친다. 그리고 눈물을 닦는다. 여자 종업원이 다가온다. 다쓰에게 괜찮으냐고 묻고 있는 것 같다. 우리는 곧 이야기를 나눌 것이다. 몇 년 전에 했어야 했을 대화를 말이다. 하지만 지금 당장은 실험실로 돌아가서 헤드폰을 쓰고 레어드의 재생 목록을 튼 채 벌판으로 나간다. 최후를 맞은 레어드의 내장을 위해서는 앨범을 하나 다 듣고, 마지막 한 점 남은 그의 살을 위해서는 하드 록 밴드나 헤비메탈 그룹의 발라드를, 그의 몸속에 있던 바이러스를 저장하는 동안에는 잔잔한 전자음악을, 그리고 그의 뼈를 서랍에 넣어 꽉 닫으면서는 사랑 노래를 듣는다.

사건의 지평선 주변의 삶

HOW

HIGH

WE GO

IN THE

DARK

우리 모두 특이점이야말로 획기적인 발견이라는 데 이견이 없었다. 기자 회견에서 나 역시도 인정하지 않을 수 없었다. 직물처럼 밀접하게 짜인 시공간의 그 찢어진 틈을 의도치 않게 내 머릿속에 심게 되었음에도 인류의 두 번째 기회가 사라지기 직전이었기 때문이다. 특이점이 발견되면 성간 여행이 가능해지고, 전염병이 이미 치료된 대체 지구를 찾아 나서고, 오염 물질을 처리할 우주 쓰레기통이 생기고, 어쩌면 우리 모두가 여기에 있는 이유까지 알게 될지도 모른다. 하지만 현재 막 물리학자가 된 나의 눈부신 아내이자 한때 박사후 조교였던 테레사는 우리가 지구를 떠날 수 있다는 희망이 생겼는데도 의외로 별로 흥분하지 않았다. 그녀가 내 오차를 소소하게 고쳐 준 덕분에 안정적인 초소형 블랙홀을 만들어 냈는데도 말이다.

"우리가 살 데는 이 지구예요."

사고 후 며칠이 지난 어느 날 밤에 저녁을 먹다가 테레사가 말했다.

"떠날 수 있다는 이유만으로 여길 떠나지는 않을 거예요."

식탁은 우리가 실험을 통해 얻은 자료들과 51구역(미국 네바다 주에 있는 공군 비밀 기지로 이곳을 둘러싸고 외계 비행체나 외계인의 시신과 관련된 음모론이 끊이지 않는다 — 옮긴이)에서 거의 다 완성 돼 가고 있는 우주선의 설계도들이 점령하고 있었다. 국방부 문서에서 삭제되지 않은 부분을 조금 본 바로는 40년대에 추락한 우주선을 복구해서 획득한 외계의 기술을 모방하여 수년간 우주선을 준비해 왔다고 한다. 테레사는 함께 근무하는 연구실에서 연구를 할 때를 빼고는 연립 주택을 꾸미는 일에 많은 시간을 썼다. 산불에서 살아남은 나무로 만든 이 식탁을 비롯해서 이런저런 가구를 구입하고 벽을 미술품으로 장식했다. 그중에서 현재 벽난로 위에 걸려 있는 그림은 테레사가 직접 그린 환상의 항성계이다. 그녀는 보라색 행성 주위로 빛이 후광을 뿜어내고 있고 세 개의 적색 왜성이 궤도를 돌고 있는 이 그림을 '가능성'이라고 불렀다.

"난 당신이 저 우주에 무엇이 있는지 보고 싶어 할 줄 알았어."

내가 그녀의 그림을 가리키며 이어 말했다.

"어쨌든 우주선 엔진을 작동시킬 에너지원을 만들어 내는 데 당신도 소소하게 기여했으니까."

"나도 인류가 우주에 가길 원해요. 당연히요. 당신도 모를 만큼 아주 간절히요. 하지만 그렇다고 내가 가고 싶다는 뜻은 아니에요. 여기 상황이 좋아지고 있잖아요."

"해수면은 상승하는 데다가 캘리포니아는 매년 불타 바스러지고, 전염병 병동은 환자들로 넘쳐나는데…… 맞아, 여기는 파티 분위기지. 그냥 하는 말이 아니라 진짜로 그렇다고. 사람들이 이번 임무에 대비해 훈련받고 있어. 승무원들은 이미 뽑았고. 곧 일반인 추첨도 실시할 거야. 아마 카이퍼 벨트(해왕성 궤도 밖에서 태양 주위를 도는 작은 천체들의 밀집 지대 — 옮긴이) 너머로 몇 번 넘어 갔다가 돌아오는 시험 운행을 마치는 즉시 우주선이 떠날 거야. 정부는 우주에 식민지를 건설하는 일에 매진하고 있어. 이렇게 하면 재난이 닥쳐도 갈 데가 생기잖아. 상황 파악이 잘 안 되는 거 같아서 말하는 건데, 지금은 위험한 정도가 아니라 다 죽게 생겼다고, 젠장."

"연구자들이 치료의 실마리를 찾았을 수도 있겠다고 한 거 못 봤어요? 며칠 전에 뉴스에 나왔잖아요. 주요 실험실 중 한 곳에 누군가 '조금이라도 도움이 되길.'이라고 적힌 쪽지와 함께 작은 유리병이 든 익명의 소포를 두고 갔대요. 연구자들은 그 병에 든 물질을 어떻게 활용해야 할지 모른대요. 어떤 연구원이 그 물질이 유전학적으로 바이러스와 관련된 것임을 확인해 주었대요. 그 물질이 환한 백색으로 빛나고 있었다죠."

"바이블 벨트(보수적이고 기독교 색채가 강한 미국 중남부 지역을 가리킴 — 옮긴이) 사람들은 태양 빛에 제 몸을 태우면서 바이러스를 기도로 쫓아 버릴 수 있고 태워 없앨 수 있다고 생각한다지. 전에도 여러 번 치료법이 곧 나올 것이라는 기대가 있긴 했잖아."

테레사는 눈으로 표창을 날리는 데 선수다. 그녀는 은목걸이에 매달려 있는 보라색 수정을 빙글빙글 돌렸다. 나와 알고 지내는 동안 늘 걸고 다녔던 목걸이다. 아내가 내 실험실에서 실험을 도울 때 나는 그녀가 그 목걸이를 만지작거리는 모습을 눈여겨보다가 목걸이가 실험실 건너편으로 빛을 굴절시키면 화이트보드에 무지개가 어린다는 것도 알게 되었다.

"나는 지금까지의 모든 사태 때문에 이 일을 하는 거야."

여러 번의 약물 실험 끝에 나는 결국 딸 페탈을 화장했다. 그보다 몇 달 앞서 그 아이의 외할머니가 암으로 돌아가셨고 내 첫 번째 아내였던 신시아가 임상 단계에 있던 전염병 치료제의 합병증으로 사망했다. 때때로 내가 이런 '오류'를 범하게 된 진짜 이유를 생각해 본다. 어쩌면 어느 날 출근하니 날 딱하게 쳐다보는 사람이 있다거나 내가 금방 재혼한 것을 두고 재단하듯 험담을 늘어놓는 사람들에게 내가 욕을 내뱉어서일지도 모른다. 당시 실험실 지원금은 줄어들고 있었고 아들은 어떤 명의도 우리 가족을 살릴 수 없는 상황이 내 탓인 양 굴었다.

"내가 겪은 일을 이해할 거라는 기대는 안 해."

"그래요, 전 이해 못할 거 같아요."

테레사는 식탁으로 걸어가 내 접시를 치운 뒤 이어 말했다.

"내가 당신 침대에 뛰어들어서 실험실에서 자리를 따냈다는 소문을 학과 사람들이 전부 믿는 건 아니니까요. 당신이 연구실에서 우는 모습을 내가 셀 수 없이 본 것도 아니고. 당신에게 도움이 필요했을 때 내가 당신 수업에 대신 들어간 것도 아닌데요, 뭘."

"아니, 내 말은 그런 뜻이 아니라……."

순간 고스에 빠져 있는 10대 초반의 아들 피터(지금은 악셀로 불리지만)가 자기 방을 휘젓고 다니는 소리가 들렸다. 아마 아래층으로 내려오고 싶은 모양이었다. 하지만 그 애도 우리가 비밀 자료를 살펴볼 때는 불쑥 내려오면 안 된다는 정도는 알고 있다.

"내 말이 기분 나빠요?"

테레사가 그렇게 묻고 양손을 내 머리에 댔다. 그렇게 하면 왠지 중력의 끌어당김을 감지할 수 있기라도 한 듯 말이다. 동료들은 내 이마에서 나오는 호킹 복사를 사용 가능한 에너지와 추력(推力)으로 바꾸려고 연구 중이었다.

"전혀. 그런 걸로 타격받지 않아. 그러니까 내 말은 그런 게 무슨 영향을 미칠지는 실제 누구도 모른다고."

우리는 자료를 재검토하다가 무슨 일이 벌어졌는지 깨달았다. 물리학자로서 나는 늘 우주의 비밀을 밝혀내고 싶었다. 하지만 인간이자 어쩌다 한 번씩 아버지 구실을 할 때도 있는 나로서는 살아남은 자식이 잘 성장해 어른이 되고 전염병이나 홍수나 기록적인 허리케인을 빗겨 가면서 오랫동안 건강하게 살아가길 바랐다. 심지어 평생을 애도 호텔에서 지내기로 작정한 듯한 한심한 데니스 형마저도 어머니를 여읜 후에는 두 번째 기회를 잡았으면 좋겠다 싶었다.

"브라이언, 그녀는 정말이지 대단해."

마지막으로 이야기를 나눴을 때 형은 유일한 친구이자 같은 층 동료인 밭과 연애 중이라고 했다.

"나한테 진짜 과분한 여자야."

"과분하고말고. 언제 한번 네바다로 모시고 와."

"그게, 너도 여기 사정이 어떤지 알잖냐. 어머니랑 페탈 장례식 때 회사에서 할인받은 거도 일해서 갚아야 하고."

"그건 내가 낼 수 있다고 말했잖아. 어머니 추도식 치른 지 1년이 지났어. 그렇게 노예처럼 매여 있을 필요 없다고."

"야, 그런 거 아냐. 난 좋아. 그러니까 내 말은 그게 내 인생이라고, 응? 그리고 나한테는 밭이 있잖냐."

형에게 소중한 사람이 생겼다고 하니 기뻤다. 두 사람이 새롭게 출발하도록 최소한 그 정도는 해 줄 수 있었다. 하지만 새 출발이라는 게 무슨 뜻일까? 나사는 케플러계(지구와 유사한 환경의 행성을 찾기 위해 우주로 발사된 케플러 우주 망원경이 찾아낸 행성들 — 옮긴이)에 도달하길 원했다. 군부는 우주에서 적대적인 존재를 마주칠 때를 대비해 에너지 무기를 개발하고 싶어 했다. 연구실의 인턴 연구원들은 일하다가 나를 빤히 쳐다보면서 마음속으로 내 두개골에 구멍을 내기 시작했다. 분명 자기들이 상상하던 것과 같은지 밝혀내고 싶을 테다. SF영화에서 봤던 것처럼 사람들이 우주를 아주 빠르게 여행할 수 있고 환각적인 터널을 통해 평행 세계를 오갈 수 있는 웜홀의 아주 작은 버전이 내 머릿속에 들어있는지를 말이다. 하지만 나는 누구든 내 뇌 속을 쏘다니게 해 줄 마음이 없었다. 이런 일이 어떻게 일어났으며 이것을 우주선 엔진에 어떻게 재현시킬 수 있을지 알아내고 싶었다. 어쩌면 마음 한편에서는 내 머릿속 어딘가에 살아 있는 페탈과 신시아가 저녁 먹으러 내려오라고 말하는 우주가 있는지 알아내고 싶었는지도 모른다.

정밀 검사. 시험. 질문. 이 과정을 되풀이한다.

다르게 느껴지는 건 없나요? 정부 소속 의사들이 물었다.

나는 정말 괜찮다.

당연히 나는 평행 세계도, 동료와 상급자들에게 진실을 말한다면 어떻게 될지도 상상해 봤다. 해고당하고 기밀 정보 사용 허가권도 박탈당한 뒤 가속기 안전장치를 망가뜨리기 위해 내가 만든 프로그램을 숨긴 죄로 정부 시설에 구금될 테다. 그런데 그뿐만이 아니었다. 종종 빛에 휩싸이는 꿈을 꾸기도 했다. 그래서 나는 우주로 긴 도보 여행이라도 떠날 계획인 것처럼 허리띠에 차는 작은 가방에 에너지바와 가족사진을 쑤셔 넣었다.

군 당국에서 나와 관련된 것들을 전부 1급 비밀로 분류하기 전에 다른 실험실과 다른 대학 사람들은 내게 집요하게 캐물었다. 이후에는 구멍이 확대되어 내가 갈가리 찢어져서 결국 세상 전체가 허물어질 것이라고 믿는 이들이 시위하러 모여들었다. 우리 쪽 홍보 담당자가 그럴 가능성은 거의 없다고 말했다. 그다음에는 사랑하는 이들이 장기 기증 대기자로 있거나 약물 임상 중이거나 새 시대형 피난처를 구할 여력이 안 되는 사람들이 구제책을 찾아 몰려들었다. 실직했거나 사업체를 접어 재정이 파탄난 이들도 찾아왔다. 이들 모두 "두 번째 지구를 꼭 실현"시켜 달라는 팻말을 들고 있었다. 산불 연기가 위험 수준에 도달했던 날에는 다들 방독 마스크를 끼고 있었다. 사람들은 내가 해낸 일로 자신들이 그런 모든 재난에서 탈출할 수 있으리라 믿었다.

테레사는 내가 집에 있을 때는 쉬기를 바랐다. 다시 내게 잘해주기로 마음먹은 그녀와 언쟁하지 않을 테다. 테레사는 악셀에게도 잘했다. 물론 녀석은 계속해서 나를 사실상 자기를 돌봐 주던 사람과 붙어먹고 너무 빨리 재혼한 천하의 재수 없는 놈 취급을 했지만 말이다. 테레사와 나는 제대로 신혼을 즐긴 적도 없다. 우리 둘 다 세상을 구하는 일을 하다 보니 쉴 시간이 많지 않았기 때문이다. 많은 것들을 뒤로 미뤄 왔다. *'이거 다 끝나고 나서. 상황이 나아지면. 우리가 벌여 놓은 일을 마무리하고 나면.'* 나는 진짜 결혼 생활을 원한다. 다른 사람들이 생각하는 것처럼 똑똑하고 젊고 예쁜 여자와 눈부신 신혼을 즐기며 트라우마에서도 잠시 벗어나는 삶 같은 걸 원하는 게 아니다. 테레사는 나날이 심해지는 내 두통에 맞춰 진통제를 챙겨 준다. 또한 병원 일정과 기자들과의 약속까지 관리한다. 날 위해 콩 단백질 셰이크를 만들고 포장 음식과 내가 제일 좋아하는 그린 칠리 타말레와 고구마 뇨키로 식사를 차려 준다. 특히 고구마 뇨키는 동네 식품점에서 더 이상 팔지 않을 것을 알고서 잔뜩 쟁여 놓았다. 자정이 한참 지난 후에도 내가 웅크린 채 노트북 화면을 뚫어져라 쳐다보고 있으면 테레사는 그런 자세가 안 좋을 수 있다고 말한다. 일하는 데 안 좋다는 것인지, 아니면 내 머릿속의 구멍에 안 좋다는 것인지는 모르겠다. 테레사는 건강을 회복하고 가족 곁에 있는 것보다 더 중요한 게 뭐가 있겠냐고 묻는다. 밤에 내가 우주선 엔진에 특이점을 설치하는 과정에서 끙끙대자 그녀가 내 계산을 살펴본다.

"당신은 늘 변수를 바꾸는 걸 잊어 먹어요."

테레사가 침대로 들어와 옆에 누우며 이어 말한다.

"그리고 사건의 지평선에서 일어나는 양자 요동도 간과하고 있고요."

"당신 문제는 어떻게 돼 가고 있어?"

"우리가 이 블랙홀을 어떻게 당신 머리 밖으로 나오게 할 건지 묻는 거예요?"

"응, 그게 문제일 테니까."

"아주 작은 반물질 특이점을 만들어 내려면 뭘 해야 할지 생각해 보는 중이에요. 물질 특이점과 반물질 특이점은 서로를 파괴할 거거든요."

"내 머릿속에서 폭발을 일으킬 거란 말은 하지 않기로 하지. 좋은 머리잖아. 가능하면 그대로 놔뒀으면 좋겠어."

"내가 연구 중인 여러 해결책 중 하나일 뿐이에요."

"그건 그렇고, 출근하는 길에 내가 화장지 사 올게. 당신 차로 같이 출근할 거 아니라면."

"난 집에서 일할 거예요. 정말 그렇게 늦게까지 실험실에 있지 말아요. 밑에 직원들도 당신이 하는 실험 아주 잘 진행할 수 있어요. 아, 그리고 오렌지도 좀 사다 주세요. 냉장고에 있는 것들은 상했어요."

테레사가 내 허벅지를 꽉 쥐고 텔레비전을 켠다. 우주선이 노아의 방주 같은 프로젝트라고 믿는 음모론자들이 많아지고 있다. 이른바 니비루라는 가상의 행성체가 지구와 충돌하면 나머지 인류는 버려 둔 채 선택받은 이들만 태워 우주로 떠날 것이라고 말이다.

"내일은 같이 저녁 먹는 거 어때요? 기분 전환을 위해 직장 얘기는 하지 말고요."

"물론이지."

그녀에게 키스하다가 문득 내가 우리 부부를 직업의식과 사랑의 감정이 뒤섞여 있는 관계로 여기는 것 같다는 생각이 든다. 모두들 내게 이보다 훨씬 더 큰 것을 바랐을지도 모른다. 하지만 테레사가 내게 바라는 건 거지 않고 제대로 가족과 저녁 식사를 하고 악셀의 학교 행사에 함께 참여하는 것이다. 또한 내가 곁에 머물며 영화를 보거나, 보드게임을 하거나, 그녀가 즐겨 보는 자연 다큐멘터리를 정주행하는 동안 소파에서 애무해 주기를 원한다. 머리칼을 새로 분홍색으로 물들인 악셀은 내게 이제 다른 차원에서 메시지를 받고 있냐고 묻는다. 비꼬는 말임을 알고 있으면서도 아들이 그렇게 빈정거릴 때마다 정말 싫다. 그 애는 밤이면 페탈에게 책을 읽어 주곤 했다. 학교에서 다른 아이들이 페탈의 혀짤배기소리를 놀릴 때면 언제나 여동생 편을 들어 주었다. 이제 악셀은 나를 왕찌질이에 천하의 웃음거리로 여긴다. 나는 아들에게 나는 그렇게 *생각하지 않는다*고 말하며 스팍의 벌컨 경례(「스타트렉」에 등장하는 벌컨족의 경례법으로 검지와 중지를 붙이고 약지와 소지를 붙여 손가락을 세 부분으로 나눈 채 들어 올린다 — 옮긴이)를 해 준다. 악셀은 "하지만 우리가 모르는 게 많잖아요. 뭐든지요."라고 말한다. 나는 아들에게 수없이 미안하다고 말했다. 테레사는 엄마를 대신하러 여기 온 게 아니라고도 말했다. 날 미워해도 괜찮지만 할 수 있는 한 가족이 되려고 노력해야 한다고 말해 줬다.

정밀 검사. 시험. 질문. 반복.

기술자였던 아버지는 결혼이나 누구와 사랑에 빠지냐는 문제는 대체로 운수소관이자 화학작용이며 어느 정도까지 노력하느냐에 달려 있다고 말씀하셨다. 그런데 자식이 어떤 사람이 되느냐는 훨씬 더 도박에 가깝다고 하셨다. 내가 인간관계에 실패한 데에는 아버지 탓도 있다. 하지만 아무리 따져 봐도 내 아들 피터

는 착한 아이다. 말썽도 많이 안 피우고 특별히 머리가 좋은 것
도 아닌데 성적도 괜찮게 받아 온다(물론 최근에는 그렇지 않지만).
오직 아버지한테만 못된 소리를 퍼붓는다. 학교에서 요구하는
봉사 활동 점수를 진즉에 다 채웠는데도 계속해서 전염병 병동
에서 자원봉사를 하고 실제로 운동하는 것도 좋아한다. 하지만
페탈은 날 보살펴 주려는 사람처럼 굴었더랬다. 밤이면 나와 함
께 뒤뜰에 나가 별을 바라보며 에너지와 빛의 속도와 평행 우주
에 대해 묻곤 했다. 또한 오래 쌓아 두었던 타임라이프 출판사의
「미지의 신비」 시리즈를 탐독하고 외계인에게 딱 주말 동안만
납치됐으면 좋겠다는 말도 했다.

아내를 위해 영상 일기를 써 왔다. 한 번도 말하지 않았지만 그
녀가 이해해 줬으면 좋겠는 것들을 전부 공유할 최선의 방법을
알아보다가 찾아낸 방법이다.

영상 대본

00:22 테레사, 당신의 마음을 느낄 때마다 얼마나 벅차오르는지
모를 거야. 당신이 내 방정식을 바로잡아 줬다는 사실을 동료들이
알아주기를 얼마나 원하는지도. 그런데 어쩌면 나는 늘 당신에게
충분히 고마워하지 않았던 것 같아. 마음 한구석에서는 복잡한
블랙홀의 물리적 현상을 너무나 쉽게 시각화하는 당신을
질투했거든.

00:36 당신은 날 진짜로 구제했어. 당신이 나타나기 전까지 난 연구실 화장실에서 울곤 했지. 심지어 페탈 대신 악셀이 죽었다면 어땠을까 하는 상상도 했고. 그런 생각을 한다는 자체에 나 자신에게 너무 화가 나 벽에 대고 주먹질을 한 적도 있어. 내 안에 있는 모든 것들이 끓기 시작해 감정의 특이점이 별처럼 폭발할 것 같았거든.

00:48 최근에 실험실에 가서 가속 장치를 켤 때면 당신을 제외하고 지구상의 그 어떤 사람과 있을 때보다 내가 온전히 살아 있는 존재 같고 사랑받고 완벽한 사람이 되는 듯해. 내 딸을 완전히 잃은 게 아닌 것 같은 기분이 드는 유일한 순간이기도 하고. 그 아이는 자신이 언젠가 우주로 나갈 거며 자신의 에너지가 별 먼지 사이에서 춤추고 있을 거라고 믿었어. 어쩌면 내 머릿속에 있는 블랙홀을 통해 그 아이와 내가 닿을 수 있지 않을까.

기자들에게 몸 상태는 괜찮다고 말해 준다. 어느 때보다 좋다고. 누구한테든 나처럼 하라고 권하지는 않을 것이라고도 말한다.

다양한 뉴스 웹사이트에 올라오는 의견들의 행간에 뚜렷하게 드러나는 두려움은 대체로 웃어넘길 수 있다. 하지만 언제부턴가 음모론자들의 주장에 어느 정도 맞는 부분이 있어 내 수명이 하루하루 줄어들어 끝을 향해 나아가고 있을지도 모른다는 생각이 들었다. 어떤 이는 천체가 내 머리를 장악했으며 이는 계몽 시대의 전조일 것이라고 주장했다. 그러면서 나마스테(정말 이렇게 필기체로)라는 말로 글을 끝맺었다. 또 다른 이는 내가 그냥 사라질 텐데, 그건 본질적으로 나 자신 속으로 빨려 들어가는 것이라고 말했다. 왠지 내 몸의 마지막 세포들이 만화에서처럼 펑 하는 소리를 내며 이 세상에서 사라질 것만 같았다.

우리가 알고 있는 내용 :

- 특이점의 크기는 일단 안정적이다.
- 특이점은 내 왼쪽 측두엽에 자리하고 있다.
- 외래 입자들이 특이점에서 튀어나왔다.
- 특이점 때문에 나는 아원자 입자를 조금씩 소모하고 있다.
- 테레사는 내가 괜찮을 것이라고 안심시켜 주며 나도 그렇게 믿고 싶다.
- 우리는 (아직까지) 특이점을 없애는 법이나 특이점이 저절로 없어질지 여부를 모른다.

침대에서 내 몸 위로 늘어져 있는 테레사를 안은 채 천장의 흠집들을 뚫어져라 쳐다본다. 눈의 초점이 흐트러지면서 치장 벽토의 작은 얼룩들이 소용돌이치기 시작한다. 확신하건대 특이점이 끌어당기는 힘이 내 안에서 느껴진다. 어쩌면 그 힘 때문에 내가 이미 아주 조금 바뀌어서 아내와 아들을 진심으로 사랑할 수 있는 사람이 됐을지도 모른다. 비록 "내가 더 많은 걸 할 수 있었더라면 좋았을 텐데."라는 말밖에 하지 못한다 하더라도 딸과 마지막으로 딱 한 번만 이야기를 나누기 위해 무슨 일이든 할 수 있는 사람이 됐을 수도 있다. 출근할 준비를 하면서 거울에 비친 내 모습을 빤히 쳐다본다. 머릿속에 특이점이 없는 여느 또래 남자처럼 보인다. 아버지가 사무라이 눈썹이라고 부르곤 했던 눈썹 모양이며 늘 못마땅했던 납작하고 펑퍼짐한 코며 남들과 다를 바 없다. 할머니께서는 내가 어릴 때 손가락으로 코를 꼭 집어 주며 뾰족해져라, 뾰족해져라 노래를 부르시곤 했다. 테레사는 내게 키스한 뒤 집을 나선다. 나는 샤워를 하면서 자위를 하고 잘게 썬 오트밀을 한 그릇 먹은 뒤 차를 몰고 출근한다. 그리고 이러는 동안 내내 시냅스, 즉 기억의 필라멘트가 사건의 지평선 너머로 떨어져 우리 우주와 다르지 않은 캄캄하고 광활한 우주에 떠다니는 상상을 한다. 우주 거미줄 같은 폐탈이 내게로 떠밀려 오는 상상을 한다.

동료들은 매일 내 기분이 어떤지 묻는다. 아마 나는 괜찮지 않다는 것을 알게 된 날에도 그들에게 (그리고 아내에게) 계속해서 괜찮다고 말할 것이다. 어쩌면 지금부터 수년에 걸쳐 혼자 죽어 갈지도 모른다. 내 몸이 부패한 뒤에도 특이점은 그대로 남아 내 관이나 유골함에 잠들어 있는 미지의 존재에 이르는 아주 작은 길이 돼 줄 테다. 내 몸이 소멸되기 전에 머릿속에 있지 않은 것들을 알아내기 위해 연산법이나 친척들이나 반려동물의 이름 등

내가 진실이라고 알고 있는 모든 것들을 죽 읊을 것이다. 나는 ……이다. 나는 ……이었다. 그들은 …… 다. 이것은 ……이다. 나 브라이언 야마토가 미래에도 살아 있다면 과연 사랑받을까? 존경받을까? 아니면 그냥 존재하기만 할까?

지금 기분이 어때요? 동료들이 이 야마토 박사에게 이렇게 물을 테지. 몇 년이나 흐른 뒤일까? 1년? 5년? 아니면 10년? 내 마지막 말들이 허공을 떠다니는 상상을 한다. 내가 삶의 단편들 중 어느 것을 가장 오래 붙들고 있을지 궁금하다. 특이점일까, 샌프란시스코 포티나이너스 미식축구 팀일까, 글루텐이 없는 음식일까, 양자일까, 아니면 시간일까? 동료들과 내 아내 그리고 내 침대 옆에 앉아 있는 아들을 맞받아 쳐다볼 테지. 과연 얼마나 오랫동안 말도 못 한 채 딸에 대한 기억도 서서히 잃어 가면서 살게 될까? 언제까지 꼼짝 않고 주변 세상만 관찰하면서 브라이언 요시오 이바 야마토가 이 우주에서 차지해 온 시간과 공간을 곱씹으며 지내게 될까? 내 몸의 세포가 근육부터 시작해 장기와 뼈 그리고 텅 빈 공간 순서로 조금씩 말라 죽기 전까지 얼마나 오래 목숨을 이어 가면서 특이점이 나와 함께 멈추거나 나를 전부 삼켜 버리거나, 혹은 이 세계 전체를 구해 주길 바라게 될까?

실험실에 가는 길에 화장지 외에도 하루 이틀 정도만 괜찮지 곧 썩어 버리는데도 테레사가 늘 부탁하는 오렌지를 사기 위해 식료품점에 들렀다. 이후 실험실에 도착한 뒤 차에서 내릴 때 오렌지를 몇 개 챙겨서 직원 휴게실에 있는 간식 바구니에 던져 둔다. 시험 통제실로 들어가 기다리자 특이점을 정밀 검사할 수정 MRI에서 탁자가 나온다. 테레사에게 문자가 온다. 악셀의 학부모·교사 화상 회의가 오늘 밤에 있어요. 당신도 같이 할래요? 아니면 바빠요? 전날 밤, 페탈의 학교 연극 영상을 봤다. 여러 행사 때 그랬듯 일 때문에 참석하지 못했던 그날, 딸아이는 태양을 연기했다. 페탈은 늘 사람보다 천체와 관련된 것들을 좋아했다. 동쪽에서 춤을 추며 등장한 아이는 관객을 향해 손바닥을 활짝 펴 보인 채 자신감 넘치게 손을 흔들고 난 뒤 서쪽으로 옮겨 가 달 모형을 하늘로 치켜올리면서 눈을 감아 지는 해를 표현했다.

  오늘은 기분은 어때요? 동료가 묻는다. 그녀의 이름은 사라다. 젊고 똑똑하고 야심 찬 그녀는 음악가처럼 열정적으로 유전 암호를 지정한다. 7년 전쯤에 연말 파티에서 같이 잘 뻔한 순간이 있었다. 전염병이 휩쓸기 전이자 테레사를 만나기 전에 있었던 일이다. 당시 그녀는 잠시 걷자고 말했다. 근처에 산다는 말도 덧붙였다. 하지만 나는 여느 때와 달리 일찍 집에 들어가기로 했다. 페탈과 피터와 함께 「메리 포핀스」를 보고 조교가 계산한 것들을 수정한 뒤 지하실에 내려가서 밤새 상자째 쟁여 놓은 와인을 마시면서 장차 내 머릿속에 블랙홀을 심게 될 핵심 공정을 개발

했다. 테레사에게 답장을 보낸다. 당연히 나도 참석해야지. 사랑해. 사라를 보며 난 괜찮을 거라고 말한다. 지금 당장은 좋다고. 해답을 같이 찾아보자고. 나는 속으로 "우리 가족을 구해 봅시다. 우리 모두를 구해 봅시다."라고 생각한다. 그리고 사라에게 말한다. 이제 시작하죠.

백 년의 미술관, 천 년의 울음

HOW

HIGH

WE GO

IN THE

DARK

미국, 야마토호 - 발사일, 2037년 12월 30일

200명의 승무원 전원이 우리와 같은 비행복을 입고 일렬로 서서 격납고 문이 열리기를 기다리고 있었다. 문 너머에는 기자와 친척들 그리고 언젠가 성간을 여행하는 꿈을 꾸었던 이들이 모여 있었다. 우리는 새 시대의 문턱에 서 있습니다. 나사 관료가 박수에 호응하며 이어 말했다. 태양계 너머에 무엇이 있든 이제 인류가 그 일부가 되기 위해 첫발을 내딛는 순간입니다. 이윽고 격납고가 열리자 붉은색 카펫의 양쪽 측면에 설치된 벨벳 밧줄 뒤로 초대장을 받고 온 관중이 보였다. 여동생과 조카들, 몇 주 전에 내가 그린 전염병 희생자 초상화의 마지막 전시회를 주선했던 미술품 중개인, 그리고 우주복을 입고 야마토호의 장난감 모형을 흔들고 있는 아이들도 눈에 띄었다. 하지만 이런 광경 너머 45미터쯤 떨어진 곳에는 '두 번째 기회, 두 번째 기회!'를 연호하는 군중들을 막기 위한 울타리가 설치돼 있었다. 한 여성이 확성기로 외쳐 댔다.

"우릴 두고 가면 안 돼! 행성 엑스가 곧 우리와 충돌할 거다. 징조가 보인다. 해수면 상승, 산불. 모두 심판의 징조다."

미국 국기 티셔츠를 입고 허리띠에 작은 가방을 찬 남자가 울타리를 오르려 했다. 케네디 우주 센터 경비원이 철책선으로 경비봉을 밀어 넣어 힘껏 떠밀자 남자가 나가떨어졌다.

"저런 미치광이들은 신경 쓰지 말거라."

옆에 서서 우리 뒤에 줄 서 있는 사람들을 유심히 바라보는 손녀에게 말했다. 유미가 어깨에 멘 더플 백에는 집을 떠난다는 충격을 누그러뜨리느라 내가 마구 사들인 물건 중에서 고른 옷들이 가득 들어 있었다.

"10대들은 많이 없네요. 할머니가 내 또래 애들도 있을 거라고 말씀하셨던 거 같은데."

"네 또래도 적잖이 있단다."

사람들이 마지막 포옹과 악수를 나누고 오렌지나 사과파이 혹은 케케묵은 싸구려 소설책 등의 마지막 이별 선물을 건네는 동안 줄이 앞으로 나아가자 동생이 손을 흔드는 게 보였다. 여태 알고 지낸 이들이 모두 죽은 후 자신은 수천 년까지는 아니더라도 수백 년을 살게 되리라는 것을 알고 있는 상황에서 뭐라고 작별 인사를 할 텐가? 우연히 앞쪽에 있는 우주선의 의사가 가장 친한 친구에게 언젠가 또 보자고 말하는 소리를 들었다. 과학자도 아니고 군인도 아닌 승객은 소수인데 그중 한 명인 발이라는 여자는 장의사처럼 검은색 양복과 넥타이를 차려입은 남자 친구에게 키스를 했다. 보아하니 그 남자의 동생이 야마토호의 엔진을 개발하는 데 일조한 듯했다.

발이 남자에게 말했다.

"당신도 꼭 와야 해."

"아마 다음 우주선을 타지 않을까. 다음 우주선이 있다면 말이지. 지금쯤이면 내가 뭐든 행동에 옮기기까지 시간이 좀 걸린다는 걸 알 텐데."

그들의 마지막 대화를 엿들으면서 내 남편과 딸이 아직까지 살아 있다면 어땠을까 생각해 보았다. 클리프가 있었다면 맨 앞에 섰을까? 어쩌면 나는 벨벳 줄 뒤에 서서 궁극의 모험에 나서는 클라라에게 작별 인사를 건넸을 테다.

내 뒤에서 헤드폰을 쓴 유미가 39A 발사장에 있는 야마토호를 빤히 바라보았다. 39A 발사장은 예전 아폴로 계획 때 사용됐던 곳이었다. 손녀는 아직 살아 있지만 부모가 격리 지역으로 보내지 않은 유일한 단짝 친구에게만 문자를 보냈다. 울타리 너머에 있는 사람들이 소리를 질렀다. 어떤 사람이 울타리의 콘크리트 벽에 병을 던지자 박살이 나면서 병 조각이 사방으로 튀었다.

"헤드폰 좀 벗어 보렴."

유미의 귀를 톡톡 두드리고 이어 말했다.

"친척들에게 가까이 갈 거란다."

손녀는 들은 척 만 척하고 계속 문자를 보냈다. 그만하라고 말하고 싶었지만 친구와 마지막으로 나누는 대화임을 모르지 않았다.

발과 데니스가 작별 인사를 나눈 뒤 우리도 앞으로 나갔다. 여동생과 두 조카를 껴안아 주고 미술품 중개인인 스티븐까지 안아 줬다. 늘 시나몬 향이 나는 향수로 가리고 다니던 스티븐의 체취, 여동생의 부스스한 머리칼이 습기에 부풀어 오르는 광경, 조카의 얼굴에 붙은 반짝이가 내 비행복에 묻는 바람에 우리의 여행에 동참하게 될 아주 작은 별들까지 오래 기억될 것 같았다.

"둘한테는 아주 좋은 기회가 될 거야. 새출발할 기회 말이야."

여동생이 유미의 팔을 쓰다듬으며 말했다. 이어 스티븐이 나섰다.

"소호 미술관에 선생님 그림이 두 점 남아 있습니다. '레이드 2'와 '진흙 속의 모녀 3'요. 당분간 제가 보관하고 있을게요. 어쩌면 스미소니언 박물관에서 원할지도 몰라요, 야마토호 개척단에 속한 분의 마지막 작품이니까요."

조카들이 크레파스로 그린 그림을 나와 유미에게 주었다. 그림 속에서 클리프와 클라라까지 포함된 우리 대가족이 모두 손에 손을 잡고 행성 주위를 빙빙 돌고 있었다. 동생은 어머니의 약혼 반지를 건네주었다. 스티븐은 우주선 선장이 이미 승인한 미술용품에 내가 추가로 요청한 목탄과 물감 상자를 건넸다.

"당신들은 살인자야, 이 빌어먹을 인간들아!"

누군가 장벽 뒤에서 소리쳤다.

유미는 사촌 동생들과 옹기종기 모여 있었다. 그 아이가 어린 동생들에게 그 반짝이 별들을 언급하면서 자신이 동생들의 목소리를 들을 것이라고 말해 주었다. 나는 마지막으로 동생을 꼭 붙들고 말했다.

"우주만큼 사랑해."

이어 스티븐에게 말했다.

"거기서는 누가 내 작품을 팔아 주지?"

이제부터는 어떤 그림을 그리게 될지 생각해 보았다. 암흑과 침묵을 다양하게 변형시킨 그림이리라. 어쩌면 우리의 추억과 당연하게 여겼던 아주 소소한 모든 순간을 그릴지도 모른다.

우리는 줄줄이 이어진 골프 카트를 타고 발사장으로 향했다. 유미와 나는 고개를 쭉 빼고 야마토호를 뚫어지게 쳐다보았다. 여기 지구에서 보니 우주선은 마치 새턴 V 로켓 여섯 개를 끈으로 묶어 놓은 듯한 형태였다. 그 중앙에 있는 거대한 은빛 구체가 우주에서 꽃처럼 활짝 열리면 엔진의 중심부 주위를 회전할 고리 모양의 거주구가 튀어나올 것이다. 극저온 냉동 기술자들을 따라 수면 캡슐들이 있는 통로로 내려가는데 유미가 그림자가 두 개인 데다 바다가 오렌지색으로 빛나던 세상들에 대해 말했다. 우리가 아주 멀리까지 가게 된다면 제 엄마와 내 남편이 여전히 살아 있을지 모르는 또 다른 지구를 발견할 것이라고도 했다.

"날 위해서 이렇게까지 할 필요는 없단다."

비행복을 벗기 시작하는 유미를 멈춰 세우며 이어 말했다.

"이걸 탄 이상 돌아갈 방법이 없다는 말은 굳이 하지 않으마."

유미가 강철로 된 간이침대를 빤히 쳐다보았다. 그곳에 냉동 겔을 가득 채우면 유미는 열일곱 살의 나이로 보존될 테다.

"도착까지 얼마나 걸릴까요?"

유미가 내게 물었다. 기술자는 수면 캡슐을 열고 유미를 수면 상태로 유지시키며 아이의 몸에 영양분을 공급하게 될 감시 장치의 진단 모드를 작동시켰다. 유미가 비행복을 벗어 다른 기술자에게 건네준 뒤 불투명한 비닐 판초를 걸쳤다.

"그건 아무도 모른단다. 정해진 목적지가 있는 게 아니거든. 우리가 길을 찾아가야 해. 하지만 너랑 다른 아이들은 여기서 나오지 않을 거란다. 계속 잠들어 있을 거야. 깨어났을 때는 긴 밤이 흐른 것 같을 거야."

기술자들의 도움을 받아 유미가 수면 캡슐로 들어가고 우리는 작별 인사를 나눈다. 냉동 기술진이 지금까지 얼마나 많은 작별과 결심과 겁에 질린 아이들과 배우자들을 안심시키는 장면을 봐 왔을지 새삼 궁금했다.

"전 정말 가고 싶어요."

유미가 양손을 뻗어 나를 끌어당겨 꼭 안아 주며 말했다.

"엄마를 위해서요. 엄마도 우리가 가기를 바랄 거예요."

손녀에게 불가능하고 다채롭고 기적 같은 것들을 꿈꾸라고 말해 줬다. 엄마와 아빠가 나오는 꿈을 꾸라고도 했다. 유미의 손을 꼭 잡아 준 뒤 이마에 입을 맞췄다.

"깨어나면 할머니가 있을 거야. 그때 함께 집에 가자꾸나."

기술자들에게 진행해도 좋다고 고개를 끄덕여 보이자 그들이 유미를 긴 잠에 빠트릴 준비를 마쳤다. 은색 캡슐에 들어간 아이의 자그맣고 떨리는 몸은 비닐에 감싸인 배아 같았다. 이윽고 유미가 진정제를 맞고 잠들자 마치 얼음에 갇혀 있었던 것처럼 냉동 겔이 아이를 뒤덮었다.

프록시마 켄타우리 B — 지구에서 4.3광년 떨어져 있음. 여행 시간: 50년

별자리: 켄타우루스. 공전 주기와 자전 주기가 일치하고 아주 가까운 궤도에서 적색 왜성 주위를 돌고 있어서 행성의 반쪽은 영원히 낮이고 나머지 반쪽은 영원히 밤이다. 대략적인 궤도 주기는 11일. 대기가 있었다 하더라도 불안정한 태양의 폭발 활동 탓에 없어졌을 공산이 크다.

예술가의 기록: 우리는 이 세계가 죽어 있을 확률이 높다는 걸 알면서도 만약의 가능성 때문에 멈추었다. 어쨌든 우리가 살기 적합한 행성이 지구에서 가장 가까운 곳에 있다면 더할 나위 없이 편리할 테니까. 우주는 우리의 여정이 그렇게 쉽게 끝나도록 놔두지 않을 테지만 말이다. 하지만 이 여행을 통해 우리는 처음으로 뒤뜰이 아닌 곳에서 다른 세상을 보게 될 테다. 한쪽은 섭씨 530도가 넘는 주홍빛 세상이고 다른 한쪽은 암흑과 얼음 천지인 세상을 말이다.

성인 승객들은 대부분 기나긴 암흑의 극저온 냉동 상태를 버텨 내다가 연구 가치가 있는 어느 행성에 멈췄을 때 겨우 몇 주 동안만 수면 캡슐에서 나왔다. 자원을 보존하기 위해 아이들은 거주 지구를 만들고 난 뒤 깨울 계획이었다. 아마 아이들을 깡통 같은 데에서 너무 오랜 세월을 보내게 하는 게 잔인하다고 생각하는 이들도 있을 터였다. 깨어나 우주선 의사들에게 첫 건강 검진을 받고 난 뒤에도 나는 배정받은 구역이나 지시받은 식당으로 가지 않았다. 배도 고프고 여전히 환자복 차림이었는데도 말이다. 맨발로 철강 재질의 텅 빈 통로를 지나서 탑승원들로 활기가 넘쳤던 구역을 넘어갔다. 이윽고 유미의 캡슐 옆에 앉아 우주선이 깨어나던 광경을 설명해 주었다. 반쯤 벌거벗은 사람들이 냉동 겔 때문에 약간 끈적거리는 몸으로 방향 감각을 잃은 채 복도를 어슬렁거렸다고, 적색 왜성의 희미한 빛에 우주선의 창문들이 반짝거렸다고. 이후에도 매일 아침 유미를 찾아갔다. 작은 스피커를 캡슐의 유리 벽에 대고 그 아이가 가장 좋아하는 노래들을 들려주며 내 근황을 전해 주었다. 간간이 밥을 먹고 잠을 자고 쓸모 있는 사람이 되려고 복도를 청소하고 식당을 정리하는 등 단조로운 일상을 이어 나갔다. 하지만 다른 사람들과 어울리는 일은 잘 못했다. 다들 동료나 배우자나 친구들이 있었다. 그리고 모두 필수 인력이었다. 행성방위부가 일종의 죄책감 때문에 내게 야마토호에 탑승하는 특전을 세공한 게 아닐까 싶다. 나는 목숨을 바쳐 전염병 발생을 막으려 했던 위대한 클리프 미야시로의 미망인이자 지구의 온도를 낮추기 위해 애썼던 여성의 어머니이니까 말이다. 하지만 우리가 켄타우리 항성계에 도착하고 일주일쯤 지났을 무렵 함장이 유미의 극저온 냉동 캡슐 밖에서 웅크려 앉아 있던 나를 발견하면서 내 우주 생활은 영원히 바뀌었다.

"당연하지만 물감을 모두 쓸 수는 없습니다."

그는 내 옆에 쭈그려 앉아 유미를 올려다보았다.

"하지만 선생님의 개인 비축품과 우리가 교육용으로 배당한 것 중 일부를 적절히 활용해 여기 벽을 단장할 수 있어야 합니다. 선생님이 그 작업을 맡아서 해 주시겠습니까?"

고개를 끄덕이다가 깨어난 후로 샤워를 한 적이 없어 조금 눈치가 보였다. 잠시 후 어떤 여자가 다가오더니 함장이 손짓으로 부를 때까지 우리 뒤에 그대로 대기하고 있었다. 그 바람에 안 씻은 내 몰골이 훨씬 더 의식되었다. 그녀는 자홍색 팬티스타킹과 가죽 부츠를 신고 허벅지까지 내려오는 모직 판초를 입고 있었다.

"여기 있는 도리 씨도 명색이 화가입니다."

"선생님에 비할 바는 전혀 못 되지만요."

함장의 말에 도리가 끼어들었다.

"도리 씨는 추첨 탑승객입니다. 도리 씨를 깨우면서 이 양반이 선생님을 돕고 싶어 하면 좋겠다 싶었죠. 어떠세요?"

"황송하네요."

함장의 말에 대답하는데 목소리가 의도한 것보다 심드렁하고 작게 나왔다. 지금까지 다른 예술가와 협업한 적은 한 번도 없었다. 함장의 안내를 받은 여자가 신이 나 날 보고 활짝 웃었다.

"그러니까 제 말은 고맙다고요."

"제 포트폴리오를 가져와 봤어요."

내가 악수를 하러 일어서자 도리가 말했다. 함장은 칸막이벽을 두드려 양해를 구하고 자리를 떴다.

"취미로 하는 수준보다는 약간 나아요. 야마토호 추첨 양식에 화가라고 적을 때 거짓말하는 기분이 들긴 했지만요."

도리가 어깨에 메고 온 가방을 열어 목탄화와 수채화 그리고 색인 카드에 어린이들의 초상화를 그린 아주 작은 아크릴화를 줄줄이 펼쳐 보였다. 각각의 색인 카드 뒷면에는 이름, 생년월일, 사망일이 적혀 있고 '웃음의 도시'라는 제목이 붙어 있었다. 보아하니 전염병 1차 유행 때 인기를 끌었던 안락사 공원에서 그린 것 같았다.

"이 그림들 굉장한데요."

금발의 곱슬머리가 눈에 띄는 어린 소녀의 초상화를 유심히 들여다보았다. 눈을 아주 가늘게 뜨고 봤더니 소녀의 눈에 비친 롤러코스터의 윤곽이 드러났다. 우리와 여행을 떠나온 이들의 눈에는 무엇이 비칠지 궁금해졌다. 예술가인 우리들은 우주선의 삭막한 벽을 집처럼 바꿀 수 있고, 아직 깨어나지 않은 이들을 위해 우리의 여정을 기록해 둘 수 있으리라. 나는 우리가 천 년 동안 쌓은 기억들을 붙잡을 수 있을 테다. 그리고 우리가 계속 나아가게 도울 수 있으리라.

클리프에게
유미는 자기 방에서 평안해 보여요. 아이들 모두 그래요.
클라라가 연구하러 멀리 떠날 때마다 번갈아 가며 유미에게
이야기책을 읽어 줘야 했던 거 기억하죠? 유미는 기원 신화를
좋아했잖아요, 어떻게 하늘과 땅이 갈라졌고 신들이 달과 해를

어떻게 하늘에 배치했는지를요. 난 지금 우리 딸의 일기장에 당신에게 보내는 편지를 쓰고 있어요, 당신도 마지막 몇 달간 일기를 썼던 바로 그 일기장에요. 결국 이것만 한 게 없다 싶어서요. 어느 탐험가 가족의 연대기이자 후회와 작별의 책으로요. 여기 탑승객들은 저마다 자신의 자리를 찾기 시작했어요. 과학자도 군인도 아니라서 가끔 소외감을 느끼긴 하지만 밤마다 보드게임에 참여하고 식사 시간에는 배급 준비를 도와요. 나는 사람들과 영 못 지내서 화가가 되었어요. 물론 여기 사람들 모두 내가 어떤 일을 겪었는지 알고 있어요. 다들 누군가를 잃었으니까요. 당신과 클라라 모두 살아 있어서 나와 이 모든 것들을 같이 본다면 얼마나 좋을까요. 우주선 창문 밖에서 소용돌이치던 별빛이나 대기와 물과 복사열을 원격으로 측정하는 법을 둘러싸고 벌어지는 끝없는 토론 같은 것들을요. 별과 별 사이가 아무것도 없이 그렇게 광대한지도 처음 알았고 보이지 않는 암흑 물질이 신경계의 가지 돌기처럼 우주의 모든 것들을 연결해 주고 있다는 것도 이전에는 결코 상상도 못 했어요. 친구 비슷한 사람도 생겼어요. 아마 동료에 더 가깝겠지만 함장이 날 위해서 깨운 여자예요. 그녀와 나는 사람들이 깨어났을 때 우주선이 좀 덜 삭막하고 여행에 좀 더 온기가 돌도록 벽화를 그리기 시작했어요. 우리가 자주 가던 샌타모니카의 금방이라도 무너질 것 같던 방갈로와 아이오와의 금수탑, 함장의 고향 마을 같은 걸 그리고 있어요. 내 친구 도리는 아들을 떠나보낸 곳인 웃음의 도시도 그렸어요. 저는 가상의 마을에는 탑승원들과 사별한 이들의 얼굴을 그려 넣고 있어요. 하늘에는 우리가 내내 찾고 있는 아름다우면서도 치명적이거나, 아니면 그저 우리에게 별로 맞지 않을 모든 행성들을 채워 넣을 거예요. 우리가 그린 벽화를 아주 한참 쳐다보고 있노라면 우리가 지구에서 보낸 시간을 떠올리며 추억하는 모든 것들이 곧 옛날 옛적의 역사가 되리라는 사실까지 잊을 뻔해요.

극저온 냉동실

핵융합 로켓과 반물질 추진 로켓. 극저온 가사 상태. 자기권 복사 방패와 인공 중력. 아마 「스타트렉」이나 「스타워즈」 같은 데에서 들어 봤을 테다. 하지만 정부와 야마토 머스크 기업의 권리포기 증서에 서명하고 승선할 때까지 야마토 우주선의 실체를 제대로 알아본 이들은 거의 없었을 것이다. 미세 블랙홀에서 나오는 호킹 복사를 활용하는 문제를 해결해, 우주선의 주요 엔진에 연료를 공급하고 광속의 10퍼센트에 도달하도록 한 브라이언 야마토의 이름을 따서 야마토호로 지었다. 이상하게도 브라이언과 그의 아내는 지구에 남는 쪽을 택했다. 브라이언의 10대 아들은 함장의 보호 아래 이 탐험대에 합류했는데도 말이다. 이들 부부는 지구를 식히기 위한 햇빛 가리개 프로젝트에 매진하고 있었다. 야구공 크기의 위성 수조 개에 사람 머리카락 너비의 반사 렌즈를 장착하는 방식이라고 한다. 야마토호의 끝에서 끝까지는 대략 축구장 두 개를 붙여 놓은 길이로, 냉동 캡슐에서 깨어난 탑승원을 한 번에 50명 정도 수용할 수 있다. 미국의 공군 비밀 기지 51구역에서 미확인 비행 물체의 기술을 역설계했다는 음모론들이 대중지를 도배했다. 비밀 정보 사용 허가권이 있는 소수의 탑승원들만이 이런 찌라시성 소문의 진위를 확실히 알고 있다. 하지만 나는 우리가 다른 세계의 도움을 받았다고 믿고 싶다. 그 누군가나 무언가가 브라이언 야마토에게 방정식이든 도식이든 혹은 깨달음의 순간이든 필요한 시점에 그걸 그의 뇌에 심어 주었다고 말이다. 어쩌면 우리는 그런 것들을 찾으러 가는 중인지도 모른다. 엔진이 바다에서 서핑을 하듯 끊임없이 우르릉거리는 소리를 듣다 보면 이런 생각에 빠지기 쉽다. 한 번은 벽화 작업을 하다가 도리가 그녀의 아들, 피치를 그리는 모습을 보게 되었다. 그림 속 아이는 작은 상륙용 주정을 타고 활짝 웃으며 손을 흔드는 초록색 외계인들로 뒤덮인 행성으로 가고 있었다.

"걔가 좀 더 살아서 야마토호를 알았더라면 열광했을 거예요. 그 롤러코스터를 타고 양팔을 머리 위로 높이 들어 올리던 마지막 모습이 잊히지 않아요. 아마 날아갈 수 있다고 생각했나 봐요. 어쩌면 별에 좀 더 가까이 가 보고 싶었을 거예요. 어른이 돼서 하고 싶은 게 많은 아이였어요."

"우리 클라라의 어릴 때 모습과 많이 비슷한 듯해요. 여기에 그 아이의 흔적 일부가 있는 거 같아요."

도리와 나는 함께 벽화를 그릴 때 말고는 사적으로 어울리는 일이 거의 없었다. 식당에서 볼 때면 도리는 몇몇 장교들과 같이 식사를 하곤 했다. 그녀는 그들과 함께하는 게 좋은 모양이었다. 장교들의 지저분한 유머를 듣고 깔깔대고 웃었고 탑승원들과 포커를 했다. 하지만 이런저런 농담이 오가고 몇 번 로열플러시가 나오고 누가 누구랑 어느 비품실에서 섹스를 했네 안 했네 하며 수다가 오가는 사이에 도리는 칸막이벽을 꿰뚫어 볼 수 있기라 도 하듯 어느 먼 곳을 응시했다. 언젠가 홀로 있는 그녀를 보고 커피를 마시고 싶은지 묻자 자신은 기도를 드리고 있는 중이라 고 말했다. 도리는 원형 관측창 앞에서 웅크리고 있었다. 멀리서 보면 물고기가 통 밖을 노려보는 것 같았다.

"신이나 뭐 그런 존재에 비는 건 아니고요. 우리를…… 피치가 있는 곳이나 선생님의 따님한테로 이끌어 주는 존재한테 비는 거예요. 조핸슨 항해장님이 그러는데 별과 행성과 은하들을 한 데 묶는 보이지 않는 그물이 있대요. 우리는 그 그물이 무엇이며 어떤 일을 하는지 모르지만 이 우주에 주변 어디에나 있대요."

어릴 때 이후 처음으로 나도 기도를 올리기 시작했다. 도리는 무엇을 비는지 모르겠다. 특별히 청할 일이 있는 것일까? 나는 수백 수천 년 동안 끊임없이 꿈을 꾸고 있는 유미를 생각했다. 그 아이가 무엇이 현실인지 알기나 할까 싶으면서 그렇게 오래 자 신의 생각에 빠져 있다가 새 세상에서 나와 함께하는 현실이 미 흡하면 어쩌나 걱정스럽다. 아이들의 극저온 냉동실을 지나 비 필수 인력이라서 여행 기간 동안 오직 한두 번만 깨어나게 될 2등석 추첨 승객들 구역 너머까지 멀리 산책을 나간다. 지구를 떠난 것은 옳은 결정이었다고 되뇌인다. 켄타우리계에 도착했을 때 지구에서 10년 전에 보낸 메시지를 받았다. 전염병 치료제가 발견돼 혼수상태였던 이들이 깨어나고 사람들이 다시 삶을 영위하기 시작했다는 소식이었다. 장례 기업들은 사업 영역을 넓혀 나가 기후 프로젝트에 초점을 맞추고 해안 도시들 주변에 방파제를 짓고 세기말까지 햇빛 가리개 프로젝트를 주관하게 되었다. 메시지는 우리에게 행운을 빌어 주고 작별 인사를 하면서 다음과 같은 말로 마무리했다. 여러분들의 고향은 언제나 이곳입니다. 이 세계에서든 새로운 세계에서든 우리는 언젠가 서로를 다시 찾게 될 것입니다. 탑승원에게 보내는 일반 전보와 함께 개인 편지들도 도착했다. 일주일 넘게 우주선은 지난 50년 동안 지구의 삶을 짤막하게 보여 주는 듯한 짧은 사진, 뉴스, 조전(弔電)과 부활한 스포츠 팀들의 다양한 기록과 수치로 떠들썩했다. 우주선 전담 의사는 뭔가를 축하하고 싶어 하거나, 도움이 필요한 사람, 혹은 어떤 기분인지 확실히 갈피를 잡지 못하는 사람들을 위해 일일 공유계를 조직했다.

곧 삼촌이 된대요. 믿어져요? 이름이 호러스래요. 가여운 녀석. 형이 자기 아들에게 말도 안 되는 촌스러운 이름을 지어 줬어요. 그런데 말이죠, 조카 녀석이 지금은 나랑 나이가 같을 거예요. 어쩌면 더 많을 수도. 젠장, 걔한테 아들이 있을 수도 있겠네요.

어머니는 우리가 떠나고 몇 년 있다가 돌아가셨대요. 전염병 때문은 아니래요. 정말로, 그건 다 나았대요. 하지만 바이러스에 폐가 손상되고 나서 나타난 암들은 못 고쳤대요. 언니가 편지로 알려 줬어요. 언니도 지금은 어머니 곁으로 간 거 같아요. 이후 편지가 한 통도 안 왔으니까요. 살아 있으면 아흔 살일 거예요.

우리 가족은 2080년에 플로리다 끝부분까지 바다에 잠기기 전에 오하이오로 이사했대요. 듣자 하니 옛 사우스 비치에 수중 리조트가 있대요. 마이애미 돌핀스 미식축구 팀은 리틀록으로 옮겨 갔대요. 동생이 도시가 소개되기 전 마지막 홈경기에 갔다나요.

항공우주국의 마지막 공식 발표에 따르면 우주선이 세 대 더 완성됐대요. 여동생이 그중 한 대인 U.S.S. 세이건호의 통솔자로 탑승해 다른 후보 거주지구로 떠났대요. 우주에 우리만 있는 게 아니에요.

내 차례가 오자 나는 탑승원들에게 출발하기 전에 조카들에게 받은 가족 그림을 보여 주었다. 그리고 1년 뒤에 그 애들이 보낸 편지에 조카들이 학교 신문에 기고한 내 이야기가 결국 「샌프란시스코 크로니클」에 실렸다는 이야기도 전해 주었다. 우리가 없는 동안 지구의 상황이 나아졌다는 것을 알고 나서도 나는 늘 고향을 그리워해 봐야 도움이 안 된다는 말을 되뇌었다. 후회는 없다. 우주에서 우리가 결코 본 적 없는 별 근처 어딘가에 우리가 정말로 살게 될 곳이 있으니까.

로스 128 B — 지구에서 11광년 떨어진 곳. 여행 시간: 110년

별자리: 처녀자리. 특이할 정도로 안정적인 적색 왜성 주위를 10일 주기로 돈다. 정확히 인간이 거주할 수 있는 구역 안에 있다. 공전 주기와 자전 주기가 같은 조석 고정 행성으로 한쪽은 영원한 낮이, 다른 한쪽은 영원한 밤이 지속되지만 대략 21도 정도의 온화한 기후를 갖고 있다. 세 개의 커다란 대륙과 얕은 바다가 존재한다.

대기는 아주 조금 숨 쉴 수 있는 정도다.

예술가의 기록: 행성에 가까이 다가가자 지구로 다시 돌아가고 있는 것 같았다. 지구보다 약간 큰 데다 푸른 바다가 보였고 산과 계곡은 석탄 색깔이었다. 탐험대에 합류하고 싶었지만 녹음하는 것으로 만족해야 했다. 어쩌면 미래 세대에게 들려줘야 할 이야기라는 점에서 이렇게 녹음하는 방식이 더 나은 것 같았다. 크기는 집만 한데 느낌은 벨벳 같았던 검은 꽃들, 행성의 낮과 밤이 나뉘는 선에서 끊임없이 반복되는 일출이나 일몰에도 꿋꿋이 떠있는 붉은 별, 오징어처럼 생긴 아주 작은 생명체들이 반딧불이같이 떼를 지어 날아다니면서 밤만 계속 이어지는 행성의 한쪽 면을 환히 밝혀 주던 광경을 다 기록할 수 있으니까 말이다. 후대의 사람들에게 이 행성이 아름다웠다고 말해 줄 수 있었다. 그리고 그곳에 가지 않았기 때문에 실제 거기서 일어났던 일들은 잊을 수 있었다.

수면 캡슐에 나란히 잠들어 있는 쌍둥이 소녀의 초상화를 마무리하고 있는데 사람들이 셔틀선 구역으로 몰려갔다. 소란스러운 그들을 따라나서자 구리 향이 가미된 공기 냄새가 나는가 싶더니 시체 운반용 부대자루 밑으로 피가 흥건히 고여 있었다. 복도를 건너가 보니 셔틀선 조종사가 바닥에 태아처럼 누워 흐느끼고 있었다. 그랜트는 20대 중반이었지만 혼자서 덜덜 떨고 있는 모습은 영락없는 어린아이 같았다. 옆에 앉아서 등을 쓸어 주자 그가 몸을 가까이 붙이며 말했다.

"그것들이 모래에서 나왔어요. 나오는 걸 전혀 못 봤어요."

의료진이 혹시 모를 외계 박테리아를 제거하기 위해 시체 위에 하얀색 발포제를 뿌렸다. 그리고 더 정밀한 검사를 위해 사상자들을 한 명씩 실험실로 옮겼다. 일병 숀 미첼과 리처드 페큐스 박사 그리고 그랜트의 형이자 일등 항해사인 레민크가 목숨을 잃었다. 일어서서 우주 왕복선 구역을 자세히 들여다보니 왕복선 옆에 누워 있는 죽은 생명체가 얼핏 보였다. 곧 보안대가 문을 걸어 잠갔다. 1미터 길이의 곤충인 그 생명체는 잠자리 같은 날개에다 터널 굴착기처럼 생긴 머리가 달려 있어 거대한 노래기처럼 보였다. 다시 그랜트 옆에 앉았다. 그는 여러 번 접은 가족사진을 꼭 쥐고 있었다.

"도움 필요하면 말해요. 여기 놔두고 가고 싶지 않아서 그래요."

달리 뭐라고 말해야 할지 떠오르지 않았다.

"형과 저는 걸릴 게 전혀 없어서 이번 임무에 지원했어요. 어머니와 아버지는 2차 유행 때 돌아가셨거든요."

"유감이에요. 정말 내가 도와줄 거 없어요? 누구 딴 사람 불러 줄까요?"

"아뇨, 아닙니다."

그랜트가 천천히 일어나서 제복을 바로잡았다. 이어 그랜드 캐니언에서 찍은 가족사진을 건네주었다. 사진 속 그와 일등 항해사인 형은 채 열 살도 안 돼 보였다.

"괜찮으시다면 벽화에 이 사진도 넣어 주셨으면 합니다."

"물론이죠."

그의 손을 꼭 잡아 주는데 사람들이 전염병으로 처음 목숨을 잃기 시작했던 때 이웃들을 위해 그렸던 그림들이 떠올랐다. 당시 이웃들은 파이와 캐서롤을 들고 우리 집에 찾아와 세상을 떠난 자식이나 배우자들을 화폭에 담아 달라고 부탁했다.

행성 탐사가 그렇게 비극적으로 끝나자 힘들어도 고향으로 돌아갔어야 했나 싶은 생각이 들 수밖에 없었다. 우리는 절박감에 우주선에 오르면서도 마음속은 희망과 경탄으로 가득 찼더랬다. 대체 지구를 찾는 일이 번번이 실패로 끝날 수 있다는 점을 믿고 싶지 않았다. 찾았다 싶으면 너무 덥거나 너무 춥거나 너무 축축하거나 너무 건조하거나 너무 위험했고, 그렇지 않으면 우리가 건강을 유지하고 체력을 키우는 데 필요한 것들이 부족했다. 하지만 거대한 살인 곤충이 문제라서 그렇지 로스 행성이야말로 대체 지구에 가장 가까웠다. 함장은 지구가 온전하더라도 우리가 여기에 무엇이든 건설한다면 인류에게 다른 일이 생겼을 때 제2안이 될 수도 있음을 일깨워 주었다. 또한 돌아가는 것은 선택지에 없다는 점을 재차 짚었다. 다음 날 장례식이 열렸다. 극저온 냉동 캡슐에서 나온 이들이 전부 참석해서 전망대 위에 놓인 세 개의 은빛 캡슐 주위로 모였다.

함장이 조문을 읊기 시작했다.

"우리는 동료 승무원들의 숭고한 희생을 기리기 위해 여기 외계 행성 위의 궤도에 모였습니다."

참석자들 대부분이 희생자를 잘 몰랐기 때문에 다들 마치 식순을 따르는 것처럼 태블릿으로 희생자의 인사 파일을 읽었다. 함장이 조문을 읊는 동안 그랜트가 형의 캡슐로 다가가 뚜껑을 연 뒤 액자에 끼운 부모님 사진과 누더기가 된 곰 인형을 고인의 가슴에 올려 두었다. 뒤이어 다른 희생자들의 지인들이 고인의 캡슐을 열고 편지, 메달, 성경, 카디건 스웨터, 야구 글러브 같은 기념물을 안에 넣었다. 경비원들이 근처 에어록으로 캡슐을 운반했고 우리는 함장이 명령을 내리기를 기다렸다.

"발사."

갑자기 전망실과 바깥쪽 복도까지 붉은빛에 뒤덮이고 사이렌이 요란하게 울려 대면서 에어록의 바깥문이 열리고 있다고 경고했다. 참석자들에 섞여 있던 우주생물학자가 트럼펫으로 「진혼곡」을 연주해 소음을 씻어 냈다. 사이렌 소리가 멈추자 트럼펫의 마지막 음이 긴 여운을 남기며 끝났다. 곧 정적 속에서 세 개의 캡슐이 암흑 속으로 떠내려 갔다. 수년 만에 처음으로 관들이 우주에 감싸이는 장면을 지켜보고 있자니 클라라가 죽었을 때 일이 떠올랐다. 러시아 사람들이 우리와 상의도 없이 그 아이를 화장해서 우편물처럼 보내는 바람에 우리 가족은 딸의 시신을 직접 보지 못했다. 그 재가 정말 내 딸인지 의아할 때가 많았다. 내 딸이 아직 살아 있다는 꿈에서 깨어나려면 직접 보고 만져 봐야만 했다. 앞으로 나아가기 위해서는 그 뼛가루가 정말 클라라라고 믿도록 스스로를 단련시키는 수밖에 없었다. 함장이 이어 말했다. 여기는 그들의 행성입니다. 우리는 외계 생명체를 섬멸하거나 이 행성이나 다른 행성들을 우리에게 복종시키지 않을 겁니다. 우주에 우리가 살 만한 곳이 없다면 지구로 돌아가야 할지도 모릅니다.

유미에게

오늘은 어떤 꿈을 꾸고 있니? 외할아버지와 서점에 간 꿈을
꾸거나 네 엄마를 일에 빼앗기기 전에 엄마 아빠와 떠났던
장거리 자동차 여행 꿈을 꾸겠구나. 어쩌면 옐로스톤에 갔을
때나 마지막 남아 있던 범고래가 먹이를 먹는 모습을 보기
위해 산후안에서 가족이 다 모였을 때를 꿈꿀지도 모르겠구나.
우리는 이번 주에 믿기지 않을 정도로 조건이 좋은 행성을
발견했단다. 어쩌면 우리는 순진하게도 찾을 수 없는 완벽한
행성을 찾고 있는 중일지도 모르겠다. 우리에게 딱 맞는 또
다른 지구, 새롭게 시작하기 위해 큰 문제가 없을 만한 행성
같은 거 말이다. 가끔 지구를 떠나고 몇 시간 안 됐을 때와 처음
며칠 동안 있었던 일들을 꿈 꾼단다. 승무원들의 친인척 유골과
함께 네 엄마와 외할아버지의 유골을 우주로 날려 보낼 때 너도
나와 함께 깨어 있었다면 얼마나 좋았을까 싶다. LED 등이
장착된 초소형 비콘(정보 전달을 위해 신호를 주기적으로 전송해 주는
장치 — 옮긴이)을 유골 가루에 섞어 토성의 고리 바로 너머에
먼저 간 사람들이 빛의 흔적으로 남아 오래 머물겠지. 그러니
네 엄마가 걸고 있던 목걸이에 그랬듯 하늘을 올려다보며
반짝이는 별에 기도하렴. 우리가 마침내 여행을 멈췄을 때 네가
양손에 모아 쥐고서 외계의 바람에 날려 보낼 수 있도록 네
엄마와 외할아버지의 유골 일부를 챙겨 놓았단다. 네 엄마에게
널 잘 돌보겠다고 약속했다. 외할아버지에게는 우리 잘 지낼
테니 걱정 말라고 했고. 그러니 네게 계속 꿈꾸고 있으라고
말하는 거란다. 우리가 새로운 집을 찾지 못한다면 네 엄마와
외할아버지의 죽음이 헛되지 않겠나 싶어서 말이다.

글리제 832 C — 지구에서 16광년 떨어진 곳. 여행 시간: 160년

별자리: 두루미자리. 행성을 둘러싸고 있는 거주 가능 영역의
좁은 띠가 966킬로미터에 달하는 슈퍼 지구다. 무인 탐사선에
야생 동물의 흔적이 포착되었고 띠에 속한 대부분의 구역에서
허리케인급의 바람이 지속되는 등 혹독한 기후 형태가 감지되었다.
중력이 강해서 이륙이 불가능하기에 어떻게든 이 행성에 착륙하게
된다면 편도여행으로 끝난다.

예술가의 기록: 우리는 파란색과 초록색의 둥근 테두리가 질량이
지구의 다섯 배나 되는 죽은 암석 덩어리를 감싸고 있는 것을
발견했다. 무인 탐사선이 보내 온 영상에는 버팔로처럼 몸 전체에
붉은색 털이 풍성하게 늘어져 있는 생물체들이 있었고 소형 자동차
크기의 반짝이는 개구리들이 우글거리는 섬들이 점점이 박혀 있는
호수들과 여전히 나무에 살고 있는 영장류들도 보였다. 그런데
영장류의 얼굴은 지구의 침팬지나 고릴라와 다르지 않았으나 가죽은
물고기 비늘 같았다. 나는 바이유 태피스트리(노르만족의 잉글랜드
정복 과정이 담긴 초대형 자수 작품 — 옮긴이) 형태로 이 행성의
생명체를 기록해 두기 위해 여러 군데 통로의 맨 윗부분을 비워
두었다. 우리는 한 달 넘게 이 행성의 궤도를 돌며 멀리서 자세히
관찰했다.

우리가 지구를 떠날 기회가 생겼다고 말해 줬을 때 유미는 내
가 이미 그 기회를 잡기로 결심했다는 것을 알아차렸으면서도
떠나지 않기를 바랐다. 그 아이는 친구들과 친척들 생각에 울음

을 터트렸다. 내가 나서서 그들도 야마토호에 탑승시키려고 했지만 소용이 없었다. 유미는 집을 떠나는 게 싫다며 울었다.

"차라리 죽는 게 낫겠어요. 이제 여기 상황이 좋아질 거 같은데 할머니는 도망치고 싶으세요? 그 고생을 하고 나서 굳이요?"

손녀의 말이 진심이었다는 것을 안다. 아이의 외할아버지가 시베리아에서 죽고 난 지 1년밖에 안 됐을 때 유미와 아주 친했던 친구가 웃음의 도시로 떠났다. 몇 달 동안 유미는 그 공원에 데려가 달라고 애원했다. 나는 늘 손녀에게 이렇게 말해 주곤 했다.

"우리는 네 엄마와 외할아버지 때문에, 그리고 아무 많은 이들이 그 두 사람을 굳게 믿은 덕분에 여기에 있는 거란다. 엄마와 외할아버지는 여전히 우리 가족이야. 우리가 하는 건 전부 그 두 사람을 위한 거고."

클리프가 우리에게 보내 준 마지막 영상 메시지를 유미의 침대 옆에 있던 디지털 액자에 저장했다. 지구를 떠나기 전날 밤에 유미와 나는 그 메시지를 들었다. 지금은 다른 세상을 올려다볼 때마다 남편의 마지막 말들을 즐겁게 듣고 있다.

나의 아름다운 여인들에게
그대들이 여전히 무사하고 건강하다니 기쁘군요. 지금 당장 세상이
바뀔 것 같지는 않지만 내가 머지않아 위험한 상황이 될 거라고
말하면 믿어 주시오. 이곳 세상의 끝에서 나는 많은 시간을 바다로
부서져 내리는 얼음과 땅을 생각하며 보내고 있어요. 세상이
우리에게 많은 비밀들을 숨기려 했답니다. 시베리아에서 고대의
소녀와 전혀 접해 본 적 없는 바이러스를 발견하면서 인간이란

무엇인지 재정립할 수 있게 된 데 반해 인류가 위험에 처하게 됐으니
참으로 이상한 일이에요. 내가 철학자라면 이런 상황에 대해 더 많이
생각했을 테지요. 아마 당신과 우리 손녀가 지니고 있는 높은 예술적
감각이라면 그 의미를 전부 헤아릴 수 있을 거요. 얼마 전에 집에
돌아가게 될 거라고 말했죠. 여기 기지에 있는 내 동료들이 치료제나
아니면 최소한 세상이 우리의 경고를 진지하게 다루도록 설득할
방법 정도는 찾을 것 같다고 하면서. 난 정말 그대들을 꼭 껴안아
주고 귀가 닳도록 들은 그 멋진 가족 모임에 낄 수만 있다면 소원이
없을 것 같군요. 하지만 여전히 해야 할 일이 있답니다. 그리고 아직
희망도 있고.

트라피스트-1 행성계 — 지구에서 40광년 떨어진 곳. 여행 시간: 400년

별자리: 물병자리. 초저온 적색 왜성을 돌고 있는 밀집된 일곱 개의
행성들. 그중 하나인 트라피스트 1e의 궤도에 들어와 관찰한다.
물이 있는 곳에는 전부 땅이 거의 없거나 아예 없다. 생명체가
뿌리박기에는 너무 축축하고 화학적으로 너무 뻔하다.

예술가의 기록: 트라피스트 행성계의 어느 행성에서나 표면에서
하늘에 있는 우리 달보다 큰 다른 행성들을 볼 수 있다. 바다에 비친
행성들이 간격을 두고 끝도 없이 길게 이어져 있다.

잠들기 전 많은 승객들이 트라피스트-1 행성계가 정착지가 될

것이라고 확신했다. 물이 풍부하고, 일곱 번이나 맞춰 볼 기회가 있으니까. 다시 삶을 꾸려 나갈 생각에 부풀어 저마다 오두막이나 돔을 지을 땅뙈기처럼 행복을 찾으려면 필요한 것들을 이야기하느라 식당 안이 떠들썩했다. 함장은 은퇴할 예정이었다. 뒤를 이어 일등 항해사가 야마토호를 맡아 우주 탐험을 이어 갈 테다. 천체물리학자와 그녀의 공학자 남편이 K-12 학교(유치원부터 고등학교까지의 의무 공교육 체계 — 옮긴이)를 열 예정이며 언젠가는 대학교 과정도 시작할 테다. 식물학자들은 트라피스트 행성계에 흙이 있기를 꿈꾸며 우리가 가져온 씨앗들이 어떻게 잘 뿌리 내릴지, 현지 식물군 중 우리가 섭취하고 약으로 쓸 수 있는게 없을지 알고 싶어 했다. 고생물학자들은 심해에 상상을 초월할 정도로 큰 동물들이 있을 수 있다며, 대왕 오징어와 고래가 유영하는 환상적인 광경을 상상했다. 하지만 막상 이 행성계에 가까이 다가가자 대륙이나 섬은 물론 동물의 생명 지표 또한 전혀 보이지 않았다. 정적에 휩싸인 관측대에는 눈물만 넘쳐났다. 도리는 엉엉 울고 있었다. 나 또한 울고 싶은 마음이 굴뚝같았다. 하지만 나는 우리 앞에 펼쳐진 일곱 개 행성의 심연에서 그만 빠져나와 승무원들을 그리기로 마음먹었다. 멀리서 보면 우리는 슬프거나 패배자가 아닌 길을 가던 도중에 아름다운 곳을 한 군데 더 목격하고 있는 개척자처럼 보였기 때문이다.

클라라에게

너도 유미가 아주 자랑스러울 거다. 사람들이 아프기 시작했을 때 그 아이는 먼저 친구들과 가족부터 생각했단다. 도와주고 싶어 했지. 진즉 유미와 같이 살았으면 얼마나 좋았을까 싶단다. 우리는 그저 네가 딸이 커 가는 모습을 놓치지 않길 바랐을 뿐이었다는 걸 이해해 줬으면 좋겠다. 난 항상 네가 하는 일, 네가 쓴 책, 네가 만든 다큐멘터리 그리고 네 강의 등을 자랑스럽게 여겼단다. 아버지는 네가 나온 기사마다 죄다 오려서 모아 놓느라 스크랩북이 모자랄 지경이었다. 난 늘 사람들에게 네가 지구를 식히려고 애쓰고 있으며 인류에게 다른 살 길을 찾아야 한다는 걸 설득하느라 백방으로 뛰어다닌다고 말하곤 했단다. 결국 사람들이 귀담아들었지. 너나 우리에게 너무 늦었지만 말이다. 하지만 별스럽고 아주 멋진 내 딸아, 사람들은 네 말을 들었단다. 유미가 마지막으로 한 번 더 네게 편지를 썼단다. 어쩐지 너는 그렇다는 걸 이미 알고 있을 것 같구나. 편지는 종이학으로 접어서 네 유골 가루와 함께 태양계 바깥에서 떠다니고 있단다. 유미였다면 분명 이 편지를 쓴 뒤 결과가 만족스러울 때까지 여러 번 접었을 테지. 여기 우주선에서 나는 벽화로 우리 가족이 휴가를 보내는 모습을 되살렸단다. 너와 유미가 디날리 국립공원에 가서 텐트를 치는 장면을 그려 넣었고, 박사 학위를 딴 지 얼마 안 된 너와 아버지까지 가족 모두가 뉴욕의 자연사 박물관에 갔을 때의 모습도 담았지. 아마 벽화를 그만 그릴 때쯤에는 우주선 구석구석까지 생명체가 가득해 더 이상 그릴 공간이 없을 거란다.

떠돌이

야마토호의 자동조정장치가 물체를 감지하고 멈춰 섰다. 빛이라고는 근처의 성운과 우주 장막뿐인 떠돌이 행성은 별도 없이 홀로 차갑게 떠 있었다. 혹자는 이런 행성이 생명이 없는 암석이라고 생각했을 것이다. 예비 자료에 따르면 대기가 희박한 이 떠돌이 행성의 나이는 거의 우주만큼 많다. 탐사선에서 처음 들어온 장면을 자세히 보니 행성 표면에 간간이 폐허가 있었다. 지구의 도시와 다르지 않은 방대하고 현대적인 도시들이 제자리에 꽁꽁 얼어붙은 듯한 폐허였다. 아마도 이 행성은 생긴 지 얼마 안 됐을 때 항성계에서 내쳐져 수십억 년 동안 제 내부에 있던 열로 생명을 키웠을 수도 있다. 아니면 이 떠돌이 행성에도 한때는 항성이 있어 이곳의 문명이 별의 온기를 느낀 시절이 있었지만 결국 충돌 은하에 파괴됐을지도 모른다. 궁금한 게 너무 많았다. 분명 누군가 돌아와서 이런 궁금증을 풀어 줄 것이다. 주민들은 자기네 행성이 죽어 가고 있다는 것을 오래전부터 알고 있었을 가능성이 크다. 이 행성은 위안과 절망을 동시에 안긴다. 우리가 혼자가 아니며 우리가 여전히 이곳에 있음을 다시 확인시켜 준다.

제2의 지구

희한하게도 무덤만 한 행성이 우리 모두에게 희망을 불어넣어 주었다. 또한 이 행성 덕분에 우리 우주선이 단순한 우주선 그 이상의 의미가 있고, 우리가 어디를 찾아내든 그곳이 우리의 집이 될 수밖에 없는 이유가 산소와 물과 흙의 화학 성질 때문만이 아니라 우리가 있기 때문임을 깨닫게 되었다. 우리는 두 번 더 다른 행성들에서 멈추었다가 케플러계로 가는 죽음의 항해를 시작했다. 케플러계에 이르면 우리는 지구식 나이보다 몇십 년이나 몇백 년이 아닌 몇천 년을 더 먹게 될 터였다. 탑승원들이 극저온 냉동 캡슐에서 나와 함께 지낸 지는 겨우 1년 조금 넘었지만 심우주에 온 지는 500년이 훌쩍 넘었다. 일부 탑승원들은 이번에 더 오래 깨어 공동체의 유대감을 형성해 보기로 했다. 서로를 부르는 호칭부터 바꾸어 함장 대신 프랭크, 대표 생물학자 대신 셰릴, 수석 엔지니어 대신 히로처럼 이름으로 부르게 되었다. 간호사 프래쳇은 산체스 중위와 사랑에 빠졌다. 브라이언 야마토의 형과 사귀는 사이였던 발은 전 연인에 대한 미련을 버리고 관측대에서 정비공과 손을 꼭 잡고 있는 모습을 들켰다. 우리는 극저온 냉동실 밖에서 아이들의 생일을 축하해 줬다. *507번째 생일을 축하해. 이제 진짜 다 컸는데. 너희는 모르겠지!* 도리와 내가 그림을 그려 넣을 새 통로를 찾아낼 때마다 승무원들이 자기네 이야기를 들려주었다. 자신들이 어떻게 이 우주선에 탑승하게 됐는지, 지구에 누가 남아 있는지, 우리 삶이 바이러스나 화재나 허리케인으로 뒤집히기 전 마지막으로 기억하고 있는 순간들에 대해 말해 줬다. 어느 날 도리와 나는 예배관에서 서로 등을 맞댄 채 우리가 시스티나 성당의 축소판이라고 부르던 그림을 그렸다.

"하역구 벽판을 졸업식과 결혼식으로 뒤덮을 거예요"

도리의 말에 내가 덧붙였다.

"난 우현 벽판에 이 유소년 야구 경기 그림을 마무리하면 거리 축제를 그려 볼 작정이야. 그건 그렇고, 내가 샌드위치 싸 왔는데."

"딜도 넣었어요?"

"물론이지."

"천장에는 뭘 그려야 할까요?"

그때쯤 우리 둘 다 페인트 범벅이었고 유독 가스 때문에 약간 어지러웠다. 터널을 환기시키기 위해 우리가 가져다 놓은 작은 환풍기는 공기를 순환시키기에는 역부족이었다.

"그러게 말이야."

이후 며칠 동안이나 천장에 뭘 그릴까 생각했다. 그러다가 더 많은 승무원들과 이야기를 나누다 보니 지금껏 우리 삶의 상당 부분이 벽화에서 빠져 있다는 사실을 깨달았다. 예를 들면 우리가 사진을 가지고 있지 않은 사람들, 남아 있는 기억을 제외하고는 그들이 존재했다는 증거조차 없는 사람들은 벽화에 그릴 수 없었다. 세상을 떠난 애인, 짝사랑했던 사람, 직장 동료, 우체부, 인사는 나눴지만 제대로 아는 것은 전혀 없는 이웃, 단골이라는 이유로 가끔 공짜 술을 주었던 바텐더, 인생에 그렇게 중요하다고 생각한 적은 없었지만 지구를 떠나오고 난 뒤에는 믿을 수 없을 정도로 아주 중요하다는 사실을 깨닫게 된 사람들 또한 마찬가지였다. 다시 극저온 냉동 캡슐에 들어가야 할 때가 왔을 때 야마토호에는 빈 강철판이 거의 한 조각도 남아 있지 않았다. 유미 건너편에 있는 작은 금속판과 우리의 최종 목적지를 기록해 두기로 되어 있는 함장실의 금속판이 유일하게 남아 있었다.

클리프에게

돌이켜보면 당신과 클라라 그리고 지금은 나와 유미까지 우리 모두 다른 선택지가 보이지 않았기에 가능성을 향해 달려온 셈이네요. 우리 각자 그렇게 바쁘게 살았는데도 서로를 발견한 게 놀라울 따름이에요. 우리가 가족을 이뤘다는 사실도 이번 여정에 나섰다는 사실도 믿기지 않아요. 클라라가 발견한 내용이 뉴스에 나온 다음 그 빙하시대 소녀에게 있던 문신과 고대 동굴 속 거석에 새겨져 있던 그림을 둘러싸고 음모론이 넘쳐났었죠. 우주에 있으니까 그 미라의 살갗에 빛바랜 잉크로 그린 듯했던 항성계가 보이는 것만 같아요. 아마 우주 저 먼 데에서는 미친 생각들이 지극히 정상일지도 몰라요. 만약 이게 조금이라도 사실이고 이 우주선이 별들을 여행하는 사정과 어느 정도 연관성이 있다면, 유미와 나는 새로운 삶을 개척한 후에도 계속 가능성을 향해 달려갈 거예요. 그래서 클라라가 항상 자기 목에 걸고 다닌다고 말했던 세상을 찾을 거예요. 하지만 지금 당장은 쉬어야 해요. 당분간은 당신과 클라라에게 깊이 가 닿는 꿈을 꾸고 싶어요. 당신과 이제껏 존재했던 모든 이들을 제대로 추억할 수 있는 곳에서 깨어나고 싶어요.

케플러-186f ― 지구에서 582광년 떨어진 곳. 여행 시간: 6000년.

별자리: 백조자리. 집

예술가의 기록: 얕은 바다와 붉은 풀로 덮인 평원으로 나뉘어 있는

두 개의 커다란 대륙에 뒤덮여 있었다. 탐사대가 행성의 구릉지를 자세히 살펴보는 동안 혼자 따로 떨어져 나오자 뿔 달린 아주 작은 설치류들이 나를 따라왔다. 진홍색 버드나무 사이로 산들바람이 불었고 새까만 흙이 거품처럼 장화에 들러붙었다. 멀리 오렌지색 호수 주변에 더 많은 야생 동물들이 모여 있었다. 머리에 프로펠러 모양의 부속물이 붙어 있는 물개 같은 동물도 눈에 띄었고 뿔 달린 설치류들도 더 많이 보였다. 소형 비행선처럼 생긴 생물체들이 무리 지어 물 위에 떠 있는 광경은 마치 헬륨으로 빵빵해진 배를 보는 것 같았다. 풀밭에서 처음으로 꽃을 꺾었다. 처음으로 헬멧을 벗고 얕게 숨을 쉬었다. 분명 시간이 갈수록 숨쉬기가 편해질 테다. 새집에 여기서 처음 본 풍경을 그려 넣어야겠다.

함장과 함께 다른 이들보다 일찍 깨어났다. 동양인 비필수 인력 승객들이 긴 잠에서 깨어나면 그들을 도와주고 긴 여정이 끝나면 환영회도 열어 달라는 요청을 받았다. 인적 없는 복도를 걸어가며 도리와 내가 그린 지난 삶과 우리의 집이 돼 줄 수 없었던 모든 행성을 다시 찬찬히 살펴봤다. 그러다가 내가 마지막으로 그린 그림 앞에서 걸음을 멈추었다. 마지막 입실자에 속했던 내가 극저온 냉동 기술자들에게 끌려가다시피 해서 냉동 캡슐에 들어가기 전 몇 분 만에 완성한 그림이었다. 내 방의 벽 전체에 나, 유미, 클리프, 그리고 클라라가 어깨동무를 한 채 관측대에서 내가 상상해서 그린 케플러 행성을 바라보고 있는 모습을 그려 넣었다. 한참 그 그림을 쳐다보고 있자니 그 순간이 어떨지 느껴지는 듯했다. 클라라는 아마 자신이 내내 수정 목걸이를 걸고 다닐 때 썼던 두 번째 기회에 대한 시를 인용하면서 심오한 말을 했을 것이다. 그리고 클리프는 비로소 우리의 딸을 완전히 이해하게 되면서 울음을 터트렸을 것이다. 나는 클리프와 클라라와 유미에게 입맞춤을 해 주고 꼭 껴안아 주면서 우리가 해냈다고 말해 줬을 테다. 이어 세 사람에게 야마토호의 그림 전시관을 안내해 주면서 기억하고 기리며 감사히 여기게 한 뒤 셔틀선 승객 명단에 우리 이름을 쓰고 수천 년 만에 처음으로 신선한 공기를 들이마셨을 테다.

유미에게
우리가 얼마나 멀리까지 왔는지 빨리 보여 주고 싶구나. 물론
우리와 네 엄마나 세상 사람들 모두 더 잘할 수도 있었겠지.
오랫동안 너를 실망시켰다는 생각이 들더구나. 한때는 네가
가슴이 찢어지는 감정도 느껴 보고, 대학에서 드라마 같은
일도 겪어 보고, 허접한 직업도 가져 보는 등 우리가 당연하게
여겼던 것들을 두루 경험하면서 삶을 만끽할 수 있기를
바랐단다. 하지만 그동안 몇 세기를 지나오면서 네게 더 이상
그런 걸 바라지 않는다는 것을 깨달았지. 정말이지 나는 네가
과거의 세상이 어떤 곳이었는지를 이해하길 바라지만 너는
이 새로운 세상을 네 삶으로 만들어 갈 수 있을 만큼 젊단다.
후회도 실수도 없는 새로운 출발이 될 거다. 너는 우리가 예전에
얼마나 아팠는지를 잘 알고 있으니 더 나은 출발을 할 수 있을
게다. 네 냉동 캡슐의 유리 너머를 보고 있노라면 네게서 네
엄마와 외할아버지가 보인단다. 그렇게 너는 네 여정에 두

사람의 가장 좋은 점만 가져갈 테지. 세상의 비밀을 밝혀내고 옳은 일을 하고자 하는 두 사람의 투지와 호기심과 탐구 정신을 말이다. 처음 깨어나면 울고 싶고 불안할 테지. 당연한 거야. 하지만 우주 전체가 너를 기다리고 있단다. 아가, 지금까지는 이 할머니가 널 도와줬단다. 우리는 서로 도와 여기까지 왔어. 그러나 이제부터는 너의 시간이란다. 네가 날 붉은 풀밭으로 데려가 우리가 어떻게 될지를 말해 줄 때란다. 이제 깨어나렴.

옛날식 파티

HOW
HIGH
WE GO
IN THE
DARK

시간: 2039년 4월 10일, 오후 5시.

장소: 오렌지 그로브 루프 1227 (마당 문을 이용하세요.)

세부 사항: 버거와 핫도그(채식주의자용도 따로 준비됨)가 곁들임
음식과 함께 제공됩니다. 곁들임 요리나 키슈, 캐서롤 같은
간단한 메인 요리를 하나씩 가져와 주세요. 맥주와 와인이 약간
제공됩니다만(제가 몇 년 전에 큰마음 먹고 산 맥켈란 레어캐스크
위스키를 딸 예정입니다) 각자 마실 술을 얼마든지 가져오셔도 됩니다.
최근에 깨어난 분들은 걱정 말고 빈손으로 오세요. 아직 남아 있는
바이러스 여파로 고생하는 분들도 계시고 재정 상태 때문에 여전히
전환 프로그램의 지원을 받아 생활하는 분들도 소수 계시다는 것을
모르지 않습니다. 전 깨어난 뒤 한 달이 넘도록 식료품 구입을 아예
못 했답니다. 무지막지한 바위가 정문이라도 막고 있는 것처럼
옷 입고 집 밖으로 나갈 엄두가 안 나서요. 그러니 뭐든 필요한 게
있으면 저한테 알려 주세요. 기꺼이 가게도 데려다 드리고 산책도
나가며 병원에도 같이 가 드릴게요. 막상 같이 해 보면 그렇게 나쁘지

않다는 걸 알게 될 겁니다.

□ 샐러드 □ 핑거 푸드 □ 빵과 과자류 □ 칩과 소스 □ 주 요리

이웃들에게

윗글은 예전의 저라면 결코 보내지 못할 초대장입니다. 다들
우리 골목 끝에 있는 하늘색 목조 단층집을 아시죠. 제 아내이자
여러분의 친구였던 셸리가 화분에 튤립을 심어 두었던 그
집이요. 또한 걸스카우트 쿠키를 팔고 친구들 집에서 자고
가던 제 딸 니나도 잘 알 겁니다. 전 셸리의 남편이자 니나의
아버지였던 폴입니다. 여러분에게 한 번도 댄이라고 불린
적 없었던 저는 아내가 재택근무 사무실에 콕 박혀 새로운
휴대전화 앱을 개발하는 동안 간신히 시간 맞춰 퇴근해
니나에게 잠자리 동화책을 읽어 주던 변호사였습니다. 이제
제 동료들은 다 저세상 사람들이 되었고 가족들도 대부분
하늘나라로 갔습니다. 여러분의 집이 대부분 그렇듯 제 집도
박물관 같답니다. 이렇게 계속 창문 너머로 훔쳐보며 서로
피하면서 살 수도 있겠지요. 하지만 예전에 우리가 어떤
사람인지 생각하느라 자신을 완전히 잃어버리기 전에 우리
집에서 열리는 동네 파티에 참여할 수도 있지 않을까요.

저는 혼수상태의 전염병 환자들이 넘쳐날 정도로 수용되어
있던 시애틀 외곽의 보잉사 격납고에서 깨어났답니다. 당혹감과
비통함에 휩싸인 채 환자복 차림으로 수십 개의 병상을 헤매며

셸리와 니나를 찾아다녔죠. 어떤 환자들은 내가 그들을 도울 수 있는 것처럼 손을 뻗더군요. 카페나 체육관에서나 스쳤던 생판 모르는 사람들인데도 말이죠. 다른 환자들은 백신으로 살릴 수 없었던 이들이 시체 포대에 담겨 실려 나간 탓에 텅 비어 버린 침상을 쳐다보았습니다. 퇴원 처리를 해 주는 막사에서 몇 시간이나 기다린 끝에 아내의 결혼반지와 내가 딸의 열일곱 살 생일 선물로 사 준 행운의 팔찌 그리고 작은 유골 상자 두 개를 받았죠. 니나가 갈매기들에게 감자튀김을 주곤 했던 곳이자 내가 옛날에 피시앤칩스 바구니에 약혼반지를 감춰 두었던 곳인 부두 근처에 유해를 뿌렸답니다. 이제 먹이를 줄 파이크 플레이스 마켓의 관광객들이 없으니 갈매기들도 거의 보기 힘들더군요. 이미 열기로 건조해지거나 바다로 쓸려 내려간 해안가를 따라 썩어 가는 동물 사체가 즐비했습니다. 퇴원한 후에는 매일 아침 침대의 내 자리에서 깨어나서 아내와 딸이 집에 있는 척했죠. 수년 전에 그랬던 것처럼 두 사람을 위해 팬케이크를 만들었고 눈을 감고 식탁 의자 위 허공에 대고 입을 맞췄답니다. 설거지를 할 때면 만화 영화를 배경으로 틀어 놓았고, 공과금 영수증, 보험료 납부서, 친인척들이 서로의 안부를 나누느라 보낸 편지 등 쌓여 있는 우편물을 정리하는 동안에는 셸리가 좋아하던 범죄 드라마를 틀어 놓았습니다. 사촌 캔디스와 시리도 목숨을 잃었답니다. 실비 고모와 제이 삼촌은 아직도 치료를 받고 있고요. 난 살아남았노라고 답장을 보냈죠. 내 편지를 읽으면서 내가 죽는 쪽이 나았겠다고 생각하는 이들도 있을 테죠.

밤이 되면 척하는 것도 지친답니다. 애도 호텔로 사용되던

곳들이 활력 탑이라는 이름의 콘도로 바뀌었다고 알려 주는
광고를 봅니다. 은퇴한 운동선수들이 죄다 하루가 멀다하고
텔레비전에 나와 장례 은행이 후원하는 약으로 내 인생을
되찾으라고 말하는 것 같군요. 이런 쓰레기 같은 광고가 나오는
동안 나는 최근에 깨어난 이들을 위해 나온 쿠폰 책자를 이용해
피자를 배달시킵니다.

내연 기관 차량을 단계적으로 없애기 위한 기후 운동이
전국적으로 벌어지고 있습니다. 새로 깔린 경천철을 타고 내가
나온 고등학교 체육관에 마련된 지역 재동화 센터에 갑니다.
텅 빈 거리를 보고 있자니 이상하군요. 시내 거리들은 이른
아침부터 온종일 낮게 웅성거리는 소리로 활기가 넘칩니다.
단골 점심 식당이었던 일식집은 판자로 막혀 있고 담배를 팔던
모퉁이 가게들은 일자리나 행방불명된 가족들을 찾는 사람들을
위한 안내소로 바뀌었습니다. 빌딩 꼭대기에 붙은 광고판에서는
새로 회복된 이들의 수가 실시간으로 집계됩니다. 가끔 무리
지어 가던 사람들이 멈춰 서서 세상이 다시 숨쉬기 시작한 것을
느껴 보려는 듯 집계 현황을 올려다봅니다.

첫 번째 전염병 환자들이 병원과 수용소에서 풀려난 지 두
달이 흘렀습니다. 그사이 나는 일상을 찾아가기 시작했답니다.
재동화 확인처에서 담당 사회복지사에게 새로 취직한
직장에 대해 말합니다. 추모용 인물 소개 요청을 승인해 주고
위퓨처(이전 이름은 비트팔프라임이었는데 장례 은행에 인수되면서 현재의
이름으로 바뀌었죠)에 올린 고인에게 보내는 메시지에 답을 해

주는 일입니다. 감정 소모가 많을 수 있지만 고통을 겪는 이들을
도와주는 일이라서 뿌듯하답니다. 내가 일하는 층의 관리자는
데니스라는 사람인데 그는 그림자 프로필을 관리하는 힘든
역할을 맡고 있습니다. 데니스는 고인의 성격을 유추해서 새
게시물을 올리고 고인의 친구들이나 가족들과 채팅을 이어
갑니다.

"다른 사람인 척하며 사기 치는 거예요."

언젠가 점심시간에 그가 이렇게 말하더군요.

"배우자 몰래 바람피우고 있으면서 케이팝 열혈팬인 척하는
것처럼요."

그는 애도 호텔에서 사별 조정관으로 일한 적이 있다고 합니다.
그래서 위기에 처한 사람들을 잘 다루는 모양입니다. 우리
사무실로 들어오는 사람들은 하나같이 금방이라도 무너져 버릴
것 같답니다.

"정말로 천천히 말해야 합니다."

언젠가 담배 한 대만 빌려 달라고 했을 때 그가 했던 말입니다.

"내가 양아치같이 말한다는 거 나도 잘 알아서 정말 신경 많이
씁니다. 하지만 이건 일입니다. 모든 일에 일일이 다 감정을
느끼다 보면 금방 나가떨어지고 말 겁니다."

전 이 편지가 소설로 변하길 바라지 않습니다만 제가
누군지는 알려 드려야 할 것 같습니다. 여기까지 오기까지 몇
주를 망설였습니다. 도저히 여러분들의 집에 찾아갈 용기가
나지 않았습니다. 여러분들한테는 제가 생판 모르는 남이나
마찬가지일 테니까요. 사람들하고 어울리기를 싫어하고 초대는

항상 거절하던 내향적인 사람인 저는 어떤 형태로든 사람들과
교류하고 싶어졌습니다. 여러분들도 여전히 집에서 가족들이
보이는지, 곧 그 사람들이 눈에 띌 것처럼 복도를 서성이는지
알고 싶답니다. 여러분들이 저마다 어떤 식으로 영양분을
섭취하고 있는지 알고 싶습니다. 음식이든 술이든 사진첩이든
혹은 빨래 바구니에 있는 빨지 않은 옷의 향기든 상관없습니다.
또한 우리가 세상과 단절됐을 당시에 기억나는 게 뭐라도
있는지, 내가 혼수상태에 빠져 있을 때 꿨던 꿈들이 단순한 꿈이
아닌 그 이상이었는지 알고 싶습니다. 꿈에서는 캄캄한 곳에
있었지만 우리가 서로 모르는 사람처럼 느껴지지 않았고 타인의
삶에서 지난 순간들을 목격할 수 있었답니다. 저는 창밖을
내다볼 때면 우리가 캄캄한 자궁에서 함께 평생의 추억을 나눈
것 같은 기분이 듭니다. 첫 키스를 영원히 되새기고, 오래전에
돌아가신 조부모님이 전쟁에서 돌아오시고, 우리의 은밀한
역사는 우리가 함께 누리는 유희가 되는 것만 같습니다.

두 집 아래에 있는 자그마한 스페인풍 단층집인 플래너리네
집이 보입니다. 자매가 함께 조깅을 하고 공원에서 소프트볼을
지도하던 모습이 떠오릅니다. 페니가 우리 곁을 떠났더군요.
우체국에 있는 추모의 벽에서 그녀의 이름을 보았답니다.
케이트, 네가 밤에 울면서 조깅하는 걸 보았단다. 한 번은 네가
쓰러지는 모습을 보고 도와주러 뛰쳐나갈 뻔했지. 하지만 다른
사람, 즉 너에게 뭐라고 말해 줘야 할지 알 것 같은 사람이
먼저 뛰어가더구나. 우리가 함께 헤쳐 나온 그 텅 빈 공간이
진짜였다면 너와 페니가 돈 걱정에서 벗어나기 위해 흑백

공포영화를 즐기던 모습 또한 내가 진짜로 본 것일 테지. 악령의
힘을 지닌 두 사기꾼 자매를 소재로 쓴 시나리오를 팔았을 때
처음으로 네 부모님이 너를 자랑스럽게 여기는 듯했다는 것도
진짜 있었던 일일 테다. 난 그 시나리오를 샀던 영화사가 더
이상 존재하지 않는다는 사실도 알고 있단다.

동네의 구심점 역할을 했던 알렉스와 아말리아의 집에서는
많은 사람들이 모여 고기를 구워 먹고 늦은 밤까지 술을
마시곤 했답니다. 전 그런 자리에 대부분 끼지 않았죠, 그렇죠?
알렉스가 지금도 우리 곁에 있다면 사기를 북돋아 주려고 매일
불판을 준비했을 겁니다. 아말리아, 뒤뜰에서 열렸던 당신
결혼식에 참석하지 않았지만 내가 암흑 같은 공간을 헤매는
동안 당신이 내 아내에게 임신했다며 초음파 사진을 보여 주는
장면을 봤답니다. 알렉스가 뒤늦은 신혼여행을 가려고 손님 방
벽장 맨 위에 있는 신발 상자에 돈을 모으는 것도 봤고요. (정말
거기 있는지 확인해 보고 싶지요?) 지역 소식지에서 당신이 11개월
동안이나 혼수상태로 있었는데, 기적이 일어나 마치 아기가
냉동 캡슐에 들어가 있던 것처럼 여전히 임신 중이었다고
하더군요. 진즉에 다른 사람들처럼 유아용품을 들고 찾아가
봤어야 했는데. 당신이 혼자가 아님을 알려 주러 간 사람들의
대열에 나도 동참했어야 했는데 그러지 못했어요.

우리 집 뒷담 건너편에 자리한 베니네에 지금은 베니 씨 혼자만
남았다더군요. 하지만 이런 일이 있기 전에는 당신과 필립은
매일 밤 잠들기 전에 아들 제크와 VR 미니골프 시합을 벌이곤

했지요. 당신 부부가 어르신들이 집에서도 세상을 경험할
수 있도록 만든 몰입형 가상 현실 앱의 코딩을 셸리가 해
주었다는 사실을 나는 전혀 몰랐답니다. 아내가 수시로 철책
울타리를 넘어가 당신 부부와 와인을 몇 병씩이나 마시면서
결혼 생활의 고민과 함께 내가 얼마나 집에 잘 안 들어오는지도
털어놓았다는 사실도 전혀 몰랐고요. 나도 그 울타리를
넘어가서 당신 부부와 와인 잔을 기울이며 아내가 진정 어떤
여자인지 배우고 싶었죠. 당신 부부에게 주려고 구입한 피노
와인 한 병을 아직까지 갖고 있답니다.

길 건너에는 마벨의 집이 있습니다. 당신은 전염병이 퍼졌을 때
일본에 살고 있었기에 아주 오랫동안 집에 없었지요. 당신이
조상들의 나라에서 타투이스트가 되고 싶어 했던 걸 알고
있답니다. 당신이 집을 비운 동안 아내와 나는 당신 어머니가
금방이라도 딸이 올 것처럼 바깥의 현관 입구 계단에 앉아 계신
걸 보곤 했지요.
아내가 차를 마시러 당신 집에 갔을 때 당신 어머니는 "그
애가 무사했으면 좋겠어요."라고 말했다고 합니다. 러시아와
아시아에서 처음으로 전염병이 발생했다는 걸 들었던 게
엊그제 같은데 그때 이후로 전염병 사태가 참으로 멀리까지 온
것 같군요. 2주 전 당신이 돌아온 날, 창문으로 당신 어머니와
당신이 포옹하는 모습을 지켜봤답니다. 당신 몸은 문신으로
뒤덮여 있었지요. 각 문신마다 사연이 있다는 것을 몰랐으면
좋았을 뻔했어요. (그런데 결국 알게 되고 말았지요.) 발목에 새긴
북두칠성 문신은 세상을 떠난 고등학교 친구에게 경의를 표한

것이고, 양쪽 종아리에 새긴 무지갯빛의 깃털은 당신 아버지가
딸에게 추억을 선사하기 위해 호놀룰루 동물원 주변에서 공작의
꽁무니를 따라다녔던 때를 기억하기 위한 것이며, 목에 새긴
바이러스 문신은 당신이 태국의 절벽에서 바다로 뛰어내리는
바람에 전염병에 걸렸다는 사실을 자인하기 위한 것이라지요.

더 이상 아내와 딸이 내 곁에 있는 척 연기할 수 없어서 출근해
위퓨처 인물 소개란을 샅샅이 뒤져 봅니다. 모르는 이들의 삶을
훑어보고 영상과 사진을 유심히 살펴보고 이직이나 경조사나
이사 등 최신 근황을 자세히 읽지요. 위퓨처에 프로필을 올린
이들 중에는 자신의 근황이나 소중한 순간들을 기억해 줄 만한
친척이나 친구들이 거의 남아 있지 않은 경우도 있답니다.
마흔일곱 살로 플로리다주 펜서콜라에서 손해사정인으로
일하는 브리아나 에스테스도 그중 하나로 치매에 걸린
어머니를 돌보기 위해 의대를 그만두고 밤늦은 시간에 시를
게시한 사람이었지요. 때때로 이와 같은 이들의 인물 소개란에
언급된 전화번호로 전화를 걸어 보면 대부분 연결이 안 됩니다.
그래도 가끔은 누군가가 받아서 "네, 섀넌 대신 전화 받습니다.
전 섀넌의 엄마랍니다." 같은 말을 합니다. 그러면 난 섀넌의
엄마에게 내가 누구며 누구를 잃었는지 말해 주고 언제든 내게
전화해도 되며, 밤에 진짜 목소리를 들으면 반가울 것이라는
말도 덧붙이곤 한답니다.

며칠 전 자정 무렵에 식료품점에서 여러분 몇몇을 봤답니다.
순간 우리 모두 같은 계획을 하고 있구나 싶었죠. 고독과 정적을

안전장치 삼아서 과감하게 세상 밖으로 나올 계획 말이지요. 우리들의 눈이 아주 짧게 마주쳤죠. 그러고는 재빨리 서로 반대 방향으로 카트를 밀고 가서 자동조종장치를 타고 통로를 빠져나왔답니다. 약국에서는 마벨을 봤고 베니는 델리에서 오르조 샐러드를 주문하고 있었죠. 바로 그때 그럴 계획이 전혀 없었는데도 햄버거 빵과 패티와 감자튀김과 탄산수를 카트에 집어넣기 시작했답니다. 종이 접시와 플라스틱 컵도 사고 시트로넬라 향이 나는 티키 횃불 연료와 얼음도 몇 봉지나 구입했어요. 계산대에서 결제를 하는데 마치 셸리가 내 귀에 대고 속삭이는 것 같았습니다. 정적을 깨고 상처를 치료하려면 파티를 열어야 한다고 말입니다. 아내가 살아 있다면 분명 매주 파티를 열었을 테지요. 잊기 위한 파티, 기억하기 위한 파티, 밤새 춤추는 파티 등 온갖 파티를 만들어 냈을 겁니다. 그리고 대재앙 이후의 세상이라고 해서 더 이상 춤을 못 춘다는 뜻이 아니라고 당당히 말할 테지요. 내게 더 이상 땅 파지 말라고도 말할 거고요.

문득 깨달은 건데 살아남은 사람이 많지 않아서 파티 분위기가 별로 안 나겠다 싶으면 길거리를 지나다니는 사람들도 부르고 동네 수영장에 공고를 붙이면 되겠더라고요. 수영장은 전염병이 터진 후 내내 폐쇄됐다가 처음으로 문을 열었잖아요. 알다시피 과거에 전 어디에도 모습을 드러낸 적 없었답니다. 교류하는 사람도 한 명 없었고요. 그저 직장에 나가서 나 죽었소 하고 일한 뒤 퇴근하는 인생이었죠. 옛 친구들과도 연락이 뜸해졌고요. 가족 곁에만 머물렀지 여러분 모두를 먼 행성 보듯 했어요. 다들 그 자리에 있지만 거의 닿을 수 없는 존재들이었죠. 이제는 나 혼자 살아갈 수 없다는 것을 압니다. 어쩌면 이 편지도 잔뜩 쌓여 있는 뜯지 않은 우편물에 섞여 사라질지도 모릅니다. 혹은 여러분이 읽고서 너무 늦었다고 말하며 버릴 수도 있고요. 아니면 창문 밖을 엿보면서 우리 집으로 와 "이봐요, 나도 마찬가지요. 나도 속이 텅 비고 갈라진 채 붕괴되고 있답니다."라고 말해 볼까 생각할지도 모르겠습니다. 제가 아는 것이라고는 이런 겁니다. 나는 아침에 눈을 뜨면 계속 내 가족에게 사랑한다고 말해 줄 거라는 거죠. 살아 있을 때 그런 말을 충분히 해 주지 못했거든요. 또한 한밤중에 식료품을 사러 갈 겁니다. 온라인에서 모르는 이들에게 사랑하는 이들을 잃어서 얼마나 힘드냐고 말해 줄 겁니다. 결국에는 내가 침대 시트와 내 가족들의 옷가지를 세탁하고 고요한 집에서도 잘 지낼 겁니다. 어쩌면 제가 도움의 손길에 힘입어 여러분이 길을 건널 때 손을 흔들어 줄지도 모르겠네요. 그리고 한 사람분의 식탁을 차리기 시작할 겁니다.

여러분의 이웃

댄 폴

도쿄의 가상 현실 카페에서 보낸
우울한 밤들

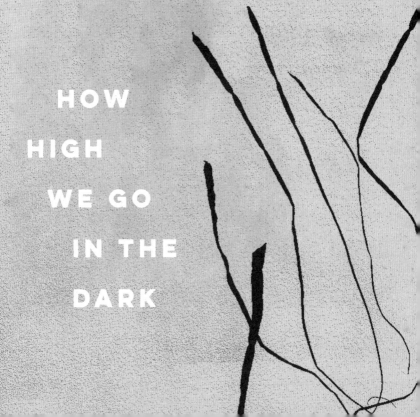

HOW

HIGH

WE GO

IN THE

DARK

저녁이 되면 아키라는 도쿄의 가상 현실 지구의 북적거리는 거리를 따라 네온 불빛에 물든 아메요코 시장까지 걸어 내려가서 양손을 호주머니에 넣은 채 싸구려 불법 복제 VR 바이저와 할인하고 있는 도시락들을 둘러본다. 프로젝터에서 나오는 빛들이 오래된 건물에 투사되어 방문객들을 매일 밤 다른 환경으로 인도한다. 19세기 파리나 루브르 박물관의 복도, 또는 일본 설화에 나오는 생명체들이 우글거리는 만화 속 환상의 나라 같은 곳들로 말이다. 9시 30분 즈음이 되자 군중이 흩어지기 시작한다. 노점상들은 가게 문을 닫고 가판대를 정리한 뒤 물건을 챙겨 봉고차 뒷자리에 싣거나 자전거에 연결한 수레에 담는다. 어떤 노점상들은 아키라처럼 노숙자들인지 프로젝터가 꺼진 지 한참이 지나고 나서도 자리를 뜨지 않는다. 달리 갈 데가 없기 때문이다. 가끔 아키라는 어둠 속에서 그들에게 말을 걸고 싶지만 꾹 참는다. 자신이 다른 사람들처럼 물건을 사는 척하는 것과 마찬가지로, 그들 역시 환상을 좋아할 테니까. 아키라도 그들과 마찬가지로 빈털터리이지만 그래도 아직 운이 좋은 편에 속한다. 병에 걸린 적 없이 지금까지 살아남았으므로.

아키라에게 밤은 대부분 이렇게 시작된다. 지난 수년간 전염병이 창궐한 탓에 학업을 마치지 못한 데다 현재의 과도기 프로그램이 제공하는 제한된 일자리에 만족하지 못한 채 능력 이하의 일을 하는 사람들이 늘고 있다. 아키라도 서른다섯 살에 그 대열에 합류했다. 가방 두 개를 끌고 온갖 곳을 떠도는 신세가 되기 전, 테이프나 바느질로 막아야 할 정도로 구멍 난 호주머니에 돈이 얼마나 있나 끊임없이 확인하는 처지가 되기 전, 아키라는 인쇄 회사에서 인턴 디자이너로 일했다. 가상 광고가 대세가 되면서 그가 다니던 회사는 결국 문을 닫고 말았다. 어부였던 아버지는 돌아가신 지 10년이 넘었다. 아키라의 아버지는 바이러스가 시베리아의 해안 마을에 퍼진 후 일본에서 역병으로 사망한 첫 성인 희생자 중 한 명이었다. 아키타 시립 병원에 입원한 아버지는 장기 부전을 연거푸 겪었다. 끝내 바이러스가 아버지의 심장 세포를 폐 조직으로 바꿔 놓는 동안 의사들은 그저 옆에 서서 지켜보는 일밖에 못 했다. 아키라는 어머니에게 짐이 되고 싶지 않다. 그래서 건강한 삶을 찾아 산촌으로 이주한 어머니에게 근황을 솔직하게 말한 적이 없었다.

아키라는 쓸 만한 이불과 샤워 시설, 작은 부엌을 포함해 개인 캡슐이 완비된 가상 카페인 '다카하시의 다세계'에 산다. 일반적으로 예약은 안 받는다. 카페 주인은 다카하시 에이코 씨이다. 그녀는 가족과 사별한 뒤 사실상 유랑자가 되었지만 정부 원조는 경멸하는 아키라 같은 젊은이들을 가엽게 여긴다. 아키라는 갖고 있던 물건들을 대부분 팔아 치우기 전까지 오후 내내 가상 세계에 접속해 좀비를 죽이고 홋카이도 닛폰햄 파이터즈 팀에서 홈런을 쳐 우레와 같은 박수를 받으며 시간을 죽이곤 했다. 전염병이 덮치고 난 이후 더욱 많은 사람들이 타인을 만나고 현실에서 도피하기 위해 가상 현실로 몰려들었다. 그리고 그런 가상 현실에서는 새로 사귄 친구들과 연인들이 죽은 이들을 대체했고, 전염병이 덮치기 이전의 일본에서 하루를 보냈으며, 해체되지 않은 가족들이 야구장과 축제에 몰려갔다. 그러나 최근 들어서 아키라는 카페 로비로 나가 다카하시 씨나 가끔씩 방문하는 사람들과 담소를 나누는 쪽을 선호한다.

"사람들이 다시 밖으로 나와 거리를 거닐긴 하는데 말이야, 그래도 여전히 다른 사람하고 거리를 유지하는 것 같아. 누구도 다른 사람에게 웃어 주지 않아. 다들 본인 전화만 뚫어져라 쳐다보거나 증강 현실 안경에 빠져 있지."

"가상 현실 카페를 운영하는 분이 그런 말씀을 하시다니 이상하네요."

다카하시 씨가 깔깔 웃으며 아키라의 등짝을 철썩 때린다. 카페 주변에 있는 매점에서도 좀비 소리와 총소리가 들렸다. 공유 컴퓨터 구역에서는 한 무리의 남자들이 1분당 100엔을 내고 미국과 러시아 출신의 모델들을 에어브러시로 수정한 모습의 온라인 여자 친구들과 채팅을 하고 있다. 카페 단골인 불쌍한 류는 오래전부터 모스크바 출신의 나탈리아가 언제가 자신과 결혼할 것이라고 굳게 믿고 있다. 그녀는 "돈 조금만 더 줘요."라고 말하고 그는 "언제 만나러 올 거예요?"라고 묻는다.

"음, 아직은 모두가 가상 현실 장치를 살 형편이 되는 건 아니야. 적어도 진짜 몰입형은 그렇다고."

다카하시 씨가 접수대 뒤쪽에 붙은 열대 섬 VR 앱과 1인용 믹서기 광고 포스터를 가리키며 설명을 이어 간다.

"누구에게나 정상적인 기분으로 지내는 시간이 조금은 있어야지. 현실로 나올 준비가 아직 안 된 사람도 있으니까. 기록을 보면 너도 이런 앱에 꽤 많은 시간을 투자하고 있던데."

"할 일이 있어서요."

"뭐에 대고 총 쏘느라? 아니면 환상 속의 연애라도 즐기는 거야?"

다카하시 씨가 아키라의 옆구리를 쿡 찌르며 웃는다.

"어떤 유형의 여자를 좋아하는데? 자넨 아주 다정다감한 총각 같은데."

"비밀입니다."

다카하시 씨의 말이 씨가 되기라도 했는지 그날 밤 아키라는 가상 현실에 로그인했다가 요시코2376한테서 "우리 똑같은 밥솥으로 밥해 먹네요."라는 개인 메시지를 받는다. 이 메시지는 연기처럼 공중에 떠 있다가 사라진다. 뾰족한 귀와 꼬리 또는 한 쌍의 날개를 제외하고는 좀 더 익숙한 형태를 고르는 다른 이들과 다르게 요시코는 은빛 갈기가 달린 페가수스가 되어 가상의 바다 위를 미끄러지듯 날아간다. 아키라는 요시코의 아바타를 금방 알아봤다. 그녀는 거의 죽다 살아나 고군분투하고 있는 전염병 생존자들을 지지하는 모임이 열렸던 그리스식 원형 극장 주변을 질주했다. 많은 이들이 자살 동반자를 찾으려고 이런 가상 모임에 참여한다. 직접 집으로 찾아와 자살을 도와주는 업체를 통하거나 후지산 기슭의 아오키가하라 숲에서 밧줄을 이용해 자살한다. 아키라는 전염병이 휩쓰는 동안 추억과 꿈을 잃어버린 사람들의 외로움을 이해한다. 하지만 그가 미팅에 참여한 이유는 그들과 다르다. 아키라는 자신이 다른 사람이 될 수 있는지 시험해 보기 위해 참여했다. 가죽 재킷을 입은 멋지고 자신감 넘치는 1950년대 폭주족으로 말이다. 현실에서 도피한 아키라는 자신과 마찬가지로 가상 현실이 아닌 데에서는 잘 어울리지 못하는 이들과 있을 때 어떤 기분인지 재차 확인하러 온 셈이다. 이제 수평선에 타원들이 보인다. 요시코가 또 다른 메시지를 보내고 있다고 알려 준다. 그녀가 소유한 가상의 섬 주소가 뜬다. 아키라는 장갑 형태의 인터페이스를 왼쪽에 대서 내비게이션 메뉴를 열고 수제 장신구와 예스러운 전등과 오래된 곰 인형들이 가득한 수공예품점으로 이동한다. 그곳 접수대 뒤에서 페가수스 모습의 요시코가 큰 소리로 발랄하게 "이럇샤이마세!(일본어로 '어서 오세요'라는 뜻 — 옮긴이)"라고 말한다.

"당신이 그 모임에서 세상이 전통적인 가족한테만 관심을 갖고 기댈 사람이 없는 이들을 잊은 것 같을 때 어떤 기분이 드는지 남들에게 말해 준 게 마음에 들었어요."

아키라가 고개를 끄덕인 뒤 요시코의 가게를 살펴보면서 뭐라고 말해야 할지 생각한다. 자살 가능성을 논의하기 바쁜 가상 현실 채팅방에서조차 아키라는 여자들에게 어떻게 말해야 하는지 감을 못 잡는다. 지금까지 해 본 데이트 비슷한 것이라 봐야 친구들과 무리 지어 영화관이나 쇼핑몰에 가는 게 다였다. 어른이 돼서 딱 한 번 연애하고픈 감정이 들었던 이도 전염병 발병 때 세상을 떴다. 아키라가 카페에서 일하는 그녀에게 해 본 일이라고는 커피를 주문하면서 미소를 지어 보인 것뿐이었다. 가게 곳곳에 한 쌍의 남녀와 어린 소녀의 사진들이며 청첩장과 분홍색 기모노와 도자기 찻잔 세트가 놓여 있다. 천장에는 자동차 휠캡만 한 회중시계가 달려 있다. 모든 물건이 추억이 담긴 것이나 유품인 듯하다.

"저 오래된 시계는 아버지가 주신 거예요. 현실 세계에서는 당연히 저거보다 작죠. 어릴 때 내가 잘못해서 망가트렸어요. 하지만 아직도 하나하나 세세히 다 기억나요. 아버지가 잠자리 동화를 읽어 줄 때 내가 얼마나 그걸 꼭 쥐고 있었는지, 학교 운동장에서 달리기 기록을 깨려고 애쓸 때 아버지가 어떻게 그 시계로 기록을 재 줬는지 전부 기억하고 있어요. 아버지와 연관된 몇 안 되는 행복한 기억 중 하나죠."

"당신은 모임 때 말을 전혀 안 하더군요."

아키라가 여러 장의 사진에 등장하는 여성을 유심히 살펴본다. 아메요코 시장의 노점상에서 그 여자를 봤던 게 떠오른다.

"일대일로 말하는 게 더 좋아서요. 이제 어른다운 대화를 나눌 일이 별로 없거든요. 그건 그냥 나랑 내 딸이에요."

아키라가 가족사진 하나를 들어 보이며 금테 안경을 쓴 대머리 남자를 가리킨다.

"개새끼랑 사랑에 빠질 줄 누가 알았겠어요. 전염병이 퍼지니까 그 사람이 없으면 안 되겠다 싶었죠. 처음에는 정말 잘해 줬어요. 근데 우리가 백신 주사를 맞고 얼마 안 돼서 전근을 요청했어요. 돈이 하나도 없었어요. 딸이 아프고 나서 딱 한 번 딸애만 보고 갔죠. 그건 그렇고 당신 얘기 좀 더 해 봐요."

어디서부터 시작해야 할지 난감하다. 이젠 인생을 불가피하게 끝마쳐야만 하는 지점에 이르렀다고 믿는 자살 협력 단체 사람처럼 행동해야 할까. 아니면 이번 만남을 둘 사이의 우정의 시작으로 대해야 할까? 아키라는 젓가락으로 요시코의 마음을 헤집어 보듯 계속해서 가게 물건들을 하나하나 살펴본다. 그녀가 연상인데도 이상하게 끌리는 마음을 어쩔 수 없다. 둘 다 고통을 겪었다는 단순한 사실 때문인지 첫눈에 반한 뒤 점점 깊어지는 마음이 더욱 실감 났다. 아키라는 자백처럼 말한다.

"실은 지금 집 없는 신세예요."

몇 번의 친근한 만남을 이어 간 끝에 아키라는 드디어 정기적으로 만나 보자고 제안한다. 물론 요시코가 퇴근해서 딸을 재우고 난 뒤에 말이다. 아키라가 이제까지 가상 현실에서 이야기를 나눈 이들은 모두 남자였고 대부분은 정부가 그동안 그들을 골탕 먹여 온 여러 가지 방식들을 곱씹는 사람들이었다. 하지만 요시코는 슬픈 일을 겪고도 삶에 대해 말한다. 행복한 추억을 기념하고 지금 상황에서도 고객들과 어떻게 기쁜 마음으로 대화를 나누는지 말해 준다. 아키라는 지금을 인생에서 약간 돌아가는 과정이자 더 나아지기 위한 징검다리라고 여기곤 했는데 날이 갈수록 그런 믿음을 유지하는 게 힘들어진다는 얘기를 해 준다.

요시코는 자신의 가상 현실 섬에서 아키라에게 골동품점에서 밖의 돌 정원까지 샅샅이 보여 준다. 물건들을 스칠 때면 그녀의 페가수스 아바타의 날개들이 그것들을 통과하는 것처럼 보인다.

"진짜 직업을 꼭 원하는 건 아닙니다."

아키라가 앉을 만한 이끼 낀 바위를 찾으면서 이어 말한다.

"지금은 사람들을 못 만나겠어요."

"사람들은 도시의 슬픔 따위는 잊고 싶어 하죠. 그들은 걷고 또 걸어요. 아무도 멈춰 서지 않죠. 우리 모두가 아직도 감염된 것처럼요. 서로의 고통을 알려고 하지 않기로 한 거예요. 참는 편이 더 쉬우니까요. 하지만 그럴수록 우리 마음은 차가워지죠."

요시코는 열 살 된 딸의 전염병 증상들을 전부 혼자서 대처한다. 백신을 맞아도 증상이 조금 완화된 정도에 불과하다. 딸은 침대에 누워 골똘히 생각에 빠져 있을 때가 많다고 한다. 활기찬 소녀의 인생이 끈질긴 바이러스 변종으로 망가진 셈이다. 요시코는 서예 작품과 자질구레한 장신구들을 팔아 먹을거리도 마련하고 전기세도 낸다.

"나는 딸 말고는 아는 사람이 없어요. 어머니는 돌아가셨어요. 아버지하고는 십수 년째 말도 안 섞어요. 어리석은 노인이죠. 현실 세계에서는 친구를 사귀는 게 사치예요. 당신도 따지고 보면 낯선 사람인데, 나한테는 당신밖에 없잖아요. 참 딱하죠."

아키라는 그녀에게 낯선 사람으로 남고 싶진 않지만 지금은 그들 사이가 딱 그 정도라는 것을 안다. 시간이 다 돼서 가상 세계를 나갈 때마다 아키라는 요시코에게 그녀를 위해 그곳에 오겠다고 말해 준다. 그녀에게 당신은 혼자가 아니라고 얘기해 준다.

아키라는 아메요코 시장 주변을 산책한 뒤 늘 같은 길을 따라 북적이는 우에노역을 지나온다. 기차역 밖에 대리석 벽을 따라 설치된 벽감에는 전염병 초기에 희생된 이들의 이름이 새겨져 있다. 한때는 이런 벽감마다 고인을 기리는 양초와 꽃들이 장식돼 있었다. 지금은 인도에 쓰레기와 낙서만 즐비하고 사람들은 거의 눈길도 주지 않고 휙휙 지나간다. 하지만 오늘 밤에 아키라는 그냥 지나치지 못한다. 한 줄로 늘어서 있는 대화형 광고 키오스크 뒤에서 빼꼼히 삐져나와 있는 오래된 게시판에 붙여 놓은 전단지 한 장이 눈길을 사로잡기 때문이다. 정신없이 번쩍거리는 불빛 속에서 그 평범한 종잇장이 눈에 확 들어온다.

인쇄소에서 시간제로 일할 기사 구함

이메일 주소도 없고 전화번호도 없다. 관심 있는 이들은 영업시간에 상하의 전부 흰색 옷을 입고 오라는 설명과 함께 주소와 손으로 그린 약도만 있을 뿐이다. 아키라는 게시판에서 전단지를 뜯어 내 단정하게 접어서 뒷주머니에 찔러 넣는다.

종이가 바지의 얇은 천을 살살 찌르는 동안 아키라는 시급이 얼마나 될지, 가상 카페를 나와서 요시코와 한 번이라도 직접 만날 수 있을지 이런저런 상상의 날개를 편다. 너무 크게 기대하지 않으려 하지만 무한히 돌아가는 가능성의 회로를 멈출 수 없다. 약도를 따라 좁은 골목으로 들어가니 정면에 전통 기와 지붕과 찢어진 종이 창문이 눈에 띄는 다 허물어져 가는 건물이 보인다. 건물 양쪽에는 유리와 크롬으로 외관을 꾸민 현대식 부티크 호텔이 있다. 아키라는 건물 입구 계단의 빛바랜 너구리 동상 옆에 서서 꼭대기 층에서 깜박거리는 불빛을 빤히 바라보며 다른 삶을 꿈꾼다.

다음 날 아침, 아키라는 지시대로 상하의 모두 하얀색 옷을 입고 구겨진 이력서를 손에 쥔 채 전날 밤에 서 있던 바로 그 지점에 멈춰 선다. 환한 대낮에 보니 건물은 그 자리에 훨씬 안 어울린다. 밤에는 알아채지 못했던 잡초가 무성하게 자라 있고 건물 양옆 벽을 따라 덩굴 식물이 뻗어 있다. 아키라는 요시코 생각을 한다. 그녀는 전날 밤에 가상 현실 속 가게에도 나오지 않고 다이아몬드 폭포 뒤편이나 화성 주위를 위태롭게 질주하는 혜성 위 유리 이글루 등 그녀가 제일 좋아하는 곳 어디에도 나타나지 않았다. 전에 침대에서 나와 가상 현실 바이저를 낄 엄두조차 못 낼 때가 있다고 했다. 딸이 뭘 해 줬으면 좋겠다거나 뭐가 무섭다고 더 이상 말하지도 못하고 밤새 비명을 지른 날에는 방에서 꼼짝도 못 한다고. 어떤 때는 딸이 모녀의 유일한 저녁 식사를 방 밖으로 내던져서 거실 바닥에 떨어진 국수와 국물을 핥아먹은 적도 있다고 말해 줬다.

"내가 어떻게 하겠어요? 걔한테 소리도 못 치는데. 자기가 뭘 했는지 알지도 못하는 애니까요. 그래서 같이 바닥에 떨어진 음식을 먹었어요. 내가 말을 걸려고 하면 걘 그냥 빤히 쳐다만 봐요."

"당신은 할 수 있는 최선을 다하고 있는 겁니다."

"가끔은 나도 소리치고 싶어요. 걔가 깨어나서 내가 기억하는 모습으로 돌아오게 세게 막 흔들고 싶다고요. 걔가 날 중요한 사람인 양 쳐다봤으면 좋겠어요."

"당신은 중요한 사람이에요. 마음속으로는 그 아이도 당신이 중요한 사람이란 걸 알 겁니다. 내가 도와줘도 될까요?"

하지만 아키라가 이렇게 제안할 때마다 요시코는 못 들은 척하며 재빨리 화제를 돌린다.

"파리 시뮬레이션에서 같이 테니스 쳐요. 옛날 영화 얘기도 하고요. 영화 보러 간 게 언제인지 기억도 안 나요."

아키라는 정문으로 걸어가 초인종을 누른다. 몇 분이 지나도 반응이 없어 자리를 뜨려고 하는데 누군가 잠금장치를 만지작거리는 소리가 들린다. 나이 지긋한 남자가 고개를 내밀고 아키라를 수상쩍다는 듯, 어쩌면 두렵다는 듯 빤히 쳐다본다. 그러면서 목을 가다듬느라 그르렁거리는 것 말고는 아무 소리도 내지 않는다. 아키라가 건물을 잘못 찾아온 게 아닐까 의아해하는데 갑자기 노인이 문을 열고 아키라에게 들어오라고 손짓한다. 노인은 작고 야위었다. 머리칼이 빠지고 있는 정수리가 간신히 아키라의 어깨에 닿는다. 그는 자신을 고바야시 세이지라고 소개하고는 쌩하니 돌아서서 아키라를 앞선 채 쓰레기와 벽에 받쳐 놓은 나무 조각이 즐비한 먼지투성이 복도를 걸어간다. 그를 따라 건물 안으로 좀 더 들어가 지하실로 내려가는데 어쩐지 현실 세계에서 벗어나는 듯한 이상한 기분이 든다.

세이지 씨가 끈을 잡아당겨 방 한가운데에 매달려 있는 하나짜리 백열전구를 켤 때까지 아무것도 볼 수 없었다. 그곳은 바닥부터 천장까지 하얀색으로 칠해져 있었고 집기라고는 정중앙에 놓여 있는 아주 오래된 주철 인쇄기가 다였다. 세이지 씨가 인쇄기로 다가가 페이지 설정함에 있던 글자를 집어 들더니 쇠 모서리에 대고 톡톡 치기 시작한다. 그러자 쩽강 쩽강 하는 묵직한 소리가 사방으로 울려 퍼진다.

"자네가 이런 걸 예상했던 게 아니었대도 이해하네."

세이지 씨가 허공을 바라보며 말한다. 흰색 가운을 입고 있어서 그런지 약간 신과 대화를 나누는 사람처럼 보인다. 아키라가 뒤로 물러나며 말한다.

"솔직히 이럴 줄은 몰랐습니다."

"자네같이 젊은 사람이 전에 이런 인쇄기로 일해 봤으려나?"

"그게……."

아키라는 어머니와 고무도장으로 연하장을 만들었던 어릴 적 기억을 떠올린다. 물론 인쇄소에서 일한 적이 있긴 하지만 당시 인쇄 장비들은 전부 컴퓨터로 작동되는 자동화 기계들이었다.

색상과 크기를 입력하면 빠르게 인쇄물이 나왔다.

"오래전에 약간 비슷한 걸 써 본 적은 있습니다."

시선을 바꿔 아키라를 쳐다보는 세이지 씨의 눈이 전구 불빛에 게슴츠레해진다.

"자네는 북극 전염병에 대해 어떻게 생각하나?"

아키라는 꽤 진지하게 물어보는 세이지 씨에게 뭐라고 답해야 할지 모르고 노인을 빤히 쳐다보기만 한다.

"사실은 말이지, 옴진리교 같은 소위 종말론 집단들은 이런 일을 잘못 이해한 거라네. 1995년에 있었던 사린가스 테러, 자네도 알지?"

아키라가 고개를 끄덕인다. 그 사건은 대대손손 영향을 미치는 문화적 기억에 속했다. 아버지의 직장 동료는 그때 아들을 잃었다.

"비극적인 사건이었지. 하나 그렇다고 소위 그런 광신적 종교 집단의 철학이 잘못됐다는 건 아니라네. 우리 태양과회 인도자께서는 수년 전에 태양 표면의 폭발로 지구가 멸망할 거라고 말씀하는데 그렇게는 안 됐다네. 하지만 그렇다고 세상이 끝나지 않을 거라는 건 아니지. 전염병은 그렇게 나쁜 게 아닐세. 힘들지만 세상을 고쳐 놓는 거고, 죄를 씻는 거며, 일들을 바로잡을 기회인 거네. 그렇지만 사람들은 절대 귀담아듣질 않지."

아키라는 노인이 인쇄기에 페이지 설정기가 들어 있는 철판을 올려놓는 모습을 지켜보면서 그가 거의 5천만 명이 사망한 일을 용납했다는 사실을 애써 무시하려 한다. 세이지 씨는 왼발로 바닥에 있는 커다랗고 넓적한 노를 펌프질하면서 젖 먹던 힘까지 끌어모아 레버를 내린다. 아키라는 그 괴짜 노인에게 꽁꽁 묶이거나 더 험한 꼴을 당하기 전에 돌아서서 달아나야 하는 게 아닌지 갈등한다. 노인은 또다시 자연의 질서에 관해서, 지구와 우리가 어떻게 전쟁을 벌이게 됐는지에 대해 떠들기 시작한다. 자신은 사람들을 구하고 싶고 그들의 눈을 뜨게 해 주고 우리가 살고 있는 이 암석 덩어리를 구하고 싶다고 말한다. 곧이어 인쇄기에서 종이 더미를 빼내 아키라에게 건넨다.

"이제 어떻게 하는 건지 대충 알겠지. 여기서 나간 뒤 도심에 이것들 좀 뿌려 주면 좋겠네."

아키라는 소식지처럼 생긴 것들을 내려다본다. 제목은 '엎질러진 물은 다시 주워 담지 못한다.'이다. 세이지 씨는 아키라에게 열쇠 꾸러미를 건네며 언제든 내킬 때 와서 일하면 되고 여유가 없어 일주일에 5000엔밖에 줄 수 없지만 필요하면 건물에서 자도 된다고 말해 준다.

"어차피 인쇄기를 등에 지고 도망칠 생각이 아니라면 훔쳐 갈 것도 하나 없는데 뭘."

아키라가 앞서 계단을 올라가다가 벽에서 들어올 때 보지 못했던 사진 한 장을 보고 갑자기 멈춰 선다.

"내 아내랑 딸이라네."

세이지 씨가 사진을 그윽하게 바라보며 이어 설명한다.

"95년의 사린가스 테러가 일어나기 2주 전에 찍은 거지. 딸은 목숨을 건졌다네. 하지만 저한테 애비가 있다는 걸 잊기로 작정했지. 그래서 이렇게라도 그 앨 지키려는 거라네."

아키라는 소식지가 가득 들어 있는 메신저백을 메고 세이지 씨의 집을 나선다. 이어 가장 가까운 교차로로 성큼성큼 걸어가 상업지구의 분수대 바로 바깥쪽에 도착한다. 그리고 소식지를 머리 위로 흔들면서 큰 소리로 제목을 외친다. *깨어나서 여기 적힌 진짜 뉴스를 보세요! 엎질러진 물은 다시 주워 담지 못한다! 기업이 주입한 꿈에서 깨어나 세상을 보라!* 사방에서 사람들이 꾸준히 밀려와 아키라를 지나치지만 누구도 가던 길을 멈추거나 관심을 보이지 않는다.

"저기, 선생님은 깨어 있는 분 같은데요."

아키라는 젊은 사무직 노동자의 팔에 소식지를 들이밀며 말한다. 아키라가 다가가자 움찔하던 그 남자는 그래도 소식지를 받아들고 계속 걸어간다.

"아가씨, 잠시 실례해도 될까요? 선생님, 전자파 오염에 대해 들어 보셨나요? 저기, 잠깐만요."

아키라는 계속 말을 건넨다. 길 건너편에는 영안실을 사전 예약할 수 있는 휴대전화 앱을 홍보하는 이들이 있다. 분홍색 관으로 분장한 채 춤을 추는 사람 옆에 선 여자가 휴지와 부채와 차광모자를 나눠 주고 있다. 사람들은 가던 길을 멈추고 관과 사진을 찍고 외판원 여자와 잡담을 한다. 아무것도 나눠 주지 않는 아키라가 불리할 수밖에 없다. 그래도 다시 외쳐 본다.

"엎질러진 물은 다시 주워 담지 못합니다. 전염병이 우리에게 그 사실을 알려 줬습니다. 자본주의는 물러가고 공동체가 살아나야 합니다. 같은 사람끼리 연대해야 합니다."

아키라가 다시 막 소식지를 나눠 주려는데 누군가의 손이 거칠게 그를 인도에서 끌어낸다.

"당장 떠나요."

색안경을 낀 경찰이 아키라에게 말한다. 아키라보다 나이는 많지만 가슴이 두툼하고 떡 벌어진 경찰이 부동자세로 그를 똑바로 쳐다보며 경고한다.

"우리 관할에서는 과격분자의 유언비어 유포를 용납하지 않습니다. 당신은 불법 소란 행위자입니다. 신분증 제시하세요."

"안 가지고 다니는데요."

"이름이 뭡니까?"

경찰관이 주머니에서 태블릿과 펜을 꺼낸다.

"오에 겐타입니다. 사이타마 출신이고요."

아키라는 즉흥적으로 거짓 이름을 대면서 속으로 우쭐한다. 경찰이 소식지를 한 장 집어 들더니 아키라를 가장 가까운 기차역 쪽으로 밀어 보낸다.

아키라는 도심에서 그만하길 다행이라고 여기며 하라주쿠역 밖에 새로 자리를 잡는다. 좀 더 젊으면서 전위적인 부류를 공략하면 호응이 있지 않을까 싶다. 처음에는 동년배들에게 소식지를 나눠 주는 게 쑥스러워서 목소리도 거의 높이지 못했고 세계적인 패션의 중심지로 꼽히는 곳에서 찢어진 청바지와 꾀죄죄한 티셔츠를 입고 있는 게 창피했다. 사람들은 쿠폰 책이나 콘서트 전단지인 양 아무 생각 없이 소식지를 받아들고 갈 길을 간다. 하지만 탄산수와 버거와 빙수를 먹으면서 소식지를 읽어 보는 이들도 있다. 어떤 젊은 여자는 남편인지 남자 친구인지가 소식지를 쓰레기통에 던져 버리자 소식지 내용이 전부 미친 소리인 것은 아닐 수도 있다고 말한다.

그날 밤 가상 카페로 돌아가기 전에 아메요코 시장에 들러 요시코가 저녁 장사를 마치고 가판대를 해체하는 모습을 지켜본다. 할리우드 영화 속 사랑꾼처럼 그녀에게 다가갈 용기가 있다면 얼마나 좋을까 싶다. 카페에 도착해 배정받은 칸막이 안으로 들어가서 그날 일을 말해 주기 위해 요시코가 가상 세계에 도착하길 초조하게 기다린다. 그러고 있자니 사람이 진심으로 계속 살고 싶어지려면 행복한 순간과 슬픈 순간의 비율이 어느 정도가 되어야 할지 궁금해지면서 자신과 요시코가 같이 그런 순간에 다다를 수 있기를 바라 본다. 기다리면서 혼자 시간을 때우려고 태양파회의 소식지를 한 장 꺼내서 읽는다. 거기 적힌 주장의 상당 부분이 자신의 생각과 같아 흠칫 놀란다. 세상의 종말에 관한 부분이나 불가사의한 열 번째 행성이 자기극을 바뀌게 해서 결국 전 세계가 재앙을 맞을 것이라는 내용은 아니어도 그 기저에 깔린 참뜻이 마음에 와닿는 듯하다. 아키라는 우리가 살고 있는 지구를 우리가 책임져야 하며 다음 세대에 미래를 보장해 줘야 한다고 생각한다. 사람들이 길을 걷다가 휴대전화에서 눈을 들어 서로의 눈을 보며 "안녕하세요, 별일 없으시죠? 왜 그렇게 슬퍼하세요? 어떻게 하면 우리가 더 잘할 수 있을까요?"라고 말하는 상상을 해 본다.

들기 좋은 종소리가 울리면서 요시코가 가상 세계에 들어왔음을 알려 준다. 아키라는 재빨리 요시코의 가게로 이동해 그녀가 만들고 나비까지 날아다니게 꾸며 놓은 영국식 정원 밖에서 그녀를 찾아낸다. 요시코의 날갯짓 소리가 들리고 그녀의 발굽에 차인 먼지가 공중에서 반딧불이처럼 반짝이는 게 보인다. 공중에 타원이 나타나는 것을 보니 요시코가 자판을 치고 있는 모양이다. 그런데 한 글자도 보내지 않고 타원이 곧 사라지고 만다.

"마이크 안 켰었어요?"

아키라가 묻고 나서 요시코에게 다가가 그녀의 갈기를 쓰다듬는다.

"미안해요. 잠시 조용히 있고 싶었나 봐요. 여기서는 마음대로 할 수 있는 게 많아서 좋아요. 이 나비들이나 저기 호수의 물고기들도 그렇고, 하늘에 떠 있는 구름을 우리 엄마 얼굴이나 에펠탑이나 그랜드 피아노처럼 별의별 모양으로 다 바꿀 수 있는 것도요."

"아름다워요."

아키라가 공중으로 손을 뻗어 무지갯빛 나비가 손바닥에 내려앉을 때까지 기다린다. 멀리 호수의 선창에 여자아이 같은 아주 작은 인영이 서 있다.

"저건 누구죠?"

"내 딸이에요."

요시코가 들릴 듯 말 듯 한 목소리로 말한 뒤 일어나서 정원 울타리 쪽으로 이동해 호수를 빤히 쳐다본다.

"내 휴대전화에 있는 영상을 가상 모델로 바꾸려고 여기 돈으로 1만 젬이나 썼어요. 재생을 누르면 저 애가 학교 갔다 와서 저랑 같이 매일 했던 대로 춤을 출 거예요. 깔깔 웃으면서 '또, 또, 더 빨리, 더 빨리'라고 말할 테죠. 뭘 기대했는지 모르겠어요. 하지만 저건 그 아이가 아니에요. 지금 재생을 누르면 저 애는 호수로 떨어질 거예요. 벌써 한 번 해 봤어요. 저 애 손을 꼭 잡고 같이 수면 아래로 가라앉았죠."

"그런 생각은 전혀 안 하기로 마음먹은 줄 알았어요."

"며칠 좋다고 해서 바뀌는 건 없어요. 딸은 여전히 고통 속에 있고 나랑은 대화도 못 하는데요. 아무도 도와줄 수가 없어요."

요시코가 고개를 숙이고 날개를 퍼덕이자 먼지구름이 날려 허공에서 반짝거린다. 아키라는 그녀의 실제 삶에 대해 좀 더 물어보고 싶고 시장에서 그녀를 봤다는 사실도 털어놓고 싶지만 지금은 적당한 때가 아닌 것 같다.

"제가 어떻게 하면 좋겠어요? 뭐든 해 줄게요."

"그냥 여기서 저랑 있어 줘요. 말은 하지 말고요."

다음 날 인쇄소에 다시 간 아키라는 잔뜩 쌓여 있는 소식지 뭉치를 노끈 쪼가리로 묶어 놓을 때만 자세를 바꾸며 미친 듯이 일한다. 일하는 속도가 빨라질수록 시간은 더 잘 흘러갈 테고 그러면 가상 카페의 캡슐로 돌아가 요시코를 확인할 수 있다는 계산이다. 아키라는 자신이 두 사람의 관계를 오해했나 생각해 본다. 그저 요시코가 그날 힘든 일이 있어서 그랬던 게 분명하다. 세이지 씨가 새 소식지를 인쇄하라고 주면서 앞으로 하게 될 인쇄물

중에서 그 소식지들이 가장 중요한 것이리라고 말했다. 이번 소식지는 행성 파괴나 해양 생물의 변화된 이동 양식처럼 원대한 주제 대신에 가족과 공동체 같은 훨씬 소박한 문제를 다룬다. 이와 관련해 세이지는 이렇게 설명한다.

"사람들은 서로를 돌보고 자신을 살피는 법을 잊어버렸네. 눈앞에 있는 것들도 신경 쓰지 않는 이들이 세상에 관심을 가질 리 없지."

그날 내내 세이지 씨는 아키라 혼자 한참을 일하게 한 뒤 수시로 돌아와 진행 상황을 확인했다. 아키라는 노인이 단순히 회사를 좋아해서 그러는 줄 안다.

"사람들은 우리를 이해 못 하지."

세이지 씨는 아키라가 자신의 가족사진을 쳐다보는 것을 눈치채고 이어 말한다.

"대부분이 이해하려는 마음 자체가 없네. 내 딸은 내가 제 엄마를 죽였다고 말하고 내 신념이 그들의 신조와 조금 비슷하다는 이유로 날 광신도 테러리스트와 한통속으로 본다네."

"따님이 보고 싶으세요?"

아키라는 금세 괜히 물어봤다고 후회하면서도 잠시 일을 멈추고 대답을 기다린다.

"테러 사건 때 자넨 어디 있었나?"

"아직 태어나지도 않았죠."

"난 장난감 가게에 있었다네. 지하철을 타려고 가게를 나서는데 입구가 막혀 있더군. 왜 그런지 몰랐지."

세이지 씨가 아키라의 어깨에 손을 올리더니 이어 말한다.

"우리 모두 옴진리교의 범죄에 공동 책임이 있다네. 하나 난 전혀 테러리스트가 아니라네. 가족을 사랑하는 사람이지. 매일 요시코를 생각한다네. 누구나 두려움에 빠지기 십상이지. 그런 두려움이 사람들을 뭉치게 하는데, 나쁜 명분으로 뭉칠 때가 많지."

아키라는 벽에 붙은 세이지 씨의 가족사진을 다시 살펴보다가 사진 속 어린 소녀와 그가 아는 요시코가 살짝 닮았음을 알아챈다. 요시코는 더 이상 아버지와 말을 섞지 않는다고 말했다. 하지만 아버지와 말을 안 하고 사는 사람들은 많은 데다 요시코라는 이름은 흔하다. 자살 광장에서 만난 사람에게 테러 공격 때 어머니가 돌아가셨냐고 어떻게 물어본단 말인가? 요시코는 아키라가 실제의 삶에 대해 조금이라도 물을라치면 내빼기 비쁘다.

아키라는 노인의 몹시 지쳐 보이는 눈을 들여다보다가 너무나 익숙한 공허를 발견한다.

"저도 알아요. 그러니까 제 말뜻은 사장님이 테러리스트라고 생각하지 않는다고요."

이후 며칠 동안 아키라는 그가 아는 요시코가 세이지 씨의 딸이라는 직감이 사실인지 확인하기 위해 더 많은 정보를 알아낸다.

"그 애가 결혼한 건 알고 있다네."

어느 날 점심시간에 세이지 씨가 아키라에게 말해 준다.

"손녀도 있대. 그 애가 전염병이 터지기 2년 전쯤에 한 번 편지를 보냈더군. 벌주려고 보낸 거겠지. 자긴 잘 지내고 있다면서, 나더러 손녀가 생겼지만 얼굴 볼 생각은 말라는 투로 썼더군."

"따님 얘기 좀 해 주세요."

아키라의 요청에 노인이 요시코가 어릴 때 받았던 발레 수업부터 수의사가 되는 게 꿈이었다는 이야기까지 그녀에 대해 자세히 말해 준다. 결국 아키라의 의심은 확신이 된다. 하지만 아버지가 걱정한다는 것을 안다고 해서 요시코의 고생이 끝이 날까? 딸이 아직 살아 있다는 것을 안다고 해서 세이지 씨의 삶이 바뀔까?

다음 날 밤, 아키라는 열기구를 타고 유황빛 번개와 폭풍우가 휘몰아치는 금성 위로 솟구친다. 그런 그의 주변을 요시코가 날아다닌다.

"어쩌면 우리 진짜로 만날 수 있겠네요."

아키라는 직접 만나 봐야 요시코에게 아버지에 대한 진실을 말해 줄지 말지 결정하는 게 쉬울 것 같다고 생각한다.

요시코가 모르고 아키라의 열기구를 구름 속으로 차 버린다.

"요즘 푼돈이 조금 생겨서 그런데 내가 한턱 쏠게요. 당신을 도와주고 싶어요."

"왜 이렇게까지 하는 거예요? 이러면 결국 어떻게 될 것 같아요?"

아키라는 요시코가 자기의 영혼의 동반자거나, 여자 친구인 것 같다고 말할까 생각해 본다. 하지만 둘 다 적절치 않은 것 같아서 결국 이렇게 말한다.

"모르겠는데요."

"실제로 만났다가 둘 다 가상 현실 발끝도 못 따라갈까 봐 겁나요. 우리가 어디 있는지 좀 보세요. 정말 놀랍지 않아요? 나한테 괜히 빚진 마음 갖지 말아요. 우리 건 다 여기 있잖아요."

"하지만 이건 진짜가 아니잖아요."

"그래요, 진짜가 아니죠."

아침이 되자 아키라는 정체를 밝힐 작정으로 아메요코 시장으로 간다. 일단 만나 보면 요시코도 분명 생각이 달라질 테다. 시장에서 서예 작품과 티셔츠를 진열하고 있을 그녀를 상상하면서, 처음 마주치면 어떻게 손을 흔들어 인사할까 생각해 본다. 만나는 순간 두 사람의 관계를 대수롭지 않은 것으로 치부하려던 요시코도 이젠 그러지 않을 테다. 어쩌면 서로 껴안을지도 모른다. 산책을 가서 손을 잡을 수도 있다. 두 사람이 가상 세계에서 누비고 다녔던 놀이터를 현실 세계에 재현할 방법에 대해 여러모로 생각해 본다. 그런데 어떻게 날아야 할까.

요시코는 이렇게 말할 테다.

"이렇게 와 줘서 기뻐요. 당신이 마침내 여기 있어서 정말 좋아요."

하지만 환상적인 베니스의 홀로그램으로 뒤덮인 길거리 시장 입구에 다다르자, 아키라는 벌써 요시코가 늘 있는 대운하 옆쪽 자리에 없다는 것을 알아챈다. 그는 이웃 노점에서 요시코의 딸에게 줄 작은 장난감과 예전에 인기 있었던 로봇 개들을 본따 만든 열쇠고리, 그리고 요시코에게 줄 초콜릿 찹쌀떡 한 상자를 산다.

아키라는 우에노 공원까지 한참을 산책한 뒤 가상 카페로 돌아온다. 식탁에 앉아 신문을 보면서 차를 홀짝이던 다카하시 씨가 아키라를 반기며 자신이 준비한 간단한 점심을 같이 먹자고 청한다. 아키라는 캡슐로 돌아가고 싶지만 배도 고프고 그렇게 한 끼를 때우면 몇백 엔이 절약된다는 생각에 자리에 앉는다. 다카하시 씨가 공깃밥과 얇게 썬 연어와 장어가 가득 들어 있는 플라스틱 용기를 탁자에 내려놓는다. 아키라는 다카하시 씨가 항상 걸고 있는 자주색 수정 목걸이를 유심히 관찰한다. 한결같이 입고 있는 주름 장식이 없는 기모노에 비하면 새 시대의 변칙이 아닐 수 없다. 맹세컨대 특정한 각도에서 보면 아주 작은 별 같은 빛이 수정에서 쏟아져 나오는 것 같다.

"괜찮은 거야?"

다카하시 씨가 자리에 앉으며 묻는다.

아키라가 고개를 끄덕이며 희미하게 웃어 보인다.

"이보다 더 좋을 수 없을 정도로요."

"최근에 기분이 좋아 보였는데. 어쩌면 언젠가 여길 떠날 수도 있겠다 싶게 말이지. 밤늦게 웃는 소리도 들었는데. 특별한 사람이라도 생긴 거야?"

아키라는 어깨를 으쓱해 보인 뒤 자동판매기에서 뽑아 온 된장국을 홀짝이고 천천히 장어를 집어 든다.

"복잡해요."

"가능성을 받아들이되 그거 때문에 맥 빠지지는 말아야지."

"같이 있으면 아주 완벽한 기분이거든요. 하지만……."

"연인 관계라는 게 처음에는 다 그래."

"그 여자와 그 여자의 딸을 보살펴 주고 싶어요."

"때로는 자기 자신을 누군가에게 전부 다 바치는 게 옳을 수도 있어. 하지만 내가 보기에 자네는 먼저 자신부터 챙기고 자네 미래부터 생각해야 돼. 나도 오래전에 꽤 갑작스럽게 어머니와 헤어졌어. 이 목걸이는 어머니가 당신을 기억하라며 준 거야. 난 아직도 뭔가를 찾아다니고 있는 것 같아. 하지만 어머니는 내 곁에 있는걸. 너 같은 사람들 돕는 이 일 말이야. 온종일 로비에 앉아서 세상 돌아가는 걸 지켜보는 거, 그게 내가 해야 할 일이야. 우리 모두 각자의 방식으로 치유하고 있는 거지."

"죄송해요, 여사님 가족 일은 몰랐어요."

"아주 오래된 일인데 뭘."

다카하시 씨가 손가락으로 수정을 굴리면서 이어 말한다.

"제발 부탁이니 여기서 1년 더 죽치지 않도록 애쓰기나 하셔."

아키라는 다카하시 씨에게 밥을 줘서 고맙다고 말한 뒤 캡슐로 돌아간다.

가상 세계에 들어갔더니 요시코가 "우리는 서로 말하지 않아도 통하는 게 있었어요. 고마워요, 내 친구."라는 메시지를 남겨 놓았다. 요시코의 가게 벽에 붙여 놓은 중세풍의 두루마리에는 아카라에게 호수로 가 보라는 지시 사항이 적혀 있었다. 영국식 정원으로 들어가 빨간색과 노란색 튤립 꽃밭을 따라 터벅터벅 걸어 내려간다. 선창 끝에 이르니 호수 위쪽에 "미안해요. 그동안 내가 당신에게 말하지 못한 것도, 우리가 돼 보지 못한 것들도 전부 다요. 이제 뭐든 물어봐요."라는 메시지와 함께 재생 버튼이 맴돌고 있다. 버튼을 누르니 요시코의 아바타인 페가수스가 물속에서 첨벙거리며 날아올라 선창에 내려앉은 뒤 아키라가 등에 올라탈 수 있게 몸을 낮춘다. 페가수스가 날개를 펄럭이자 아키라가 꽉 잡는다. 솟아오른 페가수스가 요시코의 왕국으로 날아가자 요시코의 녹음된 목소리가 재생되기 시작한다. 페가수스는 그녀의 가게와 정원 위를 거쳐 호수 주변을 맴돌다가 폭포 계곡을 지나 무리 지어 있는 난파선 사이를 이리저리 빠져나가며 날아간다. 아키라는 요시코의 페가수스가 인공지능으로 설계되어 설정된 질문에 답을 할 수 있고 그녀처럼 말하고 행동할 수 있는 똑똑한 아바타임을 깨닫는다.

"그냥 날아다니기만 해도 되고 궁금한 거 물어봐도 돼요."

요시코의 아바타가 이어 말한다.

"여기 정말 아름답지 않아요?"

"아버지 성함이 세이지인가요?"

"난 집에서 뛰쳐나왔어요. 아버지 때문에 엄마가 돌아가셨다고 말했는데 그 말을 물릴 방법을 못 찾겠더라고요. 남편이 날 위로해 줄 수 있을 줄 알았는데 아니었어요. 그다음에는 딸이 날 구원해 줄 줄 알았고 한동안은 정말 그랬죠. 걔가 아프고 내가 아무 도움도 못 되기 전까지는요."

"제일 좋아하는 디저트가 뭐예요?"

"커피맛 아이스크림요."

"제일 좋아하는 음악은?"

"퀸."

"현실에서 날 알아봤나요? 내가 당신을 지켜보고 있다는 걸 알았어요?"

"누구도 알아본 적 없어요. 노점에서 일할 때는 나만의 세상에서 살았거든요. 도시의 소음에 묻혀서요. 때로는 딸과 떨어져 있는 그 시간이 즐겁다는 사실 때문에 죄스럽기도 했어요. 시장에 있다 보면 옛날로 돌아간 기분이 들었거든요. 어쩌면 속으로는 당신을 만나고 싶었는지도 몰라요. 하지만 난 오래전에 이미 결정을 내린 거 같아요."

"우리가 서로를 이해한 줄 알았어요."

"당신은 나에 대해 극히 일부만 알았던 거예요. 그래도 여기로 찾아와 줘서 고맙게 생각했어요. 난 딸과 나를 위해 최선의 결정을 해야만 했어요."

"최선이라고요?"

"나는 그렇게 생각해요. 지나고 보니까 그게 맞더라고요."

"날 조금이라도 좋아하긴 했나요?"

"그럼요. 친한 지인처럼요. 만난 순간 나랑 살아온 궤적이 비슷하다는 걸 알겠는 그런 사람 있잖아요. 불쌍하고 순진한 사람 같으니. 굳이 그래야 한다면, 그러는 게 당신이 나아가는 데 도움이 된다면 날 기억해요. 다 잘되길 빌어요."

아키라는 페가수스를 타고 나눴던 대화를 여러 번 다시 들어 본다. 마치 그녀가 털어놓은 현실에 숨은 메시지라도 들어 있는 것처럼. VR 바이저를 낀 채 잠들고 화장실을 가지 않고는 못 배길 때가 되어서야 캡슐을 나선다. 요시코가 녹음된 목소리로 이별을 고했는데도 마음 한편에서는 그녀가 다시 접속하지 않을까 기대한다. 다른 한편에서는 그녀가 영원히 가 버렸음을 알고 있다.

이른 아침이 되어서야 그만둬야겠다고 생각한다. 이성적으로 내린 결론이 아니라, 너무 피곤해서다. 너무 오랫동안 바이저를 끼고 있던 탓에 현실 세계에 눈이 다시 적응할 시간이 필요했다. 그러다가 로비에 있는 『마이니치』 신문 1면에서 그들의 얼굴을 보았다. 거기서 요시코와 그녀의 딸이 그를 가만히 응시하고 있다. 아키라는 헛것을 보고 있다고 확신하며 눈을 감지만 다시 눈을 뜨자 여전히 그들의 얼굴이 보인다. 전신에 이상하게 타는 듯한 느낌이 퍼진다. 무엇으로도 그 작열감을 없앨 수 없을 것 같다. 불쌍하고 순진한 사람 같으니. 굳이 그래야 한다면, 그러는 게 당신이 나아가는 데 도움이 된다면 나를 기억해요.

캡슐로 돌아가 착오가 있었기를 바라면서 그 뉴스를 온라인으로 확인한다. 하지만 스크롤을 내리자 어느 아파트에서 두 개의 시체 포대가 실려 나오는 사진이 나타난다. 하나는 다른 하나보다 크기가 작다. 그리고 그 사진에는 헤드라인이 달려 있다. 세계적인 전염병 이후에 시와 정부 관리들이 적절한 사회적·의학적 지원을 제공하지 못한 탓에 일어난 비극. 사회복지사업이 메우지 못한 공백을 자살 단체들이 채우고 있다. 현장에서 신경안정제가 발견됐다는 기사도 있다. 약병에 화합 집단이라는 이름의 비밀 안락사 업체의 로고가 선명하게 박혀 있었다는 내용 또한 보인다. 아키라는 화면에 손을 댄 채 한참 동안 움직이지 않는다. 팔에 힘이 빠지고 아파와 더 이상 그러고 있지 못할 때까지. 그러고는 바이저를 끼고 기사에 언급된 주소의 좌표로 접속해, 황량한 도쿄 시내를 걸어가 요시코가 딸과 함께 살았던 건물을 찾아낸다. 정문 앞까지 갔지만 지도 프로그램은 주거용 건물에 그를 들여보내 주지 않는다. 아키라는 그저 그 집의 창문만 올려다보며 그녀가 돌아보는 모습을 상상한다.

　요시코와 그녀의 딸이 죽은 뒤 며칠 동안 아키라는 말없이 일만 하면서 태양파나 노인의 사생활에 대해 더 이상 질문을 하지 않는다. 그런 그를 이상히 여긴 세이지 씨가 어느 날 저녁에 아키라의 어깨에 손을 올리며 잠시 쉬면서 차나 한잔하자고 말한다. 이어 주전자와 종이컵 두 개를 가져와 바닥에 내려놓으며 아키라에게 앉으라고 권한다.

"요즘 어째 자네 같지가 않네."

　그 말에 아키라는 어깨를 으쓱해 보이고 차를 홀짝인다. 최근에 근처에 죽은 사람이 있다고 털어놓을까 했지만 그러다 보면 피치 못하게 이런저런 질문이 나올 테고 결국 어쩔 수 없이 세이지 씨에게 딸 이야기를 하게 될 게 뻔했다.

"자네도 알다시피 난 살면서 있었던 일을 전부 기록하려고 오랫동안 일기를 썼다네. 가족에 대한 기억이 마음속에서 모두 흐릿해지기 전에 담아 두려고 말일세. 죽은 아내와 딸에게 사과문도 썼다네, 나 자신을 책망하면서 수년째 같은 편지를 고치고 또 고쳐 쓴 거지만. 건강 상태가 좋지 못했다네. 그렇다고 내가 이번

생을 끝내면…….”

“아뇨. 그런 걱정은 할 필요 없을 거 같네요.”

아키라가 중간에 끼어든다.

“생을 그렇게 끝내 버리면 내가 정말로 딸이 미워했던 그 사람이 될걸세. 걔가 옳았다는 걸 증명하게 될 거라고.”

“따님은 분명 사장님을 사랑했을 겁니다.”

아키라는 결국 더 이상 말하는 것은 너무 잔인하다는 결론을 내린다.

“저 며칠 못 나올 것 같습니다. 다시 올지는 저도 잘 모르겠고요. 후쿠오카에서 오랜 친구의 장례식이 있어서요.”

“그거 참 안됐네. 누군지 모르지만. 자네 자리는 당분간 비워 두겠네. 어차피 자넬 붙잡아 둘 만큼 돈도 많이 주지 못하는데 뭘.”

아키라는 가상 카페에서 짐을 싼 뒤 다카하시 씨에게 감사의 쪽지를 남기고 기차역으로 향한다. 가는 길에 멀리 돌아서 요시코가 살던 아파트에 들러 바깥에 꽃다발을 놓아둔다. 근처 인도에 앉아 있는 노숙자를 보고 들고 온 가방에서 재킷과 요시코와 그녀의 딸에게 주려고 샀던 선물, 손가방에 들어갈 수 있는 것들만 빼고 나머지 짐은 그 노숙자 옆에 두며 말한다.

“마음대로 쓰세요.”

당황한 표정이던 노숙자는 곧 새로 생긴 소지품들을 샅샅이 뒤져 보더니 이윽고 양말 한 켤레를 꺼내 맨발에 신는다.

편도 표를 사고 호텔에서 며칠 잤더니 모아 둔 돈이 절반으로 줄었다. 자리에 앉아 창가에 머리를 기댄 채 간식과 음료수를 팔러 온 소녀를 손을 저어 보내 버린다. 요시코를 주려고 샀던 초코 찹쌀떡을 하나 먹어도 되겠지만 그러지 않는다. 시골 묘지에 가서 요시코와 그녀의 딸 옆에 앉아 가능한 천천히 먹을 거니까 말이다. 모녀에게 작별 인사를 하고 그들과 영영 함께 지내지 못하게 되었구나 싶었던 그날에 대해 전부 말해 준 뒤 묘비 옆에 길가에서 꺾은 야생화와 같이 로봇 개도 놓아 줄 것이다. 그리고 이렇게 말해 줄 테다.

"이제 어머니에게 전화를 드릴 겁니다. 다 잘 되겠죠."

아키라의 상상 속에서는 길을 따라 걷는 그의 머리 위로 요시코의 영혼이 날아가고, 날개 달린 말의 그림자가 그가 집에 전화할 방법을 찾을 때까지 길동무가 되어 준다.

당신이 바다로 녹아 없어지기 전에

HOW

HIGH

WE GO

IN THE

DARK

여기는 내가 당신의 시신을 안치할 방입니다. 당신은 물과 수산화칼륨으로 구성된 350도의 용액에 떠 있게 될 테지요. 당신의 살갗은 재처럼 떨어져 나가고 수년간 내게 문자를 보낸 손의 힘줄은 거미줄처럼 넓게 풀어지다가 남김없이 전부 사라질 거예요. 당신은 진짜로 아프기 전, 다시 말해 전염병이 당신의 뇌에 남겨 놓은 암 때문에 의사들이 당신을 잠재우기 전에 먼저 에덴 아이스에 왔습니다. 우리 회사는 매장이나 화장을 대체할 예술적인 방식으로 시신을 처리해 주는 곳으로 전염병 이후 인기를 끈 여러 '새로운 죽음' 회사들 중 하나랍니다. 사람들이 이제는 전염병 후유증으로 남은 만성 질환 때문에 죽고 있거든요.

우리 회사를 소개하는 화상 채팅에서 당신은 내게 시신 처리 과정을 자세히 가르쳐 달라고 했지요. 또한 위퓨처를 통해 우리 회사를 알게 되었으며 추천의 글에 감명받았다고 말했고요.

"저희 회사의 고객 서비스는 훌륭합니다. 사무개선국에서 A등급을 받았고 장례기업, 기업가, 로비스트들로 이루어진 FEEL에 의해 2040년 가장 유망한 장례 스타트업 회사로 선정해 금장 관을 수여했습니다."

"참 인상 깊네요."

당신은 민소매 티셔츠를 입고 있었죠. 덕분에 예술의 경지에 올랐다고 할 수 있는 우리의 가수분해장(시신을 압력과 온도가 높은 물에 넣어 용해하는 장사법 — 옮긴이)실을, 당신이 사람 도자기 냄비라고 부르는 그곳을 설명하는 내내, 당신의 양쪽 팔에 새긴 벽화를 자세히 볼 수 있었습니다. 내 휴대전화로 당신에게 시설 견학도 화상으로 시켜 주었죠. 내가 어떻게 비극에서 아름다운 순간을 만들어 내는지를 보여 주었어요. 두 명의 어린 소녀들을 위해서는 디즈니 공주들을 단체로 대령했고 생활지원시설에서 서로 꼭 껴안은 채 발견된 나이 지긋한 부부를 위해서는 백조 한 쌍을 준비했고요.

"그저 날 액체로 만들기 전에 반드시 이 문신을 지켜 줬으면 좋겠어요. 내 요구 사항 적어 두었죠?"

"그럼요. 고객님이 저희에게 실려 오기 전에 임모탈 잉크 유한 책임 회사가 문신을 그대로 보존해 액자에 넣어 드릴 겁니다. 고객님의 요청 사항은 반드시 전부 지켜 드릴 겁니다."

"이 문신들은 내 역사나 마찬가지예요. 내 인생이라고요."

우리는 당신의 얼음 조각품과 스쿠너(두 개 이상의 돛대를 갖춘 소형 범선 — 옮긴이)를 찍은 사진을 받고, 설계도를 교환했죠. 당신은 과거 체험 학습 때 하룻밤 잔 적이 있던 돛대 달린 구식 배를 원했어요. 그때 세계를 여행하는 꿈을 꿨다고요. 어떤 달은 내게 그 배를 빨간색으로 물들여 달라고 했고 또 어떤 달은 파란색으로 해 주면 좋겠다고 했죠. 처음에는 주로 일 얘기만 했어요. 그러다가 당신 방에서 흘러나오는 재즈 음악을 듣게 되었어요. 당신이 부모님 집에 머무를 때는 어릴 적 썼던 침대 위쪽에 붙어 있는 일본 지도를 보게 됐지요. 당신은 고등학교 때 21세기 말에 일본의 대다수 대도시들이 부분적으로 물에 잠길 가능성이 있다는 사실을 알게 될 때까지 선조에게서 물려받은 것 따위는 전혀 신경 쓰지 않았다고 했죠.

"나라에서 뭔가 조치를 취하겠죠. 홍수의 방향을 바꾼다든지 방파제를 세운다든지요."

당신은 컴퓨터 화면에 기후 전망을 띄워 보여 주면서 설명을 이어 갔죠.

"하지만 그래도 소용없을 거 같아요."

"그래서 모국이 물에 씻겨 내려가기 전에 가 보고 싶으셨군요."

당신은 나를 고지식한 사람으로 생각하는 것 같았어요.

"네, 그래요. 하지만 집을 떠나서 이 타투를 해 주신 와타루 장인의 견습생이 되고 싶은 것도 큰 이유예요. 그분께서 배우러 오라고 했거든요. 수년 동안 내 그림을 보내 드렸어요. 물론 대부분 일본 애니메이션 팬아트였지만요. 또 내가 생각한 미래 도시의 모습이나, 빅풋, 추파카브라, 스놀리고스터 같은 미국의 크립티드(환상의 동물 ─ 옮긴이)를 그린 것도 보냈어요."

"그 스놀리 어쩌구는 뭡니까?"

"등에 거대한 못 같은 게 있고 프로펠러 꼬리가 붙은 악어요. 플로리다 늪 설화에 나와요."

난 당신에게 깊은 인상을 주기 위해 짬이 날 때 재즈 음악을 알아봤어요. 그러던 어느 날 당신이 기진맥진해 쓰러질 것 같았을 때 디지 길레스피가 트럼펫을 연주하고 엘라 피츠제럴드가 노래를 부르는 음반을 틀었죠. 그랬더니 당신은 미소를 지으며 날 보고 '너무 노골적'이라고 말했죠. 이후 우리는 몇 시간 동안이나 함께 음악을 들었지요.

다른 날에는 문신의 역사를 조사한 뒤 당신에게 온몸에 경전을 문신한 어떤 승려 이야기를 해 줬지요.

"악귀로부터 자신을 지키려고 그랬대요. 그런데 귀에 문신하는 걸 까먹는 바람에 악귀가 귀한테 양쪽 귀를 뜯겼답니다."

"그거 귀없는 호이치 스님 이야기 아니에요? 나랑 채팅하기 전에 위키피디아 훑어보는 거예요?"

당신은 그렇게 내게 한 방 먹인 뒤 그동안 내가 당신에게 잘 보이기 위해 또 뭘 공부했는지 다 털어놓게 했죠. 듀크 엘링턴은 자신이 처음으로 작곡한 「소다 파운틴 래그」를 공식적으로 녹음한 적은 없다는 사실이나 우리가 모든 조치를 다 취하더라도 빙하가 녹는 것을 막지 못해 2100년경이면 해수면이 90센티미터나 높아져서 7억 명에 달하는 이들이 살던 곳에서 쫓겨날 가능성이 높다는 사실, 혹은 일본의 물에 사는 요괴인 갓파는 그릇 모양의 머리에 가득 들어 있는 물로 요력을 유지하는데 머리 숙여서 인사하면 반드시 예의 바르게 화답해야 한다는 이야기 등등을 말해 주었지요.

"학교 다닐 때 틀림없이 연애 대장이었겠네요."

"교정기를 끼고 있었고 시청각 동아리 소속이었어요."

내가 선수상(船首像)을 당신 모습으로 도안하자 당신이 "세상을 떠나는 일이 신화 같겠어요."라는 소감을 보내왔죠. 나는 스케치를 다시 해서 당신을 기린으로 바꾸어 용과 사슴을 섞어 얼굴을 만들고, 밑에는 인어 꼬리를 붙여 주었지요. 우리는 함께 온라인으로 「스플래시」를 봤어요. 당신은 80년대의 우스꽝스러운 영화들을 실컷 보게 아주 일찍 태어났으면 좋았을 뻔했다고 말했죠. 우리가 함께했던 짧은 순간과 밤늦게까지 했던 그 모든 화상 채팅을 내가 너무나 오랫동안 미화했나 봅니다. 그렇지 않다면 당신의 시신을 옆에서 지켜볼 때까지 어쩌면 내가 당신에 대해 전혀 몰랐을 수도 있다는 것을 이렇게 쉽게 잊었을 리 없을 테니까요.

부모님이 당신을 싣고 왔을 때 당신 시신은 이미 부풀기 시작해 마치 아주 작은 복어들이 핏줄에 숨어 든 것 같았지요. 피가 당신의 뒤로 떨어지는 바람에 엉덩이가 짙은 보라색으로 물들어 농산물 가판대를 버려 놓았어요. 임모탈 잉크사 소속 병리학자가 문신이 있는 피부를 미리 넓적하게 떼어 낸 당신은 인체의 신비전에 전시된 장기 표본처럼 보였답니다. 얼굴 표정 또한 이상했는데 내가 해석하기에는 슬픈 표정 같았지요. 당신이 내 목소리를 들을 수 있었다면 아마도 이렇게 말했을 겁니다.

"죽었는데 슬퍼 보이지 않는 사람이 어디 있겠어요?"

하지만 당신이 숨을 거두면서 드러낸 표정은 실망감이 아니었을까 싶어요. 끝내지 못한 일이나 숨겨진 비밀이 안타까워서요. 소셜 미디어를 보니 당신은 끊임없이 모험에 나섰더군요. 당신은 이집트에서 낙타를 타고, 뒤로 돌고래들의 지느러미가 보이는 곳에서 카약을 타고, 온천 리조트에서 야쿠자에게 문신을 새겨 주고, 여행길에 차를 태워 준 이들과 단체 사진을 찍었어요. 생일에는 너무나 많은 이들이 당신이 그립다는 글을 남겼고요. 그런데 그들은 결국 다 어디에 있었던 걸까요? 전염병이 그들을 앗아 갔을까요? 당신이 그들을 저버렸나요, 아니면 그들이 당신을 저버린 건가요? 당신의 사진들을 물끄러미 바라보며 내가 당신과 사진 속 장소에 있는 상상을 하면서 당신이 내내 도망치고 있었는지 혹은 그저 살아가고 있었던 건지 파악해 보려고 합니다.

시간이 더 있었다면 우리는 어떻게 됐을까요? 그동안 1000시간 넘게 화상으로 대화를 나누고 거의 2만 건에 달하는 메시지를 실시간으로 나눴더군요. 당신이 최종 서류에 서명한 후 느닷없이 영상 통화를 걸었을 때 나는 아마도 직업적으로 필요한 정도를 넘어서는 미소를 지었을 겁니다. 당신에게 기분이 어떤지 묻자 당신은 약이 시간을 벌어 주었지만 동시에 자기를 갈가리 찢어 놓는다고 말했죠.

"맛을 볼 수 있으면 좋겠어요. 늘 이렇게 피곤하지 않았으면 좋겠고요. 외출할 기운이 생길 때면 전염병에 걸린 적이 없거나 끔찍한 후유증에 시달리지 않는 모든 사람들에게 화가 나는 게 너무 싫어요. 나는 망가져 가고 있는데 세상은 마침내 지구를 돕겠다고 힘을 모아서 나서는 모습에 화가 나요."

당신은 당신 문제로 나를 귀찮게 하고 싶지 않다고 말했죠. 그리고 어쩌면 당신 말대로 그랬을 수도 있어요. 하지만 난 그래도 괜찮다고 말했지요. 내가 당신 말을 들어 줄 수 있다고 하면서요. 에덴 아이스에서 우리는 고객들을 가족처럼 여기니까요.

"웃기지 말아요. 당신 말고 누가 나 같은 사람하고 시간을 보내겠어요? 코디액섬의 밤 문화가 그렇게 활발하지도 않고요."

당신이 액화되고 남은 유골 잔해를 모아서 가루로 만들어 당신 어머니에게 보내 드렸습니다. 대부분의 사람들이 얼룩덜룩한 소나무 상자인 에버그린 슬럼버나 도금한 알루미늄 유골함인 슈팅 스타를 선택하죠. 하지만 당신은 마지막으로 정신이 또렷했던 달에 메일을 보내 유해를 여러 개의 병에 나눠 담아서 몰디브, 키웨스트, 뉴올리언스, 베니스 등 각각 다른 바다에 떨어트려 달라고 했지요. 모두 당신이 언젠가 가 보려고 했던 곳이며 살아생전에 사라질지도 모르는 곳이라면서요.

당신의 오그라든 손을 정돈해서 한 손 위에 다른 손을 포개서 은밀한 부위에 올려놓습니다. 당신은 고체에서 액체로 바뀌었을 때 근사해 보였으면 좋겠다고 말했죠. 당신을 처리실로 밀어 넣기 전에 당신의 원래 모습을 상상해 봅니다. 피부가 아직 온전하고 당신이 대부분 비밀로 간직한 이야기들이 켜켜이 쌓여 생기가 넘쳐나던 때의 모습을요. 배꼽 주변에서 잭슨 폴록의 그림처럼 어른거리는 점과 주근깨들을 펜션으로 연결해 티베트 만다라로 만들고 싶다는 생각과 잠시 싸웁니다. 그렇게 하면 당신이 누구인지, 그리고 혹시라도 그럴 여지가 있었다면 내가 당신에게 실제로 어떤 의미였는지 알아낼 수 있을까 싶어서요. 하지만 이내 그런 마음을 접고 맙니다. 지난 한 해 동안 회사 동료들은 그아시아 여성분은 어떻게 됐냐고 물었어요. 내가 서류에 첨부된당신 사진을 계속 뚫어져라 쳐다봤으니까요. 난 아무 말도 안 했지요. (말할 게 없었으니까요.) 하지만 그들은 잔소리를 퍼붓고 나를 사랑꾼이라 불렀죠. 한 번은 아버지가 전염병으로 돌아가신뒤 시트카로 내려가 오두막에서 살고 계신 어머니와 이야기를나눈 적이 있어요. 그때 어머니께 삶이 너무 하찮아 보이고 나만세상과 뚝 떨어져 있어 다른 이들과 섞일 수 없을 것 같을 때에도어떻게 자신과 맞는 사람과 사랑을 찾아갈 수 있겠느냐고 물었지요. 그러자 어머니께서는 사람들은 어떻게든 만족하며 살아간다고 말씀하셨죠. 술도 괜찮고, 완전히 개망나니가 아닌 이상 적당히 괜찮은 사람을 만나 보는 것도 그럭저럭 나쁘지 않다고요.하지만 당신이 술도 안 마시고 밤 문화를 즐기는 사람이 아니면어쩌나 싶었죠. 사람들이 현실에서 도피하고 싶을 때 떠올리는지구상의 몇 안 되는 도피처에 당신이 이미 살고 있으면 어쩌지싶더라고요.

당신이 입원하기 직전에 우리는 당신을 싣고 갈 배와 기념비의 최종 디자인에 합의했지요. 그땐 백지장 같은 피부 속으로 번개 모양으로 갈라진 혈관들이 보였던 터라 나는 당신이 더 이상 모자를 써야 할 필요를 못 느끼도록 머리칼을 교체해 주었어요. 또한 당신이 돛대와 돛, 그리고 물론 당신의 유해를 쏟아부을 기린 조각상의 세세한 부분까지 살펴볼 수 있도록 배와 조각상의 축적도를 보여 줬죠. 당신이 마지막으로 요청하고 싶은 사항들을 말한 후 나는 병원으로 당신을 찾아가도 되는지 물었지요. 어쨌든 우리는 친구가 되지 않았나 싶어서요. 한참 동안 말이 없던 당신은 결국 "아뇨, 그러는 건 잘하는 일이 아닌 것 같아요."라고 말했지요. 그 순간 상처받지 않았다고 말한다면 거짓말일 겁니다. 당신은 내게 "가끔은 그냥 한정된 시간에서만 누군가를 만나거나 어딘가에 들르는 것이 당신이 생각하고 성장하고 사랑하고 난 뒤 앞으로 나아가는 데 도움이 될 때가 있어요."라고 말했죠. 그리고 전화를 끊고 "그동안 다 고마웠어요."라는 문자를 보냈지요. 이어 "키스와 사랑을 담아, 메이블"이라고 문자를 마무리했어요. 우리가 서로를 어떻게 돕고 도움을 받았는지 확실하게 알 수 있으면 좋겠어요. 어쩌면 그냥 내가 이 일에 너무 몰입한 걸 수도 있죠. 마음 한구석에서는 당신을 처리실로 밀어 넣기 전에 입을 맞추고 싶지만 그것 또한 잘하는 짓이 아닐 테지요.

알류샨 열도의 관문인 알래스카의 우날래스카시는 이름도 마음에 들고 알류샨 열도의 섬들을 지날 때 시베리아에도 살짝 닿을 것 같다는 이유로 당신이 고른 진수 장소죠. *가깝지만 완전히 가까운 건 아니에요.* 나를 이렇게 만든 바로 그 바이러스의 원천지로 내가 돌아가는 것 같네요. 오늘 당신을 추모할 곳을 찾으러 그 섬을 걸어가는 동안 당신이 내 옆에서 동행하며 자신이 자유롭게 날아가고 싶은 장소를 가리켜 준다고 상상합니다. 만물이 연결되어 충만한 느낌입니다. 여기까지는 아직 인간의 해악이 미치지 못한 듯합니다. 야생마들이 풀을 뜯고 만에서는 해달이 바위에 있는 게를 잡아먹고, 절벽 앞의 좁다란 단에 놓여 있는 독수리알들이 부화하기 시작해요. 왠지 이 모든 게 다 느껴져요. 하지만 나는 고깃배가 반쯤 빈 채로 돌아오고 있고 고래들이 계속해서 해변으로 올라온다는 것도 알고 있답니다. 해류를 따라 걷다 보니 어느덧 시야가 탁 트이면서 사방이 풀로 덮인 구릉지인 야트막한 만이 나옵니다. 한쪽으로는 방치된 부두가 뻗어 있고 다른 한쪽으로는 바위투성이 모래톱이 펼쳐져 있어 베링해로 이어지는 좁은 통로가 만들어졌네요. 갑자기 당신이 내가 따라잡을 수 없을 정도로 빠르게 내달려서 바다로 미끄러지듯 들어가네요. 그리고 양팔을 벌리고 고개를 뒤로 젖힌 뒤 짠 공기를 맛보려는 듯 입을 벌린 채 빙글빙글 돌고 있어요. 그래서 내가 "여기야."라고 말하죠. 우리는 이곳에 당신을 풀어 주기로 합니다. 당신이 웃으며 검은 파도 아래로 사라집니다.

　작업장으로 돌아와서 돛의 형태를 만들고 완성된 돛과 각종 장비를 장착하고 모든 것들을 얼려서 한 덩이로 만드는 긴 과정에 돌입합니다. 배는 길이가 4.6미터에 높이가 2.7미터에 달합니다. 당신의 유해 일부는 갑판과 뱃머리 전체에 뿌려 얼린 다음, 배를 천연 상수리나무처럼 만든 것으로 보이게 처리할 겁니다. 그러면 주인 없는 망망대해에서도 오래 버틸 수 있거든요. 당신은 선수상에 생명을 불어넣을 것이고 당신과 심해 사이에는 오직 얇은 얼음장만이 있게 될 겁니다. 당신의 눈을 가만히 들여다보고 있자니 당신이 지켜보고 있을지 궁금해지는군요.

 수십 명의 사람들이 당신의 추도식에 참석했답니다. 시애틀에서 당신 가족과 친구들이 왔고, 타투 선생님인 와타루 씨는 울프 컷으로 자른 머리를 오렌지색으로 물들인 나이 든 일본 남자들을 잔뜩 데리고 왔는데, 무슨 조직의 간부 같아요. 당신 어머니의 이웃사촌인 댄 폴 씨가 식 준비를 돕겠다고 나서서 사람들을 자리로 안내하고 식순지를 나눠 주고 지역 텔레비전 방송국과 이야기도 나눕니다. 그 방송국이 전염병이 어떻게 우리의 장례 방식을 새롭게 바꾸었는지를 탐색하는 웹 시리즈의 하나로 당신 배의 진수 장면을 인터넷으로 생중계할 계획이거든요. 내가 당신에게 뭐라도 되는 양 당신 어머니에게 당신이 실제로는 어떤 사람이었는지 물어보고 싶지만 오늘은 나와 관련된 날이 아니잖아요. 대마초와 향 연기가 자욱한 공기에 실려 퍼져 나가네요. 하레 크르슈나교(힌두교에서 크리슈나 신을 신봉하는 종파 ― 옮긴이) 승려가 참석자들에게 진언을 따라 하도록 청합니다. 당신의 어머니는 접이식 의자에 앉아 커피를 고이 들고 계시는군요. 범선을 부두에 대자 당신은 만을 바라보게 됩니다. 근처에 있는 연단에 한 사람씩 차례로 올라가 말합니다.

"그녀가 보고 싶을 거예요, 그녀는 유일무이한 사람이었어요. 그녀는 용기 있게 자신만의 삶을 꾸려 갔어요."

나도 뭐라고 말하고 싶지만 그랬다가는 여기 모인 낯선 이들에게 우리끼리 나누었던 감정, 아니 어쩌면 나 혼자만 품었던(그랬을 가능성이 꽤 높은) 감정을 두서없이 털어놓을 것 같아요.

"우리는 영화를 보고 음악을 듣고 빅풋 이야기를 했으며 해안 도시들이 어떻게 섬이나 수중 리조트로 변할지에 대해 대화를 나눴습니다. 그러면서 제가 그녀에 반했던 것 같습니다."

이게 내가 할 수 있는 전부일 겁니다. 설령 이 감정이 아무것도 아니었다 해도 이제껏 이토록 큰 감정을 느껴 본 적 없었답니다. 사람들은 범선을 감탄하며 바라보며 세부 장식과 이 배가 정말로 뜰 수 있다는 사실을 입이 마르게 칭찬합니다. 다들 범선 앞에서 사진을 찍고 손으로 당신이 뿌려져 있는 뱃머리 여기저기를 쓸어 봅니다. 내 손을 잡고 흔드는 이들도 있고 명함을 달라는 이들도 있군요. 당신의 어머니와 와타루 씨는 한참 동안 배 옆에 서서 갑판에 손을 딱 붙이고 있네요. 그곳에 당신의 유해가 녹아 있으니 분명 당신의 일부가 두 분의 피부에 섞여 들어갈 겁니다. 사람들이 자리로 돌아가자 나는 공기팽창식 래프트로 범선을 만으로 끌고 갑니다. 처음에는 정적이 흘렀지만 곧 사람들이 박수를 치기 시작하네요. 이어 소리칩니다. "사랑해."라고. 해변을 돌아

다보니 '여행 잘 다녀오세요.'라고 적힌 커다란 현수막이 바람에
펄럭이고 있습니다.

　배가 먼바다까지 나오자 엔진을 끕니다. 그리고 디지털 음성
기록 장치를 방수포로 에워쌉니다. 당신이 살갗에 자신의 삶을
문신으로 새겨 넣었던 것처럼 자신의 마지막을 모조리 기록하길
원했으니까요. 사무실로 돌아오니 당신 어머니가 식이 끝날 때
까지 열지 말라고 이르며 놓고 가신 꾸러미가 있더군요. 그게 당
신의 일부라는 것을, 잉크로 기억을 새겨 넣은 피부 조각임을 알
고 있답니다. 시간이 얼마나 흘러야 당신이 바다로 완전히 녹아
들어가는지 정확히 알 수는 없지만 그렇게 될 때까지 여기에 그
대로 있을 겁니다. 멀리서 화물선이 뱃고동을 울립니다. 아마 쉴
만한 흥미로운 장소라고 생각했는지 물개들이 뱃머리에 코를 밀
어 넣네요. 난 뜻 모를 함성을 퍼부어 물개들을 쫓아 버립니다.
　몇 시간이 흐르자 가라앉고 있는 갑판 위로 벌써 파도가 들이
칩니다. 돛대 두 개가 반으로 부러졌고 돛은 솜사탕처럼 빠르게
녹아내립니다. 선수상은 대부분 온전합니다만 당신 얼굴과 용
비늘 형태의 가슴으로 물방울이 흘러내리는군요. 사슴뿔은 악마
의 뿔로 변했답니다. 태양이 하늘 높이 떠 있어 내가 당신을 얼려
놓은 범선 곳곳의 이음매가 풀어지기 시작합니다. 곧 당신은 인
어와 용의 모습으로만 남을 수밖에 없을 겁니다. 나는 당신과 하
나가 되기 위해 물갈퀴와 구명조끼를 착용합니다. 이어 방수 잠

수복을 꽉 조이고 단단히 맨 뒤 수중 마스크와 스노클도 장착합니다. 범선이 다시 갈라지더니 아주 작은 채찍들을 수없이 휘두르는 것 같은 소리가 나면서 부서지기 시작합니다. 내가 미처 준비할 틈도 없이 당신이 물속으로 첨벙 떨어져서 물결에 까닥거리며 남은 선체 부위에 부딪칩니다. 얼른 바다로 뛰어들어 당신이 위험해지지 않도록 떼어 냅니다.

이제 우리 둘만 남았군요. 당신의 눈은 그저 오묘한 모양으로 오목하게 깎아 낸 자국에 불과하고 당신 코는 작은 혹처럼 생긴 둥근 얼음 조각에 지나지 않죠. 당신은 하늘을 빤히 바라보며 떠 있답니다. 양손으로 당신의 허리를 감싸 파도가 칠 때마다 당신이 수정 토막처럼 빙빙 돌지 않게 합니다. 녹음기의 배터리가 다 되어 가네요. 녹음기에 물이 스며들었을까 봐 걱정되는군요. 붙잡을 게 전혀 남지 않게 되기 전에 결코 말하지 못했던 것들이자 내가 당신의 남은 인생에 좀 더 중요한 역할을 할 수 있었다면 말했을 것들을 전부 털어놓고 싶군요. 난 당신을 사랑할 수 있었을 테지요. 어쨌든 그렇게 됐고요. (그리고 어쩌면 삶이 달랐더라면 당신 또한 나를 사랑할 수 있었을 테죠.) 나는 당신의 기린과 인어 모양의 선수상이 내 손에서 커다란 우박만 한 크기로 줄어들 때까지, 그리고 그것 또한 녹아 사라질 때까지 당신에게 다른 오만가지 사소한 이야기들을 들려줍니다.

무덤 친구들

HOW

HIGH

WE GO

IN THE

DARK

초고속 진공열차를 타고 도쿄 나리타섬에서 니가타 시의 군도까지 가는 내내 여동생은 내가 5년 전에 가족을 저버린 일에 대해 단 한마디도 하지 않았다. 처음에는 다들 내 미국 방문 일정이 연장된 줄로만 알았다. 하지만 한 달이 지나고 다시 한 달이 지나고 나서야 나는 마침내 용기를 끌어모아 미시간 호수 연안에서 웨딩드레스를 입고 찍은 사진 한 장과 편지를 집으로 보냈다. 나는 미안하다고 썼다. 내가 납치되거나 더 나쁜 일을 당했을까 봐 걱정하게 만들어서 미안하다고. 평생 그렇게 내내 가라앉는 도시에서 살고 싶지도 않고 내 유해를 동네 사람들과 같은 유골함에 넣어 영원히 한 곳에 처박아 두고 싶지 않아서 미안하다고.

다마미는 나와 달랐다. 그 애는 화목하고 끈끈했던 다섯 가족이 두 세대 전에 유해를 함께 섞기로 합의하면서 무덤 친구들이 되어 버린, 오랜 이웃들의 삶을 연대순으로 기록했다. 전염병이 전 세계를 강타하면서 다들 사망자들을 어떻게 처리해야 할지 몰라 우왕좌왕할 때 돈과 공간을 절약할 묘안으로 시작된 게 공동 유골함이었다. 그러나 우리 마을은 예외였다. 지금으로부터 약 30년 전인 2070년의 대전환기에 해수면이 상승하며 점점이 흩어진 섬이 된 후 마을 사람들은 이웃 공동체에 걸맞은 새로운 방법을 찾아냈다.

무덤 친구들은 다섯 가족으로 이루어졌다. 한때는 더 많았다. 가장 오래된 계원으로서 동네의 연결 고리 역할을 하는 사람이 바로 우리 외할머니였다. 외할머니는 매일 오후 집집마다 찾아가 싸구려 와인을 마시며 이야기꽃을 피우곤 했다. 동네에는 변태 같은 미시히로 '아저씨'도 살았다. 우리 집에 와서 아버지와 술을 마시고 다트 게임을 하던 그는 내가 고등학교 시절에 세일러문풍의 교복을 입고 있으면 빤히 쳐다보곤 했다. 또 다른 주민인 후지타 자매는 프릴이 잔뜩 달린 검은색의 빅토리아 시대풍 드레스를 입고 일하는 고딕 로리타 접대부였다. 옆집에 사는 기시모토 씨는 방과 후에 내게 일본의 전통 악기 고토를 가르쳐 주었다. 다카타 씨는 미쓰비시 태양광 발전소에서 은퇴한 뒤 동네의 모든 정원을 돌봐 주고 품삯으로 약간의 허브와 채소를 받아 갔다. 내일 나는 이 사람들이 모두 보는 가운데 유골함에서 외할머니의 유골을 가려 낼 테다. 이어 곧바로 엄마에게 내 유골은 절대 엄마와 아빠 그리고 우리가 사랑한 다른 이들의 유골과 하나로 섞지 않겠다고 말해야만 한다.

진공 열차가 속도를 늦추면서 시간에 갇혀 버린 듯한 논이 펼쳐진 마을 너머로 서서히 이동하자 니가타시의 외곽이 보였다.

한때는 사케와 튤립과 오래전의 금광으로 유명했던 도시였다. 그러나 별 특징 없던 풍경의 도시는 이제 일본 북부 지역의 상당 부분을 차지하고 있는 자잘한 섬들에 수십 개의 장례용 고층 건물들이 여기저기 흩어져 있는 모습으로 유명해졌다. 짙은 색의 거대한 고층 건물들 사이로 간간이 구름과 우리 모두 언젠가 죽을 테니 영안실 특별 패키지를 이용하라고 선전하는 3D 옥외 광고판이 보였다. 하지만 그런 건물들의 그늘에서는 옛 도시의 모습이 드러났다. 중고품 가게 옆에는 낡아 가는 실용 주택들이 둥지를 틀고 있었고 러브호텔들의 꼭대기에 붙은 네온사인이 요란하게 번쩍거렸다. 내가 졸업한 고등학교 옆에는 커다란 석조 도리이 문이 있었다. 한때 소풍과 만남의 장소였던 공원에는 이제 파도가 들이쳤고, 전염병이 창궐했을 때 죽은 이들의 이름이 새겨진 도리이 문은 이제 반쯤 물에 잠긴 상태였다. 기차역 너머로 자율 주행하는 회사 차들이 회전교차로를 천천히 돌고 나서 익숙한 반다이 지구 도로들을 빠르게 통과했다. 반다이 지구는 수십 년째 변하지 않은 채 술집과 영세 가게들이 미로처럼 뒤얽혀 있었고 과거에 쪼개져 있던 거리들은 부교로 이어져 도심은 거미집처럼 서로 연결돼 있었다. 예전에 쇼핑센터였던 건물의 남은 부분을 새로 꾸며서 수중 호텔이 된 레인보우 타워가 물 밖으로 살짝 엿보였다. 어릴 때는 이 건물의 통유리 엘리베이터에서 불꽃놀이를 구경하며 폭죽이 터질 때마다 물에 잠긴 쇼핑센터의 실루엣에 경탄하곤 했다. 자전거를 탄 학생과 할머니들이 여전히 인도를 점령한 채 9미터 높이의 방파제 옆을 싱싱 달려 인근

다리를 건너갔다. 좋았던 시절만 기억하려고 했던 것도 아닌데 갑자기 마요네즈가 들어간 피자와 맥도날드의 새우버거, 야채 튀김이 들어간 우동을 무뚝뚝한 회사원 옆에서 후루룩 쩝쩝 먹고 싶었다. 학교 동창들을 불러내 노래방에 가서 가슴이 터지도록 크게 노래를 부르고 싶었다. 이곳은 수몰된 내 세상이었다. 물론 당장은 이런 일이 하나도 벌어지지 않을 테지만 말이다.

"그래서 엄마랑 아빠는 요즘 어떻게 지내?"

마침내 내가 먼저 입을 뗐다. 부모님도 동생처럼 아무 일도 없던 것처럼 나를 대할지 알고 싶었다. 외할머니가 돌아가셔서 모였으니 엄마가 잔소리를 나중으로 미뤄 둔다면 별 탈 없이 가족들과 재회하게 될 터였다.

"두 양반이 언니를 작살 낼 거 같으냐고?"

다마미는 착한 동생이었다. 남에게 당하고도 가만히 있고 다른 사람이 하자는 대로 따라 하면서도 불평하지 않는 부류였다. 하지만 결코 바보는 아니었다.

"어, 응."

"아빠는 언니를 보게 돼서 그냥 좋기만 할걸. 엄마는 나도 잘 모르겠어. 언니 항공편을 물어보던데."

"피살되거나 의자에 묶일 확률이 반반이라는 말이군."

"조문객들이 너무 많아. 엄마가 구경거리를 만들어 줄 것 같지는 않은데."

물론 다마미는 엄마의 노여움을 정면으로 받아 본 적이 없었다. 양아치였던 고스케와 근처 모퉁이 가게 밖에서 서로를 만지다가 들켜서 일주일이나 팔에 멍이 남을 정도로 세게 질질 끌려 갔던 경험도 없었다. 성적표를 들킨 뒤 아무 데도 못 갈, 가망 없 는 애라는 말을 듣고 한 달 동안이나 없는 사람 취급을 받아 본 적도 없었다. 그런데 내가 갈 수 있었다 한들 어디로 갔겠나? 내 가 집을 버리고 무덤 친구들에 대한 엄마의 병적인 의리를 저버 렸다는 인상을 주지 않을 곳이 어디였을까? 옆 도시? 그 옆의 옆 도시? 열여덟 살이 되자 대도시는 더 이상 매력적이지 않았다. 도쿄와 오사카조차도 섬들이 무리 지어 모여 있는 곳이 되었고, 새로 이사 온 사람이 들어갈 자리는 거의 없었다. 이곳이 네가 속 한 데야. 우리 가족은 항상 여기서 살았어. 네가 살면서 필요한 것들이 전부 여기에 우리와 함께 있다고. 이 동네는 일본에서 사람들이 어떻게 지내야 하는지를 보여 주는 훌륭한 예란다. 나 는 우리가 광신적 종교 집단은 아니라고, 꼭 그렇지는 않다고 미 국 친구들에게 해명하려 애썼다.

마침내 집에 도착하자 아빠가 뛰어나와 나를 꼭 안아 주었다. 담배 연기에 열대 지방을 연상시키는 데오드란트가 이상하게 섞 여 있는 아빠의 냄새가 그리웠다. 아빠는 목욕 가운을 바짝 여미 며 아주 오래돼 누렇게 변했는데도 내다 버리지 않은 러닝셔츠 를 감추었다. 정원에 있는 엄마는 필사적으로 바쁜 척하고 있었 다. 길가에 있던 태풍 및 쓰나미용 방파제가 지금은 더 높아져서 우리 집에 그늘이 지고 있었다. 창밖으로는 파란 하늘이 아닌 콘크리트가 끝없이 펼쳐져 있었다.

"괜찮다, 괜찮아. 많이 보고 싶었단다."

아빠는 내 귀에 이렇게 속삭인 뒤 여행 가방을 외할머니 방까지 옮겨다 주며 짐 풀고 편히 앉아서 쉬라고 말했다. 부모님은 1층을 터서 마루처럼 개조해 놓았다. 그런데 가구는 전보다 더 흐트러져 있어 마치 중고품 가게의 진열실에 살고 있는 것 같았다.

"외할머니 방에서 지내야 돼?"

동생한테 물었다.

"그럼, 우리가 다시 방을 같이 쓸 나이는 아니잖아. 암, 절대 아니지."

나는 이방인처럼 식탁 의자에 엉덩이만 걸치고 앉아 있었다. 너무 조마조마해서 마음이 안 놓였고 금방이라도 내뺄 태세였다. 엄마가 나를 뚫어져라 보는 게 느껴졌다. 죄책감을 자극하려고 저러나 싶었다. 어떤 식으로 날 다시 무덤 친구들 속으로 끌어들일까 생각해 봤다. 아마 내가 남편과 함께 고향으로 돌아와 모든 사람과 모든 것이 나를 기다리고 있던 이곳에서 인생을 시작해야 한다고 말할지도 모른다. 홈 멀티미디어 시스템용 가구에 자그마한 외할머니의 홀로그램 초상화가 꽃과 과일에 둘러싸인 채 놓여 있었다. 후덥지근한 여름 날씨에 진즉 축축해진 얼굴 표면이 화끈거렸다. 그렇게 사라진 후 내내 엽서 한 장 보내지 않았던 사실이 부끄러워 얼굴이 벌겋게 달아올랐기 때문이다. 외할머니는 내가 온갖 아귀다툼을 벌여도 언제나 내 편이 되어 주었고, 갓 만든 만두로 위로를 해 주었으며, 내 가출 계획을 알고 있던 유일한 분이었다. 수년 전에 미국에서 짐을 풀다가 거의 1000달러에 해당하는 일본 돈과 "어디든 네가 행복해지는 곳으로 가되 가족을 잊지 말거라."라고 적힌 쪽지 한 장을 발견했다. 아직도 어딘가에 그 쪽지를 보관하고 있다. 하지만 그 글귀에 대해서는 깊이 생각하지 않으려 했다. 할머니가 우리 동네를 얼마나 사랑하고 주민들을 단결시켰는지 모르지 않았기 때문이다.

"배고프니?"

엄마가 손에 묻은 흙을 씻어 내고 냉장고를 뒤지기 시작했다.

"비행기에서 제대로 못 먹었을 거 같은데."

"괜찮아요."

엄마는 내 말을 들은 척 만 척하며 계속 염장 연어로 주먹밥을 만들었다. 아마 전날 저녁에 먹고 남은 것일 터였다. 앉은 곳에서 고인이 된 동네 사람들의 모든 사진이 걸려 있는 제단이 보였다. 각각의 사진 앞에는 향과 함께 단추나 하모니카, 한 타래의 머리카락과 귀걸이나 안경 같은 자그마한 기념물이 놓여 있었다. 제단 밑 유리 진열장에는 전염병으로 돌아가신 고조할머니뻘 되는 친척분의 로봇 개였던 할리우드가 작동 불능 상태로 들어 있었다. 어릴 때 집안의 중요한 규칙 중에는 집을 나서기 전 제단의 모든 사진에 일일이 고개를 숙여 예를 표하는 것도 있었다. 엄마는 자주 나를 돌려세워 조의를 표하게 시켰다. 나는 그때마다 성의 없이 대충 머리를 숙이다가는 몇 번이고 다시 해야만 했다.

"저녁은 동네 산책 갔다 와서 먹을 거야. 오코노미야키 할 건데 너도 잘 먹었으면 좋겠네. 아빠가 요즘은 그것만 찾는단다."

"동네 산책이라니요?"

"저녁 먹기 전에 몇몇 동네 사람과 산책을 해. 너도 끼고 싶으면 와. 아니면 네 방에서 쉬어도 되고. 네가 놓친 것들을 가상 현실로 녹화해 두었어."

"알았어요."

산책은 절대 선택 사항이 아닐 게 뻔했다. 최대한 빨리 간식을 먹어 치우는데 엄마가 날 유심히 쳐다봤다. 우리 둘 다 서로를 어떻게 상대할지 작전을 짜고 있었다.

"너랑 남편은 거기서 잘 지내고 있는 거니? 이름이 숀이라고 그랬지?"

아빠가 부엌으로 터덜터덜 걸어오면서 물어보았다.

"예, 저희는 잘 지내요."

"시카고에서 영어 선생 월급으로 어떻게 먹고 산다니."

"그 사람 영어 선생 아니에요. 대학 졸업하고 1년 동안 일본에서 영어를 가르쳤을 뿐이에요. 얼마 전에 변호사 시험에 붙었어요."

"그래?"

부모님이 내 말의 정확한 의미를 몰라 서로를 쳐다보았다.

"환경 분야 변호사가 될 거예요. 훌륭한 일이죠."

물론 자세히 모른다고 해서 부모님을 탓할 수 없었다. 두 분이 우리에 대해 알고 있는 내용은 숀이 내게 비즈니스 영어를 가르쳤고 나는 미국에 출장을 간다고 거짓말을 하고 사라져 버렸다는 것이 전부였다. 하지만 부모님은 내가 사춘기 시절에 보여 주었던 일상과 태도를 떠올렸을 테다. 여기서 나는 새 신부도 치위

생학을 공부하는 학생도 심지어 폴란드 만두를 스리라차 소스에 적셔 먹는 여자도 아니었다. 그저 가족을 저버린 딸일 뿐이었다.

"짐 풀어야겠어요."

위층으로 올라가서 보니 다마미의 오렌지색 얼룩무늬 고양이 치비가 내 여행 가방 위에 웅크리고 앉아 있었고 구형 VR 바이저와 데이터 칩 두 개가 놓여 있었다. 옷장 서랍에는 아직도 외할머니의 소지품들이 가득했다. 공간을 확보하기 위해서 조금씩 쌓여 있는 것들을 의자에 올려놓아야 했다. 거의 모든 게 내가 기억하고 있는 모습 그대로였다. 친구가 외할머니에게 준 10년 된 런던 달력이 아직도 벽에 걸려 있었고 외할머니가 보고 싶어 했던 모든 도시의 여행 안내 책자들이 선반에 쌓여 있었다. 동네를 산책할 때 쓰고 다니시던 밝은 분홍색 양산은 여전히 한쪽이 처진 상태였다. 작은 탁자 위에 옹기종기 모아 놓은 약병들을 제외하면 모든 게 그대로였다. 서랍의 맨 밑에서 엄지손톱만 한 약 봉투들이 묶음으로 담겨 있는 비닐봉지를 발견했다. 자세히 보니 약 봉투마다 쌀이 몇 톨씩 들어 있었다. 외할머니는 이 쌀들이 신관의 축복을 받은 것들이라서 치유력이 있으며 신과 사람을 이어 준다고 하셨다. 그래서 나는 이것들이 마법의 쌀이라고 생각했다. 가족 중 누구도 할머니의 모태 신앙을 제대로 믿지 않았지만 다마미와 나는 가끔 쌀을 한두 톨씩 훔치곤 했다. 우리는 그 쌀이 우리에게 초능력을 주어서 곤경에 처했을 때 투명 인간이 될 수 있을지도 모른다고 생각했다. 미국으로 떠나기 전날 밤에 나는 까치발로 할머니 방에 들어가서 마지막으로 쌀을 한 톨 가지고 나왔다. 그 쌀이 내 안에서 자라서 내가 모든 과거의 껍데기를 벗어 버리고 새롭게 거듭나는 모습을 상상하면서 말이다.

"가끔 여기에 들어오면 외할머니가 계신 것 같아. 겁주려고 하는 말이 아니라."

다마미가 문 앞에 서서 바이저를 가리키며 말했다.

"언니도 언젠가는 그걸 써 봐야 할걸. 죄책감을 자극해서 무덤 친구들에 합류하라고 하는 소리만은 아니야."

"여전히 외할머니 냄새가 나네."

외할머니가 아침마다 침대를 빠져나오기 전 팔다리를 들어 올려 마치 자전거 타는 운동을 하듯 위아래로 마구 흔들던 모습이 떠올랐다. 외할머니는 아기가 되는 꿈을 거듭 꾼다며 마법 같은 이야기를 들려주곤 했다. 꿈속에서 누군가 자신의 자그마한 몸을 캄캄한 하늘로 들어 올려 우주로 떠가게 한다고 했다. 어둠 속에서 끊임없이 변화하는 미로 같았던 수천 개의 발과 다리 사이를 기어 다녀야 했다고도 하셨다. 항상 어둠을 두려워해서 화장실 갈 때를 대비해 늘 침대 옆에 손전등을 놓아 두던 외할머니의 모습이 기억났다.

다마미가 침대에 올라가 나비다리로 앉더니 치비를 살살 달래 무릎에 앉혔다.

"있잖아, 난 더 이상 화 안 나. 언니가 왜 떠났는지 알거든. 근데 여기서 사는 게 얼마나 힘들었는지 언니는 절대 모를걸. 엄마는 나도 떠날까 봐 사실상 날 감금하다시피 했어. 내가 찡그리기만 해도 소리 지르고 배은망덕한 애라고 했어. 외할머니가 편찮으시고 나서 엄마는 제정신이 아니었어. 그러니 내가 집을 어떻게 나가겠어."

"날 보러 올 수는 있었잖아."

"그치만 내가 갈 수 있었을까? 어쨌든 난 언니 같지 않잖아."

동생이 무슨 뜻으로 그렇게 말하는지 의아했다. 그냥 솔직하게 말해 줬으면 좋겠다. 모험심이 없다는 말인지, 아니면 자기는 개 망나니나 배신자가 아니라는 말인지 모르겠으니까.

"설령 내가 가고 싶었다 해도 말이야."

다마미는 이어 말했다. 외할머니가 잠을 자거나 잠시라도 통증에서 벗어나려면 신경 안정제만으로는 역부족이었다고 했다. 돌아가시기 몇 달 전부터는 폭력적으로 변해 치비에게 유리컵을 던지거나 음반을 바닥에 내리쳐 박살 내고 손을 꿰매야 할 정도로 엄청 세게 아버지를 무는 등 단순한 섬망으로 치부하기 힘든 무자비한 짓을 너무 많이 하셨다고 한다.

다마미의 손을 잡았다가 각종 약병통에 쌀이 담긴 것이 단 한 개도 없다는 것을 알아챘다. 외할머니가 정신을 놓아 버린 탓에 단순히 잊어버렸던 걸까? 매일 하시던 의식들로 스스로를 수양 하셨던 게 아니었던 걸까? 그게 아니라 그저 자신의 부서진 일부를 붙여 놓고 계셨던 걸까? 외할머니가 엄마의 동생을 낳다가 떠나보낸 일처럼 우리가 한 번도 입에 올리지 않았던 모든 고통스러운 순간을 그런 식으로 붙들고 계셨던 걸까?

"내게 필요한 건 여기에 다 있단다."

외할머니는 늘 이렇게 말씀하시곤 했다. 엄마도 이 말을 철석

같이 믿었다. 하지만 외할머니는 매일 밤 런던 브리지 사진을 물 끄러미 쳐다보다가 잠이 드셨다. 그 사진 주변에는 더 이상 존재 하지 않을 듯한 파리의 식당과 상당수 동물이 오래전에 멸종됐 을 법한 케냐의 사파리 여행을 다룬 수십 년 된 신문 기사들이 다 닥다닥 붙어 있었다. 다마미의 무릎에 있는 치비를 쓰다듬으며 동생에게 모든 얘기를 털어놓을지 말지 곰곰이 생각해 보았다.

"이제 돌아와서 뭘 할 거야?"

"있지, 난 사실 돌아온 게 아냐."

지갑을 열어 초음파 사진을 꺼냈다. 심장 박동이 점점 세졌다.

다마미는 열중해서 사진을 들여다보더니 나를 끌어당겨 꼭 안 아 주었다.

"언니, 정말 축하해."

동생은 눈물을 흘리며 그렇게 말했지만 표정은 약간 굳어 있 었다. 임신 소식에 더 많은 의미가 담겨 있음을 아는 얼굴이었다. 집을 떠날 때 가져간 쌀알이 내게 용기를 주었다면 아이는 내게 살아갈 이유를 주었다.

"부모님께는 말하지 마. 직접 알릴 방법을 찾아야 하니까."

다마미가 나를 다시 안아 주었다.

"나 이제 이모가 되겠네."

다마미가 나간 뒤 침대에 누워 구형 홀로그램 바이저를 쓰자 난데없이 옆에 외할머니가 나타났다. 외할머니의 가쁜 숨소리 사이로 기시모토 여사의 고토 소리와 방에 가득 들어와 있는 친 구들과 가족들이 장단에 맞춰 박수를 치는 소리가 간간이 들렸다. 검은 예복을 입은 사제가 할머니의 갈라진 입술 사이에 쌀알들을 밀어 넣고 물을 마실 수 있게 몸을 받쳐 주었다. 다들 점심을 먹으러 마당으로 나간 뒤에도 나는 한참 동안 외할머니 옆에 그대로 있었다. 사람들이 내 이름을 입에 올리며 당연히 왔어야 한다고 말하는 소리가 들렸다. 녹화 영상이 끝날 때까지 기다렸다가 되감기를 눌러 모두를 다시 외할머니 방으로 불러들였다. 이 가상 현실 칩으로 날 죄책감에 시달리게 할 목적이었다면 엄마는 보기 좋게 성공한 셈이었다.

그날 늦게 짐을 다 풀고 나자 엄마가 저녁 먹기 전에 동네 산책을 가자며 모두를 밖으로 불러냈다. 앞마당에 나가니 우리 가족 말고도 몇몇 무덤 친구들이 모여 있었다. 모두 함께 18번지의 묘지용 고층 건물을 돌아서 집으로 다시 돌아오는 2킬로미터 코스를 중간중간 쉬어 가며 걸어갔다. 우리는 철저히 나이순에 따라 열을 지어 인도를 따라 나아갔다. 맨 앞줄을 차지한 가장 나이 많은 분들은 양팔을 흔들며 열정적으로 걸어갔다. 가게 주인들과 경찰들이 우리가 유명 인사라도 되는 양 손을 흔들어 주었다.

"우리 동네의 모든 할머니 할아버지들은 우리가 특별한 걸 하고 있기 때문에 사람들이 우릴 좋아한다고 생각하셔. 하지만 내 친구들이나 걔네 부모님들은 대부분 그냥 우리를 이상하다고 생각할 뿐이야."

후지타 자매 중 한 명이 내가 당혹감에 입을 딱 벌리고 있는 것을 알아채고 이렇게 말해 주자 다른 한 명이 덧붙였다.

"광신도들이지."

"하지만 우리만 단체 유골함을 만드는 게 아니잖아요."

내가 지적하자 후지타 자매가 이어 설명해 줬다.

"계원들 얼굴에 뼛가루를 문질러 바르는 걸 좋아하는 사람들은 우리밖에 없거든."

그녀가 토할 것처럼 손가락을 입에 찔러 넣었다.

"우리가 빈털터리만 아니었다면 너처럼 도망갔을 거야."

몇몇 계원들 앞에서 엄마가 다카타 씨와 외할머니의 추도식 계획에 대해 이야기를 나누고 있었다.

"그쪽에서는 더 이상 여자들을 그런 식으로 매장하지 않는대요. 어머니는 우리 구 사람들은 전부 알고 계셨어요. 정말이지 어머니 덕분에 우리 계가 잘 돌아갔던 거예요. 우리를 똘똘 뭉치게 하셨거든요."

"그분이 안 계셨다면 전 지금 이 시간에도 집에 혼자 있었을 겁니다. 죽을 때도 혼자겠죠."

다카타 씨의 말에 후지타 자매가 동시에 중얼거렸다.

"우리는 혼자 죽고 싶은데."

다카타 아저씨가 우리와 같이 저녁을 먹는 것은 놀라울 일도 아니었다. 다마미는 그가 일주일에 적어도 두세 번씩 찾아오고, 그때마다 항상 민폐를 끼친다며 와인을 두 병 가져온다고 귀띔해 주었다. 예상대로 진짜 어른들은 술을 마시면서 큰 소리로 대화를 나눴다. 나는 눈에 띄지 않으려고 애쓰면서 말할 틈을 주지 않기 위해 입에 스파게티를 욱여넣었다.

"바람이 많이 부는 도시지."

다카타 아저씨가 말을 건네고 내가 음식을 다 삼키기만을 기다렸다. 그는 말끝마다 미소를 지었다. 그가 '기쁜 소식'이라고 즐겨 부르는 경영 방식에서 형성된 습관이었다. 일전에 아빠에게 설명한 바에 따르면 누군가에게 유감스러운 일을 맡길 때 미소를 지으면 그 사람이 좀 더 흔쾌히 그 일을 받아들인다고 했다.

"쉬, 카, 고. 시어 타워. 그거 알지?"

"당연하죠. 못 볼 수가 없죠. 그래도 높은 건물들이 다 거기서 거기죠, 안 그래요?"

세상에서 가장 지루한 질문 공세에서 날 구해 주기 위해 개가 뭐든 해 줄 수 있지 않을까 싶어 다마미를 힐끗 쳐다봤다. 하지만 다마미는 이미 팔을 걷어붙이고 설거지하겠다고 나선 참이었다. 동생이 나를 보고 자기 배를 둥그렇게 원을 그리듯 문지르며 눈썹을 치켜올렸다.

"그나저나 넌 무슨 일을 하니?"

나는 몇 단어로 한 사람의 신원을 전부 규정해 버리는 질문들을 싫어했다. 할머니는 어떤 분이냐고 물으면 누군가 그분은 시골 소녀였고 소박한 여인이었다고 말할 테다. 괜찮은 분이었다고도 말할 테다. 물론 할머니가 모아 둔 여행 안내 책자에서 그보다 훨씬 더 많은 모습을 간직한 사람임을 알아챌 수 있지만 말이다. 하지만 다카타 아저씨가 무슨 뜻으로 그렇게 묻는지, 그리고 어떤 대답을 듣고 싶은지 너무나 잘 알고 있었다.

"치과조무사가 되려고 공부하고 있어요."

다시 그 미소가 나왔다. 하루에 한 갑씩 피는 담배 때문에 누런 이빨을 보이며 말이다. 심각한 치은염의 징후로 보아 치실을 쓰지 않는 게 분명했다.

엄마가 닛폰햄 파이터스 야구 경기를 틀더니 다카타 아저씨에게 기린 맥주를 하나 더 따서 주었다. 엄마는 내가 말하거나 당신을 망신 주지 않기를 바라는 것 같았다.

"쟤 해외에 있는 동안 무지 재밌게 지냈대요. 할리우드며 몰 오브 아메리카며 안 가 본 데가 없대요. 쟤 이번처럼 놀러 다닌 게 얼마나 운 좋은 건지 알란가 몰라."

저녁을 먹고 우리 집에 들른 또 다른 이웃들을 맞이하느라 부모님이 바쁜 틈을 타서 슬그머니 밖으로 나와 마당 문을 지났다. 뒤돌아보니 엄마가 거실 창문으로 나를 내다보며 고개를 가로젓고 있었다. 10대 때였으면 엄마는 내 귀를 잡고 질질 끌고 들어가서 본때를 보여 줬을 것이다. 지금은 엄마가 나에 대해 어떻게 대처해야 할지 모르는 것 같았다. 나는 손을 흔들어 준 뒤 "적당히 있다가 돌아올게요."라고 문자를 보냈다.

불빛이 어둑한 거리를 지나 쇼핑 지구 쪽으로 걸어가서 현지에 사는 외국인용 싸구려 술집인 이민자 카페 겸 바에서 종업원으로 일하는 동창 마쓰에게 문자를 보냈다. 그 술집은 여느 때처럼 미국인과 캐나다인과 호주인이 뒤섞여 북적거렸다. 모두 합쳐 열두어 명 정도 되는 외국인들 주변에는 영어를 연습하는 일본인 친구들이 가득했다. 러시아 억양의 한 남자가 복고풍 노래방 기계 앞에서 신디 로퍼의 노래를 부르고 몇몇 일본 여자들이 양팔을 허공에 마구 흔들면서 춤을 추었다. 바 자리에 앉아 술집 안을 훑어보는데 마쓰에가 쟁반을 들고 내게 걸어왔다.

"안녕, 안녕, 안녕. 정말 오랜만이야!"

마쓰에가 러시아 남자의 노랫소리보다 더 크게 소리쳤다. 곧이어 내 양 볼에 프랑스식으로 입을 맞추더니 옆 의자에 폴짝 올라앉았다.

"너 아주 미국 사람 같아."

"그럼 좋은 건가?"

나는 그렇게 물으며 청바지와 할인점에 새틴 블라우스 그리고 거의 내가 미국에 있던 시간만큼 오래되어 낡아빠진 컨버스 척 테일러 운동화를 내려다보았다. 반면 마쓰에는 귀여운 베레모를 쓰고 나비 날염 드레스를 입은 데다 하이힐까지 신고 있었다.

"당연히 좋지!"

마쓰에는 잠시 양해를 구하고 다른 테이블에 술을 가져다준 뒤 다시 내 옆자리에 걸터앉았다.

"여기 온 지 얼마나 된 거야? 다들 널 보고 싶어 했어."

"일주일 조금 넘었어."

마쓰에한테는 그간의 사정 대부분을 반복해서 들려줄 필요가 없었다. 야마토비전 손목 현실 프로젝터로 내 홀로그램 일기를 팔로우한다는 것을 알고 있기 때문이다. 마쓰에는 술집 손님들에게 술과 안주를 가져다주는 틈틈이 동창들의 근황을 알려 주었다. 다들 같은 일을 한다고 했고 마이코와 준페이는 곧 결혼할 예정이며 대부분 여전히 고향에 산다고 했다. 한때 내가 세상에서 제일 멋진 머리 모양이라고 생각했던 울프컷으로 기억되는 고스케는 우체국 교대 근무를 마치고 나면 여전히 로손 편의점 뒤꼍에서 여자들을 울리면서 살고 있다고 했다.

"여긴 별로 바뀐 게 없어. 넌 고향이 그립든?"

마쓰에가 "건배! 건배! 건배!"거리며 사장보다 더 마시려고 애쓰는 회사원 일행에게 술을 가져다주러 간 사이에 그녀의 질문에 대해 곰곰이 생각해 봤다. 그리고 이 순간을 즐기고 매주 마쓰에와 영화를 보러 가고 저녁이면 강을 따라 조깅을 하곤 했던 사람으로 지내자고 마음먹었다. 학창 시절에 우리는 서로에게 각자의 부모님과 니가타에 대한 불만 사항을 털어놓고 이 나라에서 꿈을 이루는 게 얼마나 불가능한지 불평하곤 했다. 하지만 마쓰에는 여기서 행복해 보였고 나 또한 그렇게 보였을 것 같았다.

"그렇기도 하고 아니기도 했어."

마쓰에가 돌아왔을 때 이렇게 대답해 줬다.

"고향이 그리웠냐는 물음에 한해서는 그렇다고."

나는 버진 마가리타를 한 잔 더 주문하고 시카고에서 사는 게 좋다고 말했다. 숀과 그의 부모님이 있고 학교 친구들과 최근에 시카고로 이주한 일본인 공동체도 있었다. 내 일상생활은 어느새 안락해졌다. 아침에 늘 들르는 카페에 가고 수업이 끝나면 스무디를 마시며 매주 토요일에는 필라테스를 하고 수요일 밤에는 일본인 교환 학생들과 동네 아이리시 펍에서 보드게임을 했다. 하지만 마쓰에와 헤어지고 혼자서 캄캄한 길을 걸어가는데 조금도 위험하다는 생각이 들지 않자 기분이 묘했다. 여기서는 주변의 시선을 의식하며 일부러 씩씩하게 걸을 필요가 없었다. 지갑을 감춘 채 날 지키기 위해 애쓰지 않아도 되었다. 처음 보는 사람들과 인사하고 동네 사람들 절반과 알고 지내며 있는 그대로 살아가는 게 어떤 것인지 그동안 잊고 살았다. 내가 그리워했던 게 바로 이런 것들이었나 보다.

집에 오니 자정이 넘어 있었다. 엄마는 부엌에서 할머니의 추도식 때 대접할 전채요리를 만들고 있었다. 엄마가 아무 말 없이 맛보라며 접시를 내밀었다. 간이 식탁에 앉고 나서야 저녁을 거의 안 먹었다는 게 기억났다.

"이 조그만 케이크들 맛있는걸요. 망고를 넣은 건가요?"

"기시모토 여사의 비법이래. 그 집 냉장고에 더 많이 있단다. 조문객이 아주 많이 올 거 같거든."

"제가 뭐 도와 드려요?"

"일찍 일어나 주면 될 것 같구나. 지금은 없어. 거의 다 했거든."

마음 같아서는 다시 방으로 내빼고 싶었지만 엄마 옆에 있어야 한다는 것을 모르지 않았다. 왠지 엄마를 위해 거기 있어야 할 것 같았다. 그렇게 많은 시간이 지났는데도 엄마가 드러내는 정 떨어지고 실망했다는 표정은 여전히 나에게 영향력을 행사했다. 곧이어 유리컵 두 잔에 물을 따른 엄마가 나와 마주 보고 앉았다.

"외할머니가 보고 싶어요. 임종을 못 지켜 죄송해요."

손지갑에 있는 초음파 사진을 만지작거리며 지금 보여 주고 말을 해야 할지 말지 고민했다.

"넌 외할머니 가슴에 대못 박은 거야. 우리 모두를 가슴 아프게 했다고."

엄마에게 외할머니가 주신 돈 봉투와 쪽지 이야기를 하고 싶었지만 당장은 엄마가 그러도록 내버려 두었다. 그렇게 옛날처럼 한바탕 쏟아부어야 우리 관계도 예전으로 돌아갈 수 있었다. 나는 다시 작은 목소리로 죄송하다고 말했다. 그래 봐야 그다지 의미가 없는 말임을 잘 알고 있었다. 엄마가 절대 이해 못할 일들이 아주 많았다고도 말했다. 뺨을 타고 눈물이 흘러내리자 엄마가 자리에서 일어나 욕실에서 휴지 상자를 가져왔다. 엄마가 휴지를 건네줄 때 간이 식탁 위에 초음파 사진을 올려놓았다.

"이만하면 충분한 것 같아."

그렇게 말한 엄마는 갑자기 사진을 눈에 바짝 갖다 대었다. 내 안에서 자라고 있는 생명을 뚫어져라 쳐다보던 엄마가 당신의 컵에 물을 또 따랐다. 화가 났는지 슬픈지 심지어 조금이라도 놀랐는지조차도 파악이 안 됐다. 하지만 뭔가 바뀌었다는 것만은 확실했다. 새로운 중력이 엄마를 식탁 의자에 꼭 붙여 놓아 임신한 딸을 안아 주지 못하게 한 것 같았다.

"음, 아들이니 딸이니?"

"우리도 몰라요. 태어날 때 반갑게 만나고 싶어요."

"우린 네가 아들인 줄 알았다. 아빠가 너 어릴 때 축구 경기마다 빠지지 않고 데려갔던 데에는 그런 이유도 있었어. 아빠는 속으로 아직도 자기가 더 열심히 노력하면 네가 아들 역할을 해 줄 거라고 생각할걸. 세상 살기는 남자애들이 더 쉬운 법이니까."

"우린 아들이든 딸이든 행복할 거예요."

엄마가 고개를 끄덕이고 자리에서 일어나 잠시 머뭇거리더니 나를 지나갔다. 그러고는 양초 모양의 LED등이 깜박거리는 현관의 제단을 쳐다보았다. 잠시지만 엄마가 날 축하해 주거나 안아 주거나 모호하게라도 모성애 비슷한 뭔가를 보여 줄 줄 알았다.

"내일 네 외할머니를 추모할 거란다. 네 할머니가 이루어 놓은 모든 것들을 기릴 거고. 일찍 일어나렴. 잠들기 전에 기도하는 거 잊지 말고."

위층으로 올라와 침대로 들어가서 두 번째 칩을 VR 바이저에 꽂자 주위가 온통 밤하늘로 바뀌며 알록달록한 별들이 폭발했다. 시나노 강둑에서 펼쳐진 여름 불꽃축제 풍경이었다. 외할머니와 다마미 그리고 엄마가 모포 위에 앉아 하늘을 올려다보며 닭꼬치를 먹고 있고 아빠는 그 순간을 녹화했다. 외할머니는 당신이 가장 좋아했던 옷인 자그마한 하얀색 꽃무늬가 들어간 군청색 폴리에스테르 원피스를 입고 두 손을 공중으로 들어 올린 채 불꽃이 퍼질 때마다 박수를 쳤다. 다른 가족들이 오고가며 외할머니에게 문안 인사를 하고 할머니가 동네를 산책하는 모습을 보고 싶었다고 말했다. 미키와 그의 가족마저도 가던 길을 멈추고 외할머니에게 미국에 있는 내 안부를 물었다.

"아주 잘 지내고 있어요."

엄마가 거짓말로 대신 답했다. 그 시점에는 나와 거의 연락이 끊겼을 때였는데도 말이다.

외할머니는 아무 말도 안 했다. 그저 빙긋이 웃는데 얼굴에 깊이 팬 주름마다 슬픔과 진실이 가득했다. 외할머니는 내가 집을 잊었다고 생각했을까? 다음 불꽃이 터졌을 때 외할머니는 박수를 치지 않았다. 초신성이 비치는 새카만 물을 물끄러미 바라볼 뿐이었다. 나는 그때 그 순간 무엇을 하고 있었을까? 무슨 긴급한 문제가 있었기에 전화를 걸어 가족들에게 "사랑해요. 죄송해요. 이렇게 할 수밖에 없어요."라고 말하지 못했을까? 동네 사람들 누구도 젊은 세대와 중요한 대화를 나누는 데 능숙하지 않았을 것 같다. 전 세계를 휩쓸고 우리 동네 하늘에 장례용 고층 건물을 들어서게 한 전염병에서 일상을 회복하는 동안 나이 지긋한 사람들끼리만 뜻이 통하게 되었다. 누구도 우리에게 무엇을 원하는지 묻지 않았다. 누구도 새로운 전통에 대해 의문을 제기하지 않았다. 우리는 그렇게 무덤 친구들이 됐던 것이다.

다음 날 아침, 외할머니가 가장 좋아하는 엔카 가수 미소라 히바리가 부르는 감정이 풍부한 발라드곡에 잠이 깼다. 밖에서 사람들이 웅성거리고 탁자와 의자를 싣고 온 트럭들이 빵빵거리며 후진하는 소리가 들렸다. 부모님은 인근 초등학교 체육 교사한테서 빌려 온 오렌지색 원뿔 교통 표지들로 길을 반쯤 막아 놓았다. 창문을 내다보니 후지타 자매가 그 북새통 주변에서 담배를 피우며 얼굴을 찌푸리고 있었다. 티셔츠와 몸에 안 맞는 운동복을 입고 있는 미치히로 아저씨를 제외하고 다들 분홍색, 보라색, 화려한 꽃무늬가 들어간 오렌지색 등 선명한 색깔의 유카타를 입고 있었다. 엄마는 배송 기사들에게 고함치듯 이런저런 주문을 해 댔고 동네 아저씨들 몇 명이 천막을 쳤다. 기시모토 여사와 오사카에서 먼 길을 온 신관이 조문객들이 점심을 먹게 될 식탁에 꽃을 늘어놓았다. 식장 맨 중앙에 외할머니의 커다란 초상화가 있었고 그 주위를 전통대로 고른 흰색 국화와 외할머니가 가장 좋아하던 꽃인 해바라기가 에워쌌다. 초상화 옆에는 마치 뷔페의 일부인 양 기다란 철제 접시에 할머니 유해를 담고 비닐 덮개를 씌워 놓았다. 그리고 그 위에 가족들이 남은 유골을 집을 때 쓸 수 있도록 젓가락이 놓여 있었다. 거의 3미터 높이의 크롬으로 된 알처럼 생긴 커다란 유골함이 증조부가 깎아 만든 나무 이동대 위에 올라앉아 있었다. 유골함 곳곳에는 이미 유해를 기증한 모든 동네 사람들의 이름이 뚜렷하게 새겨져 있었다. 친척들과 외할아버지(성함은 지지 씨)의 유해가 유골함 속에 있는 다른 이들의 유해 위에 켜켜이 쌓여 우리 가족의 층이 만들어진 모습을 그려 보았다.

아래층에 내려갔더니 아빠가 증기다리미로 회색과 분홍색의 난초가 들어간 내 오래된 유카타의 주름을 펴고 있었다. 또한 식구들이 평상시에 먹는 미소 된장국과 밥 대신에 나를 위해 베이컨과 달걀을 곁들인 와플을 아침으로 차려 놓았다. 아빠가 꽉 껴안아 주면서 나 덕분에 행복하다고 말했다.

"할아버지가 될 날이 기대되는구나. 이 모든 게 끝나면 엄마가 네 미래를 축하해 줄 수 있을 거다. 걱정 말거라."

아침을 먹은 뒤 지금은 외할머니의 삶을 기리는 행사장으로 변해 버렸지만 원래라면 조용했을 거리로 걸어 나갔다. 파티에서 따돌림받는 이들처럼 방관자를 고수하는 후지타 자매들과 금세 동지애를 느꼈다. 추도식이 시작될 때 돌아가야겠다고 생각하는데 호리호리한 미쓰 아저씨가 길 건너에서 이맛살을 찌푸리더니 거들먹거리며 걸어오면서 양손을 권총처럼 만들어 내게 쏘는 시늉을 했다.

"아이고, 이게 누구야. 오랜만이네. 얼굴 잊어먹겠어."

"아저씨."

나는 인사라기보다 진술하듯 말했다. 그는 내게 미국과 예쁜 미국 여자들에 대해 물었다. 나는 계속 걸어가면서 엄마를 찾아야 한다고 말했다.

점점 불어나는 군중 속을 누비다 보니 어느새 내가 질색하는 따라잡기식 잡담을 나누며 따분하고 똑같은 이야기를 시시콜콜 반복하고 있었다. 마침내 종을 쳐서 식의 거행을 알린 신관이 군중에게 수 세대 전에 전 세계적인 비극이 어떻게 나라를 하나로 뭉치게 했는지 말해 줬다. 고난을 겪으며 우리는 우리의 마음을 발견했습니다. 고난을 겪으며 우리는 새로운 전통과 앞으로 나아가는 법을 찾아냈습니다. 엄마와 아빠, 그리고 다마미와 내가 할머니의 유해 앞에 섰고 다른 사람들은 각자 자리를 찾아 앉았다. 천막이 그늘을 만들어 줬고 천막을 지지하는 장대에 냉풍기가 매달려 있어서 여름 더위에도 시원하게 있을 수 있었다. 사람들의 머리 위로는 할머니의 사진과 "다다시 기미코: 2034~2105"라는 문구가 들어간 현수막이 걸려 있었다. 우리는 엄마가 먼저 나가길 기다렸다. 그러자 엄마가 아빠에게 먼저 시작하라는 신호를 보냈다. 아빠가 천천히 첫 번째 뼛조각들을 집어서 작은 나무 상자에 넣었다. 우리는 그렇게 여러 상자에 뼛조각을 담아 이웃에 나눠 줄 계획이었다. 발가락이나 발목뼈일까? 누가 알겠는가. 외할머니가 손님들 틈에서 우리를 지켜보고 있을 것만 같았다. 다마미가 뒤이어 뼛조각들을 집었다. 갈비뼈인지 척추뼈인지 모르겠지만 외할머니의 삶을 유지시켜 주었던 것이자 의사가 너무 늦게 발견할 때까지 외할머니를 잠식했던 병이 담겨 있던 곳이었다. 모든 움직임은 천천히 그리고 신중하게 이루어졌다. 마치 우리가 당신의 조각들을 옮기는 것은 물론이고 젓가락으로 뼈를 부드럽게 잡을 때의 압력까지 외할머니가 느낄 수 있는 것처럼 말이다. 아빠가 내 차례라고 신호를 보내 주었다. 나는 외할머니의 미소와 뺨, 그리고 사랑이 가득하고 비밀과 지혜를 간직했던 머리의 일부를 집는다고 생각하고 싶었다. 외할머니는 내가 떠나는 걸 허락해 주었지만 뒤에서 엄마가 흐느끼고 있는 이런 순간도 기억하길 원했을 것이다. 드디어 엄마 차례가 되었다. 엄마는 눈물을 흘려 유해를 제대로 보지도 못했고, 손이 불안하게 떨려 젓가락을 제대로 잡을 수도 없었다. 나는 엄마 옆으로 다가가 팔로 허리를 감싸며 다른 손으로 손목을 떨지 않게 잡아 주었다.

"울지 마세요."

엄마가 나를 쳐다보더니 고개를 끄덕이고 눈물을 훔쳤다.

"같이 해요."

"같이 하자."

우리는 함께 손으로 유해를 뒤져 마지막 남은 뼛조각들을 골라 냈다. 할머니가 우리에게 마지막 선물을 하나 주고 가신 듯했다.

식이 끝나자 엄마가 변했다. 동네 사람들과 웃으며 외할머니 이야기를 했다. 외할머니가 버추얼 아이돌 콘서트 때 남자 친척 여럿의 재킷에 홀로그램 핀을 꼽아 주었던 일이나 외할아버지가 살아 계실 때 사교댄스와 컨트리 라인댄스를 배워서 대회에 나 가 우승했던 일들로 이야기꽃을 피웠다. 외할머니가 젖먹이 아 기 때 전염병에 걸렸다가 살아남은 일이 계기가 되어 젊은 시절 에 자원봉사 간호사로 일했던 이야기들도 나왔다. 또한 사실이 라기보다 꾸며 낸 이야기에 가까운 일화도 흘러나왔다. 경찰관 으로 일하는 어느 이웃의 말에 따르면 시에서 강제로 홍수 지대 거주자들을 이전시킨 후 외할머니가 친구들의 소지품을 옮기는 데 힘을 보탰다고 한다.

"그분이 서랍장을 등에 지고 끈으로 동여맨 뒤 다들 제 몫의 일 을 하라며 다그쳤다고 들었어요. 나중에 들으니 주인들이 찾아 갈 수 있게 마당에 짐들을 산더미처럼 쌓아 놓았다더라고요."

경찰관의 자세한 설명에 뒤이어 어떤 남자아이가 말했다.

"태풍이 덮치고 나서 방파제가 박살 나기 전 할머니가 고무보 트를 타고 도심을 누볐다던데요. 그렇게 해서 고양이 두 마리, 개 세 마리, 토끼 한 마리, 그리고 최소 다섯 가족을 구했대요."

저녁때까지 뒤늦게 식장을 찾은 이들로 거리가 북적였다. 얼마

후 식장이 철거되고 할머니의 유해가 들어간 유골함도 치웠다. 그날 슬퍼서 한 번 울음을 터트렸을 때 말고는 엄마는 활기를 얻은 것 같았다. 가족들 모두 묘지 건물까지 걸어가서 유골함이 안치될 준비가 됐는지 보고 오자고 했다.

"그쪽에서 하루는 걸릴 거라고 말한 걸 알지만 잠깐 동네를 벗어나고 싶어서 그래. 다들 그럴 만했잖아. 다 같이 빠르게 걷는 게 기분 전환에 도움이 될 거야."

다마미는 남아서 술에 취한 친척들이 집에 잘 찾아가도록 도와야 했기에 결국 아빠와 나만 앞에서 전력 질주하는 엄마를 따라갔다. 주택가인 우리 동네에서도 가장 가까이에 있는 장례 건물을 안 보고 지내기가 힘들었다. 고층 건물이 보이는 풍경은 시카고 같은 여느 대도시와 다를 바 없었다. 죽은 이들을 안치하고 기리기 위해 지은 건물이라는 목적만 다를 뿐이었다. 걸어가는 이들 모두가 장례식을 치르러 가거나 아니면 끝내고 오는 것 같았다. 죽음이 생활 양식이 돼 버렸다.

"오늘 어땠니?"

"다들 외할머니를 위해 모인 걸 보니 기뻤어요."

아빠는 옛날 분이라서 실제로 말이 별로 없었다. 자식을 키우는 문제와 관련해서는 엄마가 우리의 잘못된 행동을 바로잡는 데 지원군이 필요할 때가 아니면 대부분 엄마에게 다 맡기는 편이었다. 하지만 내가 아기를 가졌다는 소식을 듣고 아빠가 무척 기뻐한다는 것을 알 수 있었다. 내 배를 유심히 쳐다보며 묘하게 활짝 웃곤 했다. 우리는 아무 말 없이 한참을 더 걸어갔다.

"오늘 일이 네 엄마에게 정말 큰 도움이 된 것 같구나. 장모님처럼은 물론 아니지만 엄마는 늘 아프긴 했는데 근래 몇 년 동안 유독 더 힘들어했거든. 동네 사람들이 엄마한테 전보다 훨씬 더 중요해졌단다. 네 엄마가 기댈 수 있는 사람들이니까."

"엄마 편 드시는 거 같은데요."

"난 너한테 화난 적 없었단다. 너랑 숀 덕분에 행복한걸. 너희 세대는 다르지. 특히나 너는 더 그렇지. 넌 우리를 넘어서 나아가고 싶으니까. 그래도 이런 것들도 그립지 않아? 돌아올 수는 없는 거니?"

엄마는 허공으로 팔을 휘저으며 걷다가 간간이 아는 사람들을 보면 손을 흔들어 주기도 했다. 한 무리의 10대들이 내가 한때 교회라고 불렀던 만화 가게 밖에 옹기종기 모여 있었고, 학교 다닐 때 봤던 바로 그 할아버지들이 사케 바의 창가 자리에 앉아 있었다. 도로에서는 자율 주행 택시들이 상사들과 회식을 하는 회사원들을 태우기 위해 야간 순회를 시작했다. 뒤쪽 어디쯤에서 다마미가 친척 아주머니와 아저씨들을 집에 데려다주고 있었다. 문득 내 아이를 여기서 키운다면 온 동네 사람들의 사랑을 듬뿍 받으며 자랄 것이라는 생각이 들었다.

"맞아요. 저도 그리워요."

장례 건물에 거의 다 오자 엄마를 따라잡기 전에 아빠가 잠시 걸음을 멈춘 뒤 말했다.

"네 엄마는 널 사랑한단다. 그리고 내가 볼 때는 엄마가 널 용서한 거 같더구나. 뭐, 저 사람은 절대 인정하지 않겠지만. 엄마는 너와 네 가족을 평생 보고 싶어 할 거다. 너희가 바다 멀리 떨어져 있어도 말이다."

　22층 38B호에 들어서자 엄마가 휴대전화를 꺼내 방 중앙에 자리한 나무받침대의 센서에 가져다 댔다. 그러자 홀로그램이 구현되면서 차가운 리놀륨 바닥에서 벚꽃 나무들이 자라고 외할머니가 나타나더니 돌 벤치에 앉아 방 안 가득 흩날리는 벚꽃 잎들을 올려다보았다. 곧이어 도착한 유골함이 작은 문에서 나와 받침대로 올라갔다. 엄마가 영안실 전화 앱에서 다른 선택 화면을 누르자 외할아버지가 나타나 외할머니 옆에 앉더니 바이올린을 연주했다. 이어서 외증조할머니와 할아버지를 비롯한 그 친척들이 막 벽을 뚫고 나온 것처럼 나타났다. 외사촌이 키웠던 아주 작은 푸들이 외할아버지에게 다가가 발치에 웅크리고 앉았다. 황량했던 바닥이 이제는 곳곳에 석등이 설치되고 깐깐하게 만든 모래 경사지가 있는 정원으로 탈바꿈했다. 나도 무덤 친구들로 남기로 한다면 여기서 어떤 모습으로 홀로그램에 담길지 상상해 보았다. 나는 할머니와 어린 소녀와 엄마의 모습으로 영원히 남게 될까? 나도 여기서 외할머니와 외할아버지 옆에 앉아 손과 내 아이를 볼 수 있을까? 엄마와 나는 동시에 외할머니의 이미지에 대고 손을 흔들었다.
　"우리 엄마는 당신이 못 본 세상을 구경하고 싶어 하셨어. 세상이 병들기 전 모습을. 바다가 솟아오르기 전 몇백 년 전의 도시

모습을 보고 싶어 하셨지. 어깨보다 높은 콘크리트 벽도 없고 장례용 고층 건물도 없던 시절의 도시를 말이다."

나는 방 안을 돌아다니면서 모든 조상님들 앞에 서서 명복을 빌었다. 그럴 때마다 그분들의 이미지가 뿜어내는 빛이 나를 뒤덮었다.

앞으로 더 많은 대화와 협의가 오고 갈 테다. 가족들이 시카고로 오기도 하고 적당한 나이가 되면 남편과 아이를 데리고 일본에도 올 것이다. 하지만 지금 당장은 부모님과 함께 빛으로 만들어진 잔물결 모양의 모래 위에 잠자코 앉아서 외할아버지가 연주하는 음악에 귀를 기울이고 우리를 하나로 만들어 주며 끊임없이 흩날리는 벚꽃에 흠뻑 취하기로 했다.

가능성 관찰경 .

HOW

HIGH

WE GO

IN THE

DARK

700살이 되었지만 세계 구축자의 기준으로는 아직 아기인 딸을 데리고 내가 지구를 설계하고 있던 씨앗 밭으로 걸어갔다. 아이들은 2000살이 되어 수습 기간을 다 마쳐야만 이 밭에 출입할 수 있었다. 하지만 딸아이를 이해시키려면 그곳을 보여 줄 수밖에 없었다. 우리는 나란히 늘어선 거대한 구체들 사이를 걸었다. 달만큼 크고 빛으로 만들어진 띠가 빛나는 것들도 있었는데, 나는 딸에게 각각 어떤 사연이 있는지 말해 주었다. 우주에 있는 대다수의 선진 문명은 씨앗 밭에서 태어났다. 또한 우리 모두가 알고 있듯, 모든 우주에는 바로 그 밖에 있는 암흑 속에서 오롯이 혼자 궤도를 돌고 있는 세계 구축자 행성이 있다. 그때 우리가 있던 세계는 딸아이에게 거대한 놀이터에 불과했다. 나는 아주 작은 파란색 씨앗 앞에 서서 딸에게 가능성 관찰경을 건네주었다.

나는 딸에게 이렇게 말했다. 나는 네가 살아 있는 동안의 대부분을 이 일에 매달려 왔단다. 그리고 머지않은 언젠가 내가 갈 곳도 바로 여기란다. 관찰하다가 필요한 순간엔 저들을 안내하기 위해서 말이다. 아가야, 나는 이것들 중 하나가 될 거란다. 이것들의 처음과 마지막 사이에 있을 거란다. 하지만 난 항상 네 엄마일 것이란다.

나의 가엾은 딸 누리는 내가 떠나자 배신당한 표정을 지었다. 내가 돌아오지 않을 것임을 깨달았을 때 그 아이 안에 있던 빛이 잠시 꺼졌다. 더 이상 걷지도 않았고, 웃는 나무에 나쁜 농담을 하지도 않았으며, 가능성 관찰경으로 미래에 존재할 수도 있고 안 할 수도 있는 재밌는 동물들을 쳐다보지도 않았다. 내가 요람이자 우주 캡슐(뭐라고 부르든 상관없다)에 수 세기 동안 갇혀서 생각할 수 있는 것이라고는 이런 생각밖에 없었다. 어머니가 내 곁을 떠났을 때 내 나이는 훨씬 더 많았다. 이미 교육도 다 마친 상태였다. 하지만 누리는 뭔가를 이해하기엔 너무 어렸다. 분명히 이보다 더 빨리 여정을 마칠 수도 있었다. 하루에서 일주일이면 충분했고 가장 멀리 떨어진 곳들도 한 달이면 갈 수 있었다. 어쩌면 선조들은 이런 식으로 세계 구축자들이 시간을 들여 자신들이 두고 온 것들을 곱씹어 본 뒤 모두 잊고 편안해질 수 있기를 바랐는지도 모른다. 하지만 내가 어떻게 잊을 수 있겠는가?

물속에 착륙한 나는 불가사리의 조상인 작은 바다 생물의 모습으로 해안가로 떠밀려 왔다. 내가 알기로 그 후 내가 타고 있던 캡슐은 수백 미터짜리 얼음에 오랫동안 갇히게 되었다. 처음 도착했을 때 나는 말을 할 수가 없었다. 말을 하게 해 주는 생물학적 수단이 없었던 게 분명하다. 그뿐만 아니라 일기를 쓰거나 지금처럼 이런 단어들을 전달할 수도 없었다. 가끔 남들에게 마음을 주었지만 조심해야만 했다. 화형이나 참수처럼 아주 오랫동안 인기 있었던 방식으로 죽으면 소생하지 못하기 때문이다. 처음 몇백 억 년 동안에는 이 땅에 있는 것이라곤 물과 재, 가장 단순한 형태의 유기체들과 내가 이 행성의 심장에 심은 씨앗밖에 없었다. 나는 상자해파리를 사랑했고, 그다음에는 삼엽충에게도 빠졌으나 모두 짝사랑이었다.

그 아이는 이해하지 못했다. 자기도 갈 수 없냐고 물었다. "엄마, 제발요."라고 말했다. 난 괜찮을 것이다. 우리 중 누구도 태어나지 않았던 아주 오래전에 씨앗을 발사하기로 결정했던 선조들이 내 남편과 누리를 마지막으로 남을 세계 구축자로 임명했다. 그렇게 우리는 소중하게 여기는 모든 이들에게 작별을 고하는 것이 익숙해졌다. 나는 이웃과 절친한 친구에게, 그리고 두 발로 걷는 갑각류들의 행성으로 떠나기 전날 나를 영원히 사랑할 것이라고 말했던 소년에게 작별을 고했다.

가능성 관찰경을 씨앗에 대고 누리가 제가 맡은 역할대로 다이얼을 돌려 지구에 무슨 일이 일어날지 볼 수 있도록 돕던 때가 떠오른다. 가능성 관찰경은 우리 종족의 기술에 중요한 도구이다. 망원경처럼 생겼지만 우리 선조의 젤리 같은 유해로 만든 렌즈가 장착돼 있다. 이 기계를 이용하면 각 씨앗 속에 들어 있는 내용물을 바탕으로 현실을 꿰뚫어 볼 수 있다. 아버지는 우리의 행성과 그곳에 사는 모든 생명들은 순수한 가능성으로 만들어졌으며, 바로 그 때문에 우리가 특별하고, 우리에게 무언가를 창조할 수 있는 힘이 있으며, 우리가 원하는 뭐든 될 수 있는 것이라고 입버릇처럼 말씀하셨다.

그럼 우리가 우리 세상을 떠나면 어떻게 될까? 우리가 성간 여행을 하면 무슨 일이 벌어질까? 아이들은 이런 질문에 "우리가 창조한 것이 될 때까지 마주치는 모든 것들이 되어 본다."라고 대답하도록 교육받았다. 우리의 몸은 항성계를 하나씩 지날 때마다 우리 종족이 낳은 모든 생명체의 모습으로 바뀔 테다. 그래서 한 번씩은 엑실리언, 파르수, 타를리언 모르크, 퀴알리, 판게아의 디메트로돈이 돼 볼 것이다.

수백만 년이 지난 후 나는 관찰하되 절대 끼어들지 말라는 세계 구축자의 엄격한 신조에도 불구하고 다시 모든 걸 느껴 보고 싶어 첫 번째 지구 가족을 꾸려 보기로 결심했다. 네안데르탈인이었던 나는 동족이 이주와 겨울을 견뎌 내고 초기 인류와 벌인 전쟁에서 살아남도록 도왔다. 그리고 검치호랑이를 오직 근육질의 맨손과 작은 돌날로 죽여 버린 남자와 사랑에 빠졌다. 우리는 동굴 안과 털북숭이 매머드의 시체 옆에서 사랑을 나눴다. 자궁이 커지기 시작하자 나는 유한한 삶에 대한 환상에 젖어 마침내 행복할 수 있겠다고 생각했다. 하지만 새가 연달아 지저귀는 소리를 이름으로 갖게 된 딸이 태어나자 내가 인간으로 변신한 것이 불완전했다는 사실을 깨달았다. 어쩌면 하나만 있으면 안 되는 유전자나 염색체 때문에 아기는 첫 숨을 쉬는 순간부터 성운처럼 반짝이게 됐는지도 모른다. 아이는 제 아버지의 눈썹뼈와 눈과 고집스러운 태도를 물려받았다. 내 코를 닮은 그 아이의 혈관에는 내 고향 행성의 조각들이 별처럼 흐르고 있었다. 잠시지만 나의 외로움과, 오직 사랑과 희망으로만 무엇인가를 만들어 내고자 했던 열망이 대단히 아름다운 생명체를 탄생시켰다고 생각했다.

하지만 딸아이가 여덟 살이 된 무렵, 동굴 동료들의 허약한 몸에 바이러스가 번성하자 그것이 내 이기심에 대한 대가임을 깨달았다. 처음에는 툰드라의 추위 때문에 밤마다 피워 놓은 불이 꺼져서 생긴 평범한 질병인 줄 알았다. 하지만 차츰 사냥을 나갔던 이들이 열병에 걸려 돌아오는 일이 반복되었고 엄마들은 숨 쉬기 힘들어하는 아이들을 돌봐야 했다. 그들의 반투명한 피부 속에서 나의 일부가 뜨겁게 타고 있는 것을 볼 수 있었다. 얼마 안 있어 불을 살피고 평원에 나가 사냥을 하고 깨어나지 않을 이들의 죽은 몸을 안고 있을 사람이 나밖에 없게 됐다. 내가 딸아이의 입에 넣어 주는 것들은 죄다 다시 나왔다. 그 아이는 내 딸이었다. 내가 무심코 다른 이들에게 어떤 전염병을 옮겼든 그 아이만큼은 무사하기를 간절히 바랐다. 하지만 딸아이의 배는 푹 꺼졌고 입술 사이로 피가 줄줄 흘러내렸다. 아이를 가슴으로 꼭 끌어안고 마지막 심장박동과 마지막 숨과 마지막으로 부자연스럽고 애절하게 내뱉은 크르르르 소리를 거두어들였다. 이후 딸아이를 나뭇잎과 풀로 만든 침대 위에 눕혔다. 침대 옆에는 아이가 이 세상을 떠날 때 꿈꾸었으면 좋겠다 싶어 만들어 두었던 나의 항성계 조각품이 있었다. 내가 초기 유인원으로 살 때 모은 조가비들로 장식한 가죽을 아이에게 덮어 주었다. 그리고 아이에게 우주 어딘가에 자매가 있다고 말해 주었다. 또한 너는 언제나 나의 일부일 것이라는 말도 해 주었다. 시간이 지나도 잃고 싶지 않았던 추억과 노래와 내 세계의 과학을 동굴 바닥에 뚜렷하게 새겨 놓았다. 불을 피우고 딸아이에게 마지막 자장가를 불러 준 뒤 해가 뜨자 동굴을 나왔다. 빙판을 건너 인간으로 변한 나는 수 세기 동안 혼자 살면서 이기적이고 경솔했던 나 자신을 용서하려고 애쓰면서 두 번 다시 실수를 저지르지 않겠다고 다짐했다.

다른 세계 구축자들은 인간들이 고생하게 내버려 뒀을지도 모른다. 하지만 나의 인간들이 가능성이 뚝 끊기는 절벽 쪽으로 기어가는데 어떻게 내버려 둘 수 있겠는가? 수메르인들은 나를 티아마트라고 불렀다. 나는 당시 다른 얼굴로 살긴 했지만 맹세코

수메르 신화에 나오는 머리가 여러 개인 용의 모습을 한 여신은 아니었다. 사람들에게 고기 잡는 법과 그물과 작은 배를 만드는 법을 가르쳐 주었다. 또한 티그리스강과 유프라테스강의 힘을 빌려 땅에 물을 대는 법을 가르쳐 주었다. 짐작하겠지만 무척 바쁜 시간을 보냈다. 나는 신전 짓기와 같은 부수적인 사업을 하는 동시에 이런 기술들을 전수하는 데 몰두했다. 오랫동안 일을 하지 않을 때면 부부가 껴안은 모습을 보거나 아이가 우는 소리를 듣고 누리와 동굴에 두고 온 딸이 보고 싶었다. 네부카드네자르 왕조 때는 누리라는 이름의 고양이를 키웠다. 한동안 고양이의 이름을 소리 내어 부르면 마음이 편안해지곤 했다. 딸아이가 곁에 있는 척할 수 있었기 때문이다. 누리야, 저녁 먹어. 누리야, 이제 잘 시간이야. 누리야, 사랑한다. 누리야, 별들 사이에서 여동생을 만났니? 누리야, 어딨니? 어딨어?

그들이 보이니? 나는 누리에게 물었다. 가능성 관찰경을 통해 우리는 긴 막대기로 처음 보는 짐승들을 사냥하는 사람들을 보았다. 그들은 우리보다 덩치가 훨씬 작았고 성운처럼 안에서 춤추고 있는 빛이 없어서 꿰뚫어 볼 수 없는 피부를 지니고 있었다. 또한 다른 수많은 종족처럼 머리칼이 있었고 무리 지어 먼 거리를 이동했으며 불을 가지고 다녔다. 그들의 풀밭은 우리가 사는 행성의 구불구불한 언덕처럼 보라색이 아니라 초록색이었다. 일부 가족에게는 딸아이가 키우는 지리안 자비 같은(하지만 뿔과 비늘은 없는) 다리가 네 개 달린 반려동물도 있었다. 더 큰 종족 간에는 전쟁을 벌이기도 했다. 철갑옷을 입은 이들이 벌이는 전쟁이었다. 아주 작은 배들이 그 행성에서 빠져나오고 커다란 도시들이 유리로 된 고리들 안에서 둥둥 떠 있는 광경도 보았다. 가장 가까운 별에 당도하기도 전에 자멸할 문명도 보았다. 하지만 은하 간 공간의 고요를 최초로 목격하고 우리가 무엇을 남기든 그것들의 폐허 위를 걷게 될 세상 또한 보았다.

　나의 세상을 생각할 때면 남편이 밭에서 우리 종족이 뿌린 마지막 씨앗이 있는 곳으로 걸어가는 모습을 상상한다. 강바닥은 마르고 칙칙해져서 더 이상 은은히 빛나지 않았다. 우리의 시신경은 오래전에 암흑에 굴복하고 말았다. 우리 종족은 대부분 자신들의 세상을 보살피거나 다른 거주지를 찾거나 어딘가에 섞여들어 최대한 단순하게 영원을 살아가기 위해 이미 떠났다. 이제 종자밭은 하나의 씨앗만 제외하고는 텅 비어서 행성 곳곳은 분화구들이 얽힌 모양이 되었다. 또한 그 분화구에는 목소리와 역사의 순간들, 동물의 소리와 외래 과일의 냄새 등 한때 씨앗에 들어 있던 세상들의 잔여물만 남아 있었다. 남편과 딸이 내가 없어도 서로에게 기대는 법을 배워 잘 지낼 것이라고 믿고 싶다. 남편과 딸이 지구의 씨앗 분화구에 찾아가 가능성 관찰경을 흙 속에 있는 빛의 조각들에 대고 내 새로운 거주지를 살짝 엿보는 법을 교육받을까? 내가 살았던 삶을 꿈꾸게 될까? 내가 그러듯이 잠들기 전에 수십억 광년 떨어진 곳에 있는 나를 생각하며 하늘을 빤히 바라다볼까?

　지구의 첫 번째 선진 문명이 파멸한 데에는 일정 부분 내 책임도 있었음을 인정한다. 아틀란티스 사람들에게 너무 짧은 시간 동안 너무 많은 것들을 준 탓이었다. 그들은 지식에 대한 준비가 안 되어 있었다. 아이들에게는 미안한 마음뿐이다. 아틀란티스가 흔들릴 때 그 애들이 우왕좌왕 뛰어다니며 부모를 찾아 울부짖던 모습을 잊지 못할 테다. 그리고 그 대륙이 어떻게 흔들렸는지도 잊히지 않는다. 아틀란티스의 과학자들은 흔들리던 화산을 진정시키고 행성의 기운을 빨아들여 주기를 바라면서 아주 작은 별 세 개를 땅 밑으로 쏘았다. 그들은 내 말을 왜곡한 것도 모자라 무기로 썼다. 결국 나도 무슨 일이 벌어질지 확실하게 말할 수 없는 지경에까지 이르렀다. 아무튼 그렇게 쏘아 버린 별들은 땅이 갈라질 때까지 자라서 빨갛게 빛났다. 지진이 확대되었다. 바다는 도시를 빙 둘러 지키고 있던 장벽을 덮쳤고 저 멀리 끝까지 땅을 집어삼켰다. 고층 건물만 한 수호신과 고대 왕들의 석상들이 무너져 내려 물속으로 허물어졌다. 나는 겨우 도망친 몇 척 안 되는 배 안에서 천애고아가 돼 버린 소녀를 끌어안고 그 광경을 지켜봤다. 그 아이에게 누리에게 불러 준 노래와 똑같은 일곱 가지 세상의 자장가들을 불러 주었다. 마침내 배가 장차 그리스가 될 육지에 도착하자 나는 아이를 젊은 부부의 소지품 옆에 남겨 둔 채 슬그머니 도망쳤다. 하지만 떠나기 전에 아이에게 이렇게 속삭였다.

"네 가족은 항상 네 곁에 있을 거란다. 그들을 잊지 말거라. 그리고 강해지렴."

나는 걷고 또 걸어서 이후 몇 세대 동안 혼자 지냈다. 인류사에는 관여하지 않았다.

떠나기 직전 고향 행성에서 우연히 남편을 만났다. 그는 씨앗밭에서 누리에게 세계 구축자들이 각각의 씨앗에 가능성을 주입하고, 우리가 수천 년 동안 논의하고 있는 화학 물질과 무기물을 교육받은 대로 정확히 추가하는 방법을 알려 주고 있었다. 남편이 누리에게 설명을 이어 갔다.

"전적으로 네 책임인 건 아니야. 우리는 현실이 될 가능성이 있는 것들을 심는 거지. 가능성 관찰경을 통해 본 것들은 일어날 수도 있고 안 일어날 수도 있단다. 적어도 이 우주에서는 그렇단다."

"그럼, 결정은 누가 해요?"

"어느 정도는 운으로 결정된단다."

내가 끼어들어 설명했다.

"희망, 사랑, 독창성도 일정 부분 영향을 미치고. 아가, 가능성은 우리 혈관 속을 흐르는 것보다 훨씬 귀중한 거란다."

누리가 자신에게 배정된 씨앗에 다가가서 가능성 관찰경을 반들거리는 세포막에 대 보았다.

"날아다니는 이 생물들이 살았으면 좋겠어요."

누리는 자신의 세계가 성공할 가능성이 있어서 언젠가 털북숭이 동물종이 날아다닐 수 있기를 바랐다. 그 세계는 그곳의 첫 문명국들에게 '바라'로 알려질 가능성이 70퍼센트에 달했다. 또한 그곳의 별이 역사를 태워 없애기 전에 그곳에 거주하는 마지막 지적 생물이 고음의 휘파람 소리를 연달아 세 번이나 길게 낼 확률도 70퍼센트였다. 나는 이 마지막 문명의 가능성을 지켜봤고 그들의 별이 파멸하지 않을 가능성이 거의 없는 것도 보았다. 알다시피 그래서 지구가 다른 세계들에서 어떤 메시지도 받지 못했던 것이다. 다른 세계들의 빛이 우리 하늘에 이를 때쯤이면 대부분은 이미 소멸한 후였다. 때때로 가장 단순한 생명체들마저도 그 사이 사이에 수백 광년이 존재한다.

우주에서 온 사람은 작업 거는 말에 넘어가지 않겠다 싶지만 잘못 짚었다. 16세기 베네치아에서 마리나 감바로 살 때 나는 당연하고도 정확하게도 지구가 태양 주위를 돈다고 믿는 어느 학자의 열정에 넘어가고 말았다. 그는 내 등에 오밀조밀 모여 있는 점이 플레이아데스성단 같다고 말했다. 이쯤 되면 그 남자가 갈릴레오임을 알아챘을 테다. 아무튼 우리는 사랑을 나누기 전에도 그 후에도 함께 플레이아데스성단을 그렸다. 그의 망원경으로 여러 세상을 볼 수는 없었지만 나는 하늘의 어두운 구역을 가리키며 *"저기요. 저기에 당신이 볼 수 없는 빛이 아주 많아요.*

그리고 저길 다 지나면 내 고향이 있어요."라고 말하곤 했다. 그는 내게 다른 종에 대해 물었고 문명 간 공간이 왜 그렇게 광대한지 물었다. 나는 대부분의 세계가 함께 있는 법을 잘 모르기 때문이라고 답해 주곤 했다. 붙어 있으면 공포나 무지 때문에 서로를 파괴할 테니 문명 간 공간은 제지의 장인 셈이다. 하지만 동시에 도전의 장이기도 하다. 문명들이 가능성을 뛰어넘고 함께 번성하며 심지어 우리나 우리가 남긴 것을 발견할 수도 있으니까.

마리나로 죽은 지 50년쯤 지났을 법한 17세기에 나는 캠브리지에서 아이작 뉴턴과 같은 방을 썼다. 아이작은 대체로 나를 바보로 생각했지만 내가 그의 계산을 고쳐 줄 때마다 조금쯤은 내 말을 믿었을지도 모른다. 같이 술에 취했을 때 그가 내 고향 행성 이야기를 해 달라고 했다. 그래서 지구의 씨앗과 누리 이야기부터 남편이 딸을 내게 보내 주고 딸 대신 바라도 돌봐 주겠다고 약속했다는 말까지 해 줬다.

"그러면 넌 그 사람을 영영 못 보잖아."

내가 또 그의 계산을 고쳐 주자 친애하는 아이작이 말했다.

"우리는 네가 상상도 못 할 만큼 오랫동안 함께 살았어. 딸이 어릴 때 나는 이 행성 만드는 일에만 몰두했어. 그래서 그 시절이 그리워. 딸아이가 커 가는 과정을 보고 싶어."

많은 이들이 더 많은 기회와 자유를 찾아 바다를 건널 때 나도 미국행 배를 타서 1820년에 처음으로 버지니아 땅을 밟았다. 이후 수십 년간 조용히 살면서 얼굴과 사교 능력을 십분 활용해 구한 통행권과 입장권으로 이 신생 국가를 탐험했다. 1848년에는 세네카 폴스에서 열린 여성 권리 대회에 가능성의 정신으로 무장한 델라웨어주 출신의 여성 모자 제작자로 참석해 모트와 스탠턴의 말을 경청했다. 나는 그저 규칙을 깨고 과감하게 꿈을 갖기로 마음먹었기 때문에 인간에게 가능했던 모든 것들을 생각해 보았다.

대회가 끝나고 얼마 지나지 않아서 느닷없이 또 사랑에 빠지는 바람에 애초에 계획했던 대로 금광을 좇는 사람들을 따라가는 대신 남부로 향했다.

"대가족이죠. 삼형제예요. 아니, 사형제요."

어느 날 저녁 롤리 외곽에 함께 우리 집을 짓고 있던 중 나의 엘리엇이 말했다.

"아, 그렇군요. 그나저나 이거 다 할 동안 나는 어디 있죠?"

나는 깔깔 웃으며 나도 가족을 원했다고 말해 주었다. 내가 다시 제대로 가족을 만들고 싶어지기까지 몇천 년이 걸렸구나 싶었다. 인간을 잘 파악하게 됐으니 이번에는 신중하게 해 나갈 것이라고 되뇌었다. 전쟁이 일어나 조금 불안하긴 했으나 우리 농장은 그런 현실과 다른 희망의 영역에 존재하는 것 같았다. 그렇게 한동안은 멀리서 들려오는 포화 소리가 절대 우리에게 닿지 않을 줄 알았다.

이제는 군인들이 나나 남편이나 우리의 어린 아들에게 한 짓을 자세히 설명하지 않을 테다. 하지만 그자들이 날 죽게 내버려둔 뒤 내게는 아무것도 남지 않게 되었다. 우리의 층층나무 옆에 가족을 묻어 주고 집을 불태웠다. 전에 수 차례 해 봤던 대로 이번 인생을 마치고 다음 인생으로 넘어갔다. 내 존재의 본질, 내가 창조한 것들을 본다는 이점, 그리고 내가 어려움에 처한 이들을 도울 수 있다는 인식 덕분에 나는 새롭게 태어난다. 물론 나는 그럼에도 여전히 내 아이들을 꿈꾼다. 어둠 속에서 여전히 아이들의 이름을 작은 목소리로 불러 본다.

내가 메이지 시대에 도착했을 때 일본은 새롭게 바뀌고 있었다. 1800년대 말에 미국 군인으로 처음 일본에 와서 일본군 중포병대의 훈련을 도왔고 이후에는 가마우지 어부의 부인으로 일본에 살았다. 우리에게는 아들이 세 명 있었는데 모두 싸우다가 죽었다. 그 후 1년이 지난 뒤에는 남편이 천황에 대한 거짓말을 퍼트렸다는 죄로 길거리에서 처형당했다. 남편과 나는 아들들을 그리워했다. 우리는 싸움이 그치기를 바랐다. 이웃들은 내가 비탄에 빠져 절벽에서 뛰어내렸다고 믿었지만 나는 그저 다른 현으로 걸어가서 배를 탄 뒤 모르는 이들에게 잘 있으라고 손을 흔들어 주고 또 다른 생을 찾아 나섰을 뿐이다.

샌프란시스코에서 아유미가 됐다가 기요로 변한 뒤 나중에 제2차 세계대전 중에는 '바이올렛'이 되었다. 당시의 내 남편 도모는 우리가 기존의 정체성을 고수해야 하지만 살아남기 위해서는 미국의 방식에 따라야 한다고 말했다. 우리는 군인들이 밖에서 기다리는 동안 짐을 쌌다. 딸 미치코의 가방도 싸고 아이에게 외투를 입히고 모자도 씌웠다. 떠나기 전 우리 집과 우리가 사랑하게 된 도시를 돌아다보았다. 이웃들이 그런 우리를 창문으로 슬그머니 내다보았다. 오설리번네와 바이버그네 그리고 코헨네가 그랬다. 미치코는 길거리에서 그들에게 손을 흔들었다. 누구도 우리를 위해 나서 주지 않았다. 아무도 우리 편을 들어 주지 않았다. 아카디아의 산타 아니타 경마장 마구간에서 도모와 미치코와 몸을 웅크려 붙인 채 잠을 자면서 변해 버린 세상 때문에 울었다. 딸아이에게 수 세기 동안 쓰지 않았던 이방어로 노래를 불러주었다. 우리가 집으로 가는 게 아님을 깨달은 아이를 진정시킬 만한 노래가 있었으면 좋겠다고 생각하면서 미치코의 귀에 대고 속삭여 주었다.

"이렇게 같이 있는 한 우린 괜찮을 거야."

수용소 마당에서 다른 아이들과 놀라고 보내기 전에도 아이에게 같은 말을 해 주었다. 또한 며칠 동안 아이의 베개에 피가 묻어나 남편이 호송대에 간청해 의무실을 다녀온 후에도 딸에게 똑같이 이 말을 해 주었다. 그 마지막 날 밤에 딸아이가 꼭 붙들고 있던 낡은 원피스로 만든 인형과 아이가 신었던 신발과 아이의 웃음소리를 아직도 간직하고 있다. 마침내 우리가 살던 동네로 돌아왔을 때 나와 도모에게 남은 것이라고는 코헨네 식구들이 감춰 둘 수 있었던 책 한 상자와 옷가지 몇 벌밖에 없었다.

가끔 아주 오랜 시간이 지나고 나면 사실을 바로잡기가 어려울 때가 있다. (감정이 얼룩처럼 남아 있는데도) 일어났던 모든 일들을 기억하기가 쉽지 않다. 도모에게 도의를 다했다고 말하고 싶지만 그는 딸아이와 너무 많이 닮았더랬다. 우리가 대화를 나눴다고 말하고 싶지만 사실은 달랐다. 나는 그에게 작별 키스를 했고 그는 내가 언덕 너머 안개 속으로 사라지는 모습을 지켜봐야했다. 아무리 마음을 먹어도 밤이 되면 그런 순간들을 돌이켜 보곤 한다. 어떨 때는 평생의 일이 전부 상상인 것만 같다. 어느 정도 헷갈리는 것은 물론 잊어버려도 괜찮다고 스스로를 다독인다. 내가 어디서 왔고 누구를 사랑했는지에 대한 기억, 세상이(그리고 내가) 얼마나 좋아질 수 있는지, 그리고 다시 누리를 품에 안을 것이라는 희망처럼 가장 중요한 것들을 꼭 쥐고 있는 한 괜찮다고 되뇌인다.

지구의 씨앗을 뿌리는 의식에는 행성 거주자의 절반이 참석했다. 아마 그 시기라면 그 수가 몇천 명은 됐을 테다. 일부는 극대류처럼 아주 먼 곳에서 왔다. 아버지에게 관심이 집중되었다. 사람들이 아버지를 영웅 취급하는 게 눈에 보였다. 내 씨앗은 물론이고 수많은 다른 이들의 씨앗에 도움을 준 일로 전설이 된 훌륭한 집안 출신의 세계 구축자였으니 그럴 만했다.

"그 시간을 잊지 말거라…… 아, 그건 믿기지 않는 생물이었단다…… 너와 네 아버지가 릴리아에 공을 많이 들였는데. 빌어먹을 소행성들이 다 망쳐 버리지."

남편은 군중과 떨어진 곳에서 누리와 놀아 주었다.

씨앗들은 로켓처럼 하늘로 발사되거나 연기 기둥을 남기지도 않았다. 씨앗이 담긴 요람은 우주의 구조를 분쇄하면서 목표 항성계로 가는 통로를 열었다. 요람에 양손을 올리고 테란 우주의 좌표를 입력했다. 얼마 후 흔들리기 시작한 씨앗이 밤하늘의 소용돌이 속으로 천천히 빠져들었다. 이윽고 그곳에는 빛무리 몇 가닥만 남게 되었다.

씨앗 발사가 끝나고 우리는 하나같이 감정에 복받쳐 서로를 껴안았다. 남편이 나를 보며 때가 됐다고 말했다. 환영회도 축하연도 필요 없었고 지체할 이유도 없었다. 우리는 빨리 끝내기로 마음먹었다. 바로 그 순간에 그 일이 벌어진다면 더 좋을 것 같았다. 조심스럽게 다가오는 누리를 꽉 안아 주며 사랑한다고 영원히 사랑할 것이라고 말해 주었다. 그리고 우리 행성의 핵으로 만들어 가능성을 넣어 둔 두 개의 펜던트 중 하나를 건네주었다. 우리의 행성 바깥에서 서로 가까이 있을 때면 펜던트의 수정이 조그만 별처럼 반짝이며 그 빛들이 길을 밝혀 줄 테다. 아이와 내 눈물을 닦아 주면서 날 찾아오라고 말해 줬다. 그러고 나서 한때 지구가 담겨 있던 요람으로 기어들어 가자 요람이 조가비처럼 꼭 닫혔다.

항상 제대로 나이를 먹을 수 없어서 흔히들 말하는 사연사를 경험해 본 적이 없었다. 하지만 이제부터 시작될 인생은 병에 걸려 자다가 평화롭게 죽거나 힘겹게 마지막 숨을 내쉬다가 눈을 감을 수 있을 것 같다. (그리고 항상 매장되거나 화장되기 전에 능란한 솜씨의 손길을 경험할 테다.) 잠시 누리를 찾는 일을 멈추었다. 내가 바라는 마음이 커질수록 그 미래가 더디게 올 것 같았기 때문이다. 천 년 만에 처음으로 다시 아이가 되어 사랑과 평화를 누리고 자유를 위해 행진도 하며 하늘을 주먹을 불끈 쥐기도 하면서 성장기를 보냈다. 나는 변화가 가능하며 내가 창조한 것들이 결국에는 올바르게 자리 잡을 것이라고 믿었다. 게이코 이라가 와는 1960년대에 노바 문이 되어 베트남 전쟁 반대 행진에 나섰다. 클라라 미야시로가 된 나는 빙하와 영구 동토층이 녹아내리자 지구 온난화를 멈춰 보려고 애썼다. 지구에서 처음으로 낳은 딸과 처음으로 이룬 인간 가족과 친구들을 앗아 갔던, 전염병이라는 가장 오래된 내 실수가 과거에서 풀려나올 수 있음을 알았기 때문이다. 그렇다, 알다시피 전염병은 내 탓이었다. (하지만 치료제를 찾아낸 사람 또한 나였다.) 모든 것을 잃고 난 당신에게 이런 사실을 말했다가 나 또한 모든 것을 잃을까 봐 몹시 두려웠다. 알

다시피 그것은 실수가 아니었다. 나는 사랑을 찾고 늘 가능성을 생각했던 것에 대해서는 후회하지 않는다. 어쩌면 그런 점이 나의 가장 큰 부분을 차지해 이 세계까지 창조하게 됐는지도 모른다. 처음 당신이 별에 대해 이야기하는 모습을 보고 사랑에 빠진 것도 바로 이 때문이었다.

케플러 62-e, 타우 세티 e, 글리제 667 C f. 우리 동료들은 이렇게 부르지만 나는 이들 세계를 부르는 다른 이름들을 알고 있다. 세계 곳곳에 있는 전파망원경을 통해 우리 우주선이 보낸 메시지를 들으려고 귀를 기울이다가 마침내 우주선의 여정이 계속되고 있다는 말을 접하게 되었다. 많은 이들에게 이런 얘기는 전부 고대사가 돼 버렸고 우리가 보낸 우주선들은 행방불명된 것으로 간주된다. 하지만 나는 아직도 먼 미래의 언젠가 (당신의 아들과 함께) 야마토호가 메시지를 보내 거주 행성을 찾았다고 말해 줄 것만 같다.

내가 당신의 머리에서 특이점을 제거하는 일을 돕고 있을 때 당신이 물었죠. 왜 그렇게 우주에 심취해 있냐고요. 당신은 내가 다른 천문학자들과는 전혀 다르게 하늘을 올려다본다고 했죠. 그런 당신에게 나는 가능성에 대해 생각하는 것을 좋아해서 그런다고 말해 주었죠. 그때 그 말은 거짓이 아니었어요. 하지만 이제 당신은 나머지 진실까지 알게 됐으니 아마 날 미쳤다고 생각할지도 모르겠네요. 혹은 이 얘기를 조금이라도 믿는다면 날 조금 미워하거나 더 이상 날 아내로 생각하지 않을 수도 있겠네요. 내 이야기를 모두에게 다 말해 주지는 않아요. 대부분 감당을 못하니까요. 진실이 되레 나와 관련된 그들의 추억을 망쳐 놓을 거예요. 하지만 이게 나고 당신이 사랑에 빠졌던 바로 그 여자인걸요. 당신은 70년 넘게 내 삶의 일부였어요. 물론 내 수명과 비교하면 그 정도의 시간은 찰나에 가깝지만 그래도 멋지게 기억될 수 있는 시간이었어요. 이제 잠시 눈을 감았다가 떠 봐요. 그래요, 이게 나예요. 내 실제 모습은 이렇게 생겼어요. 빛이에요. 눈부시기도 하고 천사 같기도 할 거예요. 인간에게 내가 어떻게 보일지 가끔 잊어버릴 때도 있어요. 당신은 날 만져도 돼요. 그래도 괜찮아요. 나는 이런 모습이지만 당신의 테레사이기도 해요. 내 원래 이름은 인간의 언어로 부르면 퀠리에 가까워요. 당신이 마지막 순간을 맞이했을 때 날 전부 다 보여 주고 싶어요.

알몸에다 머리칼은 흑갈색이고 아주 몹시 추웠다. 짐승과 원인 (原人)으로 살고 난 뒤 한참 지나서 처음으로 인간의 모습을 갖추고 깨어났을 때 내가 이랬다. 바다의 소리가 들렸고 몸 아래에서 파도가 느껴졌다. 내 첫 번째 딸이 이곳에서 눈을 뜨면 이런 느낌이 아닐까 종종 상상하곤 한다. 아마 하늘에는 용과 나비와 비행기 모양의 커다랗고 알록달록한 연들이 가득 떠서 바람을 타고 날아다니고 있겠지. 멀지 않은 곳에서 배구를 하고 있던 사람들이 그 아이를 발견하고 이렇게 말할 테지. 어, *이봐요! 괜찮아요! 아가씨! 거기요, 여자분!* 그 아이는 사람들이 자기한테 달려오는데도 알몸을 부끄러워하지도 않고 일어설 테지. 그리고 부드러운 인간의 몸과 피부에 닿는 지구의 알갱이들을 자세히 관찰할 것이다. 아마 한 남자가 겉옷을 벗어 그 아이에게 덮어 주면서 이렇게 말할 것이다.

"괜찮아요? 여기요, 제가 도와 드릴게요."

사람들은 여자가 방금 바다에서 나타났다는 사실을 받아들이지 않을 것이다. 사람들은 이름과 주소와 전화번호를 알고 싶어 하고 그 애를 어떻게 불러야 하는지 가르쳐 주길 원한다.

어쩌면 딸아이는 문제가 있는 몇몇 동화에서처럼 자신을 발견한 이와 사랑에 빠질지도 모른다. 해로운 상황에 처해 달아나야 하는 입장에 놓일지도 모르고 사방이 얼음이나 모래인 곳에 도착해 행성을 제대로 찾아온 게 맞는지 의아해할 수도 있다. 어떻게 될지는 아무도 모른다. 어쩌면 그 아이가 이미 여기에 와 있을 수도 있다. 그 아이의 도착과 관련된 이야기들이 UFO 목격이나 불시착이나 정부의 은폐 공작 등을 다루는 음모론 카페에 떠돌고 있을지도 모른다. 어쩌면 내 펜던트 수정이 빛을 내며 알려 주려 했을 때 내가 잠을 자고 있었을 수도 있다.

물론 나도 이럴 가능성은 작다는 것을 안다. 그렇다, 지구는 아주 작은 행성이면서도 큰 세상이다. 하지만 당신과 나는 서로를 찾아내지 않았나? 그 아이가 여기에 이미 왔거나 앞으로 오게 될 것인지 확실히 알 수는 없다. 내게 있는 것이라고는 목에 걸고 있는 이 수정이 전부다. 그리고 아주 조그만 이 가능성의 조각이 내가 여러분처럼 계속 나아가고 살아가며 찾아 나설 수 있게 해 준다. 이번 생에서든 다음 생에서든 혹은 그다음 생에서든 언젠가 그 아이가 걸고 있는 수정이 아주 밝게 빛나서 사람들이 멈춰 서서 쳐다보길 소망한다. 너, 누리 맞지? 누리야, 너한테 해 줄 말이 정말 많단다. 나는 너를 만나 이렇게 말하기 위해 멈춰 서서 군중 속을 뒤지고 고층 건물의 창문과 멀리 있는 작은 언덕과 집들을 자세히 살피며 나를 집으로 안내해 줄 자그마한 별을 찾아 나설 것이다.

누구든 듣고 있거나 거기 있는 이에게 보낸다. 여기는 2037년에 발사된 행성 간 탐사선 1호 야마토호다. 우리는 굉장히 아름다운 거주 행성에 도착했다. 정착 후보지를 살펴보는 동안 임시 주둔지에서 이 메시지를 보내고 있다. 이 짧은 메시지를 처음 보내 보는 것이라고 말하면 거짓말일 테다. 우리의 시간은 몇 년밖에 흐르지 않았지만 지구에서는 6000년 이상의 세월이 흘렀다. 우리가 죽은 듯 잠들어 있던 동안 우주선이 수신한 메시지들을 우리 쪽 역사가들이 샅샅이 살펴보기 시작했다. 몇천 년에 해당하는 역사이니 모든 것을 이해하기는커녕 다 읽는 것도 만만치 않은 일일 테다. 우리가 마지막으로 받은 메시지는 1000년도 더 전에 보낸 것이다. 1000년 전의 지구에서는 인류가 태양 주위에 다이슨구를 건설해 화성과 달 그리고 토성의 제6 위성에 있는 주요 도시들에 연료를 공급하고 있었다. 또 우리에게 다른 행성에서 최초로 생명이 탄생한 장면도 보내 주었다. 이런 장면은 그동안 인공 지능에게, 그리고 자신들의 의식을 클라우드로 업로드하는 이들에게 기본적인 인간의 권리를 부여한 실험의 결실이다. 지구의 기술이 어디까지 도달했는지 파악하기 어렵다. 우리가 아주 작은 파란 행성에 살고 있다는 것 말고 더 이상 공통점이 있을까도 의문이다. 당신들은 우리를 잊은 건가? 서로 각자 갈 길 가려는 건가? 혹시 전쟁이 터져 다 죽어 버린 건가? 아니면 우리가 했던 것처럼 새롭게 시작할 곳을 찾아 나섰나? 괜찮은지 알려 주길. 만약 우리를 찾으러 온다면 기다리고 있을 테니 알려 주길. 그럼 이만 야마토호 통신을 마친다. 일출을 보러 일찍 일어나야 할 수도 있어서.

— 미 공군 퇴역 대령 프랭클린 배럿

〈끝〉

감사의 글

10년도 더 전에 도쿄의 인터넷 카페에서 급히 적어 두었던 생각이 책으로 탄생되기까지 도움을 준 모든 이들과 모든 것들을 일일이 설명하기는 어렵다. 하지만 작가로 살면서 미래에 우리가 성간 공간에 살면서 맺게 될 관계뿐만 아니라 고대 과거부터 엮여 온 관계에 골몰하지 않기는 더 힘들다. 초등학교 시절 학교 도서관에서 본 타임 라이프의「미지의 신비」시리즈,『코스모스』를 비롯한 여러 책들에서 별을 통해 내 상상력을 키워 준 칼 세이건, 셀 수 없이 많은 시간 동안 모험심을 길러 주고 가슴도 많이 뛰게 해 줬던「스타트렉」이 없었다면 이 책은 나올 수 없었을 테다. 또한 사별의 아픔에 힘들어할 때 죽음과 비탄을 헤쳐 나가는 데 힘이 돼 준 셔윈 누랜드의『우리는 어떻게 죽는가』와『우리는 어떻게 사는가』, 제시카 미트포드의『미국식 죽음』, 메리 로치의『인체재활용』, 그리고 핌 반 롬멜의『생 저편의 의식』에도 감사의 뜻을 전한다.

이렇게 토대가 돼 준 것들 이상으로 제일 먼저 깊이 감사드려야 할 사람이 바로 에이전트인 애니 황이다. 그녀는 이 책이 여러 번 진화의 과정을 거치는 동안에도 변함없이 믿어 주었다. 또 코로나 19가 터진 후 처음 몇 달 동안 공감과 열정을 갖고 세심하게 배려하면서 내가 의견을 개진하고 처리해 나갈 수 있도록 잘 이끌어 주었다. 윌리엄 모로 출판사의 제시카 윌리엄스만큼 열정적인 편집자를 또 만날 수 있을까 싶다. 그녀의 도움이 있었기에 내가 만들어 낸 세계와 등장인물에 기대치를 훨씬 뛰어넘는 수준까지 활기를 불어넣을 수 있었다. 또한 시공간을 샅샅이 살펴 책의 짜임새를 한층 더 발전시킨 교열 담당자 로라 체르카스에게도 감사의 뜻을 전한다. 아울러 홍보 담당자 엘리자 로젠베리와 마케터 라이언 셰퍼드 그리고 발행인 리에테 스텔릭과 제니퍼 하트를 비롯한 다른 모든 윌리엄 모로 관계자들에게도 이 책을 통해 독자들과 만날 수 있게 해 준 데 감사의 인사를 전한다. 이어 조엘 아르칸조, 레이철 윌키, 로스 엘리스, 그리고 특히 화상 회의에서 이 책에 대한 초기 반응으로 날 거의 울릴 뻔했던 담당 편집자 폴 배걸리를 필두로 하는 영국의 블룸즈버리 출판사 측에도 감사의 말을 전한다.

중간에 이 책의 초기 발췌본을 읽어 주거나 나로서는 몹시 궁했던 친구가 되는 것으로 힘이 돼 준 모든 작가와 편집자에게도 진심으로 감사의 인사를 전한다. 이 책의 중요한 부분이 된 단편들을 일찍이 읽어 보고 의견을 준 댄 폴, 앤디 하니시, 제시카 이스토, 애슐리 시그먼, 핀크니 베네딕트, 스콧 블랙우드, 그리고 베스 로던에게 특히 감사하다는 말을 전한다. 방에서 밤늦게까지 열심히 소설을 쓰던 시기에 마서스 비니어드섬에서 문학 모임을 이끌었던 알렉산더 와인스타인에게도 감사의 뜻을 전한다. 또한 내 오랜 소꿉친구들 모두한테도 감사 인사를 전한다. 그중 특히 내가 작가 생활을 한 지 얼마 안됐을 때 국제 문학 선집(選集)에 참여하게 해 줌으로써 문학의 꿈을 추구하도록 채찍질해 준 오보 아다가에게 감사의 뜻을 전하고 싶다. 과거와 현재 내가 가르치고 있는 학생들에게도 감사의 말을 전한다. 나는 학생들 때문에 지금과 같은 작가로 사는 것이다. 그들 덕분에 긴장의 끈을 놓지 않는다. 학생들을 볼 때마다 이야기를 들려준다는 게 얼마나 기쁜 일인지 실감한다. 그 외에도 감사 인사를 전할 사람들이 너무 많은데 지면이 모자란다. 하지만 다들 자신이 누구인지 잘 알 테다. 내 눈에도 보인다. 다들 감사드린다. 지붕 꼭대기에 올라가 모든 분의 성공을 큰 소리로 빌어 주고 싶다.

마지막으로 함께 서점과 만화방을 자주 찾아 내 세상을 열어 주었으며 이상하고 꺼벙한 내 취미를 늘 격려해 준 가족에게 감사의 마음을 전한다. 무엇보다 아내 콜에게 마음 깊이 감사의 뜻을 전한다. 섣부른 발상이나 아무 말이나 늘어 놓을 때도 늘 귀기울여 주고 글을 쓸 때마다 꼭 조금 있다가 저녁을 먹는 버릇도 참아 준 사람이다. 가끔 나는 이야기가 있는 삶을 그녀와 함께한다는 게 믿기지 않을 때가 있다. 이 지면을 빌려 앞으로는 저녁 식사를 제때 먹겠다고 약속한다.

옮긴이 | **이정아**

대학과 대학원에서 영문학을 전공했다. 옮긴 책으로는 『문학이 좋다, 여행이 좋다』,
『세상의 경계에서』, 『콜드 스토리지』, 『문학의 도시, 런던』, 『오만과 편견』, 『서양 철학 산책』,
『스페이스 오페라』, 『와일드 싱』, 『이지 머니』(전2권), 『쌀의 여신』(전2권), 『1984』,
『책은 죽었다』, 『소크라테스와 유대인』, 『촘스키의 아나키즘』 등이 있다.

우리는 어둠 속에서
얼마나 높이 닿을까

1판 1쇄 찍음 2024년 6월 10일
1판 1쇄 펴냄 2024년 6월 17일

지은이 | 세쿼이아 나가마쓰
옮긴이 | 이정아
발행인 | 박근섭
편집인 | 김준혁
책임 편집 | 정미리
펴낸곳 | 황금가지

출판등록 | 2009. 10. 8 (제2009-000273호)
주소 | 06027 서울 강남구 도산대로 1길 62 강남출판문화센터 5층
전화 | 영업부 515-2000 편집부 3446-8774 팩시밀리 515-2007
홈페이지 | www.goldenbough.co.kr

도서 파본 등의 이유로 반송이 필요할 경우에는 구매처에서 교환하시고
출판사 교환이 필요할 경우에는 아래 주소로 반송 사유를 적어 도서와 함께 보내주세요.
06027 서울 강남구 도산대로 1길 62 강남출판문화센터 6층 민음인 마케팅부

한국어판 © ㈜민음인, 2024. Printed in Seoul, Korea
ISBN 979-11-7052-391-8 03840

㈜민음인은 민음사 출판 그룹의 자회사입니다.
황금가지는 ㈜민음인의 픽션 전문 출간 브랜드입니다.